SARAH MORGAN

Una invitada inesperada

Editado por Harlequin Ibérica.
Una división de HarperCollins Ibérica, S. A.
Avenida de Burgos, 8B - Planta 18
28036 Madrid

© 2022, Sarah Morgan
© 2024 Harlequin Ibérica, una división de HarperCollins Ibérica, S. A.
Una invitada inesperada, n.º 307 - 13.11.24
Título original: Snowed In for Christmas
Publicada originalmente por HQN™ Books

ISBN: 978-84-1074-110-2
Depósito legal: M-19276-2024
Impreso en España por: BLACK PRINT
Fecha impresión Argentina: 12.5.25
Distribuidor exclusivo para España: LOGISTA
Distribuidor para México: Distibuidora Intermex, S.A. de C.V.
Distribuidores para Argentina: Interior, DGP, S.A. Alvarado 2118.
Cap. Fed./Buenos Aires y Gran Buenos Aires, VACCARO HNOS.

A mi familia, por todas esas
Navidades maravillosas.

Capítulo 1

Lucy Clarke entró por la puerta giratoria del vestíbulo y se dirigió apresuradamente hacia el mostrador de recepción mientras, de camino, se quitaba el abrigo y la bufanda. Llegaba tarde a la reunión más importante de su vida.

—¡Por fin estás aquí! Te he llamado. Dame eso... —le dijo Rhea, la recepcionista, que se levantó y tomó su abrigo—. Vaya, estás guapísima. Eres la única persona que conozco a la que le queda bien un jersey navideño. ¿Dónde te has comprado este?

—Lo hizo mi abuela. Dijo que era una pesadilla trabajar con esta lana brillante. Me he sentido rara poniéndomelo hoy, precisamente, pero, como Arnie se ha empeñado en que tengamos aspecto festivo, pues aquí estoy, entregada al brillo. ¿Han empezado?

Tenía la esperanza de haber llegado a tiempo, pero todos los escritorios estaban vacíos.

—Sí. Vamos, entra.

Lucy se cambió las zapatillas de deporte por unas botas, dando saltitos a su alrededor. Tenía los dedos tan fríos que le resultó difícil.

—Lo siento, se me han olvidado los guantes.

Empujó el bolso hacia Rhea, que lo metió bajo el escritorio.

—¿Qué ha pasado? ¿No funcionan los trenes?

—Fallos en el sistema de señalización. He venido andando.

—¿Andando? ¿Por qué no has venido en taxi?

—Todo el mundo tuvo la misma idea, así que no había ni uno libre —respondió ella, y dejó la bufanda en el escritorio de Rhea—. ¿Cómo están los ánimos?

—Pues hay una falta de alegría palpable, dado que todos estamos esperando a quedarnos sin trabajo. La gente no sonríe ni siquiera viendo los jerséis navideños, y eso que hay algunos realmente horribles. Ellis, la de contabilidad, lleva uno que parece un árbol de Navidad lanudo y le da picores. He tenido que darle un antihistamínico.

—No nos vamos a quedar sin trabajo.

—No puedes saberlo —dijo Rhea—. Hemos perdido dos grandes cuentas el mes pasado. Sé que no es culpa nuestra, pero el resultado es el mismo.

—Entonces, tenemos que sustituirlas.

—Admiro tu optimismo, pero no quiero hacerme ilusiones. Me encanta mi trabajo. Las empresas siempre dicen eso de «somos una familia» y, normalmente, no es más que una mentira, pero esta empresa sí parece una familia. Pero tú no tienes por qué preocuparte. Eres brillante en lo que haces, así que encontrarás otro trabajo fácilmente.

Ella no quería otro trabajo. Quería aquel trabajo.

Pensó en lo bien que se lo pasaban en la oficina. Se reían. Pedían pizza por las noches cuando estaban preparando una presentación. Los viernes tomaban una copa de vino cuando había algo que celebrar. Pensó en la camaradería y la amistad. Sabía que nunca iba a olvidar el apoyo que le habían brindado sus colegas de trabajo durante los dos peores años de su vida.

Y, además, estaba Arnie. Se lo debía todo a él. Él le había devuelto la confianza que le habían arrebatado en su primer trabajo y había estado a su lado en su momento más bajo. Llevaba seis años trabajando para él y seguía aprendiendo algo todos los días. Tenía la sensación de que siempre ocurriría, porque la empresa era pequeña y ágil y, fuera cual fuera la antigüedad de los trabajadores, a todos se les pedía que contribuyeran. Eso no sería igual si ella se cambiara a alguna de las principales empresas del sector.

—¿Estoy bien?

Rhea le apartó un mechón de pelo de los ojos.

—Tienes aspecto de estar más calmada que todos nosotros. Todos tenemos pánico. Maya acaba de comprarse su primer piso. La mujer de Ted va a dar a luz un día de estos.

—¡Para! Si sigues recordándome todo lo que está en juego, voy a perder la calma —dijo Lucy, y se apretó las mejillas con las manos—. He venido corriendo los dos últimos kilómetros. Dime la verdad, ¿estoy roja como un tomate?

—Tienes un color adecuado para la época.

—¿Te refieres a que estoy verde como el acebo o roja como Papá Noel?

—Vamos, entra ahí —le dijo Rhea. Le dio un empujoncito, y ella salió corriendo hacia la sala de juntas.

Podía verlos a todos reunidos alrededor de la mesa, Arnie parado en la cabecera vistiendo el mismo suéter rojo que siempre usaba cuando quería estar festivo. Arnie, que había creado esta empresa hace más de treinta años. Arnie, que había dejado las celebraciones navideñas de su familia para ser a su lado en el hospital cuando su abuela había muerto dos años antes. Lucy abrió la puerta y treinta cabezas se volvieron hacia ella.

—Siento llegar tarde.

—No te preocupes. Acabamos de empezar —respondió Arnie.

A pesar de que su sonrisa era cálida, tenía ojeras. La situación era dura para todos ellos, pero, sobre todo, para él, porque se veía obligado a tomar decisiones difíciles como consecuencia de aquel golpe inesperado que había sufrido la cuenta de resultados. Y eso, obviamente, le estaba quitando el sueño.

Lo había visto quedarse trabajando hasta medianoche en su escritorio, mirando los números como si pudiera cambiarlos a pura fuerza de voluntad. No era de extrañar que estuviese cansado.

Ella se sentó y trató de ignorar la ansiedad que sentía.

—Es una campaña navideña —dijo Arnie, retomando el tema que estaban tratando antes de que ella los interrumpiera—. Pensad en el brillo de las fiestas, en los árboles de Navidad, en la nieve. Queremos ver fotografías del fuego ardiendo alegremente en la chimenea, de mantas lujosas, velas, tazas de chocolate humeante llenas de malvaviscos. Y luces de colores por todas partes. Las imágenes deben ser tan festivas y atractivas como para que incluso las personas que piensan que odian estas fechas, de repente, caigan enamoradas de la Navidad. Sobre todo, es necesario que sientan que la Navidad no estará completa a menos que ellos mismos, y todos sus conocidos, compren un...

Arnie se quedó en blanco.

—Perdón, otra vez, ¿cómo se llamaba el producto?

Lucy miró la caja que había sobre la mesa.

—Los Fingersnug, Arnie.

—Fingersnug. Bien —dijo Arnie, y se pasó la mano por el pelo, dejándolo erguido. Era uno de sus muchos hábitos adorables—. La persona que les asesoró sobre el nombre del producto debería meditar acerca de su trabajo, pero ese no es nuestro problema. Nuestro problema es cómo convertirlo en el producto imprescindible para la Navidad, a pesar del nombre y de la falta de tiempo para hacer una campaña contundente. Y lo vamos a hacer con las redes sociales. Es instantáneo. Es impactante. Vamos a mostrar a las personas en un ambiente cálido y acogedor. ¿Ha probado alguien esta maldita cosa? Lucy, como has sido la última en entrar por la puerta y siempre se te olvidan los guantes, te ha tocado. Ya me lo agradecerás luego.

Lucy deslizó una mano dentro del Fingersnug y lo activó.

Todos la miraron expectantes.

Arnie abrió las manos.

—¿Sientes algo? ¿Sientes calor? ¿Es algo que te cambia la vida?

Se sentía deprimida y se encontraba un poco mal, pero ninguna de las dos cosas tenía nada que ver con el Fingersnug.

—Creo que tarda un minuto en calentarse, Arnie.

Ted estaba desconcertado.

—Básicamente, es un guante.

—Puede ser... —dijo Arnie. Plantó las manos sobre la mesa y se inclinó hacia delante—. Pero las zapatillas de correr son zapatillas de correr hasta que nosotros convencemos a los consumidores de que un determinado par de zapatillas les cambiará la vida. Hay pocos productos originales en el mercado, solo campañas originales.

Aquel comentario era muy propio de Arnie. Era un optimista nato.

A Lucy se le agrandó el nudo de la garganta. Arnie tenía que lidiar con muchos problemas, pero el cliente seguía siendo su prioridad. Incluso un cliente tan pequeño como aquel.

—Se está calentando —dijo ella—. Creo que incluso puede curar mi congelación.

Arnie tomó uno de la caja.

—Es un regalito perfecto para Papá Noel. Ahora lo veo, manteniendo las manos calientes en las heladas noches de invierno. ¿Viene en tallas pequeñas? ¿Pueden usarlo los niños? ¿Es seguro? No podemos permitirnos que le cause daño a un niño.

—Los niños pueden usarlo y viene en diferentes tallas —respondió Lucy. Sentía que iban calentándosele los dedos cada vez más—. Puede que esta sea la primera vez en la vida que he tenido las manos calientes. Y puede ser que esto sea mi nuevo objeto favorito.

—Necesitamos fotografías que les llamen la atención a los niños o, más concretamente, a sus padres. Todas esas actividades que hacen los padres en Navidad, el patinaje sobre hielo, los renos... El cliente mencionó específicamente los renos —dijo Arnie, y miró a su alrededor en busca de inspiración—. ¿Haciendo qué? No tengo ni idea. ¿Dónde se puede encontrar un reno además de en la parte delantera del suéter de Alison, obviamente? Y ¿qué haces cuando encuentras uno? Quizá alguien pueda montarlo. ¡Sí! Me encanta esa idea.

Una de las razones por las que Arnie era una leyenda en el mundo de las agencias de publicidad era que no dejaba que nada se interpusiera en su camino. A veces, ese enfoque llevaba a éxitos espectaculares, pero, en otras ocasiones...

Algunos de sus compañeros se movieron en las sillas, con inquietud, y le lanzaron miradas furtivas a Lucy.

Ella miró directamente a Arnie.

—Creo que usar renos es una idea genial, Arnie. Nos da la oportunidad de que la sesión fotográfica sea muy buena. Tal vez un niño con un montón de regalos con envoltorios preciosos junto a un reno... Podemos captar esa expresión de asombro de su cara, un montón de nieve, dedos cálidos... —dijo Lucy, dejando que su mente divagara—. Fotos de anhelos navideños que resulten identificables.

—¿No crees que alguien debería montarlo?

Ella no dudó.

—No, Arnie, no lo creo.

¿Por qué no? Papá Noel lo hace.

—Papá Noel es un caso especial. Y, por lo general, va en el trineo.

¿En serio estaban manteniendo aquella conversación?

Hubo un momento de silencio tenso y, después, Arnie se rio y el ambiente se relajó un poco en la sala.

—Bueno, bueno... —dijo Arnie, y agitó una mano con desdén—. Sé creativa. Haz cualquier cosa que te parezca que añade ese toque festivo extra, Lucy. No te digo que me impresiones, porque siempre lo haces.

—¿Quieres que me haga cargo de la cuenta? —preguntó Lucy, y miró a su alrededor. Había otras veintinueve personas en la reunión—. Tal vez debería hacerlo otro...

—No. Te quiero en esto. Conseguir a *influencers* para esta campaña va a ser casi imposible a estas alturas, y tú eres la que consigue las cosas imposibles —dijo él. Se frotó el pecho, y Lucy sintió una punzada de preocupación.

—¿Te encuentras bien, Arnie?

—No del todo. Ayer cené con Martin Cooper, el consejero delegado de Fitzwilliam Cooper, nuestra competencia. Se jactó de que tenían demasiado trabajo, y eso fue suficiente como para causarme una indigestión. O quizá fuera la comida. Tenía demasiadas especias, y a mí no me gustan las especias —dijo él. Dejó de frotarse el pecho y frunció el ceño—. ¿Sabes que tuvo el descaro de preguntarme si podía darle tu lista de contactos, Lucy? Le dije que no le serviría de nada, porque la magia está en tu relación con esos contactos. Todo funciona por ti. Tienes el don de convencer a la gente de que haga cosas que no quieren hacer y para las que no tienen tiempo.

Lucy no mencionó que el departamento de personal de Fitzwilliam Cooper se había puesto en contacto con ella el mes pasado para ofrecerle un trabajo. Le pareció prudente cambiar de tema.

—Encontrar renos en mitad de Londres va a ser...

—Hay renos en Finlandia y en Noruega, pero no tenemos tiempo ni presupuesto para eso. Espera... —dijo Arnie, y levantó una mano—. ¡Escocia! En Escocia hay renos. Lo leí hace poco. Voy a pedirle a Rhea que localice el artículo y que te lo envíe. Escocia. Perfecto. Adoro este trabajo. ¿No adoráis todos este trabajo?

Todos sonrieron nerviosos porque, casi sin excepción, a todos ellos les encantaba su trabajo y se preguntaban cuánto tiempo más iban a conservarlo.

Lucy se concentró en el problema más inmediato. ¿Cómo iba a incluir un viaje a Escocia en su agenda?

—Solo faltan dos semanas para la Navidad, Arnie.

—Y ya sabes lo que siempre digo yo —respondió él. Se puso la mano en la oreja y esperó.

—Nada sirve tanto para enfocar la mente como una fecha límite —corearon todos, y él sonrió como si fuera un director y su orquesta acabara de dar un concierto virtuoso.

—Exactamente. Lo gestionarás perfectamente, Lucy, lo sé. Eres la que siempre resuelve las situaciones y se te da genial todo lo navideño —dijo Arnie—. El trabajo es tuyo. Elige tu equipo.

Lucy sonrió apagadamente. El entusiasmo y la calidez de Arnie lo arrastraban a uno. Era imposible decirle que no aunque quisiera hacerlo.

Y de todos modos, ¿qué podía decir?

«Ya no me gustan las Navidades». No, no podía

decirle eso. Se había apoyado mucho en ellos al principio, cuando el dolor era tan fuerte. Pero había pasado el tiempo y no podía seguir estando tan triste, por muy difícil que le resultara, especialmente en aquella época del año. Tenía que recuperarse, aunque todavía no había descubierto cómo conseguirlo. Algunos días se sentía como si no hubiera avanzado en absoluto.

Pero su prioridad en aquel momento era la agencia, y eso significaba que tenía que ir a Escocia, a no ser que encontrara un reno más cerca de casa. ¿El zoo? A lo mejor podía convencer al cliente de que cambiara el reno por una llama, o una oveja grande. Estaba pensando en ello cuando sonó el teléfono de alguien.

Ted se puso de pie con cara de pánico y tiró todos sus papeles. Miró el teléfono y se quedó pálido.

—¡Ya está! Va a nacer el niño. Mi hijo. Nuestro hijo. Tengo que irme al hospital ahora mismo.

Se le cayó el teléfono y, al agacharse a recogerlo, se golpeó la cabeza con la mesa.

Lucy se encogió.

—Ay... Ted...

—Estoy bien, estoy bien —dijo él, frotándose la frente con una sonrisa bobalicona—. Voy a ser padre.

Maya sonrió.

—Eso ya lo sabemos, Ted. Bien hecho.

—Sophie me necesita. Yo...

A Ted se le cayó el teléfono de nuevo, pero, en aquella ocasión, fue Alison la que se agachó a recogerlo.

—Respira, Ted.

—Sí, buen consejo. Respirar. Hemos practicado mucho. Ya sé que es Sophie la que va a hacer esa parte, pero no hay motivo para que yo no lo haga también.

—Vete —le dijo Arnie, señalándole la puerta—. Y mantennos informados.

Ted se quedó indeciso.

—Pero... esta es una reunión importante, y...

—La familia es lo primero —dijo Arnie—. Ve con Sophie. Llámanos cuando tengas noticias.

Ted salió rápidamente de la sala, volvió a entrar un momento para recoger el abrigo y el ordenador, que se le habían olvidado.

—Acabo de acordarme —dijo desde la puerta, casi sin aliento—. Hoy va a llegar a la oficina un tren. ¿Alguien puede recibir la entrega?

Maya enarcó sus cejas perfectamente dibujadas.

—¿Un tren?

—Sí, es un regalo de Navidad para mi bebé —dijo, y se le quebró la voz.

Arnie rodeó la mesa y le puso una mano en el hombro.

—Un trenecito es una elección muy buena. Claro que recibiremos la entrega. Vamos, vete. Dile a Rhea que te pida un taxi. Tienes que llegar al hospital lo antes posible.

—Sí, muchas gracias —dijo Ted, y salió de la habitación rápidamente, después de golpearse con el marco de la puerta.

Maya se estremeció.

—Espero que le den un sedante o algo por el estilo. Y ¿de verdad va a llegar más rápido en taxi que en tren?

—Será más rápido porque elimina la posibilidad de que Ted se ponga nervioso y se pierda —dijo Arnie—. Por lo menos, el taxi lo dejará en la puerta del hospital con todas sus pertenencias encima.

—¿Un trenecito? —preguntó Ryan, el interno, sonriendo—. Sabrá que un bebé recién nacido no puede jugar con eso, ¿no?

—Me parece que va a ser Ted el que juegue con el tren —dijo Arnie—. Bueno, por muy emocionante que sea todo esto, tenemos que seguir con el trabajo. ¿Dónde estábamos? Con los Fingersnug. Entonces, Lucy, ¿te encargas tú?

—Sí, Arnie —dijo ella.

Iba a encontrar la forma de montar una campaña publicitaria navideña en el último minuto. Encontraría un reno. Pediría favores a sus contactos, a los creadores de contenido con mayor número de suscriptores y con los que ya había trabajado antes. Encontraría la manera de gestionarlo todo y de no pensar en que su trabajo, de vez en cuando, era ridículo.

Arnie carraspeó, y ella lo miró.

Por su expresión, era evidente que había llegado el momento de la reunión que todo el mundo estaba temiendo.

—Ahora, lo difícil. Todos sabéis que hemos perdido dos grandes cuentas el mes pasado. No es culpa nuestra. Una de las empresas está recortando personal porque han perdido mucho negocio últimamente, y la otra está intentando reducir costes y decidió irse con otra agencia más barata. Todo esto ha sido un golpe muy duro —dijo—. No voy a fingir que no lo es.

—Vamos, Arnie, danos las malas noticias. ¿Has tomado ya la decisión de a quién vas a despedir? —preguntó Maya, tan directa como siempre. Era algo en lo que todos estaban pensando.

—No quiero despedir a nadie —dijo él, y exhaló un largo suspiro—. Y no solo porque seáis un grupo de gente muy divertida cuando no os da por poneros molestos.

Todos intentaron sonreír.

—Gracias, Arnie.

—Y lo cierto es que, para conseguir clientes, necesitamos buena gente. Para dedicar personal a las cuentas, necesitamos buena gente. Pero también necesito poder pagar a esos buenos profesionales y, a no ser que consigamos un buen negocio pronto, vamos a tener problemas —dijo él, y apoyó las manos en la mesa. Se quedó callado un momento, y prosiguió—: Nunca os he mentido y no voy a empezar a hacerlo ahora. Este es el momento más difícil al que nos hemos enfrentado desde que fundé esta empresa hace treinta años. Pero no todo está perdido. Tengo algunas oportunidades de negocio y voy a seguirlas personalmente. Y vamos a probar otra cosa. Aunque es una especulación, merece la pena intentarlo. Es muy grande. Si conseguimos eso, estaremos bien.

Pero... ¿y si no estaban bien?

Lucy pensó en Ted y en su hijo recién nacido. Pensó en Maya, que acababa de comprarse un piso, y en lo asustada que había estado ante la idea de firmar una hipoteca. Pensó en sí misma, en lo mucho que le gustaba aquel trabajo y lo mucho que lo necesitaba.

Cuando su abuela había muerto, aquellos primeros días, el trabajo le había dado una razón para levantarse de la cama por las mañanas. Su trabajo era su fuente de seguridad financiera y emocional. Era lo más importante de su vida.

Sintió una opresión en el pecho.

No podía soportar más cambios. Más pérdida.

Miró por el cristal de la sala de juntas y trató de respirar a un ritmo constante. Desde su sitio, en un piso número veinte, tenía una vista aérea de Londres. Veía la cúpula de la catedral de St. Paul y el Támesis serpenteando por debajo del puente de Londres. Se acercaban tres autobuses rojos entre el tráfico y la gente caminaba apresuradamente, con la cabeza gacha, mirando sus teléfonos.

Se le formó un nudo en la garganta.

Si tuviera que dejar la empresa, ¿tendría también que mudarse? No quería hacerlo. Ella se había criado allí, con su abuela, que adoraba Londres y que siempre estaba deseosa de compartir las alegrías y la historia de la ciudad con su nieta. «¿Ves esto, Lucy? Pudding Lane, la calle donde empezó el Gran Incendio de

Londres en 1666». Habían visitado la Torre de Londres, su lugar favorito. Habían paseado por los parques de la mano, habían merendado sobre la hierba húmeda, habían dado de comer a los patos y habían remado en una barca por el lago Serpentine. Su regalo de Navidad había sido una entrada para ver *El cascanueces* en la Royal Opera House. Cada calle y cada monumento estaban entremezclados con los recuerdos de su abuela.

Amaba Londres. Era su sitio. A veces se sentía como si la ciudad la hubiera abrazado de igual forma que lo había hecho su abuela cuando habían muerto sus padres.

Aquella era una época del año especialmente dura para ella. Era imposible dejar de desear estar con ella, pasear por la ciudad mirando los escaparates brillantes y tomándose un chocolate caliente en alguna cafetería. Habían hablado de todo. Ella nunca le había ocultado nada a su abuela, y eso lo echaba de menos desesperadamente. Echaba de menos poder hablar libremente sin preocuparse de ser una carga.

Amor incondicional. Amor en el que se podía confiar. Eso era lo que echaba de menos, pero ese regalo se lo había arrebatado la vida y la había dejado expuesta, con un sentimiento de frío y de soledad.

Se dio cuenta de que Arnie la estaba observando y se sintió culpable por ser egoísta y estar pensando en sí misma cuando él estaba pasando por un infierno. Arnie se estaba preocupando por el futuro de todo el mundo.

Tenían que conseguir una gran cuenta fuera como fuera.

Arnie seguía hablando.

—Vamos a empezar mirando lo positivo. Estamos aprovechando el poder de las redes sociales y cambiando la forma en que las marcas llegan a sus clientes.

Somos expertos en *marketing* de *influencers*. Estamos cambiando los hábitos de consumo...

Lucy tomó algunas notas en el cuaderno que tenía delante. En menos de un minuto tenía una lista de unas diez personas a las que podía llamar para que la ayudaran en la campaña de los Fingersnug. Gente con la que había construido una relación. Personas que estarían felices de hacerle un favor porque sabían que podrían pedírselo de vuelta en el futuro.

—Estamos elevando nuestro perfil. Y, en ese sentido, le debemos mucho a Lucy, nuestra chica de la portada —dijo Arnie, y señaló la última edición de la brillante revista de *marketing* que había en la mesa—. La cara del *marketing* moderno. Estás estupenda, Lucy. Una gran entrevista. Una buenísima publicidad para la agencia. Si alguno no la habéis leído todavía, deberíais hacerlo. Lucy, estamos orgullosos de ti. Y, para el resto, hagamos más cosas como esta. Que se fijen en nosotros.

Hubo un coro de vítores para Lucy y unos cuantos aplausos. Ella sonrió con timidez y miró la portada. Había pasado por una sesión de una hora de maquillaje y peluquería, y apenas se reconocía en las fotos. Se había sentido completamente diferente a sí misma. Aunque eso no hubiera sido algo malo. La Lucy de la portada daba la imagen de tener la vida ordenada y en calma. No parecía que se pusiera delante del espejo del baño por las mañanas, hiperventilando, preocupándose por si perdía el control en público, ni que fuera presa de la ansiedad desde que había muerto su abuela. En realidad, ella se sentía como si fuera caminando por el borde de la vida sin red de seguridad.

Y ahora estaban casi en Navidad, el momento del año diseñado para poner de relieve la falta de una familia. Lo peor de todo era que ella siempre había adorado aquellas fechas hasta que, hacía dos años, había tenido que pasar la Nochebuena y la Navidad en vigilia junto a la cama del hospital de su abuela. La Navidad ya no era oropel, abetos y ropa de abrigo para ir a escuchar villancicos por la calle. Eran los pitidos de las máquinas y los médicos con un semblante serio, y la mano frágil y magullada de su abuela en la suya.

Le habían dicho que era un derrame cerebral severo, pero su abuela aguantó hasta el 31 de diciembre y, finalmente, la dejó enfrentándose al Año Nuevo y a todos los años que llegarían después sin la persona a la que más quería. La persona que había hecho las veces de padres y de abuelos a la vez. La única persona que la conocía y la quería incondicionalmente.

El año anterior, se había obligado a sí misma a celebrar las Navidades, aunque, quizá, la palabra «celebrar» no era la más acertada. Se había comprado un abeto y lo había adornado con los adornos que su abuela y ella habían coleccionado con los años. «Voy a hacerlo, abuela. Estarías orgullosa de mí». Pero había sido muy difícil, el equivalente emocional a correr descalza un maratón cuesta arriba. La Navidad siempre había sido un momento mágico, pero la magia había desaparecido y no sabía cómo recuperarla. Lo cierto era que la temía y, si pudiera elegir, habría cancelado las fiestas.

Sintió pánico.

—Este es el punto en el que os voy a desafiar a todos —dijo Arnie—. Puede que crea en los milagros, porque he puesto la vista en uno de los mayores trofeos de todos. Un nuevo negocio que resolvería todos nuestros problemas. ¿Alguien se lo imagina? —preguntó, y miró a su alrededor—. Pensad en marcas de ropa deportiva. En *fitness* y en gimnasios.

Y, ahora, ella tenía una nueva razón para sentir pánico. Deportes, no. Cualquier cosa, menos eso.

Los gimnasios la intimidaban y no usaba ropa deportiva. Su régimen de ejercicio consistía en ir corriendo por Londres para conocer a clientes y a *influencers* y en explorar lugares nuevos e interesantes para incluirlos en sus campañas visuales.

Ojalá estuviera allí Ted, porque aquel era su terreno. Ella pensó en todas las grandes marcas deportivas y descartó las que sabía que estaban trabajando con otras agencias.

Una destacó entre todas las demás.

—¿Te refieres a Miller Active? El consejero delegado es Ross Miller.

—¿Lo conoces?

—Solo por su reputación. Su familia es la dueña de Glen Shortbread.

Su abuela siempre decía que aquellas galletas eran muy reconfortantes y eran unos de sus dulces favoritos de Navidad.

—¿Glen Shortbread son las galletas que vienen en una lata muy bonita que cambia de año en año? —preguntó Maya—. El año pasado era una con montañas nevadas y un lago. Me encantan. Son deliciosas. Se las compro a mi madre todos los años. Solo con mirarlas me entra espíritu navideño.

—Exacto —dijo Lucy.

Ella todavía tenía tres latas vacías en su casa. Aunque no tuviera demasiado espacio, no podía soportar la idea de tirarlas, así que las usaba para guardar cosas. Dos de ellas estaban llenas de fotografías antiguas, y la tercera contenía las cartas que le había escrito su abuela durante el primer año de universidad, cuando ella tenía tanta nostalgia que se había planteado dejarlo.

—Son los mismos Miller, pero diferentes negocios —dijo Arnie, y volvió a frotarse el pecho—. El hijo, Ross, siguió un camino distinto.

—Ross el rebelde —murmuró Lucy, y vio que Arnie la miraba con curiosidad—. El año pasado, creo, leí un artículo que se titulaba así. Hablaba de que él era la primera generación que no se dedicaba al negocio familiar, que quería establecerse por su cuenta. El artículo venía a decir que su familia y él eran como dos ciervos que se peleaban por el mismo territorio, aunque, viendo cómo ha crecido Miller Active, me imagino que él ya ha demostrado todo lo que tenía que demostrar. Hablaban mucho de la familia. Su abuela se llamaba Jane, ¿no? O Jean. Su padre, Douglas, sigue al mando de Glen Shortbread. Su madre es Glenda, y ha trabajado en el negocio de vez en cuando, aunque no sé si todavía sigue. Tuvieron tres hijos, Ross, el mayor, Alice y Clemmie, que no sé a qué se dedica.

Maya se había quedado mirándola con asombro.

—¿Cómo es posible que te acuerdes de todo eso?

—Tengo buena memoria para los datos inútiles —dijo ella.

No iba a contarles la verdad. Que se le había grabado el artículo en la memoria porque tenía envidia de las familias.

El artículo estaba ilustrado con fotografías de la finca que la familia tenía en las Highlands escocesas. Se veían árboles muy mayores y rebaños de ciervos, y la casa solariega, Miller Lodge, cuyos jardines descendían por una colina hasta un profundo lago. También había fotos de la familia al completo alrededor de la chimenea, en la que ardía alegremente el fuego, con una bandeja antigua llena de sus famosas galletas en una mesa, frente a ellos. ¿Quién aparecía en aquella foto? No lo recordaba. Estaba demasiado ocupada mirando a aquella familia grande, perfecta, envidiando su perfecta vida familiar. Todos estaban sonriendo. Incluso los perros estaban felices. El mensaje era que, pasara lo que pasara en la vida, se tenían los unos a los otros y tenían su fabuloso hogar.

Después de haber salivado con aquellas fotos, había arrancado las páginas y las había tirado porque no tenía sentido anhelar algo que no se podía tener. En aquel momento se arrepintió de haberlas tirado, porque le habrían sido muy útiles para empezar su investigación.

—Estoy impresionado —dijo Arnie, que se había alegrado de su respuesta—. Los antecedentes son importantes, todos los sabemos. El contexto. ¿De dónde viene un cliente? ¿Qué necesita? Son preguntas que nos hacemos. Son las preguntas que os vais a hacer todos cuando estéis buscando ideas para una campaña. Ese es el reto. He oído que Ross Miller se ha puesto en contacto con algunas agencias de publicidad. Quiere cambiar ciertas cosas.

—¿Y nos ha pedido que hagamos alguna propuesta?

—No exactamente —dijo Arnie, y movió algunos papeles—. Pero, si supiera lo buenos que somos, lo haría. Tenemos que llamar su atención. Tenemos que encontrar la manera de conseguirlo. Tenemos que ser nosotros quienes le demos lo que necesita.

Lucy pensó de nuevo en aquel artículo. Le había parecido que Ross Miller ya tenía todo lo que necesitaba.

—¿Miller Active no trabaja con Fitzwilliam Cooper?

—Sí, pero su última campaña de publicidad no estuvo muy inspirada. Es mi opinión, aunque eso no significa que no tenga razón. Miller Active tiene una base de clientes sólida, pero parece que no consigue expandirse más. Van a buscar algo distinto en Año Nuevo, y nos necesitan. Nuestro trabajo es convencerlos de eso. Durante las próximas semanas, quiero que hagáis algunas propuestas que los dejen alucinados. Después, tenemos que encontrar la forma de hacérselas llegar a Ross Miller. Será nuestra prioridad para el Año Nuevo.

—Este proyecto es para Ted —dijo Lucy—. Vive en el gimnasio.

Maya se recostó en el respaldo de su silla.

—No va a poder ir al gimnasio durante una temporada, o Sophie lo mata.

—Tenemos que pensar que Ted está fuera de escena en este momento, pero podemos gestionar esto sin él.

—Si sirve de algo, a mí me encantan sus mallas de yoga —dijo Maya—. Son las únicas que no se mueven cuando haces la postura del perro boca abajo. Sin embargo, no creo que sea posible articular toda una campaña alrededor de eso.

—Ya se nos ocurrirá algo —dijo Arnie. Recogió sus papeles y el ordenador portátil—. El momento es bueno. En enero todo el mundo piensa en hacer *fitness*, ¿no? Todos acabamos atiborrándonos durante las fiestas en las comidas familiares.

«Ojalá...», pensó Lucy, manteniendo una expresión impertérrita.

—Sí, es cierto que en enero la gente se preocupa por la salud y el ejercicio.

—Lo único que tenemos que hacer es encontrar un enfoque único, y en eso somos muy buenos.

Tal vez, pero ¿un cliente deportivo? Si hacía falta apuntarse a un gimnasio para salvar a Arnie, estaba condenada. A menos que...

De repente, se le ocurrió una idea. Tal vez, la idea perfecta. No dijo nada porque aún necesitaba pensar en ello, pero, claramente, tenía algo. Ross Miller no había levantado una empresa en un espacio tan competitivo siendo predecible. Cuando había empezado, no tenía forma de gastar más que las grandes marcas, así que había decidido ser más listo que ellos, y así era como había conseguido crecer más rápidamente de lo que se había predicho.

Arnie tenía razón. Cualquier cosa que se les ocurriera tenía que ser creativa y, ciertamente, la idea que bullía en su mente era un poco distinta a las demás.

La gente empezó a salir de la sala de juntas, salvo

Arnie, que estaba mirando su teléfono. Lucy se puso de pie y se dirigió hacia la máquina de café. Sirvió dos tazas y le llevó una. Cuando estuvo a su lado, se dio cuenta de lo pálido que estaba.

—¿Has tomado algo para la indigestión? A lo mejor no debería darte este café.

—Dame ese café. La indigestión se me pasará, estoy seguro.

Tomó el café y la miró.

—¿Qué pasa?

—Estoy preocupada por ti.

—¿Por qué? Yo estoy bien. Mejor que nunca.

—Ya se ha ido todo el mundo —replicó ella—. Estamos solos tú y yo. Puedes ser sincero.

A él se le hundieron los hombros.

—No hay forma de engañarte, ¿eh? Estoy preocupado. Tenemos que hacer todo lo que podamos. Yo voy a llamar a algunos otros de mis contactos. Todo va a salir bien, estoy seguro. Y el año que viene será mejor. Tiene que ser mejor.

—Acerca de Ross Miller...

—No te preocupes. Sé que el deporte no es lo tuyo —dijo Arnie—. Era solo una idea. Me estaba agarrando a un clavo ardiendo. Aunque demos con una idea innovadora, Ross Miller es un tipo duro. No creo que nos concediera una reunión ni aceptara escuchar nuestras propuestas. Siempre ha contratado a grandes agencias. No estamos en su lista.

—Pues, entonces, tenemos que entrar en esa lista.

Ella no iba a rendirse ni iba a permitir que Arnie se diera por vencido.

—Podemos conseguirlo, Arnie.

—Ese es el espíritu —dijo él, esbozando una sonrisa—. No te preocupes. Si ocurre lo peor, puedo hacer unas llamadas y tendrás otro trabajo antes de que acabe el día.

—No quiero otro trabajo.

—Ya lo sé —dijo él, y dejó el café intacto en la mesa—. Tú y yo nos conocemos desde hace mucho tiempo, Lucy. Y, francamente, por ese motivo me siento aún peor. Tenemos a gente leal y maravillosa en esta agencia, y os he fallado a todos. Deberíamos extender más nuestra red. Siempre hemos confiado en unas pocas cuentas grandes en vez de trabajar en múltiples cuentas más pequeñas. Eso nos ha dejado en una posición vulnerable, y es culpa mía.

—Tú no eres responsable de la marcha de la economía y de los sucesos mundiales, Arnie. Tú eres brillante.

—No tanto —dijo él con una sonrisa de cansancio—. De todos modos, ya es suficiente. ¿Cómo estás tú, Lucy? Sé que esta es una época difícil para ti, incluso sin estas otras preocupaciones.

—Estoy bien, gracias —dijo ella—. Tú eres el que ha estado trabajando muchísimo. A lo mejor deberías irte a casa.

—Hay demasiadas cosas que hacer —respondió él, y volvió a frotarse el pecho—. Tengo que hacer algunas llamadas y empezar a reunir algunas ideas para enero.

—De acuerdo.

Pero, si las principales agencias iban a hacerle propuestas a Miller Active en Año Nuevo, ellos necesitaban reunirse antes con Ross Miller. Aquel hombre tenía fama de ser un adicto al trabajo. Seguramente, no iba a perder el tiempo de fiesta delante del árbol de Navidad.

Salió de la habitación y, cuando miró hacia atrás, vio a Arnie desplomado en su silla, en la cabecera de la mesa, con la cabeza apoyada en las manos.

Ella se sintió muy mal al verlo así. Se dirigió hacia el dispensador de agua. Iba a hacer todo lo que estuviera en su mano para solucionar aquel problema, y no solo porque aquel trabajo fuera lo único bueno y estable de su vida.

Maya estaba apoyada en la pared, bebiéndose un vaso de agua.

—Lo siento —dijo, y se hizo a un lado al verla—. El miedo me da sed. Estoy fingiendo que esto es ginebra. ¿Qué vamos a hacer?

—Vamos a buscar nuevas cuentas, empezando por Miller Active. Lo que no vamos a hacer es caer en el pánico.

Por lo menos, no dejar que los demás lo notaran. Ella estaba conteniendo todo el pánico que sentía.

—Si dices en serio lo de Miller Active, deberías tener pánico. ¿Sabes con quién estarías tratando? Ross Miller es cinturón negro en tres artes marciales diferentes. Sabe esquiar y es un as en el ring de boxeo. Ha atravesado el Atlántico navegando. Tiene músculos en todos los lugares correctos.

—¿Cuándo has visto tú sus músculos?

—En fotografías —dijo Maya, y dejó el vaso—. Cumplió algunos retos de *fitness* el año pasado para recaudar fondos para una ONG. De verdad, habría entregado mi tarjeta de crédito gustosamente.

—Tú solo tienes deudas en tu tarjeta de crédito. Y ¿qué tiene esto que ver con la presentación de una propuesta?

—Te quiero mucho, pero el único ejercicio que haces tú es ir del sofá a la cocina. ¿Hay alguna posibilidad de que te convierta en una fanática del deporte antes de enero para que podamos aumentar tu credibilidad?

—No necesito ser una fanática del deporte.

Maya frunció el ceño.

—¿Por qué no? Se trata de una cuenta de *fitness*. De ropa deportiva. Lo que quiere Miller Active es aumentar su clientela. No te ofendas, Lucy, pero... ¿tienes mallas de yoga?

—No. Pero, en este caso, eso va a mi favor —dijo Lucy, y se sirvió un vaso de agua—. Piénsalo. Ross Miller quiere nuevos clientes. ¿Cuál es el perfil de un cliente nuevo? No el de alguien como Ted, que ya es un converso. Es gente como yo, que nunca se acercaría a un gimnasio. No hay demasiado que hacer. Me compro un par de mallas deportivas sexis y me presento por la mañana a hacer una sesión de pesas.

—Sinceramente, no sé qué responder a eso —dijo Maya—. Conociéndote, me imagino que haría falta algo importante.

—La cuenta de Miller es importante.

—Lucy, soy tu mayor admiradora, pero sé realista. Las principales agencias de publicidad van a presentar propuestas. Esta es la gran oportunidad. ¿Cómo vamos a competir con ellas?

—Siendo más inteligente y adelantándonos.

—Pero si es Navidad.

—Por eso mismo. Es la época perfecta para trabajar.

—Puede que para ti, sí, pero no para la mayoría de la gente. Y, probablemente, para Ross Miller, tampoco —dijo Maya, y vaciló—. Mira, sobre la Navidad, ya te lo he dicho, puedes venir a pasarla con Jenny y conmigo. La madre de Jenny y su hermano van a venir también. Su padre, no, porque todavía no puede soportar vernos juntas y yo no quiero pasarme la Navidad con un nudo en el estómago.

—Lo siento.

—No te preocupes. Nunca había sido tan feliz y, si el precio es un poco de tensión familiar, entonces lo pagaré encantada. Y nos encantaría que vinieras.

—Es una invitación muy amable y te lo agradezco, pero no, gracias.

Sabía que la Navidad iba a ser difícil para ella y no quería que los demás tuvieran que soportar su tristeza. Además, verse obligada a fingir que estaba bien cuando no lo estaba se volvía agotador después de un rato. Su regalo de Navidad para sí misma iba a ser darse permiso para sentirse horriblemente mal.

Maya suspiró.

—Lucy...

—Estoy bien, de verdad. Voy a estar muy ocupada trabajando.

—No mencionó su conversación con Arnie. Si el equipo se enteraba de lo preocupado que estaba él, ellos también se preocuparían aún más y ¿qué sentido tenía estropearles las fiestas a todo el mundo? Era mejor que volvieran de las vacaciones descansados y con optimismo.

—Voy a hacer un plan para conseguir que Ross Miller nos reciba.

—No soporto pensar que vas a estar trabajando sola en Navidad.

—Estoy muy contenta de trabajar ese día. Así todo será mucho más fácil.

Serían sus segundas Navidades sola. Las terceras, contando con las que había pasado con su abuela en el hospital, aunque Arnie había estado a su lado en esas. En las otras ocasiones, había sobrevivido al paso de la fecha. Y también iba a sobrevivir ahora. El trabajo era exactamente la distracción que necesitaba.

—Lucy...

—La Navidad solo es un día, Maya. Este año voy a estar tan ocupada que ni siquiera me voy a dar cuenta. Voy a descubrir todo lo que haya que saber sobre la familia Miller y sobre Ross Miller en particular, y voy a conseguir una reunión con él antes de que las otras agencias hayan tragado su primera ración de pavo. Y luego vamos a dejarlo asombrado con nuestra brillantez.

—Supongo que no lo dirás literalmente —dijo Maya, que no parecía muy convencida—. En esta competición hay grandes jugadores, y están muy motivados.

Lucy pensó en Arnie, a quien acababa de ver con la cabeza apoyada en las manos, en soledad. Pensó en Ted y en su hijo recién nacido. Pensó en Maya, que iba a pasar la primera Navidad en su piso nuevo. Pensó también en su propia situación.

—Y estoy un paso más allá de la motivación. Estoy desesperada.

—Eso está muy bien —dijo Maya—, pero ¿cómo vas a hacerlo? ¿Cómo vas a ponerte delante de Ross Miller?

—Eso es algo que estoy...

Lucy se interrumpió al oír que Rhea la llamaba a gritos. Se giró.

—¿Qué pasa?

—¡Ven rápidamente! —exclamó Rhea, que estaba pálida, sin aliento—. Arnie se ha desmayado. La ambulancia viene de camino. ¡Oh, Lucy, es horrible!

Capítulo 2

Glenda

—¡Lo va a traer a casa! —gritó Glenda mientras irrumpía en la cocina. Posiblemente, aquella era la mejor noticia que había tenido en todo el año—. ¿Has visto el correo electrónico?

—Estoy desayunando. Nunca reviso el correo mientras estoy desayunando. Es malo para la digestión —dijo Douglas, y bajó el tenedor—. ¿De quién estamos hablando?

—¡De Alice! Alice ha invitado a Nico a pasar la Navidad con nosotros —dijo Glenda—. Estoy emocionada.

—¿Emocionada por tener otra boca que alimentar?

—Emocionada porque nuestra hija, que es adicta al trabajo, por fin tiene una relación. Y todo indica que es algo serio. Nunca había traído a nadie a casa. ¿Sabes lo que significa eso? Por fin hay alguien en su vida, algo que no es el trabajo. Me preocupaba mucho la falta de equilibrio de su vida. Esto es importante, Douglas.

Sabía que se preocupaba demasiado por sus hijos, pero no podía evitarlo. Y conocía a Alice. Su hija mayor era inflexible en su búsqueda de la perfección. Era así desde pequeña. La mera idea de tener un suspenso la empujaba a estudiar hasta muy tarde por la noche, hasta que ella intervenía.

—¿Adicta al trabajo? —preguntó Douglas con el ceño fruncido—. Lo dices como si eso fuera algo malo, pero trabajar mucho no tiene nada de malo.

—Sí, cuando desplaza todas las demás cosas de la vida. Lo que necesita una persona es equilibrio. Pero no le echo la culpa a Alice por ser así. Ross es igual. Está en su ADN.

Miró a su marido de forma elocuente, aunque tenía que reconocer que, desde que le había dado un susto el corazón el año anterior, había bajado mucho el ritmo. Había adelgazado y había empezado a hacer ejercicio. Habría sido bueno que, además, redujera las horas de trabajo, pero ella sabía que eso era pedir demasiado.

—¿Me estás culpando a mí? Clemmie también es hija mía, así que, ¿cómo explicas eso?

—Ella se parece a mí —dijo Glenda, sonriendo—. Los voy a instalar en la habitación del lago. He estado pensando en cambiar la decoración de ese dormitorio. ¿Crees que Fergus podría ayudarme a hacerlo en una semana?

Douglas dio un gruñido.

—El chico es carpintero, no es Cupido. Y está ocupado terminando su casa y nuestro establo.

—Esto va por delante de tu establo. Y, aunque sea carpintero, es capaz de hacer cualquier cosa práctica, ya lo sabes —dijo ella. Tomó su teléfono y le escribió un mensaje a Fergus—. Estoy segura de que me ayudará. Somos familia, prácticamente. Clemmie y él eran inseparables de pequeños.

—Eso fue hace años. Ahora son adultos. Además, ¿qué tiene de malo el dormitorio de Alice?

—No es lo suficientemente grande para dos. Además, querrán tener privacidad —respondió Glenda, y envió el mensaje. Después, guardó el teléfono—. Y no es tan romántico como la habitación del lago. Quiero que su estancia sea perfecta. ¿Por qué no haría yo nada en esa habitación durante el verano? Bueno, da igual. Esta es una ocasión especial. Estoy deseando conocer al novio de Alice. ¿Cómo crees que será?

—Tolerante —dijo Douglas—, si está con nuestra Alice.

Ella ignoró aquel comentario.

—Es cirujano cardiólogo. Nunca sé qué decirles a los cirujanos. Espero que no sea arrogante. ¿Te acuerdas de cuando hablé con aquel sobre mis ojos porque tenía problemas? Hizo que me sintiera como si tuviese seis años. ¡Qué condescendiente! Espero que Nico no sea intimidante. ¿Y si no le caemos bien, o no le gusta la casa?

Glenda miró a su alrededor intentando imaginarse cómo vería un extraño su adorada casa. ¿Por qué cuando uno vivía en un lugar, las imperfecciones terminaban por pasar a un segundo plano? Había rayones en la mesa de la cocina y, en el muro, una pequeña abolladura, legado de la épica en la que Ross montaba en bicicleta dentro de casa. Era un hogar amado y vivido. El lugar que había acogido a su familia, y que ella no criticaría de igual modo que no criticaría su propia cara. ¿Una arruga? ¿Una cana? Todo era parte de la vida. O, por lo menos, eso era lo que había pensado siempre, aunque ya no estaba tan segura... Quería que todo tuviera el mejor aspecto posible. Redecoraban de vez en cuando, pero siempre había exigencias más importantes en cuanto al tiempo y a las finanzas familiares. La casa era grande y vieja, y tenía corrientes de aire, y se bebía el dinero como si estuviera permanentemente sedienta.

—¿Crees que le importará el caos?

—Si está saliendo con Alice, lo dudo —dijo Douglas—. Esa chica no sabe lo que significa la palabra «orden».

—Tiene treinta años, Douglas. Una mujer. Médica. Es responsable de otras vidas.

Y ella estaba orgullosa de su hija por haber seguido su propio camino y haber cumplido el sueño de convertirse en doctora. De pequeña operaba a sus muñecas y les pasaba consulta a sus hermanos. Ella había perdido la cuenta de todas las veces que había tenido que quitarle vendas de las extremidades a Clemmie. Y, como todo lo demás en la vida de Alice, una vez que se fijaba una meta, no se apartaba del camino. Se concentraba en lo que tenía que hacer para lograr su objetivo y lo conseguía, costara lo que costara.

Era muy diferente a su propia experiencia. Ella se había casado con Douglas cuando tenía dieciocho años y había empezado a trabajar para Glen Shortbread inmediatamente. A nadie se le había pasado por la cabeza, ni siquiera a ella, que pudiera hacer algo distinto. Era un negocio familiar y ella era de la familia. Después de que nacieran los niños había decidido dejar de trabajar y nunca se había arrepentido de tomar esa decisión.

Douglas la miró por encima de la montura de las gafas.

—Aunque sea médica, Alice es de la familia, así que puedo decir la verdad. Y la verdad es que espero que cuando está viendo a sus pacientes sea más organizada de lo que es en casa, o sus pacientes no tendrán ninguna esperanza de vida.

—Estoy segura de que sí lo es, aunque sé a qué te refieres.

A veces era difícil ver a una hija como una adulta. Era difícil imaginarse a Alice tomando decisiones de vida o muerte. Ella tenía el recuerdo nítido de su hija con aparato en los dientes y con dos coletas. Sin embargo, lo que siempre había tenido era una férrea voluntad. «Yo puedo hacerlo sola. No me ayudéis».

—Tener aquí a un desconocido va a alterar la dinámica. ¿Estás segura de que no te importa?

—No es un desconocido para Alice y, con suerte, no lo será para nosotros durante mucho tiempo, tampoco. Será divertido. Me encanta la Navidad y que una de nuestras hijas tenga por fin una relación seria es la guinda del pastel. Lo cual me recuerda que...

Tomó un bolígrafo y un pedazo de papel que había al final de la mesa y comenzó a tomar notas.

—Todavía me queda por adornar la tarta, y tengo que encargar un pavo más grande.

Douglas la miró.

—¿Tan serio crees que es esto? ¿Tengo que comportarme como si fuera un padre severo? ¿Preguntarle cuáles son sus intenciones?

—Ni hablar. No vas a hacer nada que pueda avergonzarla. Ni sacar fotos de cuando era bebé, ni contarle cuándo se cayó del escenario durante la obra del colegio, ni de cómo se peleaba con su hermano —dijo ella, y levantó los ojos de la lista que estaba haciendo—.

Por una vez en la vida vas a comportarte como es debido, Douglas Fraser Miller.

—¿Y dónde está la diversión? Además, me veo obligado a recordarte que fuiste tú la que provocó un caos hace dos Navidades, cuando le recordaste a Alice que a su edad tú ya tenías dos hijos, y que siempre estarías disponible para cuidar de sus niños.

—No fue mi mejor momento, no. Se fue hecha una furia, ¿te acuerdas?

—Perfectamente, porque fui yo el que tuvo que arreglar el cuadro que se cayó de la pared del portazo que dio.

—Fue culpa tuya. Me preparaste un *gin-tonic* con más ginebra que tónica.

—Era Navidad.

—Y terminé diciendo cosas que, normalmente, pienso en secreto. Como lo mucho que me gustaría tener nietos —respondió ella. Al recordar la escena, quiso volver atrás en el tiempo—. No puedo creer que dijera eso en voz alta. Estas Navidades no voy a beber ni una gota de alcohol.

—Eso será aburrido —dijo Douglas, y la observó atentamente—. Estamos hablando en serio de una posible boda, ¿verdad?

—No lo sé y no lo voy a preguntar —respondió ella—. Ya he aprendido la lección.

Pero eso no significaba que no le importara, por supuesto. ¿Qué padre o madre no quería ver a sus hijos con su propia familia? Dejó el bolígrafo sobre la mesa.

—Los tiempos cambian, ¿no te parece? Hoy día, la gente no necesita firmar una hoja de papel para decir que tienen un compromiso.

—Sí estás comprometido, lo estás. ¿Por qué no formalizarlo?

—Ellos podrían responder que, si están comprometidos, no necesitan formalizarlo. Si los instalamos en la habitación del lago, voy a tener que comprar ropa de cama nueva. En ese cuarto hace mucho frío en invierno. Y voy a retapizar los almohadones del asiento de la ventana. Compré la tela el año pasado y no lo hice. Y tengo toallas nuevas para el baño.

—No diriges un hotel de cinco estrellas, Glenda. ¿Por qué no pueden aceptarnos tal y como nos encuentren?

—Porque no son una visita cualquiera. Son de la familia. Quiero que les guste estar en su hogar.

—El hogar es la familia, no una toalla de baño esponjosa. Además, ¿qué esperas? ¿Que uno de nuestros hijos decida que estas montañas llenas de niebla y las aguas del lago son más atractivas que las calles bulliciosas de Londres? ¿Vas a intentar tentarlos para que se queden aquí para siempre?

La conocía muy bien.

—¿Me estás diciendo que no te encantaría que sucediera eso?

—Pues sí, pero no va a suceder. Los tres han elegido, incluso Clemmie, que siempre fue muy hogareña.

De todos sus hijos, la que más le preocupaba era Clemmie.

—¿Te acuerdas de aquella vez que se quedó a dormir en casa de una amiga y tuve que ir a buscarla porque estaban viendo películas de miedo y estaba asustadísima? Me sorprendí mucho cuando decidió irse a Londres.

—Los otros están en Londres.

—Eso es distinto. Alice quería trabajar en un hospital universitario de Londres y Ross también necesitaba estar allí. Pero ¿Clemmie? Podría haber trabajado de niñera en cualquier sitio. ¿Por qué Londres? No sé por qué, pero no encaja con ella.

Se preguntaba a menudo por qué habría tomado su hija aquella decisión. ¿Por seguir el ritmo de sus hermanos? Eso era algo que había hecho siempre. O, quizá, por otro motivo. Ella tenía sus propios pensamientos al respecto, pero se los guardó.

—Siempre pensé que se quedaría más cerca de casa. ¿Por qué frunces el ceño?

—Porque me estás recordando que somos una empresa familiar. Seis generaciones —respondió Douglas—. Entonces, ¿por qué ninguno de mis hijos quiere trabajar en este negocio?

—Porque los tiempos cambian. Ellos necesitaban elegir lo que querían. Dejar su impronta en el mundo.

—Sí, ya sé todo eso —refunfuñó él—. Pero, a veces, me molesta. No es que a Ross no le interesen los negocios. Claro que le interesan. Pero no le interesa el mío.

Ella lo sentía por su marido, porque sabía que le habría encantado que Ross trabajara con él. Y a ella también le habría gustado, porque, entonces, tal vez Douglas no habría tenido que trabajar tanto.

—Ross es feliz. Eso es lo importante. Y tiene sentido que haya elegido ese mundo empresarial, porque siempre le encantaron el *fitness* y el deporte. De niño siempre iba a cursos de escalada y a navegar. Aprovechaba cualquier excusa para salir y estar activo.

Douglas la miró.

—Y tú te pasaste muchas noches sin dormir por eso.

—Puede ser, pero ese es mi problema, no el suyo —respondió, y empujó un tazón de macedonia hacia su marido—. Vamos, termina de desayunar y deja de fingir que eres tan feroz, o llamo al doctor Hammond para que te eche un sermón sobre tu presión sanguínea.

Douglas tomó la cuchara sin entusiasmo.

—¿Y qué sabe él?

—Pues mucho, como tú. Eres un hombre inteligente. Si dejaras de fruncir el ceño, estarías más guapo. Se puso de pie y rodeó la mesa.

—Por favor, dime que no vas a volver a hacerlo, Douglas.

—¿A hacer qué?

Ella lo abrazó y le dio un beso.

—Estropear la Navidad con tus comentarios pasivo-agresivos.

—Yo nunca he estropeado la Navidad. Es mi época favorita del año. Toda la familia junta. Y nunca soy pasivo-agresivo. Soy directo, digo las cosas como son —respondió él, y le acarició la mano suavemente.

Glenda suspiró.

—No. Dices las cosas como quieres que sean. No es lo mismo.

Era difícil para él, y ella lo sabía. Pero también era difícil para Ross. Y para ella, porque siempre estaba en medio. Era la que ponía paz.

—Haces que se sienta culpable, Douglas, pero él está haciendo lo que le gusta —dijo, y se irguió—. Tú has vivido tu vida, y ahora tienes que dejar que él viva la suya.

—¿Por qué lo dices en pasado? Yo todavía vivo mi vida, y tengo intención de seguir haciéndolo. Por eso estoy desayunando avena y fruta, y no hincándole el diente a unas lonchas de beicon y a un pudin negro.

—Ya lo sé —dijo ella. Le puso un cuenco de yogur al lado, y él se estremeció—. Y sé cuánto significa la empresa para ti, pero el negocio de Ross también es muy importante para él. Ha tenido un éxito muy grande, pero ¿se lo has dicho tú alguna vez?

Douglas sacó un pedazo de manzana del tazón.

—Con demasiados elogios, un hombre se duerme en los laureles. Imagínate lo que podría hacer por este lugar si le dedicara toda esa energía, los conocimientos y la experiencia que tiene a Glen Shortbread. Yo podría jubilarme.

Glenda se sentó a su lado.

—A ti no te gustaría jubilarte, pero a mí me encantaría que pudieras reducir la jornada laboral.

—¿Y cómo voy a hacerlo? La empresa me necesita. Y no hablemos de eso ahora. ¿Por qué hay manzana cortada en esta macedonia? Odio la manzana cortada.

Tenía una sonrisa forzada, y ella se dio cuenta al instante, porque lo conocía desde los diez años y conocía todas sus expresiones.

—¿Va mal el negocio? —le preguntó.

Siempre habían compartido lo bueno y lo malo. Desde que ella se había apartado de la empresa, solo sabía lo que él le contaba.

Douglas dejó la fruta y tomó la taza de café, la única que se permitía tomar al día.

—No. Pero las cosas están cambiando. La forma de llevar la empresa está cambiando. Han pasado los días de mantener un contacto personal. Ahora todo se hace por redes sociales, con *influencers*. ¿Cómo se supone que voy a hacer yo eso? ¿Me pongo una falda escocesa y bailo alrededor de un plato de galletas de mantequilla? Estoy anticuado, esa es la verdad.

—Tonterías. Tú has sabido adaptarte a todas las nuevas tecnologías.

—Pero no es algo natural para mí. No como lo es para Alice y Clemmie. Sus teléfonos son como extensiones de ellas.

—Pero para eso tienes bastantes empleados que son expertos en redes sociales.

—Sí, ya lo sé, pero seguramente deberíamos hacer más. ¿Sabes cómo me llaman? Douglas el dinosaurio. Menos mal que no es Douglas el dino —dijo él, con una carcajada, y se terminó el café—. Me estoy haciendo demasiado mayor para esto, Glenda.

—No es verdad.

A ella le resultaba horrible ver a su marido, que normalmente estaba de seguro de sí mismo, con tantas dudas. Le cubrió la mano con la suya.

—Sí, es verdad. Si mi hijo estuviera en la empresa, este sería el momento en el que daría un paso atrás. Tienes razón, debería reducir mi jornada. Debería pasar más tiempo contigo. Deberíamos ir a un crucero por el mundo.

—¿Tú crees que a mí me interesa hacer un crucero? Parece que no me conoces.

Él sonrió con cansancio.

—Sería agradable tener esa opción.

«París», pensó ella. «Si pudiera ir a algún sitio, sería a París».

—Deberías hablar con Ross —dijo ella—. Pídele consejo. Él ha tenido mucho éxito con su empresa. Seguro que tiene alguna idea de cómo podrías estructurar un equipo directivo de manera que puedas reducir horas de trabajo.

—Si lo saco a relucir, él pensará que lo estoy presionando, que intento hacer que se sienta culpable. Zanjemos este tema. Hablando de negocios, esa revista todavía sigue dándome la tabarra para que haga fotografías.

—Oh —dijo Glenda, y se sentó—. Eso está bien. Toda publicidad es bienvenida.

—Puede ser. Quieren que toda la familia esté unida. La abuelita. Los niños. Los perros.

Hunter, su labrador negro, se levantó y movió la cola. Douglas le acarició la cabeza.

—¿Te apetece ser una estrella de cine, nene? —le preguntó. Hunter apretó la nariz contra su mano.

Glenda recordó el día que lo había adoptado en la protectora de animales. Estaba muy delgado y falto de cariño. Toda la familia estaba de luto por la muerte de Bess, su *golden retriever*, que había sido su compañero leal durante doce años. Douglas la había regañado por llevar a otro perro a casa antes de que estuvieran preparados, pero se había enamorado de Hunter un minuto después y, desde entonces, eran inseparables. Hunter acompañaba a Douglas allá donde fuera, a una caminata por las montañas o a la oficina. La única persona que quería a Hunter más que Douglas era Clemmie.

—¿Cuándo es la fecha límite del artículo?

—El artículo ya está escrito. Son solo fotos. Les dije que mis hijos no estarían en casa hasta Navidad y no pusieron ningún problema —respondió Douglas mientras le rascaba las orejas a Hunter—. ¿Crees que lo harán?

Ella no estaba tan segura. A sus hijos no les gustaba nada posar para esas sesiones de fotos familiares.

—Siempre puedes pedírselo.

—Se lo pediré a Clemmie. Ella nunca dice que no, y convencerá a los demás.

—A lo mejor, si les explicas que necesitamos la publicidad...

—No les voy a decir eso. No quiero que se preocupen.

—Douglas...

Glenda se quedó callada cuando se abrió la puerta y su suegra entró en la cocina. Jean Miller, la abuela Jean para toda la familia, tenía ochenta y seis años, pero aparentaba diez menos.

Douglas se puso de pie con un gesto de cortesía anticuado y le señaló con la mano un sitio vacío en la mesa.

—Desayuna con nosotros. ¿Tú estarías dispuesta a aparecer en unas fotografías de la familia?

La abuela Jean se atusó el pelo.

—Siempre y cuando me saquen en el papel de abuela glamurosa... —respondió. Después, miró a su hijo—. ¿Por qué tienes esa cara tan seria, Douglas?

—Esta es la única cara que tengo. Si te parece seria es porque tu nuera está intentando que coma manzana en trocitos. Motivo de divorcio, en mi opinión.

Douglas empujó el plato con la manzana para apartarlo. Jean lo tomó.

—Por suerte para todos y para tu matrimonio, a mí me encanta la manzana en trocitos. Bueno, te lo pregunto de nuevo, ¿qué sucede?

—No sucede nada, abuela Jean —dijo Glenda, mientras le servía una taza de café a su suegra.

Sabía que Douglas no quería preocupar a su madre. Cuando su padre había muerto repentinamente, hacía dos décadas, los dos habían decidido que su madre fuera a vivir con ellos. Douglas había reformado tres habitaciones del viejo caserón y lo había convertido en un apartamento separado para que su madre pudiera estar cerca de ellos y, al mismo tiempo, conservar su independencia. Así organizado, había funcionado bien para todos.

—Solo estábamos hablando de la Navidad. Y de los niños —añadió.

Douglas dio un gruñido.

—De niños, nada. Ross tiene treinta y dos años.

—A los treinta y dos años, yo ya llevaba doce de casada —dijo Jean moviendo la cabeza—. Puede que este año traiga a alguien a casa. Me gustaría verlo con alguien. Y me gustaría tener bisnietos antes de ser demasiado vieja como para poder jugar con ellos. Se lo he pedido a Santa Claus por carta.

—¿Le has pedido bisnietos?

—Lo niños del colegio estaban escribiendo sus cartas y yo también tuve que pensar en algo. A mi edad, tengo todo lo que necesito, aparte de unas caderas nuevas, pero no estaba segura de si los regalos de Santa Claus vienen con sistema eléctrico. Tengo un trauma de todas las veces en que abrimos regalos y no tenían pilas, así que decidí pedirle algo más sencillo.

Jean siempre conseguía que sonriera. Después de dejarle las riendas del negocio a Douglas, su suegra se había preparado para ser maestra y había dado clases durante años en la escuela primaria del pueblo. Aunque llevaba muchos años jubilada, aún era bien recibida en las celebraciones del colegio, sobre todo, en Navidad.

—¿Le has pedido bisnietos a Santa Claus?

—Estaba ayudando a los niños a escribir sus cartas y ellos me preguntaron qué iba a pedirle yo. ¿Qué iba a decir? ¿Que Santa Claus no existe? Yo no quiero acabar con los sueños de ningún niño —dijo, mientras untaba mantequilla en una tostada—. Tuve que pensar en algo. En este momento, mi carta está de camino al Polo Norte, así que está todo arreglado —dijo.

Le dio un mordisco a la tostada. Douglas cabeceó.

—Lamento acabar con tu sueño, pero estoy seguro de que Santa Claus no te va a traer ningún bisnieto próximamente.

—¿Por qué no? ¿Por Seguridad y Salud? Ahora todo son normas y reglas. Seguramente, no puede llevar a un niño en el trineo sin casco, cinturón de seguridad y pasaporte —dijo Jean, y le echó una cucharada de azúcar a su taza de café. Captó la mirada de Glenda—. No me eches ningún sermón.

—¿He dicho algo?

—No es necesario. Tengo ochenta y seis años. Si quiero echarle azúcar al café, lo voy a hacer. Y no finjas que a ti no te encantaría tener un nieto.

Glenda no quería hablar de eso. Y no quería que nadie más hablara, tampoco.

—Tenemos que callarnos ese tipo de cosas —dijo, mientras se servía un café—. Y Ross no va a traer a nadie a casa, pero Alice, sí.

—¿Alice? —preguntó la abuela Jean, y se animó—. Es la primera vez que lo hace, así que debe de ser algo serio.

—Yo he dicho lo mismo —dijo Douglas—, pero no podemos comentar nada al respecto.

—Pero bueno, ¿por qué no? ¡Es lo más emocionante que ha pasado por aquí desde hace mucho tiempo!

—No deberíamos demostrar entusiasmo. Tenemos que fingir que es completamente normal que Alice traiga a un hombre a casa para que nos conozca.

La abuela Jean esbozó una sonrisa de picardía.

—¿Quieres que me equivoque con su nombre y me disculpe por haber mezclado novios? Podría hacerme pasar por una vieja confusa y olvidadiza y llamarlo Stan. A lo mejor piensa que es uno de muchos, se pone nervioso y le propone matrimonio.

Glenda se puso nerviosa al pensar en la Navidad.

—No interfieras, abuela Jean.

—¿Por qué no? Soy vieja. La gente hace concesiones cuando eres viejo.

—Solo quiero que te comportes con normalidad —dijo Glenda—. Si eso es posible.

—Lo normal está sobrevalorado. Creemos en la individualidad —le dijo Douglas—. Y, en cuanto a los novios, no sabemos lo que es normal, porque Alice nunca había traído a un novio a casa. Debe de ser alguien especial. Es cirujano del corazón, abuela Jean.

—Vaya, al oír eso me aletea el corazón a mí. Ya estoy encantada con la idea —dijo su madre, y terminó la tostada—. Además, si le rompe el corazón, por lo menos sabrá cómo arreglárselo.

—Ya basta, los dos —dijo Glenda, que no sabía si reír o llorar—. No quiero que se sientan presionados. Tenemos que ser discretos.

Douglas enarcó las cejas.

—¿Por eso estás pensando en redecorar la habitación del lago?

—¡Ajá! ¡Buena idea! —exclamó la abuela Jean—. Llevo años diciéndote que lo hagas. Antes era la habitación principal, la *suite* nupcial. Recuerdo hablar con tu abuela de eso, Douglas. Esa cama ha visto más acción que...

—¡Ya está bien! —exclamó Glenda con desesperación.

—No seas mojigata, Glenda. Lo próximo que vas a decirme es que vas a ponerlos en habitaciones separadas.

—No —dijo ella, e hizo una pausa—. ¿Crees que debería hacerlo?

—No. Creo que deberías hacer todo lo posible por crear un ambiente íntimo para ellos. Tal vez, encender la chimenea. Eso siempre es agradable. Para atizar el fuego, por decirlo de algún modo. ¿Cuándo se encendió por última vez la chimenea de ese cuarto? ¿Moriríamos todos por inhalación de humo? Puede que tengamos que limpiar el tiro. Hace unos cuantos años hubo un pájaro muerto en mi chimenea y te puedo asegurar que el olor que desprendía no es precisamente de los que favorecen la lujuria.

—Voy a llamar a los deshollinadores —dijo Glenda.

Un buen fuego en la chimenea era una de las mejores ideas de su suegra. Añadió una nota más a su lista.

—Otro buen plan. No nos importa que prendan fuego a las sábanas, pero, preferiblemente, no a la habitación. ¿Y qué más puede ser romántico? Velas en el baño.

—¿Qué parte de «ser discretos» no has entendido? —preguntó Glenda. Estaba empezando a sentir pánico—. Si no tenéis cuidado, lo vais a echar todo a perder. Ninguno podemos mencionar el matrimonio, ni los hijos. Ni los nietos.

—¿Como hiciste tú, quieres decir? —preguntó la abuela Jean.

Glenda se ruborizó.

—Me he incluido en la advertencia. Además, ya hemos hablado de ese incidente. No voy a beber en Navidad. Voy a medir todas y cada una de mis palabras.

—Es una Navidad familiar. Todo el mundo espera algún acontecimiento. Esa es la diversión.

¡No tiene gracia! Y este año nos jugamos mucho con Nico. Tenemos que portarnos bien.

Douglas dio un gruñido.

—¿Y de qué se nos permite hablar? ¿Del tiempo? Están pronosticando fuertes nevadas, así que eso será muy interesante.

—Puedes preguntarles por su vida, demostrar interés.

—Me interesan sus vidas —dijo Jean, y dio un sorbo a su taza de café—. Me interesa el motivo por el que ninguno de mis nietos ha sentado la cabeza todavía. Ross ya tiene una empresa con mucho éxito, así que, ¿por qué no puede tener una buena relación? Ya es hora de que forme una familia.

—Por favor, no le digas eso —le pidió Glenda—. Eres tan mala como Douglas.

—¿Mala? No es nada malo desear que tus seres queridos sean felices.

—La gente tiene diferentes ideas de lo que es la felicidad. Y Ross es feliz. Adora su trabajo.

—Pero si tú siempre me estás diciendo que el trabajo solo es una parte de la vida —protestó Douglas— y que hay que tener un equilibrio. Una familia. Si no tienen hijos, ¿a quién les vamos a dejar este caserón cuando muramos?

—Tú sigue comiendo fruta y verdura —le dijo Glenda— y, con suerte, no morirás pronto.

—Me encantaría ser bisabuela —dijo la abuela Jean, y miró soñadoramente a la nada—. Y me encantaría ir a una boda. Ya he elegido el sombrero. Me quedan muy bien los sombreros. A lo mejor hay un gran anuncio esta Navidad.

—¿Un anuncio?

—Alice lleva nueve meses saliendo con Nico, y traerlo a casa es algo importante. ¡Y él ha aceptado! Conocer a la familia de tu novio siempre es estresante, pero ¿conocer en Navidad a tus futuros suegros?

Glenda tuvo que resistir la tentación de dejar caer la cabeza sobre la mesa.

—Abuela Jean...

—¿Qué? Nos da buena impresión Nico, ¿no? Nos parece que tal vez sea el elegido. Y debe de ganarse la vida dignamente, lo que significa que entre los dos podrán pagar una asistenta, lo cual es bueno, porque, por mucho que yo quiera a Alice, esa chica no es precisamente un ama de llaves.

—Lo mismo que he dicho yo —comentó Douglas con petulancia.

Glenda se preguntó si madre e hijo estaban intentando frustrarla deliberadamente.

—¿Por qué iba a tener que encargarse ella de la limpieza? Si los dos están trabajando a tiempo completo, deberían compartir las tareas domésticas.

—Por supuesto, pero ¿ella lo haría? Siempre me ha parecido interesante que, siendo Alice una persona tan competitiva, tan perfeccionista, ninguno de esos dos rasgos la motiva para limpiar el baño después de haberlo usado —dijo la abuela Jean—. ¿No os acordáis de que pagaba a Clemmie para que lo hiciera en su lugar? Y le daba un sueldo horrible. Yo le decía a Clemmie que tenía que pedirle una cantidad mínima, pero ella nunca ha tenido tanta seguridad. Es de las que tratan de agradar siempre.

Glenda se salvó de responder porque Fergus apareció en aquel momento. Sus espaldas casi llenaban todo el hueco de la puerta.

—¡Oh, Fergus! —exclamó, y se puso de pie—. Gracias por venir. Sé que estás muy ocupado. Él sonrió con calidez.

—Me quedan unos minutos antes de la entrada al colegio y vi tu mensaje.

Glenda se fijó en la niña que se escondía detrás de sus piernas.

—¡Iona! Qué alegría verte. ¿Ya has escrito la carta a Papá Noel?

Iona asintió y apretó la cara contra Fergus, que la tomó en brazos.

—Diles a Glenda y a la abuela Jean lo que has pedido.

A Glenda se le formó un nudo en la garganta. Fergus siempre estaba pendiente de la niña, siempre la protegía. Cuando la madre de Iona, la hermana mayor de Fergus, Laura, había muerto, Fergus se había quedado con la niña sin dudarlo un segundo.

La vida era injusta.

Todavía le resultaba extraño ver a aquel niño convertido en un hombre. Y en un buen hombre. No muchos habrían hecho lo mismo que él. No se merecía lo que le había deparado la vida, pero había dado un paso adelante y estaba haciendo todo lo que podía por ser el mejor padre posible.

Iona se aferró a su cuello.

—Quiero que nieve en Navidad para poder hacer un muñeco de nieve muy grande.

Glenda sintió una punzada de simpatía por Fergus. No solo tenía que ser padre, sino, también, controlar el tiempo.

—¡Nieve! —exclamó la abuela Jean—. Estoy segura de que Santa hará todo lo que pueda.

Iona asintió con timidez y Fergus la cambió al otro brazo.

—¿Qué puedo hacer por vosotros?

—Es muy emocionante —dijo la abuela Jean—. Tenemos un invitado extra por Navidad.

—Es cierto —dijo Douglas, y puso los ojos en blanco—. Aunque no sé por qué tenemos que redecorar la casa porque nuestra hija tenga, por fin, una relación sentimental con alguien.

Fergus se quedó inmóvil.

—¿Clemmie se va a casar?

—No, Clemmie, no. Alice —dijo Douglas—. Y nadie ha dicho nada de casarse. No menciones el matrimonio, Fergus, o tú y yo vamos a terminar pasando la Navidad en el cobertizo de las vacas.

Glenda estaba observando a Fergus. ¿Era la única que se daba cuenta de cómo le cambiaba el color de las mejillas cuando se mencionaba el nombre de Clemmie?

De niños siempre habían estado muy unidos, pero parecía que, con el tiempo, habían perdido el contacto.

Glenda siempre se había preguntado si entre Fergus y Clemmie podría haber algo más que una amistad, pero no había sucedido nada, así que, obviamente, se equivocaba en eso. Además, se recordó que no era asunto suyo.

—Quiero hacer algunos cambios en la habitación del lago.

—Para Alice. Bien —dijo Fergus, asintiendo, con una expresión indescifrable—. ¿Vuelvo después de dejar a Iona en el colegio y hablamos de ello?

—Perfecto.

—Necesitamos que quede una habitación romántica, Fergus —dijo la abuela Jean, y le guiñó un ojo.

Fergus miró a Glenda con desconcierto.

—No estoy seguro de qué es exactamente lo que...

—No le hagas caso a la abuela Jean. Solo quiero darle un aire nuevo a la habitación, eso es todo.

—Tonterías. Tu cometido es crear un nidito de amor, Fergus.

La abuela Jean era su yo incontenible y Glenda sintió pánico. Una broma irreflexiva podía echarlo todo a perder. Quizá debiera advertírselo a Alice. Si su hija estaba realmente segura de lo que tenía con Nico, quizá fuera demasiado pronto para exponerlo a la familia Miller. ¿Y si Douglas o su madre abrían la boca y lo estropeaban todo? A ella le encantaba aquella época del año. Esperaba con impaciencia las fiestas con meses de antelación, pero, incluso así, tenía que admitir que la reunión no estaba exenta de tensiones.

Y aquel año, además de la tensión habitual entre Ross y Douglas, Alice iba a llevar a alguien a casa. Si la familia metía la pata, Alice no se lo perdonaría nunca. Por primera vez en su vida Glenda se preguntó si, realmente, estaba sintiendo miedo de la Navidad.

Capítulo 3

—¿Qué significa eso de que quieren hacer un artículo sobre nuestra familia perfecta? ¿Desde cuándo somos una familia perfecta?

Alice Miller se quitó la bata médica y se metió en la ducha. Llevaba trabajando doce horas seguidas y estaba agotada, física y emocionalmente.

—¿Qué es lo que quieren? No será otra sesión de fotos en la que tengamos que sentarnos alrededor del árbol sonriendo con una bandeja de galletas delante, ¿no?

Todo parecía muy alejado del día que acababa de tener. La vida real, de cerca, sin filtros y fea. Sin galletas de mantequilla y sin sonrisas. La medicina de urgencias no era para los pusilánimes. Cerró los ojos. De vez en cuando, la realidad era demasiado.

—No es pedir mucho, Alice —dijo su hermana con su voz suave y ligeramente ronca por teléfono.

—En este momento, sí. Acabo de terminar la guardia más ocupada de mi vida y he quedado para cenar con Nico dentro de media hora. La última vez llegué tarde, y esta vez no puede ser. Necesito tiempo para arreglarme y volver a parecer un ser humano.

—Mamá y papá quieren que lo hagamos. Significaría mucho para ellos.

—Querrás decir que mamá quiere que lo hagamos. Estoy segura de que a papá no le importa —dijo Alice, y se miró al espejo. Estaba horrible. pálida. Exhausta.

—De todos modos vas a estar en casa, así que, ¿por qué no?

Alice buscó el maquillaje en su bolso.

—Porque no quiero pasar así mis preciadas vacaciones de Navidad —respondió. Dejó el teléfono sobre el lavabo y puso el altavoz—. ¿Cuándo va a ir ese fotógrafo?

Se quitó el pasador del pelo y se masajeó el cuero cabelludo. No tenía tiempo para lavarse la cabeza, así que tendría que conformarse con una rociada de champú en seco.

—Creo que al día siguiente de que lleguemos nosotros.

—Muy bien. Pues ya hablaremos de eso entonces.

—Y Ross quiere que tengamos nuestra reunión de hermanos de todos los años el sábado. En su apartamento. A las siete en punto.

—Ah, la reunión prenavideña de estrategia para el reencuentro con los padres. Sí, por supuesto.

Aquella reunión era esencial. En ella acordaban lo que les iban a contar a sus padres sobre su vida y lo que no.

—Están esperando a que les anunciemos que Ross se va a casar y que su mujer va a tener trillizos, y que tú, por fin, te vas a casar con Nico.

—No sé cuál de esas dos ideas me hace más gracia —dijo Alice.

Se recogió el pelo de nuevo con el pasador y abrió el grifo de la ducha. Rápidamente, el baño se llenó de vapor.

—Ross lleva meses sin salir con nadie y yo estoy casada con mi trabajo, aunque en este momento estoy pensando en el divorcio. ¿Y por qué estás tú fuera de esto? Todos sabemos que la única esperanza de que tengan nietos recae en ti. Tú eres la que tienes instinto maternal. Tienes que darte prisa y conocer a alguien, Clemmie, para desviar la atención de nosotros. ¿Cómo va con ese chico con el que estabas saliendo? —le preguntó a su hermana. Intentó recordar cómo se llamaba el último novio de su hermana, pero su cerebro estaba demasiado cansado.

—Lo dejamos hace cinco meses. Te lo conté.

—Es verdad, lo siento. Pues ya es hora de que vuelvas a salir con alguien, Clem. Todos confiamos en ti. Cumple con tu deber filial. Bueno, tengo que colgar. Nos vemos en casa de Ross el sábado.

Colgó el teléfono, se duchó rápidamente sin mojarse el pelo y se puso el vestido negro que se había llevado al trabajo. Se hizo un moño, se maquilló rápidamente y se puso los zapatos.

De camino al hospital le envió un mensaje a Nico. *Voy de camino. Pide vino. Urgente.*

Llegó enseguida al restaurante y se detuvo un momento antes de abrir la puerta y entrar al calor. Aquel restaurante acogedor, propiedad de una familia italiana, era su sitio favorito para cenar. No era una persona sentimental, pero allí era donde habían ido Nico y ella en su primera cita y era un sitio especial. Ahora tenía una decoración navideña. En las mesas había ramitas de muérdago, adornos de acebo y velas encendidas, y habían colgado luces de colores en las ventanas. Y Nico estaba esperándola en su mesa de costumbre.

Al verlo, se le aceleró un poco el corazón, como le ocurría siempre. Era guapo y transmitía calma, y a ella le daba envidia porque parecía que a él no le afectaba la presión. Por supuesto, ayudaba el hecho de que fuera hombre. Nico era cirujano del corazón y estaba tan dedicado a su carrera como ella misma. La diferencia era que a él los pacientes nunca le preguntaban cuándo les iba a ver el médico ni asumían que era una secretaria o una enfermera. Él no tenía que trabajar el doble para demostrar su valía.

Fue directamente hacia la mesa y se sentó frente a él.

—Hola, siento molestarle, pero necesito un médico y alguien me ha dicho que quizá usted podría ayudarme —le dijo.

Él bajó la carta.

—¿Tiene usted una urgencia médica?

—Sí.

—Describa sus síntomas.

—Pulso acelerado, sudores, falta de aliento... Oh, un momento —dijo Alice, cuando se acercó el camarero con dos copas de vino—. Aquí está el remedio para todo. Gracias, doctor.

Levantó su copa, y él sonrió.

—De nada. Es la consulta más fácil que he hecho. Es obvio que se te complace fácilmente.

Ella lo abanicó con las pestañas e intentó no echarse a reír.

—Yo no diría eso.

—¿No?

—No. Por supuesto, podría deberse a tu capacidad y a tu trato con los pacientes.

—Cobro por las dos cosas —dijo él. Le dio una cifra y ella enarcó las cejas.

—¿Eso cobras por una consulta de dos minutos? Tus honorarios son muy altos.

—Tienen que serlo. Mi novia es exigente y tiene gustos caros.

Ella estuvo a punto de atragantarse con el vino.

—Pues a lo mejor deberías reflexionar sobre tu relación.

—Es curioso que digas eso, porque yo mismo he llegado a esa conclusión.

Nico le dio un sorbo a su copa de vino y la dejó en la mesa lentamente.

Hubo un cambio en el ambiente.

Ella se inquietó. ¿Reflexionar sobre su relación? ¿Qué era, exactamente, lo que quería decir Nico con aquello? ¿Iba a romper con ella? Llevaba una temporada trabajando muchísimas horas porque estaban bajo presión en el hospital, pero, al contrario que los otros hombres con los que había salido, Nico nunca se había quejado de ello. Él estaba tan comprometido como ella con su carrera.

Quizá no fuera por el trabajo. Quizá fuera porque lo había invitado a ir a su casa familiar en Navidad. Tal vez lo hubiera asustado. Nico había evitado las relaciones serias hasta aquel momento de su vida, como ella, pero, de repente, ella había llevado su relación a un territorio nuevo. «Ven a conocer a mi familia». ¿Cómo podía recuperarlo?

—¿En qué sentido has estado pensando sobre nuestra relación? —le preguntó, intentando que su voz sonara despreocupada, y él le señaló la carta.

—Vamos a pedir la cena. Tienen menú de Navidad, pero supongo que prefieres el pescado.

¿De veras pensaba él que ella iba a poder probar bocado después de que le hubiera dicho algo así? ¿Iba a dejar aquellas palabras colgando entre los dos?

Miró la carta sin interés. No se le había ocurrido que la elección de aquel restaurante pudiera tener algún significado. Habían tenido allí su primera cita, así que... ¿Había elegido Nico el mismo lugar porque aquella iba a ser la última?

—El pescado está bien. Y una ensalada.

Esperaba conseguir que la comida atravesara el nudo que tenía en el estómago.

El camarero les tomó nota y, cuando se fue, Alice miró a Nico, intentando descifrar la expresión de su rostro.

—¿Qué ocurre, Nico?

Él hizo una pausa.

—¿Eres feliz, Alice? —le preguntó.

Nico era el tipo de persona que siempre elegía con cuidado las palabras, así que ella supo que no era una pregunta al azar.

—Por supuesto que sí —dijo ella.

Se quedó callada. ¿Era la respuesta correcta? Si él estaba a punto de romper su relación, quizá hubiera debido ser más comedida. Sin embargo, nunca había tenido que vigilar lo que decía cuando estaba con él. Nunca habían jugado a aquel tipo de juegos, y ella no quería empezar en aquel momento.

—¿Quieres decir que tú no eres feliz?

—No, no quiero decir eso.

El camarero se acercó a llenarles de nuevo las copas de vino.

Alice tuvo ganas de decirle que se alejara, pero apretó los dientes y esperó hasta que completó su tarea y los dejó de nuevo a solas.

—¿Nico? ¿Has tenido un mal día?

—No, he tenido un buen día. ¿Y tú?

Pensó en la multitud que había en la sala de espera, gente con todo tipo de heridas, desde cortes en los dedos hasta lesiones graves. Demasiados pacientes y personal insuficiente. El desafío de no saber qué iba a entrar por la puerta a continuación era una de las cosas que le gustaba de la medicina de urgencias, pero la presión era más intensa de lo que nunca hubiera experimentado durante todo el tiempo que había trabajado en Urgencias.

—Ha sido... interesante.

En aquel momento les llevaron la comida y, casi inmediatamente, ella empujó su plato hacia Nico, que sonrió y le quitó las espinas con velocidad y precisión. Podría haberlo hecho ella misma, pero le gustaba verle hacerlo a él. Nunca lo había visto operar, pero estaba pensando que le gustaría verlo.

Él empujó el plato de nuevo hacia ella.

—Cuéntame cómo ha sido tu jornada.

Era obvio que había decidido no decir lo que pensaba, y a ella le pareció bien. Si iba a romper con ella, prefería que no lo hiciera en aquel restaurante tan especial. Había tenido un día muy largo. Estaba agotada. No quería perder el control de sus emociones en un sitio público. Así que, en vez de seguir haciéndole preguntas, le contó que había tenido que atender a una mujer que había cruzado la calle con los auriculares puestos y no había visto a un ciclista que se acercaba y a un niño que había intentado montarse en un perro y se había caído a suelo de cemento.

Él le contó cómo iba su investigación y mencionó que lo habían invitado a hablar en una conferencia que se celebraría en Praga el verano siguiente. Nico viajaba mucho. Durante aquellos últimos meses había estado en Singapur, Nueva York y Zúrich. Ella entendía su pasión por el trabajo, porque era exactamente igual.

—Siento haber llegado tarde. Clemmie llamó mientras me estaba arreglando para venir. No quería cortarla.

—¿Qué tal está Clemmie? —preguntó Nico. Siempre le preguntaba por su familia, algo que para ella era enternecedor.

Se sintió culpable, porque ni siquiera le había preguntado a su hermana si estaba bien. La conversación había sido sobre logística.

—Quería advertirme de que nuestros padres han accedido a que una revista haga un reportaje y quieren fotos familiares.

—¿Come galletas de mantequilla escocesas y tendrás una familia como esta?

Ella sonrió.

—Más o menos. Come galletas de mantequilla escocesas y ya te arreglará las arterias un cirujano del corazón.

—Creo que esa no es la mejor frase publicitaria que he oído. Te faltan habilidades para el *marketing*.

—Ya lo sé —dijo ella. El hecho de pensar en la empresa de su familia le encogía el corazón.

Él la miró.

—¿Qué te pasa?

Alice se encogió de hombros.

—Siempre me siento culpable cuando hacemos estas fotos familiares. Glen Shortbread es nuestro patrimonio, nuestra herencia, pero ninguno de los tres trabajamos en la empresa. Bueno, yo no sería de utilidad. Aparte de mi evidente falta de habilidades para el *marketing*, como bien has dicho, me comería todo el producto. Y Clemmie lo odiaría. Ella siempre ha querido trabajar con niños. Así que toda la presión recae sobre Ross. Sé que se siente mal por eso.

—No puedes vivir la vida que quieran tus padres. Tienes que abrazar tu propia pasión —dijo Nico, y se recostó en el respaldo de la silla—. Estoy deseando conocer a tu familia.

Eso significaba que todavía quería ir con ella, así que no era la idea de conocer a la familia Miller en Navidad lo que le ponía nervioso. Aunque eso podía deberse a que no sabía lo que implicaba realmente. Bromas. Sombreros tontos. La abuela Jean contando historias embarazosas. Ella adoraba a su familia, pero no confiaba en que no dijeran algo improcedente. Sintió aprensión al pensar en lo que le parecería a Nico todo aquello. Nunca había llevado a nadie a casa, ¿por qué se le había ocurrido hacerlo aquel año? Si Nico no tenía dudas antes de llegar, probablemente sí las tendría cuando se marcharan.

—¿Te apetece tomar postre?

—No —dijo él, y la miró a los ojos un largo instante—. Vamos a tomar el café a casa.

—¿A la tuya o a la mía? —preguntó ella. Habían mantenido cada uno su apartamento, aunque pasaban la mayoría de las noches juntos.

—En la mía —dijo él.

Nico pagó la cuenta y ella fue poniéndose el abrigo de camino a la salida.

—¿Tomamos un taxi?

—Vamos dando un paseo.

Claramente, ocurría algo.

—¿Estás bien? Pareces tenso.

—Estoy bien —dijo él, y la tomó de la mano. Cruzaron la carretera y se dirigieron hacia el río.

Tal vez fuera por el trabajo. Ellos dos no siempre se contaban los detalles porque preferían desconectar cuando estaban fuera del hospital, pero eso no significaba que no siguieran pensando en muchos de los casos.

—Me encanta Londres por la noche —dijo Alice.

Miró a su alrededor y vio el reflejo de las luces de los edificios en el agua. Una de sus cosas favoritas era pasear por las partes históricas de Londres. Si compraban entradas para ir a una obra de teatro o un ballet, siempre terminaban cancelándolo porque uno de los dos tenía que trabajar. La última vez que se habían reunido con sus amigos, a Nico lo habían llamado por una urgencia en mitad de la cena. Eran invitados poco fiables y, por lo tanto, a menudo era más fácil pasar el tiempo juntos.

Alice se dio cuenta de que él no respondía y lo miró.

—¿Nico? —dijo. El corazón le dio un vuelco—. Ya está bien. No puedo soportarlo más. ¿Vas a romper conmigo? Porque, si es eso lo que vas a hacer, hazlo ya. No se me da bien el suspense.

—¿Cómo? —preguntó él, y dejó de caminar—. ¿Por qué dices eso? ¿Por qué piensas que quiero acabar con nuestra relación?

Porque no era fácil estar con ella. Porque era lo que siempre había sucedido. «Lo siento, Alice, pero...».

—Porque esta noche te has estado comportando de una manera rara esta noche, y has dicho que habías estado reflexionando sobre nuestra relación.

—Eso es cierto. He estado pensando en eso, pero no porque quiera romper. En absoluto.

—Ah —dijo ella. Sintió un enorme alivio y un calor en el pecho—. Vaya. Bien.

—¿Bien?

—Sí. Yo no quiero romper.

Él le puso las manos sobre los hombros y la giró para que lo mirara de frente.

—¿Por qué no quieres romper, Alice?

—¿Qué pregunta es esa? Pues no quiero romper porque... yo...

«Te quiero». No. No iba a decirle eso. Era demasiado. Él echaría a correr.

—Me gustas. Eres un buen compañero. Tienes un gusto excelente para la comida y el vino y se te da muy bien hacer crucigramas y también quitarle las espinas al pescado. Eres un buenísimo pianista y siempre encuentras sitio para aparcar. Además, no me gustaría quedarme sin un buen cirujano cardíaco. Nunca se sabe.

Él sonrió brevemente y la miró con intensidad.

—Todo el mundo debería tener su propio cirujano del corazón.

—Exactamente.

Entonces, él le tomó la cara entre las manos, sin dejar de mirarla fijamente.

—Alice...

—¿Qué? Nico, ¿qué? Te estás comportando de un modo muy extraño. ¿Estás enfermo? ¿O es que ha ocurrido algo en el trabajo?

—Sí, en cierto modo, sí.

—Bueno, pues entonces, ¿por qué no...? ¿Nico? —balbuceó ella, al verlo hincar una rodilla en el suelo—. ¿Qué haces? Está todo helado. Te vas a...

—Cásate conmigo, Alice —dijo él, con la voz enronquecida—. Quiero que nos casemos.

—Yo... ¿qué?

Alice vio por el rabillo del ojo a una pareja que pasaba a su lado. La chica estaba sonriendo.

—¡Feliz Navidad!

Ella no respondió. El mundo estaba dando vueltas a su alrededor.

—¿Me estás pidiendo que me case contigo?

—¿Hay algún otro modo de interpretar las palabras «Cásate conmigo»? Además, ¿para qué me iba a poner de rodillas en una calle sucia de Londres? —preguntó él, y sacó una cajita—. Esto es para ti.

Ella tenía el corazón acelerado.

—¿Qué es?

—Un caballo. Como sé que te gustan tanto... —respondió él, y, con un suspiro, se incorporó—. Esto de ponerse de rodillas no es para mí. Los cirujanos ortopédicos deben de tener mucho negocio gracias a las proposiciones de matrimonio. Es un anillo, Alice. ¿Qué creías que era?

¿Un anillo? ¿Nico le había comprado un anillo?

—No lo sé. Todo esto es muy inesperado. Yo...

Alice abrió la caja y vio un diamante que brillaba bajo la luz de la farola de al lado.

—Oh...

—¿«Oh» en el buen sentido o en el malo?

—Es... precioso —dijo ella, y observó el diamante, cautivada por sus destellos—. Yo... Tú... ¿De verdad me estás pidiendo que me case contigo? No me lo esperaba.

—Bien, porque odio ser predecible —dijo él, y esperó—. Confieso que esto no está yendo exactamente como yo pensaba.

Y era culpa suya. Se suponía que ella tenía que dar gritos de alegría, echarse a sus brazos y decir «sí, sí, sí».

Un momento antes sentía pánico por si él decidía romper con ella y, ahora, le daba pánico que le hubiera pedido que estuviera para siempre con él.

Aquello era como un cuento de hadas y a ella nunca le habían gustado los cuentos de hadas. No era muy tradicional y la idea de «fueron felices y comieron perdices» hacía que pusiera los ojos en blanco. ¿Había alguien tan ingenuo como para creerse eso? En su trabajo había aprendido que si se conseguía un objetivo, había que disfrutar de él inmediatamente, porque nadie sabía lo que le esperaba a la vuelta de la esquina. Pero allí estaba Nico, prometiéndole la eternidad y pidiéndole que ella le prometiera lo mismo.

Ella no sería una buena esposa.

—Es un poco repentino, nada más.

—Llevamos saliendo nueve meses y nos fuimos a vivir juntos después de nuestra segunda cita.

—Ya lo sé, pero nunca habíamos dicho...

Ella tragó saliva. Aquello era horrible.

—¿El qué? ¿Te quiero? Pues te lo digo ahora. Te quiero, Alice. Y tú me quieres a mí —dijo él. Le tomó la cara con ambas manos y la besó con dulzura—. Sabes que te quiero.

¿Lo sabía? A ella no se le daba bien leer las emociones de los demás, salvo el miedo y la ansiedad, quizá, porque era lo que veía constantemente en su trabajo.

—Me parece apresurado. Vamos a ir de cero a cien en cuatro segundos. Es como si me hubiera pasado por alto varias fases.

Él sonrió.

—Puede que sí, pero, cuando lo sabes, lo sabes.

¿Eso era cierto? Las relaciones no eran tan simples, ¿no?

—No tengo mucha experiencia en relaciones largas, tú lo sabes. No diría que se me dan bien.

Por eso había pasado largos periodos de su vida sin salir con nadie. Cada vez que se rompía una relación, se sentía fracasada. ¿Cómo podía saber con certeza que con Nico sería diferente? ¿Qué pasaría si, algún día, ella no pudiera cumplir con sus expectativas?

Nico se subió el cuello del abrigo para protegerse del frío.

—¿Por qué te has sorprendido tanto? Desde hace tiempo está muy claro que lo que tenemos es especial.

—Pero tú no dijiste nada. Y... —murmuró Alice, y frunció el ceño—. ¿Cómo sabes que yo te quiero?

—Me has invitado a pasar la Navidad a casa de tu familia.

—Bueno, es que no tienes familia en este país, y pensé que quizá te gustara tomar una cena bien preparada y...

—¿A cuántos hombres has invitado a pasar la Navidad con tu familia, Alice?

Nunca había invitado a ningún hombre y, mucho menos, para las fiestas.

—No a muchos.

Estuvo a punto de decir que a ninguno, pero eso sería demasiado revelador. A ella se le daban bien muchas cosas, pero no mantener una relación estable.

—Sé que eres cautelosa —dijo él—. Sé que piensas mucho las cosas antes de tomar una decisión. Sé que te han hecho daño. A los dos nos ha sucedido y, por eso, seguramente, hemos tardado tanto en decir las dos palabritas. Son algo intenso, ¿verdad?

Él le hablaba con voz suave y le estaba acariciando las mejillas con el dorso de los dedos.

—Y es como deben ser, porque son palabras importantes y no las estoy usando a la ligera. Te quiero, Alice. Quiero estar siempre contigo. Quiero construir una vida contigo —dijo, y tomó aire—. Voy a intentarlo de nuevo. ¿Quieres casarte conmigo?

Ella estaba temblando.

—Yo también te quiero —le dijo, por primera vez.

Lo quería, sí, pero... ¿casarse? Había muchas maneras de que eso pudiera salirle mal. Y muchas cosas que tomar en consideración, asuntos prácticos. Cosas que, posiblemente, podrían hacer que Nico saliera corriendo en dirección contraria.

—¿Puedo...? ¿Puedo pensarlo?

Él tomó aire.

—¿Necesitas pensarlo?

—Sí. Y tú también deberías pensarlo. Nico, me siento halagada. Agradada. Pero esto es enorme. El matrimonio es diferente a salir juntos. Se trata de expectativas y objetivos compartidos y de...

¿Dónde había ido todo el oxígeno del aire? No podía respirar. Tal vez fuera por el anillo del diamante que tenía en la mano. Se lo devolvió—. Tenemos mucho de lo que hablar, tu carrera profesional, mi carrera profesional...

—Esto es sobre nosotros, no sobre nuestros trabajos. Las carreras profesionales no tienen impacto en nuestra decisión de estar juntos —dijo Nico, y miró el anillo que ella le había devuelto como si no supiera qué hacer con él—. ¿Crees que yo espero que tú renuncies a tu trabajo? Creo que me conoces bien como para saber que no es así, Alice, o, por lo menos, eso espero. No espero que cambies una sola cosa de ti misma. Te quiero exactamente como eres.

—Pero tú no sabes cómo soy. Solo sabes lo que has visto durante este tiempo que hemos estado saliendo juntos.

—¿Tienes algún hábito de dudoso gusto que no conozca?

—¡No! Sí. Puede ser —dijo ella—. ¿Y si te cansas de mi patrón de trabajo?

—No me voy a cansar. Tú estás comprometida con tus pacientes y quieres hacer lo mejor para ellos. Esa es una de las muchas cosas que adoro de ti.

Pero había otras cosas que ella no le había contado. Cosas de las que nunca habían hablado.

—Yo solo... necesito algo de tiempo, Nico. Para asimilar la idea.

—¿Del matrimonio?

—Para empezar, asimilar el hecho de que tú me quieras.

—No puedo creer que eso haya sido una sorpresa para ti. ¿Por qué crees que quería ir a casa de tu familia contigo en Navidad?

A ella le latía con mucha fuerza el corazón.

—Supuse que querías probar las galletas de mantequilla de mi familia.

Él sonrió.

—Eres divertida. Siempre me haces reír. Está bien, mira lo que podemos hacer. Yo me voy a guardar el anillo en el bolsillo y vamos a practicar diciendo «te quiero» hasta que te acostumbres a la idea y, entonces, cuando llegue el momento, voy a volver a pedírtelo otra vez. A menos que tú decidas pedírmelo a mí antes —dijo Nico, y se guardó la cajita en el bolsillo—. ¿Qué te parece?

Le parecía razonable. Más que razonable. Pero no iba a ser tan fácil.

—Me parece bien. Pero prométeme que no le vas a contar lo de la petición a mi familia.

—¿Por qué no? —preguntó él, y la miró con curiosidad—. Ya he conocido a Ross y a Clemmie. Nos llevamos bien, y ellos deben de pensar que vamos en serio.

—Lo que yo les cuento a mis hermanos y lo que les cuento a mis padres es muy distinto.

Nico era hijo único, independiente y muy reservado, así que tal vez no lo entendiera.

—¿Crees que a tus padres no les va a parecer bien?

A ellos les parecería perfecto. Sabía que su familia iba a adorar a Nico, sobre todo, su madre y la abuela Jean. Si sospechaban que él le había pedido que se casaran y que ella no le había respondido que sí inmediatamente, iban a echarle un buen sermón. Además, seguramente organizarían la boda antes de que ella hubiera terminado el último bocado de pavo.

—No quiero que me presionen, nada más.

Ya se imaginaba cómo iba a ser la Navidad. Las miradas de esperanza. Las preguntas. Y ella no se veía capaz de soportarlo. Y eso, sin que supieran que Nico le había pedido que se casara con él. Debía tener cuidado o se darían cuenta de que estaba pasando algo. Necesitaba distraerlos. Tenía que encontrar la manera de desviar la atención de sí misma y, para eso, iba a pedirles ayuda a sus hermanos.

Después de todo, eran un equipo.

Capítulo 4

Clemmie

—Ya tenías que estar acostada, Georgie —dijo Clemmie, y sacó a la niña de la bañera. Se rio al mojarse—. Estás resbaladiza.

—Te quiero, Clem —dijo la niña. Le rodeó el cuello con los brazos regordetes y le dio un beso mojado.

—Oh... eso es muy agradable. Menos mal que ya no me puedo mojar más.

Arrugó la cara, disfrutando a cada segundo. Adoraba a Georgie. Le encantaba su pelo rizado, su sonrisa y cómo le apretaba el cuello cuando la abrazaba. ¿Era aquella su edad favorita? ¿Los cuatro años? Quizá.

A los cuatro años, los niños ya podían mantener una conversación entretenida, pero seguían siendo lo suficientemente pequeños como para que la vida todavía pareciera sencilla. Sin problemas de amistad, sin acoso en el parque... Pero también le encantaban los bebés. Todas las edades tenían su encanto y sus horrores. A ella le causaba asombro que un bebé pequeño e indefenso pudiera convertirse en un adulto en pleno funcionamiento.

—¿Clementina? —preguntó alguien que subía por las escaleras, y Clemmie suspiró.

La mayoría de los niños se convertían en adultos funcionales. Algunos, solo en adultos.

Envolvió a Georgie en una toalla.

—Parece que tu mamá ha llegado pronto a casa.

«Adiós, hábitos cuidadosamente inculcados. Adiós, niña calmada y callada, calentita, somnolienta, lista para acostarse».

Georgie acercó su carita.

—¿Por qué haces esa cosa tan graciosa con los ojos?

—¿Qué cosa tan graciosa?

—Miras hacia arriba. Así —dijo Georgie, y puso los ojos en blanco.

Ella no supo si echarse a reír o entrar en un estado de pánico. Tenía que ser más cuidadosa.

—Se me ha metido algo en el ojo. Seguramente, agua.

—¡Clementine!

El tono de voz fue más desesperado en aquella ocasión.

Georgie se abrazó a ella.

—¿Me vas a leer el cuento?

—No lo sé. Depende de si quiere hacerlo tu madre.

—No quiero que lo lea ella. No hace las voces, como tú. Y siempre está mirando el teléfono por si hay una «gencia».

—Urgencia —dijo Clemmie.

Secó a la niña y tomó uno de los pijamas que había estado calentando.

—No te vayas, Clemmie —le pidió Georgie.

Metió los brazos y la cabeza en la parte superior del pijama y salió sonrojada.

Clemmie se sintió culpable.

—Tengo que irme. Esta noche voy a salir.

—¿Con un chico?

—No. Con mi hermano y con mi hermana.

—A mí me gustaría tener un hermanito, pero papá y mamá están demasiado ocupados como para tenerlo.

Se abrió la puerta.

—¡Georgie! Mamá ya está en casa.

Karen Kingston estaba en la entrada del cuarto de baño, impecable, con una camisa blanca de seda y un traje negro ajustado. Llegaba directamente de una reunión que, sin duda, había dominado. Sin embargo, allí, en el baño de su hija, parecía que se sentía insegura.

Clemmie se sintió avergonzada de su camiseta y sus pantalones vaqueros húmedos.

—Hola, Karen. Has llegado temprano a casa.

—Van a venir a cenar unos cuantos compañeros de trabajo. El *catering* va a llegar dentro de diez minutos para empezar a prepararlo todo.

Karen trabajaba para un banco de inversiones líder en valores. Ella no tenía ni idea de lo que hacía en concreto, pero su jefa salía de casa a las cinco de la mañana y, frecuentemente, no volvía hasta las nueve de la noche. Además, se pasaba horas hablando por teléfono. Lo que hacía Karen era importante, aunque, en su opinión, lo que era importante y lo que no debería convertirse en tema de debate. La sociedad tenía unas prioridades extrañas.

Por nada del mundo habría cambiado su lugar por el de Karen, pero como era la hermana pequeña de dos de las personas más competitivas del planeta, entendía más de la ambición que la mayoría de la gente.

—Hoy tenemos una noticia muy emocionante, ¿verdad, Georgie?

—¿Emocionante? —preguntó Karen, mirando de reojo su teléfono—. ¿Qué noticia?

—Hoy, Georgie se ha vestido sola, sin ayuda.

Georgie sonrió con orgullo y Karen le devolvió la sonrisa.

—Eso es... estupendo. ¡Qué lista es mi niña! Eh... ¿Antes no sabía hacerlo?

—Desvestirse, sí. Vestirse es mucho más difícil. Pero ella ha conseguido incluso abrocharse dos botones.

Le dio un abrazo y un beso a la niña, y Karen aplaudió.

—Fantástico. Bien hecho, Georgie. Y tú también, Clementine, por haberla enseñado. Necesito que Georgie esté preciosa esta noche. Creo que vamos a ponerle el vestido de rayas.

Clemmie frunció el ceño.

—Ya está preparada para acostarse, Karen.

—He pensado que esta noche podría quedarse despierta hasta un poco más tarde, excepcionalmente.

—Pero te estaba resultando difícil que se despertara por las noches, y hemos tenido mucho cuidado con sus hábitos y...

—Me preocupa el hecho de no verla lo suficiente —dijo Karen, y miró rápidamente su teléfono—. Creo que podría quedarse despierta por una noche y divertirse.

Clemmie sintió una mezcla de exasperación y comprensión. Karen estaba en una situación difícil, constantemente dividida entre sus compromisos laborales y su deseo de ser una buena madre.

Y su lugar no era discutir con ella.

—Por supuesto. Lo entiendo. Seguro que a Georgie le gustará quedarse despierta hasta tarde —dijo, aunque sabía que no era lo que debía suceder.

—¿Tú crees? —preguntó Karen con inseguridad—. ¿Te gustaría divertirte un poco como si fueras una persona mayor esta noche, Georgie?

Georgie se acercó más a Clemmie.

—Quiero que Clemmie me lea el cuento.

—Por supuesto que te lo va a leer. Clemmie puede quedarse contigo cuando lleguen los invitados —dijo Karen, y observó la ropa mojada de Clemmie—. ¿Tienes algún vestido elegante, Clemmie?

Clemmie se incorporó.

—Esta noche no puedo quedarme, Karen. Es mi noche libre y tengo planes.

—¿Y no podrías reorganizarlo? Por supuesto, te pagaré.

Karen era muy generosa, pero el dinero no era el problema.

—No, no puedo. Esta noche he quedado con mis hermanos y es casi imposible conseguir que Ross y Alice tengan un momento libre a la vez.

Aquella noche era su reunión anual prenavideña y no tenía intención de perdérsela.

—Oh, bueno, eso es...

Karen se quedó callada un instante y frunció el ceño.

—¿Has dicho Ross?

—Sí.

—¿Tu hermano es Ross Miller? ¿El Ross Miller?

—Eh... no sé. Eso depende de en qué Ross Miller estés pensando.

—¿Es el dueño de Miller Active, la empresa de ropa deportiva y gimnasios?

—Sí, es él.

—Yo compro sus mallas de yoga. Son perfectas. Vaya, así que es tu hermano. No tenía ni idea —dijo Karen, y se quedó mirándola, sin duda, preguntándose cómo era posible que ella, con sus muslos robustos, el cuerpo lleno de curvas y una total falta de ambición pudiera tener parentesco con Ross—. ¿Y tu hermana? ¿También trabaja en ese negocio?

—No, ella es médica del servicio de urgencias.

—Ah. Es a quien llamaste cuando Georgie se dio un golpe en la cabeza contra la mesa del salón.

—Sí —dijo Clemmie.

Karen debía de estar intentando descubrir cómo era posible que en la superexitosa familia Miller hubiera surgido alguien como ella. No le preocupaba. Estaba acostumbrada. Ross y Alice siempre habían sido brillantes en todo, en el aspecto académico y en el deporte. Los niños de la familia Miller eran una especie de leyenda a nivel local.

Y luego estaba ella. Según su madre, casi ni se molestó en hablar hasta los tres años porque su hermano y su hermana lo hacían en su lugar. Había tardado en aprender a leer porque los seguía por todas partes, queriendo unirse a lo que estuvieran jugando. En el colegio, su concentración era muy mala, porque en el aula se pasaba la mayor parte del tiempo mirando por la ventana y soñando.

Al contrario que a sus hermanos, a ella le había costado aprobar los exámenes, sobre todo porque no estaba particularmente interesada. Lo que más le interesaba eran los niños. Mientras crecía, lo que más le gustaba era que los amigos de sus padres o las personas del pueblo le pidieran que cuidara a sus hijos.

Estaba tan solicitada como niñera que Ross le había dicho que tenía que subir los precios. Alice le dijo que debería especializarse y ofrecer servicio a los padres cuyos hijos fueran, por lo general, demasiado difíciles para quedarse con otros adultos menos capacitados que ella.

A Clemmie no le resultaban difíciles los niños, sino interesantes, y le fascinaba lo temprano que se formaban sus personalidades.

Ross fue a una universidad de élite y Alice fue a una escuela de Medicina de élite, por lo que tal vez fuese inevitable que, cuando ella decidió formarse como niñera, lo hiciera en una institución de élite. Eso significaba que sus servicios tenían demanda en todo el mundo. Pero a ella no le interesaba el estatus. Había elegido su trabajo porque era divertido y gratificante.

Mientras que otras personas trabajaban en silencio, duramente, en una oficina, ella pasaba el tiempo en el parque o pintando. Y estaba bastante segura de que no había mayor sensación de logro que enseñar a un niño a leer.

Había elegido establecerse en Londres, en parte, porque allí era donde habían elegido vivir sus hermanos, y en parte, porque...

Ella reprimió el pensamiento incluso antes de que pudiera desarrollarse en su mente.

No iba a pensar en él. Era una de las reglas se había impuesto y la cumplía tan férreamente como podía, aunque fuera difícil.

Alice y Ross habían abandonado su hogar de las Highlands de Escocia sin mirar atrás. Ella había mirado hacia atrás muchas veces, tantas, que era un milagro que no hubiera padecido dolores de cuello. Echaba de menos Escocia. Echaba de menos las montañas y el lago, salir por la puerta principal y respirar un aire fresco del invierno. Echaba de menos el olor a humo de leña y el vasto espacio. Y, sobre todo, echaba de menos a su familia. A sus padres, a la abuela Jean y a su labrador negro, Hunter.

Se le formó un nudo en la garganta al pensar en Hunter. Quería tenerlo con ella, pero no podría cuidar de un perro en Londres. Y, de todos modos, su padre lo echaría demasiado de menos.

Pensar en su padre no ayudó a sus emociones.

Lo cierto era que sentía nostalgia desde que había llegado a Londres y las cosas no se habían vuelto más fáciles. Esperaba con impaciencia la Navidad.

Le hubiera gustado ver más a sus hermanos, pero ellos siempre estaban muy ocupados.

Aun así, estaba muy orgullosa de los dos. Llegaría a decir que eran muy parecidos unos a otros, pero no era cierto. Habían tenido la misma educación, pero sus personalidades y puntos de vista eran muy distintos. Resultaba fascinante. En la universidad habían estudiado el debate de naturaleza versus crianza y creía firmemente que la naturaleza tenía un papel más importante.

—Tengo que irme dentro de media hora, Karen —dijo con firmeza, y vio que a Georgie le temblaba el labio.

—Quiero que te quedes y me leas el cuento.

—Clemmie volverá por la mañana —dijo Karen—. Y, mientras tanto, vas a tener una velada especial con mami y papi.

Georgie estaba tan cansada después de toda la actividad de aquel día que casi no podía mantener los ojos abiertos.

La velada en cuestión prometía ser memorable, pero en el sentido negativo.

—¿Podrías vestirla antes de irte? Georgie odia que yo intente pasarle algo por la cabeza —dijo Karen, y miró hacia atrás, observando el baño limpio con todos los juguetes ordenados—. Eres una maravilla, Clementine. Tengo mucha suerte de que haya gente como tú en el mundo, feliz de recoger toallas mojadas y leer el mismo cuento una y otra vez. Brett siempre dice que eres nuestro mejor activo. Si cambias de opinión sobre lo de irte en enero...

—No voy a cambiar de opinión —dijo Clemmie. Después, empezó a ponerle el vestido a Georgie, que se había puesto de mal humor y estaba confundida.

—Odio este vestido —dijo la niña mientras se retorcía—. Me pica.

La niña estaba demasiado cansada como para socializar. Si Karen y Brett querían presumir de ella, seguramente iba a salirles el tiro por la culata. Pero ella no estaría allí para verlo.

Tenía que recordarse constantemente que Georgie no era su hija y que no podía tomar algunas decisiones.

—Bueno, ahora tengo que ir a arreglarme —dijo. Le dio un beso a Georgie y se la entregó a su madre. Sintió una punzada de tristeza. Había algunas cosas de aquel puesto que no iba a echar de menos, pero a Georgie, sí—. Que os divirtáis esta noche.

Tuvo que obligarse a sí misma a ignorar las protestas inquietas de la niña y su expresión abatida. Subió las escaleras hasta la *suite* de habitaciones que eran solo suyas. Media hora después, tras una rápida ducha y un cambio de ropa, salió de casa. El aire era helador. Los Kingston vivían en Chelsea, a pocos metros del río. Delante de ella estaba el Albert Bridge, con sus luces brillantes en medio de la oscuridad. Aquel puente, fuera la época del año que fuera, siempre le recordaba a la Navidad. ¿Era el puente más bonito de Londres? En su opinión, sí. Lo veía desde su dormitorio del último piso de la casa de los Kingston que, seguramente, tenía una de las mejores vistas de Londres. Si tenía que vivir en una ciudad, se alegraba de que fuera allí.

Cuando había aceptado aquel trabajo, era exactamente lo que necesitaba, pero ¿ahora?

Ahora, las cosas iban a cambiar. Había avisado a Karen con mucho tiempo de antelación sobre su marcha.

Tenía otros planes. Planes emocionantes.

Se ajustó la bufanda al cuello y caminó hacia el muelle. El viento gélido se le estaba colando por el abrigo. Ross se había ofrecido a enviarle un coche, pero ella había rehusado porque prefería tomar el barco que iba por el Támesis hasta el Puente de Londres. Le daba tiempo a pensar en la decisión que había tomado.

Estaba bastante segura de que su familia no iba a reaccionar positivamente, por eso aún no se lo había contado. Era mejor tener esa conversación cara a cara, pero sabía que sus padres y la abuela Jean se iban a quedar consternados y no quería pasar la Navidad en un ambiente de tensión. No sabía cómo iban a reaccionar sus hermanos, pero ni Ross ni Alice tenían reparos a la hora de dar su opinión sobre cualquier cosa y tenían tendencia a tratarla como si fuera alguien que necesitaba guía y protección por su propio bien.

Se sentía nerviosa al pensar en aquella conversación que se avecinaba. Ella era de las que trataban de agradar a los demás, y las conversaciones difíciles no le gustaban. Aquella conversación iba a ser difícil.

Pensaban que la conocían. Se iban a llevar una gran sorpresa.

Cuando estuvo en la lancha, se quedó en la cubierta, al contrario que los demás pasajeros, que se refugiaron del frío dentro de la embarcación. Ella metió la barbilla en la bufanda y observó los edificios que se sucedían a orillas del río. Pensó en toda aquella gente que vivía en aquellas construcciones de cristal. Ella se había criado en un lugar en el que las vidas de todo el mundo se entrecruzaban, donde una comunidad era un tejido de gente y tradición.

Lo echaba de menos.

Llegó al apartamento de Ross. Alice ya estaba allí, hablando por teléfono. Llevaba un moño desordenado, unos pantalones negros ajustados y un jersey negro de cuello vuelto. Aquel atuendo hacía que pareciese más delgada que nunca. Alzó la vista cuando entró ella y movió los dedos para saludarla. Después, volvió a la conversación.

Ross llevaba una camisa elegante y unos pantalones vaqueros, y sonrió al ver que ella arqueaba las cejas.

—Estaba trabajando desde casa —dijo él, mientras metía unos papeles en un maletín negro—. He tenido videollamadas durante toda la tarde. Solo veían mi parte superior.

—Pero... ¿y si hay un incendio y tienes que ponerte de pie de repente?

—Por eso me he puesto los vaqueros —respondió él. Dejó el maletín en el suelo y le dio un abrazo—. ¿Cómo estás?

—Yo... estoy...

El saludo de su hermano había sido tan cariñoso

que ella estuvo a punto de contárselo, pero se contuvo. No era el momento.

—Yo estoy bien, gracias. ¿Y tú?

—Bien. Muy ocupado.

—Por supuesto —dijo ella. Su hermano nunca había estado de otro modo. Era como su padre, en constante movimiento. Y Alice, también—. Estoy deseando que llegue la Navidad.

—Claro —dijo él, mientras tomaba su abrigo—. La Navidad siempre fue tu época favorita del año. Me acuerdo de que en noviembre ya estabas pidiéndole a papá que pusiera el árbol.

—Nunca es demasiado temprano para poner el árbol de Navidad —dijo ella.

Entraron al salón y se detuvo. Aunque había estado muchas veces en aquel apartamento, pero las vistas desde los ventanales le cortaron el aliento una vez más. En una dirección se veía Canary Wharf, los Docklands y Greenwich y, en la otra, el Tower Bridge y la famosa cúpula de la catedral de San Pablo. Era espectacular, pero...

Apoyó la frente en el cristal y añoró las montañas y los árboles. Entonces, se dio cuenta de que él le estaba hablando.

—Perdona —dijo, a la vez que giraba hacia su hermano—. No te estaba escuchando.

—Te he preguntado si has terminado las compras de Navidad.

—Hace mil años. Ya me conoces —respondió ella, y miró a su alrededor—. ¿Dónde está tu árbol?

—Este año no me voy a molestar. No quiero que la decoración se sume a la lista de cosas que tengo que hacer. Seguro que podría haber contratado a alguien para que me trajera un árbol y lo decorara, y que lo quitara después, pero... ¿para qué? Siempre estoy mirando a una pantalla.

—¿Cómo? —preguntó ella con horror—. ¡Ross! No te irás a convertir en una de esas personas que piensan que es demasiado lío.

—Es que es demasiado lío. Y ni siquiera voy a estar aquí en la Navidad, porque nos vamos a Escocia...

—¿Y si empiezas a salir con alguien a quien le encanta la Navidad? Si la traes aquí y ve tu apartamento austero y sin decorar para las fiestas, te dejará.

—O, tal vez, mi presencia le resulte tan brillante que no eche de menos el árbol...

—No te entiendo —dijo ella. Cabeceó con desesperación y miró a Alice, que seguía hablando por teléfono—. ¿Con quién está hablando?

—Con alguien del trabajo.

Ella detestaba que la vida de sus hermanos estuviera llena de trabajo y de nada más.

—Tenéis que pensar en otra cosa que no sea trabajar.

—Te pareces a mamá y a la abuela Jean. Y yo pienso en otras cosas que no son el trabajo, como, por ejemplo, el deporte.

—¡Eso es trabajo!

—No siempre. Este verano me pasé dos semanas en el Himalaya.

—Para probar la nueva gama de chaquetas de alto rendimiento.

—Esa fue la excusa —dijo él, sonriendo—. Acabo de apuntarme para correr otro maratón.

—De acuerdo, de acuerdo —dijo Clemmie, pensando que, a cada cual, lo suyo—. ¿Te apetece volva casa para Navidad?

—Por supuesto que sí —dijo Ross, y tomó una botella de vino abierta—. Salvo por la parte en la que papá hace que me sienta culpable por no unirme a la empresa familiar y la abuela Jean y mamá se toman demasiadas copas de vino y empiezan a preguntármelo todo sobre mi vida amorosa.

—El año pasado no fue vino. Fue ginebra —dijo Clemmie—. Era un regalo de los McLean —dijo, y se acordó de Alice saliendo airadamente del salón—. ¿Tienes algo que contar sobre tu vida amorosa? Porque mamá no es la única que puede hacer preguntas embarazosas. A tu hermana pequeña también se le da bastante bien. ¡Cuéntamelo todo!

Ella pensaba que para Ross sería bueno conocer a alguien. Por lo menos, así podría pensar en algo más que en trabajar. No le gustaba que su hermano estuviera solo.

Ignoró la vocecita que resonó por su cabeza diciéndole que ella también estaba sola. Mejor sola que con la persona equivocada.

—No hay nada que contar. Hace tiempo que no salgo con nadie. He estado muy ocupado. Y sé que no les va a parecer una excusa razonable, así que tengo la esperanza de que Alice y tú desviéis las críticas de mí —dijo Ross, mientras servía una copa de vino—. Por favor, dime que tienes un nuevo novio que te adora y que habéis elegido una fecha para la boda, Clemmie.

—No —dijo ella—. Nada de novio. Ni de boda.

—¿Ni tampoco sales con nadie? Vaya decepción que somos. Esperemos que Alice lo compense —respondió su hermano, y le dio la copa.

Ella vaciló.

—Dásela a Alice. ¿No tienes nada sin alcohol?

—Sí. Toma lo que quieras de la nevera. Pero ¿estás bien? ¿Saliste ayer hasta tarde, o algo por el estilo?

—No. Es que ha sido un día largo y me duele un poco la cabeza.

—¿Te duele la cabeza? —preguntó Alice. Había colgado y se estaba metiendo el teléfono al bolsillo—. ¿Desde cuándo? Descríbeme el dolor. ¿Es constante? Deja que te mire. El médico está en casa.

Ross murmuró algo que sonó muy parecido a «Dios Santo», y Clemmie cabeceó.

—Es solo un dolor de cabeza, Alice.

—Eso lo decidiré yo.

Ross la miró con impaciencia.

—¿Qué vas a hacer? ¿Pedir una resonancia magnética? ¿Eres así de tranquilizadora con tus pacientes, Alice? «Estoy segura de que sus síntomas son claros» —dijo, imitando bien el tono de su hermana—, «pero, solo para asegurarnos de que no hay una explicación aburrida y simple, vamos a someterlo a todas las pruebas posibles y provocarle la máxima ansiedad».

—No tienes gracia.

—Soy hilarante. Y da más miedo tenerte a ti cerca que buscar los síntomas en internet —dijo Ross, mientras le entregaba la copa de vino que le había servido a Clemmie—. Ahora no estás en el trabajo. Desconecta, por favor, por el bien de todos.

—¡Solo me estoy preocupando de mi hermana! Si Clemmie tiene dolor de cabeza, quiero saber qué...

—¡Ya está bien! No me duele la cabeza, era una excusa —dijo Clemmie con exasperación. Sus hermanos mayores siempre habían discutido por todo, desde pequeños, pero, algunas veces, era demasiado—. Lo que pasa es que voy a pasar una temporada abstemia.

Alice se quedó asombrada.

—¿Tú?

—Sí, yo. He dejado el alcohol. Voy a hacer una campaña de salud.

—En ese caso, voy a pedir una batería de pruebas para ti. Las palabras «Clemmie» y «campaña de salud» no van juntas.

—No le hagas ni caso —dijo Ross. En aquel momento, alguien llamó al telefonillo—. Eso es que traen la cena. He pedido comida tailandesa, ¿os parece bien?

Se marchó hacia la puerta sin esperar la respuesta, contestó al telefonillo y, un momento más tarde, llegaron varias bolsas de comida. Clemmie sacó platos mientras Alice tomaba una de las bolsas que él llevaba en los brazos.

—¿Y si no me apetece tomar comida tailandesa?

—Pues tienes dos opciones: pasar hambre o marcharte a casa.

Ross dejó tres bolsas sobre la encimera de la cocina.

—¿Cómo estás tú, Alice? —preguntó Clemmie mientras ponía los platos frente a sus hermanos—. ¿Ha habido más drama en el trabajo? ¿Más pacientes borrachos intentando darte puñetazos el sábado por la noche?

—Por el momento, no. Y, por favor, no le menciones ese incidente a tus padres —dijo Alice, y miró a Ross—. ¿Vas a calentar la comida?

—No. Tengo hambre, y está caliente. Y, si vas a recitarme una lista de las bacterias que puede haber creciendo en la comida, no lo hagas —dijo él. Le sonrió a Clemmie—. Tengo curiosidad. ¿Qué es eso de una campaña de salud? ¿Vas a empezar a hacer ejercicio? Es obvio que tengo un interés profesional. Puedo proporcionarte todo el equipamiento que necesites.

—¿Estás intentando venderle tus productos a tu propia hermana? —preguntó Alice mientras agarraba una de las bolsas—. No tienes vergüenza.

Él la ignoró.

—He pedido tu plato de gambas favorito, Alice. Clem, hay pollo.

Alice quitó la tapa de la caja que tenía más cerca y miró el contenido.

—Esto no es pollo.

—Yo no he dicho que eso fuera el pollo. Tú eres la que has elegido la caja.

—¿Me has pedido pollo?

—Gambas. ¡Te he pedido gambas! Esa caja es mía. Tú no comes anacardos. Y es cierto que no tengo vergüenza, pero, en este caso, da la casualidad de que estoy interesado. El ejercicio y el *fitness* son lo mío.

Alice se sirvió la mitad de las gambas en el plato.

—¿Por qué te has preocupado de repente por la salud? ¿Estás haciendo ejercicio?

—No exactamente —dijo ella, mientras se servía un poco de pollo—. Pero hago más de un millón de pasos al día con Georgie. Ayer fuimos a un gimnasio para menores de cinco años, así que supongo que puedo decir que he ido al gimnasio. Para atravesar una piscina de bolas se gastan muchísimas calorías.

Ross sirvió arroz y brécol en su plato.

—Eso no es una campaña de salud. Es masoquismo.

—Para mí, no.

Él se quedó desconcertado.

—Realmente, te encanta, ¿no?

—Sí.

Debería contarles en aquel mismo instante la decisión que había tomado, pero las palabras no salían de su boca, así que se sirvió brécol y le pasó la caja a Alice.

—Georgie es interesante. No hay nada como la perspectiva que tiene del mundo una niña de cuatro años. Está en una edad en la que se lo cuestiona todo y dice las cosas como son. Es muy graciosa y adorable.

Alice la estaba mirando con una expresión rara. Clemmie dejó el tenedor.

—¿Qué ocurre?

—Nada en absoluto —respondió Alice, y pinchó otra gamba—. Esos niños son afortunados por tenerte, Clemmie. Deberías tener cien hijos. Tenemos que trabajar más para encontrarte un hombre.

—Ojalá dejaras de decir eso. No quiero ningún hombre ni quiero cien hijos.

Pero uno estaría bien, pensó. Uno sería perfecto.

—No has vuelto a salir con nadie desde... —Alice hizo una pausa y miró a Ross.

—Liam —dijo él, y apretó los labios—. Pero mejor no hablemos de Liam.

Clemmie no podía reprocharle que pensara así. Ross era el que había atravesado Londres en mitad de un aguacero sin dudarlo, sin hacer preguntas, cuando ella lo había llamado sollozando. Y a ella no se le había olvidado. Por muy diferentes que fueran, siempre sabría que podía contar con su hermano.

—No fue la mejor ruptura del mundo. Culpa mía. Dijo que le rompí el corazón.

—Las relaciones terminan. Es una realidad de la vida. Eso no es excusa para la ira —dijo Ross—. Te escapaste por los pelos.

Ella estaba de acuerdo, aunque no había roto con Liam por su mal humor, sino porque él no era quien ella quería que fuese. Y, aquella noche, había aprendido que era mejor estar sola que estar con la persona inadecuada. Y que no tenía sentido avanzar en la vida con la esperanza de que las cosas sucedieran. Ella iba a hacer lo posible porque sucedieran.

—No les mencionéis a papá y a mamá a Liam, ¿de acuerdo? Es un tema tabú.

—Yo, encantado de no volver a mencionar su nombre, pero tú no deberías permitir que él te aparte del resto de los hombres —dijo Ross—. ¿Quieres algún consejo sentimental?

—¿Tuyo? —preguntó Alice mientras se servía un poco del arroz de su hermano—. Tú no sabes ni una sola cosa sobre lo que es salir con alguien.

—Al contrario, tengo mucha experiencia en eso. Y deja de comerte mi comida.

—Nuestra familia —dijo ella—. Somos familia. Lo que es tuyo es mío.

Él alejó su plato de ella.

—Esto me recuerda los desayunos de fin de semana. Me robabas todo el beicon.

—Me encanta el beicon. Y tú, Ross Miller, tienes citas en serie. Sales dos veces con una chica y te olvidas de ella. Lo cual significa que no has conocido a nadie que con quien hayas conectado, lo cual significa que seguramente estás eligiendo a personas equivocadas, lo cual significa que, en realidad, no sabes nada.

—¿Y qué pasa, que tú, de repente, eres toda una experta porque has estado con Nico el tiempo récord de nueve meses? ¿Por fin conoces a un chico que te tolera y ahora lo sabes todo?

—¿Tolerarme? —preguntó Alice, y entrecerró los ojos—. Es algo más que tolerancia. Me quiere.

Ross bostezó.

—Porque no te conoce como yo.

—Ya está bien, vosotros dos —dijo Clemmie.

Aquel tipo de discusiones eran un pasatiempo para ellos, como hacer un crucigrama. Los animaba. El intercambio de palabras les daba energía.

—Lo siento —dijo Alice—. No va en serio. Te quiero, Ross. Eres el mejor hermano que podría tener una mujer. Espero que todos tus sueños se hagan realidad esta Navidad.

Ross sonrió.

—¿Vas a dejar que me coma mi beicon tranquilamente? Porque eso ya sería un comienzo.

—Lo pensaré —dijo Alice, y se sirvió un poco del pollo de Clemmie.

—Bueno, y ¿cómo va todo en tu mundo de magnate, Ross? La semana pasada leí un artículo sobre ti. Parece que eres el preferido de los inversores.

—La empresa va bien, gracias, pero es hora de cambiar un poco las cosas. Vamos a empezar a buscar una nueva agencia de publicidad en Año Nuevo —dijo Ross—. Necesitamos ampliar nuestro público. Pero que quede entre nosotros. Nada de decírselo a papá, obviamente.

—Ya lo sabemos. No tienes que decírnoslo —respondió Clemmie. A ella le dolía que hubiera tensión entre ellos—. Ojalá pudierais hablar de ello. Estoy segura de que a papá le interesaría mucho lo que vas a hacer.

—No, no te creas. A menos que la conversación terminara con el anuncio de que voy a vender mi empresa y voy a trabajar para él. Seis generaciones dirigiendo el negocio —dijo Ross—, y voy yo y mando al cuerno la tradición.

Clemmie lo sentía por su hermano, porque toda la presión recaía sobre él.

—Ojalá no te sintieras tan culpable por eso.

Ross sonrió a medias.

—Ojalá. Bueno, vamos a cambiar de tema. Alice, tenías que haber traído a Nico a la cena.

—Está en París, en una conferencia, este fin de semana. Además, este momento es para los hermanos.

Ross sonrió.

—Probablemente es la última oportunidad que tiene Nico de disfrutar de la paz y la tranquilidad antes de ir contigo por Navidad.

Alice entrecerró los ojos.

—Por el contrario, está deseando reunirse conmigo —dijo, y se puso a juguetear con la comida. Se le habían puesto rosas las mejillas—. Me ha pedido que me case con él.

Hubo un silencio lleno de asombro.

—No me digas.

Ross se quedó mirándola, y Alice bajó el tenedor.

—¿Qué se supone que significa eso? ¿Y por qué me miras así?

—Estoy intentando adivinar por qué querría alguien casarse contigo.

—Cállate, Ross. Alice, es maravilloso —dijo Clemmie, y le dio un abrazo a su hermana. No se le había ocurrido pensar que, de los tres, Alice sería la primera en casarse—. Me alegro muchísimo por ti. Enhorabuena. Mamá y papá se van a poner muy contentos.

—¡No podéis contárselo a papá y a mamá! Ni una palabra —respondió Alice, y tomó un gran trago de vino.

Clemmie miró a Ross.

Ross se encogió de hombros.

—A mí no me mires —dijo—. Para mí no tiene sentido nada de lo que hace Alice. Pero la lista de cosas que no podemos decirles a nuestros padres va en aumento. Quizá sea mejor que hagamos una lista de las cosas de las que sí podemos hablar. ¿Qué tal el clima? ¿Es un tema seguro?

—Pero... ¿por qué no quieres decírselo? —preguntó Clemmie, desconcertada—. Has dicho que te ha pedido que te cases con él, y...

—Yo no le he dicho que sí. Todavía lo estoy pensando.

—¿Te ha pedido que te cases con él y tú le has dicho que lo pensarías? —preguntó Ross, y cabeceó. Terminó el arroz que le quedaba en el plato y dijo—: Ese es el motivo por el que yo nunca voy a pedirle a nadie que se case conmigo. Lo das todo, te pones en un lugar vulnerable y luego te dan una torta. ¿A quién le gusta eso?

—Yo no le he dado una torta a nadie.

—Seguro que Nico se siente así.

Alice se quedó consternada.

—No es cierto. Y es perfectamente lógico que diga que quiero pensarlo. La vida no es una película romántica. El matrimonio es una decisión muy importante y requiere reflexión.

—Ya lo sé —respondió Ross—. ¿Por qué te crees que estoy soltero?

—Porque nadie te soporta más de una semana, así que, mucho menos, el resto de su vida.

—¡Ya está bien! —exclamó Clemmie, y tomó su tenedor—. ¿Te regaló un anillo de compromiso?

—Sí, pero se lo devolví —dijo Alice, y tragó saliva.

—¿No te gustó?

—Era impresionante. Precioso.

Ross volvió a mover la cabeza de lado a lado.

—Por eso no está Nico aquí esta noche. Está en París, en terapia.

Clemmie ignoró a su hermano. ¿Acaso Ross no se daba cuenta de que aquello era muy importante?

—¿No lo quieres, Alice?

—Sí, lo quiero —dijo su hermana, sin dudarlo—. Lo quiero tanto que me duele.

—¿Y crees que él te quiere a ti?

—Sé que sí.

Clemmie sintió una punzada de envidia.

—Entonces, ¿cuál es el problema?

—No es un problema, exactamente —dijo Alice.

Sin embargo, su hermana tenía una mirada de preocupación. Alice no solía confiar en ella. No confiaba en nadie. Nunca se le había dado bien abrirse, y Clemmie se había preguntado muchas veces si era porque se negaba a admitir sus miedos y vulnerabilidades.

Ella habría dejado aquel tema, pero Ross no era tan sensible.

—Entonces, ¿por qué no le dices que sí?

—Las relaciones son complicadas y yo adoro mi trabajo. No todo el tiempo, claro. Algunas veces lo odio, pero incluso cuando lo odio y estoy demasiado ocupada y estresada, y cuando no hay personal suficiente y parece que el mundo entero está sentado en la sala de espera, prefiero estar haciendo eso que ninguna otra cosa. Es muy importante para mí.

—Sigo sin entender cuál es el problema —dijo Ross. Tomó su copa de vino y se apoyó en el respaldo de la silla—. ¿Qué tiene que ver tu trabajo con lo demás?

—No estoy muy segura de que se me dé bien ser la mujer de alguien, nada más.

—¿Qué significa eso? No estamos en el siglo diecinueve. ¿Acaso crees que Nico querrá que dejes el trabajo, te pongas un delantal y le hagas la comida?

—No. Por lo menos, no lo creo. No hemos hablado de los detalles, así que no sé cuáles son sus expectativas.

Aquello no le sonó bien a Clemmie.

—¿No habéis hablado?

—No. Y... el matrimonio cambia las cosas, ¿no?

—¿Por qué nos lo preguntas a nosotros? Toma —dijo Ross, y le llenó la copa—. Puede que el vino te dé claridad.

Clemmie se concentró en su hermana.

—¿Qué es lo que tienes miedo que cambie, Alice?

—La vida. Mi vida. Salir con alguien está bien, pero el matrimonio conlleva unas expectativas. ¿Y si, cuando estemos casados, resulta que él quiere cosas que yo no quiero? ¿Cosas que no se me darían bien?

—Como, por ejemplo...

—No sé —dijo Alice, y se encogió de hombros—. Familia. Hijos. Seguramente, Nico quiere todo eso.

—¿Y tú no?

Alice se puso a juguetear con el pie de la copa, sin mirar a los ojos a sus hermanos.

—No lo sé. Hasta que Nico no me pidió que me casara con él, no lo había pensado mucho. Pero no. Creo que no quiero tener hijos.

—Entiendo —dijo Ross, que había comprendido por fin el motivo por el que su hermana estaba tan disgustada y confusa—. No pasa nada por no querer tener hijos, Alice. No es obligatorio.

—Pero es lo que espera la gente, ¿no? Si les digo a nuestros padres que me voy a casar, lo primero que pensarán es en los nietos.

—Puede ser. Pero lo que piensen ellos no importa,

Alice —dijo Ross—. Lo único que importa es lo que tú quieras.

—Y lo que quiera Nico.

—Claro. Pero ¿sabes con certeza que él quiere tener hijos?

—No sé nada. Casi no hemos hablado desde la noche que me lo pidió. Él ha estado trabajando. Yo he estado trabajando —dijo Alice, y levantó la mirada con una expresión de tristeza—. Supongo que he estado evitándolo porque no quiero hacerle esa pregunta. Él es medio italiano, y para los italianos la familia es muy importante, ¿no?

—Eso es una generalización. Además, la tasa de natalidad en Italia va en descenso, ¿no? —dijo Clemmie, y empezó a meter las cajas de comida de cartón en una bolsa. Se le habían removido sus propias emociones—. Pero es no tiene relevancia. No puedes guiarte por las convenciones sociales ni por sus expectativas de familia. Tienes que hacer lo mejor para ti.

—Eso es fácil decirlo. Tú eres tradicional. A ti no te van a juzgar.

Ciertamente, a Alice iban a juzgarla, pero ella no quería pensarlo en aquel momento.

—Lo único que digo es que estás asumiendo muchas cosas, Alice. Tienes que hablar con él.

—Ya lo sé, pero ¿y si lo saco a relucir y él me dice que quiere tener diez hijos y que quiere que deje mi trabajo para cuidarlos? Entonces, nuestra relación habría acabado, y no puedo soportarlo. De verdad, lo quiero. Es listo, divertido, interesante y bueno, y nadie le quita las espinas al pescado y saca los filetes como él...

Ross enarcó las cejas.

—¿Le quita las espinas al pescado?

Alice movió una mano.

—Seguramente, porque es cirujano. Se le dan muy

bien los cuchillos y ya sabes que yo odio las espinas del pescado.

—De acuerdo. Entonces, sabe filetear el pescado. Es obvio que sois la pareja perfecta... —dijo Ross. Estiró el brazo por encima de la mesa y le apretó la mano a su hermana—. Ten esa conversación con Nico, Alice. Él te quiere. Si no te quisiera, no te habría pedido que te casaras con él.

—No seas bueno conmigo. Me asusta que seas bueno —dijo Alice, quejumbrosamente—. Y lo de no querer tener hijos es un obstáculo muy grande.

—Los niños no lo son todo —dijo Ross—. Imagínate que los dos quisierais tenerlos y, por algún motivo, no pudierais. ¿Romperías con él? Espero que no. La vida está llena de obstáculos, Alice, lo sabes mejor que nadie. Lo que necesitas es tener a tu lado a alguien que te ayude a superar esos obstáculos.

—Habla un hombre que es como una isla y lo hace todo él solo.

—Eh, estoy dispuesto a aceptar en mi isla a la mujer de mi vida, cuando las circunstancias sean favorables.

Ross sonrió. Clemmie se levantó y llevó los platos al fregadero.

—Bueno, ¿y qué es lo próximo que va a ocurrir con Nico y contigo?

—Hemos acordado dejar el tema un tiempo y, después, volver a hablar de ellos. Pero ahora estoy nerviosa por las fiestas. En Navidad no va a haber espacio entre nosotros y, además, ya sabes cómo es la abuela Jean. Nico le caerá muy y, antes de que nos demos cuenta, estará fisgando y pinchando para saber cuáles son sus intenciones. Y cabe la posibilidad de que él se lo diga, porque ya sabéis cómo te mira la abuela...

—Sí, lo sabemos.

—Sí. Te lo sonsaca todo. Y se van a quedar horrorizados cuando sepan que no le dije que sí inmediatamente.

Posiblemente, se sentirán decepcionados conmigo —dijo Alice, y los miró con una expresión de súplica—. Necesito que me ayudéis. Cuando salga el tema de mi relación con Nico, distraedlos, por favor.

—A mí no me mires —dijo Ross, y se puso en pie—. Te quiero, pero no lo suficiente como para llamar la atención sobre mí en Navidad. Además, no estoy saliendo con nadie.

—Finge que sí —dijo Alice. Se levantó de la mesa y se sirvió un vaso de agua—. Podrías inventarte a una ejecutiva hambrienta de poder que siempre está trabajando, y que le dijiste que fuera a contigo a casa, pero que no pudo porque siempre está trabajando ya que está hambrienta de poder.

—¿Una novia ficticia? Bueno, no es la peor idea del mundo.

Clemmie puso los ojos en blanco.

—Hacedme caso, sí es la peor idea del mundo.

—No estoy tan seguro. A mí me parece que es una relación de bajo mantenimiento. No sé por qué no se me había ocurrido antes —dijo Ross, riéndose—. ¿Qué nombre le ponemos? ¿Os parece bien Victoria?

—No —dijo Alice, y dejó el vaso en la mesa—. Necesitas un nombre más suave.

—Creía que has dicho que es una ejecutiva hambrienta de poder. Si tuviera un nombre suave, signifique lo que signifique eso, se lo habría cambiado.

—No, porque no es insegura. Esta mujer está cómoda consigo misma. Sabe quién es y no necesita que su nombre sea duro, porque ya ha demostrado lo que vale.

—Me gusta cómo es —dijo Ross—. Pero sigue necesitando un nombre.

—¿Alison? No. Se parece demasiado a Alice. Sería una pesadilla en las reuniones familiares.

Ross enarcó una ceja.

—Pero... si es un personaje ficticio. Nunca va a ir a las reuniones familiares.

—Rosemary —dijo Alice, y miró a Clemmie—. ¿Qué te parece?

—Me parece que habéis bebido demasiado vino.

—Necesitamos inspiración —dijo Alice, y tomó la primera revista que había en la pila de al lado del sofá—. *El rostro del nuevo marketing*. Os presento a Lucy. Aquí tienes, Ross. Lucy —dijo, y le lanzó la revista—. Lucy es un buen nombre. Amable y accesible, pero un hacha en su trabajo.

—Lucy —dijo Ross, y miró brevemente la portada—. De acuerdo. Estoy saliendo con Lucy, pero es la cara del *marketing* moderno, así que casi no nos vemos. Es perfecto.

¿En serio?

—No lo vais a hacer, ¿verdad? —preguntó Clemmie, mientras metía los platos al lavaplatos—. No puedes inventarte una novia, Ross.

—¿Por qué no? Solo la voy a usar para frenar la conversación. Será un comentario superfluo, aunque debo decir que puede que me esté enamorando de esta Lucy ficticia —dijo él, y miró a Alice—. Supongo que no tendrás un número de teléfono para ella, además del nombre.

—No respondería a tu llamada —dijo Alice—, porque tú eres exactamente el tipo de macho alfa al que ella rehúye. Lucy es demasiado sensata y está demasiado segura de sí misma como para salir con un hombre como tú.

—Yo no soy un macho alfa. Soy un hombre moderno con una mentalidad evolucionada.

—Tu nivel de delirio es increíble.

Y, así, tan fácilmente, siguieron con el plan.

Clemmie se concentró en limpiar. La ironía era que solo tenía que confesar sus planes para su familia y se haría con toda su atención.

Pero no tenía intención de hacerlo. Antes de Navidad, no. Como sus hermanos, ella quería tener unos días llenos de paz y felicidad y, si les decía lo que tenía en mente, acabaría con cualquier posibilidad de conseguirlo.

Capítulo 5

Lucy

—¿Estás segura de que es buena idea? —preguntó Maya mientras ayudaba a Lucy a meter las cajas de Fingersnugs en una bolsa—. ¿No corres el riesgo de que te tomen por una acosadora si apareces por las buenas en su casa de Escocia?

—Entiendo que te preocupe eso. A mí también se me ha pasado por la cabeza. Pero no. En primer lugar, porque estoy en Escocia de todos modos, haciendo una sesión de fotos para Fingersnug, con renos y varios *influencers*. En segundo lugar, porque Zoe me dijo que lo hiciera. Solo estoy siguiendo su consejo.

Tal vez se estuviera excediendo un poco, pero, algunas veces, había que arriesgarse un poco para salir adelante. Desde el problema de salud de Arnie, había estado trabajando como loca para recabar ideas sobre Miller Active. Estaba emocionada con su plan y ansiosa por presentarle la propuesta a Ross Miller antes de que la competencia llamara su atención. Estaba dispuesta a correr el riesgo de que todo le explotara en la cara. ¿Qué era lo peor que podía pasar? Que él le cerrara la puerta en las narices. Pero, por lo menos, volvería a casa sabiendo que lo había intentado todo para ayudar a Arnie y proteger los trabajos de la gente.

—¿Quién es Zoe?

—La secretaria de Ross Miller. Es estupenda. Es organizada y lo sabe todo. Anoche fuimos a un bar nuevo que está al lado del río y...

—¿Has ido a un bar con la secretaria de dirección de Ross Miller?

—Sí —dijo Lucy, y metió en la bolsa algunos de los accesorios festivos que había comprado—. Hemos hablado todos los días de la semana pasada y parece que hemos hecho buenas migas.

Maya movió la cabeza con incredulidad.

—¿Cómo lo haces? Si alguien se queda quieto tres segundos, te haces amigo suyo.

—No fue difícil. Me cae bien. Llevé mi propuesta a su oficina y nos pusimos a charlar. Resulta que ella también es escocesa y que conoce a Ross del colegio.

—¿Y él le dio el trabajo?

—¿Por qué no? Es muy inteligente. Y, quién sabe, a lo mejor le amenazó con revelar todos sus secretos si no le daba el trabajo —dijo Lucy, y metió dos cajas de lucecitas en la bolsa—. Es obvio que son buenos amigos. Parece que tienen una de esas relaciones divertidas llenas de bromas en las que ella le regaña y él finge que la obedece. ¿Puedes pasarme la bola de nieve?

Mary se la entregó.

—¿Buenos amigos o muy buenos amigos?

—Nada romántico. Según Zoe, Ross no tiene ninguna relación estable. Sale con chicas de vez en cuando, pero las mujeres terminan por frustrarse porque él está completamente concentrado en el trabajo. En realidad, a la última mujer con la que había quedado la dejó plantada en el restaurante porque se le olvidó.

Lucy estrujó la bola de nieve para poder meterla en la bolsa. Tal vez se hubiera dejado llevar por el optimismo al pensar que bastaba con una sola bolsa.

—Entonces, no es el rey del romanticismo —dijo

Maya—. ¿Sabe Ross que su secretaria le está revelando su vida personal a desconocidos?

—No soy una desconocida. La he visto cuatro veces esta semana.

Maya puso los ojos en blanco.

—Y, sin duda, antes del viernes serás la madrina de sus hijos.

—No tiene hijos, aunque le gustaría. Está saliendo con William, pero él vive en Edimburgo y ella lo echa mucho de menos. Parece que William es lento a la hora de proponer compromisos, así que Zoe está pensando en pedirle ella misma que se casen. Hemos hablado de unas cuantas estrategias —dijo Lucy. Intentó cerrar la bolsa, pero no lo consiguió—. Un poco de ayuda, por favor.

Maya empujó los dos laterales de la bolsa hacia el centro.

—No quiero molestarte, Lucy, pero ¿desde cuándo eres tú una experta en peticiones de matrimonio?

—Sé mucho de teoría —dijo Lucy. Por fin, consiguió cerrar la bolsa—. No tienes que viajar por todo el mundo para enseñar Geografía. Soy creativa, ese es mi trabajo. Sé causar impacto. Además, presto atención a lo que quiere y necesita la gente. Esa es la base de una venta exitosa y, al final, es lo que estamos haciendo todo el tiempo. Todos los días. Yo voy a venderle a Ross la idea de mí.

—Entonces, ¿dónde encaja William en todo esto?

—William trabaja en una aseguradora, así que es comprensible que no se deje llevar por un impulso. Él necesita un pequeño empujón para saltar la barrera de la precaución. Por suerte, Ross Miller cierra la oficina durante una semana en Navidad, lo cual significa que Zoe también puede ir a casa —dijo Lucy, y alzó la bolsa—. Esto pesa una tonelada. Aquí no cabe nada más.

—¿Cierra la oficina?

—Sí. Se va a casa de su familia, a Escocia, para estar con ellos.

—Eso es muy agradable.

—Sí. Me gusta que la gente valore a la familia —dijo Lucy, y dejó de nuevo la bolsa en el suelo—. Tengo la impresión de que se me olvida algo. ¿Qué más necesito?

—Mucha buena suerte y las copias encuadernadas de tu propuesta. Querías dos, ¿no? —preguntó Maya, y se las entregó—. ¿Has hablado de esto con Arnie?

—No. Se supone que tiene que hacer reposo. Nada de estrés. Y ya sabes cómo es. Si se lo menciono, querrá participar.

Nunca olvidaría el día en que se llevaron a Arnie en una ambulancia. Por un espantoso momento creyó que iba a perder a otra de las personas a las que quería, pero, por suerte, al final no fue algo tan grave como temían. A Arnie le dieron el alta con medicación y un sermón sobre su estilo de vida.

Él se mantenía en contacto con la oficina, pero Lucy les había dado a todos instrucciones estrictas de que no le llamaran.

En la oficina había un ambiente extraño sin él. Ni siquiera el árbol de Navidad y los adornos podían compensar su ausencia. Pero, si descansaba ahora, con suerte podría volver a trabajar en enero.

Mientras, ella tenía la responsabilidad de dirigir la oficina.

Maya señaló las propuestas.

—A propósito, buen trabajo. Es inteligente. Creo que Ross Miller se va a quedar impresionado.

—Esperemos —dijo ella, y tomó un papel de envoltorio—. ¿Has visto la foto que ha enviado Ted? La niña es preciosa.

—No pueden dormir nada.

—Ya lo sé. Ted dice que se pasa las noches vigilándola para ver si sigue respirando —respondió Lucy. Se arrodilló en el suelo, cortó el envoltorio y midió un trozo de cinta.

—¿Lazo? No iras a envolver la propuesta, ¿no? —preguntó Maya, frunciendo el ceño.

—¿Por qué no? Es Navidad —dijo Lucy, y envolvió cuidadosamente el documento—. Incluso el hombre de negocios más duro respondería ante un papel de regalo de alegres petirrojos, ¿no?

—¿Por eso lo estás envolviendo? ¿Para llenar su corazón encallecido de alegría navideña?

—No. Lo estoy envolviendo por si sucede algo y no puedo entregárselo personalmente. Es Navidad y ellos son una familia muy grande. Se reúnen todos los años.

—¿Zoe, otra vez?

—No. Lo leí en ese artículo de la revista que mencioné —dijo ella. Había estudiado hasta la última página envidiando los enormes árboles de Navidad y las guirnaldas exuberantes que adornaban la chimenea y las barandillas de la escalera—. Si les entrego una propuesta con pinta de aburrida, lo más probable es que se olviden de ella. ¿Quién iba a querer leer un documento aburrido en Navidad? Si lo envuelvo, hay más posibilidades de que abran un paquete festivo.

—Seguramente, lo abrirá un niño que se quedará decepcionado y tendrá una rabieta antes de tirarlo por la ventana.

—No hay niños pequeños en la familia, según mi investigación.

Metió cuidadosamente el paquete envuelto en el maletín de su ordenador, junto con la propuesta que había dejado sin envolver.

—Por favor, dime que no te vas a vestir de Papá Noel para entregarlo.

—No lo tenía pensado... pero ahora me estás haciendo pensarlo...

—Pues no lo pienses. Ya has pensado suficiente —dijo Maya. Apoyó la cadera en el escritorio y cruzó los brazos—. ¿Y por qué no se metió en el negocio familiar?

—¿Ross? No tengo ni idea, y es algo irrelevante. Yo no estoy aquí para interferir en la política familiar. Solo voy a llamar al timbre y a entregar mi regalo. Feliz Navidad. Eso es todo.

—Deberías añadir un ejemplar de esa revista de *marketing* a la propuesta. Lucy, la chica de la portada.

Lucy se puso de pie y dejó el papel de envoltorio sobrante en su escritorio.

—Ese es uno de los premios de los que todos estamos superorgullosos, pero que nadie más conoce.

—Pero tú eres el rostro del *marketing* moderno. Puede que eso le impresione.

—O no —respondió Lucy, y miró el reloj del teléfono—. Todavía me queda una hora hasta que salga el tren.

—El coche-cama. Siempre me ha parecido romántico. Viajar en tren de noche, en medio de la oscuridad, trac, trac, trac, trac.

—No tiene nada de romántico ir en un vagón yo sola.

—A lo mejor es como en esas películas de espías —dijo Maya— en las que el malo está acechando a la espera de poder tirarte por la ventanilla.

—Y, por ese pensamiento tan reconfortante, te doy las gracias.

—Deberías haberte tomado unos días libres mientras estás allí, a modo de minivacaciones.

A Lucy no se le ocurría nada peor.

—Ya tengo reservado el billete de vuelta para la noche siguiente. Todo está organizado. Es una visita relámpago.

Aunque tuviera el dinero necesario, no querría gastarlo para pasar la Navidad ella sola en un hotel. Sería muy triste.

No, se pasaría el día tomando fotos creativas de los Fingersnugs, con la manada de renos de fondo. Después iría a entregarle la propuesta a Ross Miller, de camino a la estación para tomar el tren de vuelta.

No se le ocurriría nada que pudiera salir mal.

Capítulo 6

Glenda

A Glenda le encantaban las Navidades desde que era pequeña, y aquel sentimiento no cambió cuando ella formó su propia familia.

¿Se estaba excediendo? ¿Eran demasiadas ramas de acebo, hiedra y muérdago para adornar las habitaciones de la vieja casa? Tal vez, pero... ¿qué de malo podía tener? La Navidad y todo lo relacionado con ella eran como un faro brillante y cálido de alegría en medio del invierno oscuro y largo.

Le encantaba que la Navidad llenara las habitaciones de verdor, de adornos y de gente. Aunque fuera algo absurdo, a veces tenía la sensación de que la casa compartía sus sentimientos. Era como si todos los años, por aquellas fechas, se liberara de los crujidos y las goteras y se preparara para darle la bienvenida a la familia entre sus robustas paredes. Se abrían puertas de habitaciones que casi no se usaban durante el resto del año, se encendían las chimeneas y se iluminaban rincones oscuros con velas y luces.

A ella le encantaban los aromas, el sentimiento de impaciencia, la emoción que empezaba a recorrer la casa. Disfrutaba de los preparativos de la comida, pesar, picar, freír, rehogar, y de los guisos hechos a fuego lento, de los púdines de frutas y especias. Llenaba el congelador de tarteras etiquetadas con raciones para diez personas y planeaba las comidas y cenas que se alargaban, en las que todos se quedaban despiertos y bebían demasiado. Su versión del chocolate caliente era legendaria. Derretía el chocolate recién rallado y lo servía en tazones rojos con generosos remolinos de nata espesa.

Lo que más le gustaba era decorar los árboles que Douglas y Fergus llevaban del bosque. Le encantaba decorar la casa incluso cuando la abuela Jean estaba más quisquillosa, como en aquel momento en que parecía que todo lo que colocaba o colgaba estaba mal.

—Enderézalo un poco —dijo la abuela Jean, mirando el árbol desde abajo. Tenía en las manos una caja grande de adornos que ella había sacado de la buhardilla unos días antes—. No, ahí, no. Un poco más arriba. Espera, así queda fatal. Está demasiado cerca del otro. Ponlo un poco más abajo.

Glenda se giró y la silla se tambaleó un poco. Miró a su suegra. Aquello también era parte de lo habitual en Navidad.

—¿Prefieres hacerlo tú?

—¿Y acabar en el hospital con una cadera rota? ¿Perderme la primera Navidad en la que Alice trae a un novio a casa? No, ni hablar. No voy a hacer nada que ponga en riesgo la diversión que va a haber aquí. Incluso he pospuesto mi paseo matutino porque hay un buen parche de hielo delante de la puerta principal. Espero que no empiece a nevar antes de que lleguen todos, o puede que no lo consigan. Los del tiempo dicen que va a ser la nevada del siglo.

A ella también le preocupaba aquel pronóstico. Uno de los periódicos había bautizado a la tormenta con el nombre de Tormenta Scrooge, como si fuera un evento meteorológico listo para estropearle la Navidad a todo el mundo.

Desde su posición elevada, miró el paisaje por las altas ventanas. La luz era monótona y el cielo estaba cubierto. Ya había una capa de nieve en la cima de las montañas que se elevaban por detrás de la casa.

—Esperemos que el pronóstico cambie —dijo. Sin embargo, aquella mañana, cuando había sacado a Hunter, el suelo estaba helado.

—Siempre nieva en esta época del año. A lo mejor nos quedamos atrapados. Eso sería divertido —dijo la abuela Jean con una mirada llena de picardía—. Podríamos maniatar a Alice y a su joven acompañante con el espumillón y someterlos a un interrogatorio. No tendrían escapatoria. Y no me mires con esa cara de desaprobación, sé que estás pensando lo mismo que yo. Lo que pasa es que lo disimulas mejor.

—Seguramente, eso es cierto —dijo Glenda, y se echó a reír.

Se giró de nuevo hacia el árbol. Tenía miles de preguntas, pero no iba a hacérselas a sus hijos. Tenía que confiar en que ellos tomaran buenas decisiones. Eso era ser madre. Las madres querían abrazar a sus hijos para que siempre estuvieran a su lado, pero tenían que dejarlos marchar y verlos volar sin gritar: «¡Ten cuidado!». Y, si a veces se quedaban despiertos por las noches, preocupándose por ellos, debían guardárselo, porque el hecho de pensar algo no significaba que hubiera que decirlo en voz alta. Aunque la abuela Jean no hubiera adoptado nunca esa filosofía.

Glenda se recompuso. Sus hijos iban a casa, no se estaban marchando, y no iba a perder un momento del tiempo que tenían para estar juntos poniéndose triste.

—Tenemos que terminar esto antes de que lleguen. Tiene que haber un árbol decorado cuando entren por esa puerta.

Y aquel árbol era precioso. Tenía el tronco grueso, las ramas tupidas, unas acículas puntiagudas que olían muy bien. Tener un árbol de Navidad en casa siempre animaba el espíritu, y aquel año tenían varios. Se había empeñado en que la casa estuviera tan festiva como fuese posible y había estado trabajando en ello desde que Alice había dicho que llevaría a un invitado.

Había limpiado los dormitorios minuciosamente y los había adornado con cojines y mantas cálidas. Había puesto libros en las mesillas de noche y pastillas de jabón nuevas en los baños, había quitado el polvo, abrillantado y pasado la aspiradora hasta que le dolían los brazos y las piernas y se había dejado caer en su cama, exhausta. Aquel árbol era lo último que le quedaba por hacer.

—¿Dónde quieres que ponga este? —le preguntó a su suegra, mostrándole un precioso adorno de plata que había pertenecido a la madre de la abuela Jean.

—Ese adorno tiene los mismos años que yo. El año pasado creí que iba a perecer debido al entusiasmo con el que Hunter mueve la cola. Súbelo un poco, a la izquierda y... perfecto —dijo la abuela Jean, y le dio otro adorno—. Eres una buena chica.

—Tengo sesenta y dos años, abuela Jean.

—Te conozco desde el primer día de colegio, cuando te negaste a separarte de tu osito de peluche. Para mí siempre serás esa niña.

—Gracias por ese recuerdo tan embarazoso.

—Estás colgando ese demasiado cerca del otro... Muévelo a la derecha...

Y así continuaron. En secreto, Glenda disfrutaba de aquellos momentos. Sus desacuerdos sobre la colocación de los adornos eran otra parte de las costumbres festivas.

—¿Ya está? —preguntó Glenda, por fin. Bajó de la silla y tomó la caja de manos de Jean—. Lo único que queda es la estrella que hizo Clemmie en el colegio.

La alzó y sintió que se le encogía el corazón. De vez

en cuando, Douglas sugería que hicieran una limpieza general a gran escala, pero había algunas cosas de las que ella no podía separarse.

—Ah, es una estrella. Siempre me lo había preguntado —dijo la abuela Jean—. Lo siento, pero parece un ovni.

Ella se echó a reír. Era cierto que parecía un ovni, pero, de todos modos, le encantaba.

—La perfección está sobrevalorada.

—Eso es lo que me digo todos los días al mirarme al espejo.

—Hice esto con ella cuando tenía la varicela.

—Me acuerdo. Estabas intentando que no se rascara, así que no dejabas de pensar en cosas que pudiera hacer con las manos. Has sido una buena madre, Glenda. Todavía lo eres. Esos niños tuvieron mucha suerte de tenerte. Espero que lo sepan.

La abuela Jean, que no era especialmente sentimental, le dio una palmadita en el brazo. Aquellas palabras y el gesto le causaron inseguridad a Glenda.

—¿Va todo bien, abuela Jean?

—¿Te refieres aparte de mis arrugas y mi artritis? Como nunca —dijo la abuela Jean, observando el árbol—. Douglas se ha ido muy temprano esta mañana. Oí su coche.

—Sí —dijo Glenda, y colocó bien una bonita estrella que estaba colgando demasiado cerca del final de una rama—. Ha habido problemas con una entrega, así que, al final, ha decidido hacerla él mismo.

—¿Ha ido con la furgoneta?

—No —dijo Glenda—. Es un pedido pequeño de una tienda de regalos que hay cerca de Inverness. Especialidades escocesas, ese tipo de cosas. Llevan siendo clientes nuestros dos generaciones y Douglas no quería fallarles.

—Estás hablando de la familia McLeod. No puedo

creer que se haya ido a llevarles género hasta allí él mismo —dijo la abuela Jean.

Se sentó de repente en la silla más cercana y, al verlo, Glenda se olvidó del árbol, de los adornos y del ovni de Clemmie. Se acercó rápidamente a su suegra.

—¿Te encuentras mal?

—No. Es que soy una vieja tonta.

Glenda se dio cuenta de que estaba intentando contener la emoción.

—¿Abuela Jean? —le dijo con delicadeza—. Dime lo que te pasa.

—Me siento culpable, eso es lo que me pasa —dijo la abuela Jean—. Es una carga para él, lo sé, y fui yo quien le entregó esa carga.

—¿Te refieres al negocio? No es una carga, ha sido siempre un regalo. A Douglas le encanta la empresa. Ha vivido y respirado el negocio desde que era pequeño.

—Lo sé. Recuerdo que se iba a trabajar con su padre ya a los seis años.

—Exacto. Le encantaba. Y ha trabajado en todos los departamentos de la empresa, incluso en la tienda, unas navidades.

—Y se comía más galletas de las que vendía —dijo Jean, que estaba a punto de echarse a llorar—. Pero nunca tuvo elección. Yo nunca se la di. Nunca le pregunté si era eso lo que quería, o si prefería hacer alguna otra cosa. Tú has dejado que tus hijos eligieran su propio camino, y todos han elegido otra cosa. A mí nunca se me ocurrió que Douglas pudiera querer otra cosa que unirse a la empresa familiar. Nunca le pregunté si quería.

Glenda se inquietó. Su suegra siempre había sido fuerte, casi feroz. Aquellas muestras de introspección y duda no eran propias de ella.

—¿De dónde sale esto, abuela Jean? Si él hubiera querido hacer otra cosa, lo habría dicho.

—No es cierto. Es un buen hijo. Fue muy buen hijo con su padre al hacerse cargo del negocio —dijo la abuela Jean, y rebuscó un pañuelo de papel en sus bolsillos—. Por él, tú tienes a tu vieja suegra dando vueltas por tu casa. ¿Qué mujer quiere eso?

—Yo —dijo Glenda, con un nudo en la garganta—. Yo lo necesito. Y esta es tu casa. Nuestra casa. Nos encanta que estés aquí, abuela Jean.

Jean se sonó la nariz con fuerza.

—Seguramente, porque hago que te sientas joven y vivaz.

—Así es —dijo Glenda. Por lo menos, la abuela Jean estaba intentando bromear. Eso era buena señal—. Además, cuando no estás al mando de la decoración de los árboles de Navidad, eres la mejor acompañante del mundo. Esta casa es demasiado grande y está muy vacía desde que se fueron los niños, y no nos vemos mucho.

—Cuando los niños estaban aquí, me sentía como si fuera de ayuda.

—Fuiste de ayuda. Todavía lo eres. Pero no tienes que hacer nada para ganarte el sustento, Jean —dijo Glenda, y la tomó de la mano. Notó la fragilidad de sus dedos—. Eres la mejor madre que pudiera tener un hombre y la mejor suegra. ¿Por qué estás pensando ahora estas cosas?

—Porque le vi la cara el otro día, durante el desayuno. Está esforzándose demasiado, pero no puede parar porque la responsabilidad es suya. Él esperaba compartirla con sus hijos, pero ellos no quisieron, así que se ve obligado a sostener todo el peso sin nadie que lo ayude. Debería jubilarse. O, por lo menos, ir reduciendo el trabajo poco a poco. Transmitiéndoselo a alguien. Pero, en vez de eso, trabaja cada vez más. Y yo sé que tú también estás preocupada, así que no finjas que no es nada.

¿Cómo iba a hacerlo? Jean había destapado la caja de sus preocupaciones. Tuvo una sensación de ansiedad. ¡No podía permitírselo! Todo el mundo estaba a punto de llegar a casa, y no tenía tiempo para permitirse un ataque de preocupación. Estaba preocupada por Douglas, pero aquel no era el momento de intentar resolver un problema que parecía irresoluble.

Sin embargo, la abuela Jean nunca demostraba preocupación, así que sabía que no podía ignorarlo.

—Sí, estoy preocupada, pero no porque Douglas no quiera hacer esto. A él le encanta. Es cierto que las cosas tienen que cambiar y que necesita ir delegando la responsabilidad para poder reducir la jornada de trabajo, pero el momento debe elegirlo él. Douglas adora este negocio. Lo adora tanto como tú.

—O, tal vez, nunca sintió que le quedara más remedio que adorarlo.

No, aquello no era cierto. O, quizá, sí...

El negocio siempre había formado parte de su vida y nunca habían pensado en una alternativa.

—Creo que no es buena idea intentar adivinar lo que piensa la gente. Deberías hablar con él de esto. Creo que sé lo que te dirá.

—No quiero hablar de esto por si me dice algo que no quiero oír. Prefiero esconder la cabeza en la arena. Lo siento, no me hagas caso. Es que soy vieja y estoy teniendo un momento de debilidad.

La abuela Jean se metió el pañuelo de papel al bolsillo y le dio una palmadita a Glenda en la mano. Después, se puso en pie.

—Ya está bien de bobadas. Queda trabajo por hacer. No he terminado de molestarte todavía. ¿De verdad crees que soy la mejor suegra?

—Bueno, eres la única que he tenido, pero no se me ocurre otra versión que pudiera preferir.

—Douglas es afortunado por tenerte a su lado.

—Se lo digo todos los días.

La abuela Jean irguió los hombros y miró el árbol.

—Aparte del ovni, está terminado. Fergus y tú habéis transformado la habitación del lago. ¿Qué queda por hacer antes de que lleguen?

—Nada. Ya he encendido la chimenea de la habitación. Los árboles están decorados y hay galletas de mantequilla en el horno. Tengo que sacarlas dentro de cinco minutos. Deberíamos poner a calentar agua para un té.

La abuela Jean asintió.

—Está precioso, Glenda. Como una casa de cuento. Así la recuerdo de cuando era niña.

—Bien —dijo ella, y le dio un abrazo a su suegra—. Vamos a la cocina. Sería muy vergonzoso que se nos quemaran las galletas.

—Siempre podríamos abrir una lata de las nuestras, aunque supongo que comerse el *stock* no da muchos beneficios —dijo la abuela Jean, y miró hacia la puerta—. ¿Crees que Hunter ladrará cuando lleguen?

—Probablemente. Él lo oye todo.

Fueron a la cocina, que olía al delicioso aroma de las galletas de mantequilla caseras. Glenda sacó la bandeja del horno mientras la abuela Jean empezaba a preparar el té.

Las galletas se estaban enfriando en la rejilla cuando Hunter empezó a ladrar. La abuela Jean alzó la vista.

—¡Deben de ser ellos! Vamos al salón. Podemos mirar desde allí.

—¿Mirar?

—Sí, mirar. Se puede deducir mucho de una pareja mirándola cuando no saben que los estás mirando.

—Abuela Jean, no voy a espiar a mis hijos por una rendija de las cortinas, y tú, tampoco.

—¿Quién ha dicho nada de una rendija de las cortinas? Pienso plantarme en mitad de la ventana, a la vista. Si me ven, saludaré. No van a pensar que los estamos espiando. Van a pensar que soy una anciana que no puede arriesgarse a contraer una neumonía esperando en el umbral de la puerta con este viento invernal. Una de las ventajas de la vejez es que la gente excusa los comportamientos raros.

La abuela Jean se encaminó con energía hacia el salón. Glenda vaciló un momento y, después, la siguió.

¿Cómo debía manejar aquella situación?

—Por favor, no digas nada que los avergüence.

—No tengo intención de hacerlo. Hoy voy a ser la viejecita traviesa.

Parecía que había desaparecido la inseguridad de hacía una hora. Glenda no sabía si se sentía aliviada o preocupada. Se puso delante de la ventana y vio acercarse un elegante coche deportivo que se detenía frente a la casa.

—Mira qué coche. Menos mal que no ha llegado en lo peor del invierno, porque no habría podido circular por nuestras carreteras llenas de baches. Un coche atractivo, eso sí. Ahora quiero ver al hombre.

—Abuela Jean...

—¿Qué? Es lo más emocionante que me sucede en la vida desde hace mucho tiempo, así que voy a disfrutar de cada momento. Espero que sea alto. Me encantan los hombres altos. Y podría poner el ovni en la parte de arriba del árbol.

—Clemmie viene con ellos. Por favor, no le llames ovni. Yo debería...

—No salgas todavía —le dijo la abuela Jean, y la agarró del brazo—. Dales un minuto. Dios Santo, ese coche debe de ser incomodísimo para la espalda. Por suerte, nuestra Clemmie no es demasiado alta, pero, aun así, ha debido de venir torcida como un pretzel. Deja que los vea primero... Oh... Míralo. Es tan guapo como su coche. Moreno. A mí me encantaban los hombres morenos, pero, por supuesto, a medida que envejeces tus estándares cambian. Ahora me gusta un hombre con cualquier color de pelo.

—Abuela Jean...

—No me hables en ese tono. No hay límite de edad para fantasear. Ah, mira... —dijo la abuela Jean, y le dio un codazo—. Está rodeando el coche para abrirle la puerta.

—Ya lo veo.

—... pero es Alice, así que ha salido de un salto sin esperar. Supongo que un gesto tan anticuado ofenderá su sensibilidad feminista, pero yo nunca he entendido por qué uno debe ofenderse con los buenos modales.

Glenda vio a Alice cuando salía del coche. Sintió un dolor en el pecho. Su Alice, tan fuerte y tan decidida. ¿Era ella la única que veía aquella faceta de su hija? ¿Era la única que entendía su miedo al fracaso? Ya fuera aprendiendo a andar, o haciendo los exámenes, Alice nunca se rendía hasta que lo había conseguido.

La abuela Jean se acercó a la ventana.

—Está más delgada.

¿Era cierto?

—Por favor, no menciones su peso. Ni su pelo. Ni nada personal.

—Voy a hablar del tiempo todos los días que pasen aquí. He estado practicando en mi habitación. Estoy segura de que puedo hablar sobre las nubes de tormenta durante diez minutos sin mirar mis anotaciones.

Glenda hizo una pausa.

—¿De verdad te parece que está más delgada?

—Sí. Y eso que lleva puesto el abrigo.

Glenda se preocupó. Alice estaba más delgada, era cierto. ¿Estaba trabajando demasiado o era otro el motivo?

No iba a preguntarlo, porque hacer aquella pregunta era la forma más segura de que Alice se marchara de la habitación diciéndole que no la agobiara y, posiblemente, dando un portazo.

—¿Crees que será por el trabajo? —le preguntó a la abuela Jean.

—Puede ser. O quizá sea el amor. Cuando yo me enamoré por primera vez, no podía comer nada.

—¿De verdad?

—No, no es verdad. Estaba intentando que te sintieras mejor.

Ella vio que Alice y Nico se miraban. ¿Qué significaba eso, exactamente? Después vio a Clemmie, que salió del coche. El viento le agitaba el pelo rizado alrededor de la cara. Llevaba unas mallas de colores, unas botas robustas y un jersey grande que se había tejido ella misma. La abuela Jean la había enseñado a tejer durante las largas noches de invierno, cuando Alice y Ross ya se habían ido de casa y ella era la única que quedaba.

Clemmie se había pasado media vida intentando seguir el ritmo de sus hermanos hasta que, al final, había abandonado la carrera.

«Nunca voy a ser como ellos», le dijo un día, en el trayecto de vuelta a casa desde el colegio.

«No tienes por qué ser como ellos», respondió ella. «No es necesario. Tú solo necesitas ser tú misma».

Había tenido cuidado de tratar a sus hijos como individuos, porque así era como los veía. Nunca hacía comparaciones, aunque Clemmie sí las hacía. De vez en cuando, algún profesor comentaba que ella no se parecía en nada a sus hermanos, un comentario que le destrozaba la autoestima y por el que Clemmie tendría los ojos enrojecidos durante días.

Ella se había ocupado de fomentar sus intereses, pero Clemmie había tardado un tiempo en aceptar que su talento estaba en otras facetas de la vida.

—Bueno, ya está bien, voy a recibirlos como es debido —dijo, y salió al vestíbulo, mirando con satisfacción el árbol de Navidad.

Alice solo llevaba una maleta pequeña, como de costumbre, y Clemmie llevaba tanto equipaje que parecía que se iba a cambiar de casa. Ella sonrió. El equipaje describía a sus dos hijas. Una caminaba ligera por la vida, sin maletas y sin compromiso, y la otra se rodeaba de cosas que pudieran reconfortarla.

El hombre que iba con ellas llevaba dos maletas en una mano y una caja envuelta bajo el otro brazo.

Hunter pasó a su lado, dando botes, antes de que ella pudiera agarrarlo del collar, y se puso a ladrar de alegría al ver a Clemmie.

—Hunter —dijo ella. Soltó la maleta y se abrazó al perro, que movía la cola de emoción—. Te he echado de menos.

Hija y perro estuvieron abrazados un momento. Después, Hunter se fijó en Nico, que se agachó y lo acarició.

—Vaya —dijo la abuela Jean a su espalda—. Un hombre al que le gustan los perros. Yo digo que se case con él inmediatamente.

—Por favor, no digas nada en absoluto.

—¡Mamá! —exclamó Clemmie, y la abrazó con fuerza.

—Cuánto me alegro de que estéis en casa. Os hemos echado de menos. Te he echado de menos. ¿Qué tal ha sido el viaje?

—Estupendo cuando conducía Nico —respondió Clemmie. Retrocedió y volvió a tomar sus maletas—. No tanto cuando ha conducido Alice.

Alice se quitó la bufanda.

—¿Estás criticando mi forma de conducir? Porque he hecho un curso de perfeccionamiento hace poco y el profesor me dijo que era la mejor alumna que había tenido.

—Eres muy buena conductora —dijo Clemmie—, pero siempre estás estresada. Les gritas a los otros conductores. ¿Eso fue parte del curso de perfeccionamiento?

—Si te refieres al ciclista que ha pasado sin casco, entonces tengo un buen motivo. Si alguna vez hubieras tenido que decirle a alguien que su familiar ha muerto por una lesión que se habría evitado llevando casco, tú también te estresarías.

Clemmie hizo un mohín.

—La gente no es perfecta, Alice.

—Solo digo que hay muchas maneras de matarte accidentalmente si eres descuidado. Y si hubieras visto de primera mano las lesiones que...

—¡Ya basta! —exclamó Clemmie tapándose los oídos—. No hables de sangre, ni de nada que esté relacionado con la sangre.

—Eres muy rara. ¿Cómo te las arreglas cuando se caen los niños a los que cuidas? Hola, mamá.

Alice dio un paso adelante y la abrazó. Fue un abrazo mucho más contenido y breve, pero así era Alice.

—Te llamé cuando se cayó Georgie —estaba diciendo Clemmie, pero ella no le prestó atención, porque Nico le tendió la mano.

—Señora Miller, soy Nico. Le agradezco mucho que me haya invitado. *Grazie.*

Tenía una sonrisa cálida y la voz, grave. Cuando ella lo miró a los ojos oscuros, pensó, «oh, Alice».

Se le escapó un jadeo al notar el codazo nada sutil que le dio la abuela Jean en las costillas.

—Llámame Glenda, por favor. Vamos, pasad. Debéis de estar muy cansados y con hambre.

—Hemos pasado la noche con unos amigos de Cumbria, así que no ha estado tan mal —dijo Alice, y entró en casa, seguida de cerca por Clemmie—. ¡Abuela Jean!

Hubo más abrazos y presentaciones, y pasaron cinco minutos hasta que llegaron a la cocina y se sentaron.

—Había mucho tráfico —dijo Alice con alegría—. Supongo que todo el mundo viene al norte para la Navidad. Seguramente han salido con antelación por la amenaza de tormenta de nieve. Por suerte, durante nuestro viaje, el tiempo ha sido razonablemente bueno.

—Bien —dijo Glenda. No recordaba ninguna ocasión en la que Alice hubiera pensado en el tiempo y, mucho menos, hubiera hablado de él con tanto entusiasmo.

¿Se sentiría rara al haber llevado a alguien a casa por primera vez? ¿Le preocupaba que su familia la avergonzara? A ella le habría gustado tranquilizarla, pero la abuela Jean estaba vibrando de curiosidad a su lado, así que sabía que era muy posible que su familia la avergonzara de verdad.

¿Cómo iba a conseguir que todo el mundo se relajara?

Tal vez debiera darles un poco de tiempo para que se instalaran primero.

—¿Seguro que queréis tomar el té antes de deshacer el equipaje? Si lo preferís, puedo acompañaros a vuestra habitación antes.

—Mamá, no diriges un hotel —dijo Alice, y tomó una galleta—. Y creo que sé dónde está mi dormitorio.

—No estáis en tu dormitorio —respondió Glenda—. Os he puesto en la habitación del lago.

—¿En la habitación del lago? —preguntó Alice, y dejó la galleta intacta en su plato—. ¿Por qué?

—Porque es la más romántica de la casa —dijo la abuela Jean—. Aparte de la habitación de vuestros padres, claro, pero ellos no iban a dejar su cuarto ni siquiera por una ocasión tan trascendental como esta.

—¿Estáis celebrando una ocasión especial? —preguntó Nico, y se inclinó hacia delante con curiosidad—. ¿De qué se trata?

La abuela Jean le lanzó una sonrisa resplandeciente.

—Bueno, es la primera vez que Alice trae...

—¿Más té, abuela Jean?

Le sirvió más té, aunque la taza ya estaba llena, y luchó desesperadamente por reconducir la situación.

—Lo que quiere decir la abuela Jean es que es la primera vez que Alice vuelve a casa desde hace bastante tiempo, y eso es causa de celebración. Y nos encanta que esté aquí. Supongo que deberíamos ir más a menudo a Londres, pero está lejos y este caserón exige atenciones, y tenemos el negocio y... Bueno, lo que estaba diciendo la abuela Jean es que la vuelta a casa de tus hijos siempre es motivo de celebración.

La abuela Jean pestañeó.

—En realidad, no es eso exactamente lo que yo...

—¡Estábamos hablando de la habitación del lago! —exclamó ella, interrumpiéndola de nuevo. El nudo que tenía en el estómago se le tensó aún más. A aquel ritmo, las Navidades iban a ser agotadoras—. Os he instalado allí porque ha habido humedades en tu habitación, Lucy. Ya sabes cómo son estas casas viejas. Y me pareció que la habitación del lago sería mejor. Es muy bonita.

¿Por qué estaba tan horrorizada Alice? Debería agradecer el hecho de tener más espacio. ¿Tan apegada estaba a su antiguo dormitorio?

—Me gusta mi habitación —dijo Alice—. Me gusta más que la habitación del lago. Sinceramente, mamá, prefiero...

—Espera a que la veas. La hemos redecorado especialmente para ti —dijo la abuela Jean—. Fergus ha venido todos los días y ha sudado la gota gorda.

—¿Fergus? —preguntó Clemmie. La galleta se le cayó de entre los dedos—. ¿Ha estado aquí?

—Está aquí todo el tiempo. Está ayudando a tu padre a convertir el establo en un despacho.

A Alice no le interesaba el horario de Fergus.

—Ross o Clemmie pueden dormir en la habitación del lago.

—Seguramente, estás preocupada por las telarañas o el polvo —dijo la abuela Jean—, pero no es necesario. No vas a reconocer el cuarto. Lo hemos rebautizado con el nombre de Suite Real porque si, alguna vez viniera de visita la realeza, ahí es donde se alojarían.

—Pero... ¿habéis cambiado la decoración por mí?

—Por supuesto que no —dijo ella, que estaba empezando a sudar de angustia. Aquella conversación no estaba saliendo como ella esperaba. No había pensado que su hija se pondría tan quisquillosa, tan a la defensiva—. La abuela Jean está bromeando. Ya sabes que quería hacerlo desde hace años, pero nunca era la prioridad. Y, cuando vi las humedades de tu habitación, pensé: «Esto es una señal, Glenda. Hazlo ahora».

—No me importan las humedades —dijo Alice—. Mi piso de Londres es...

—No me lo digas o empezaré a preocuparme por la salud de tus pulmones. No vas a dormir en una habitación con moho, Alice. La habitación del lago ya está preparada para ti, y está preciosa. Te va a encantar.

Según la expresión de Alice, parecía que eso no iba a suceder.

—No deberías haberte tomado tantas molestias, mamá.

Ella había creído que a Alice le encantaría dormir en la habitación más grande con las mejores vistas. Había pensado que sería algo romántico. Parecía que había hecho algo mal, pero no entendía qué.

—No ha sido ninguna molestia. Solo unas horas por aquí y por allá. La abuela Jean está exagerando.

—Nunca exagero, y que Fergus no te oiga decir eso, por favor. El chiquillo ha estado aquí día y noche durante dos semanas —murmuró la abuela Jean.

—Es más grande que tu habitación —dijo ella rápidamente—. Y estamos en Navidad. Siempre tienes mucho equipaje en Navidad. Tendrás más espacio. Ay, Clemmie, no puedo creer que estés utilizando esa vieja taza tuya. La tienes desde los doce años.

No sabía lo que le estaba molestando tanto a Alice, pero, seguramente, lo mejor era cambiar de tema.

—Es mi taza de navidad. Me encanta. Bueno, y ¿qué tal está Fergus?

Clemmie ya iba por la segunda galleta. Se había quitado las botas y se había puesto unas zapatillas gruesas y calientes que le había regalado Ross hacía unos inviernos, porque estaba harto de que ella no dejara de quejarse de tener los pies fríos.

—Fergus es maravilloso —dijo la abuela Jean—. Está criando a la niña como si fuera suya. Es un padre estupendo. Y, aun así, se las arregla para seguir trabajando para diez clientes. Y la pequeña Iona le ayuda los fines de semana. Fergus le ha comprado un kit de herramientas, ¿te lo puedes creer? Es un buen chico. Y está soltero.

Glenda se puso tensa, pero lo único que hizo Clemmie fue poner los ojos en blanco.

—Seguro que, entre la madre de Fergus y tú, esa situación se arreglará muy pronto. ¿Sigue en casa de sus padres mientras termina de arreglar la suya? Me gustaría pasar por allí a saludar.

—Se mudó hace seis meses. Ya terminó la reforma. Aunque no tengo ni idea de cómo lo hizo, porque encontró tiempo para ayudarnos aquí y trabajar para su padre, también. Ese chico es muy trabajador.

—Que no te oiga llamarlo «chico» —dijo Glenda.

Se relajó un poco. La conversación había pasado a

un terreno más seguro y, con su hija menor, no era necesario cuidar tanto las palabras como con Alice. Clemmie no era complicada. Era abierta y fácil de entender, y nunca guardaba secretos.

Clemmie se sirvió té.

—¿Dónde está papá?

—Hoy ha tenido que ir a trabajar, pero está deseando veros en la cena.

—Normalmente, se toma el día libre cuando llegamos a casa —dijo Clemmie—. ¿Va todo bien?

—No tienes seis años, Clem —dijo Alice—. No necesitas que papaíto te espere en la puerta principal.

Ella agradecía aquellas discusiones normales. Cualquier conversación que no fuera forzada le parecía bien. Y cualquier conversación cuyo tema no fuera la relación sentimental de Alice.

—Solo estoy preocupada —dijo Clemmie—. No debería estar trabajando tanto.

—Es Navidad, temporada alta del negocio. Y ya sabemos que nuestro padre es incapaz de delegar —dijo Alice. Se terminó la galleta y miró a su madre—. Es eso, ¿no? No ocurre nada malo.

Era interesante que sus dos hijas vieran el mismo problema de modo diferente. Clemmie estaba preocupada por el largo horario de trabajo, pero Alice lo veía normal.

¿Debería decirles la verdad? Si les decía que ya era hora de que su padre redujera el ritmo de trabajo, Ross se sentiría culpable. Ella no quería eso. Quería que sus tres hijos vivieran la vida que querían vivir. Y, por supuesto, no quería hablar de eso en aquel momento.

—Está bien. Muy ocupado, como dice Alice. Nico, toma más galleta. He preparado un guiso de venado para la cena, espero que te guste. Alice me dijo que comes de todo.

—Exacto —dijo Nico sonriendo—. Y Alice me ha dicho que eres una cocinera excelente.

«Oh, qué presión», pensó ella. «Espero que no se me queme nada».

—Vamos a cenar a las siete y media porque no sé exactamente a qué hora llegará Douglas, y estoy segura de que querréis descansar y cambiaros.

—¿Cambiarnos? —preguntó Alice después de terminar su taza de té—. ¿Desde cuándo nos cambiamos para cenar?

—Bueno, es Navidad, y tenemos un invitado...

—Nico solo quiere que nos comportemos con normalidad —dijo Lucy, y la abuela Jean murmuró algo como «Pues se ha equivocado de casa».

—Por supuesto —dijo ella—. Espero que te sientas como en casa, Nico. Si necesitas cualquier cosa, avísame.

—Gracias, eres muy amable.

—Entonces, eres cirujano del corazón, ¿no, Nico? Cuéntanos cómo conociste a Alice —preguntó la abuela Jean inclinándose hacia él. Alice se puso tensa.

Sin embargo, parecía que Nico estaba totalmente relajado.

—Nos conocimos en el trabajo. Me llamaron para ir a ver a un paciente, y coincidí con Alice. Ella estaba...

—Eso no lo quieren oír. Clem odia que hablemos de cosas médicas —dijo Alice, y lo cortó en seco—. ¿A qué hora llega Ross? ¿Va a venir a tiempo para la cena?

Ella miró con suma atención a su hija. ¿Era la única que se daba cuenta de que se estaba comportando de una forma extraña? Estaba tan tensa que cometía faltas de educación.

—Ha llamado antes para decir que ha tenido un imprevisto y que no va a poder llegar hasta mañana.

—¡No! —exclamó Alice, horrorizada—. Es Navidad y se acerca una tormenta de nieve...

—Supongo que está ocupado —dijo ella, pero eso no sirvió para aplacar a Alice. Parecía que otras personas sí podían estar ocupadas, pero su hermano, no.

Sin embargo, parecía que a Alice le había inquietado mucho la noticia de que su hermano no iba a llegar aquella noche.

—Debería intentar trabajar en Urgencias un sábado por la noche, y sabría lo que es estar ocupado.

—No es una competición, Alice —dijo Clemmie. Se puso de pie y metió su taza en el lavaplatos—. ¿Puedo hacer algo para ayudar a preparar la cena, mamá?

Ella se estaba preguntando por qué Alice se había agobiado tanto al saber que Ross no iba a estar allí aquella noche.

—Gracias, pero puedo hacerlo yo. Ahora que estáis en casa, podéis relajaros. Id a deshacer las maletas y, después, estoy segura de que a Hunter le encantaría dar un paseíto.

—Eso puede esperar. No quiero que trabajes demasiado. No es justo —dijo Clemmie—. Yo puedo lavar y pelar verduras.

—Eso es de agradecer, pero es mejor que os instaléis primero. ¿Queda algo por traer del coche?

—No. Está todo en casa —dijo Alice, y se puso de pie, aunque no había terminado su taza de té—. Vamos a subir las maletas.

Clemmie frunció el ceño.

—Acabamos de sentarnos, Alice, y...

—Quiero deshacer las maletas. No quiero que os encontréis por accidente con vuestros regalos de Navidad.

—¿Te has acordado de comprar regalos este año? —preguntó Clemmie con una sonrisa—. Eso es un progreso.

—Un año —murmuró Alice—. Un año no traje regalos. De hecho, los compré, pero llegaba tarde al tren y los dejé en casa. Pero ¿se me ha permitido olvidarlo alguna vez?

—Tú ve a deshacer las maletas —dijo la abuela Jean—, y nosotras cuidaremos a Nico.

Alice se alarmó.

—No, él también viene —dijo, y lo llamó—. Necesito que me ayude a subir las maletas.

Alice nunca había necesitado que nadie la ayudara a subir una maleta a su habitación, pero ella no dijo nada.

Los dos salieron de la cocina y la abuela Jean carraspeó.

—Vaya —dijo—. Ha sido más doloroso que mi artritis en un día frío. ¿Qué demonios le pasa a nuestra Alice?

Capítulo 7

Alice

Nunca debería haber invitado a Nico a ir a casa por Navidad. En el momento le había parecido buena idea, pero eso había sido antes de que él le pidiera que se casaran. Le encantaba su compañía. Lo quería. Pero, en aquel momento, solo sentía presión. Llevarlo a casa de su familia era un gesto lleno de significado, y eso hacía que se sintiera aún más presionada. De no ser por la oportuna interrupción de su madre, la abuela Jean habría anunciado al mundo que aquella era la primera vez que ella llevaba a un novio a casa y ¿qué tipo de mensaje habría enviado? En primer lugar, que era tan mala en las relaciones que nadie había estado nunca a su lado ni siquiera el tiempo suficiente como para conocer a su familia. Y, en segundo lugar, que aquella relación debía de ser muy seria. Y lo era, por supuesto, pero ella todavía tenía que descubrir exactamente hacia dónde quería que fuera. No le convenía la presión adicional de tener que tomar decisiones importantes bajo el escrutinio de su bienintencionada familia.

El hecho de que Ross se hubiese retrasado empeoraba las cosas. No tenía a nadie que desviara la atención de ella.

Le envió un mensaje de texto rápido: *¿Dónde estás? Será mejor que aparezcas pronto.*

Tenía un nudo en el estómago y sentía agarrotamiento en los músculos. No debería sentirse así por volver a casa. No debería sentirse nerviosa y a la defensiva. Por supuesto, cuando todos estaban juntos, a veces había algo de tensión, pero generalmente ella ocupaba su puesto en la familia como si nunca se hubiera ido, como si todos fueran piezas de un rompecabezas y tuvieran su propio lugar. Pero en aquella ocasión, no. Las cosas eran diferentes, y el motivo era el hombre que la seguía escaleras arriba.

Desde la noche que le había pedido que se casara con él, los dos habían estado muy ocupados con el trabajo y apenas habían pasado tiempo juntos. Ella sabía que debían tener La Conversación y que, cuanto más esperaran, más difícil sería. Lo que había entre ellos creció y creció y las palabras quedaron sin pronunciar hasta que ella no fue capaz de ver más allá del obstáculo. Estaba allí, en cada intercambio y cada conversación. Estaba todo el tiempo en su mente.

Y, tal vez, también estaba en la mente de Nico, pero ella no lo sabía porque él no lo había mencionado y ella tenía demasiado miedo como para preguntar.

Sabía que tenía que hablar con él, pero no podía hacerlo porque todavía no sabía lo que quería.

Quería seguir con aquella relación, por supuesto, pero ¿quería casarse? El matrimonio era diferente. Estaba lleno de expectativas. ¿Qué sucedería si ella no estaba a la altura de esas expectativas? ¿Y si no se le daba bien? Emprender algo que no se le diera bien sería el camino más directo hacia la tristeza.

¿Era normal sentirse tan confusa? No tenía ni idea. Seguramente, no.

Desde aquella noche, se quedaba mirando a los bebés en los cochecitos y a los bebés que llevaban al hospital, y había intentado imaginarse cómo se sentiría si el niño fuera suyo. Ella no se parecía a Clemmie. No tenía instinto maternal. Estaba bastante segura de que no quería tener hijos, aunque, en parte, pensaba que en algún momento, cuando ya fuera tarde, cambiaría de opinión.

De cualquier modo, se había prometido a sí misma que aquella semana apartada del trabajo sería el momento perfecto para pensar en lo que quería y para mantener la conversación con Nico, pero se dio cuenta de que se había equivocado. Tener a su familia cerca no le daba espacio, sino que le causaba más presión.

Aquella breve y embarazosa taza de té se lo había confirmado. No había podido relajarse ni un segundo por los nervios de lo que su familia pudiera decirle a Nico. Casi no había terminado la taza cuando había salido corriendo de la cocina. ¿Cómo iba a pasar así una semana entera? Antes de que acabaran las vacaciones, tendría una úlcera.

Y, para aumentar su incomodidad, ni siquiera iba a poder dormir en su habitación.

Alice se resignó, abrió la puerta del dormitorio y se detuvo en seco. Nico, que iba justo detrás de ella, tuvo que apoyarse en sus hombros para mantener el equilibrio.

—¿Qué te pasa?

¿Que qué le pasaba? Aquella habitación, eso era lo que le pasaba. Estuvo a punto de mirar a su alrededor para cerciorarse de que había ido al sitio correcto, porque aquella habitación no era como la recordaba. La habitación del lago siempre mostraba signos de desgaste, pero ya no era así. Se había transformado en un dormitorio elegante al estilo campestre. La tapicería deshilachada y descolorida del asiento de la ventana había sido sustituida por un terciopelo verde oscuro. Sobre el asiento había cojines blandos y suaves. La cama, que tenía dosel, era la misma, pero la colcha vieja había desaparecido y su lugar lo ocupaban varias mantas lujosas. La chimenea estaba encendida.

Nico dejó las maletas en el suelo.

—Es como la habitación de un hotel de cinco estrellas.

—Sí —dijo ella.

Estaba segura de que las supuestas humedades de su habitación no habían tenido nada que ver con la decisión de instalarlos a Nico y a ella en aquel cuarto, pero no quería revelar lo mucho que había cambiado la decoración por si él le hacía preguntas. Ella misma se estaba haciendo preguntas. Nadie había tocado aquella habitación desde hacía años, ¿por qué ahora? ¿Lo habían hecho porque ella había llevado a un hombre a la casa familiar?

Quizá, sí. Había flores frescas en la mesa, junto a la ventana, y fruta en un frutero. Ella no había visto nunca la alfombra que había en el suelo.

Aquella habitación animaba a acurrucarse y a disfrutar de una conversación delante del fuego, o a sentarse en la ventana, entre los cojines, y admirar la vista juntos. Era un lugar íntimo. No habría forma de evitar la conversación que había estado posponiendo.

—La vista es espectacular —dijo Nico acercándose a la ventana—. No tenía ni idea de que vivías en un sitio tan bonito. Es increíble, Alice.

—¿Te gusta?

Él se giró hacia ella.

—¿A ti, no?

Ella se encogió de hombros.

—Tengo sentimientos contradictorios. Mientras crecía, detestaba vivir tan lejos de la civilización. Si quería ir a una fiesta, mi padre tenía que ir a llevarme y a recogerme. Estamos a diez minutos del pueblo, pero, si nieva, olvídate de hacer el camino. ¿Te acuerdas del pequeño puente que hemos cruzado? Pues no se puede pasar. Nos hemos quedado aislados por la nieve varias veces. Al final, retiran la nieve, pero somos el último pueblo y estamos al final del valle, así que tardan.

—Suena muy romántico —dijo él, y sonrió. A ella se le aceleró el corazón.

Cuando él la miraba de aquel modo, le resultaba difícil concentrarse. Toda la situación le parecía difícil. Estaba acostumbrada a sentirse competente, segura de sí misma, pero, en aquel momento, no tenía ni idea de nada.

Él no había vuelto a mencionar su proposición de matrimonio desde aquella noche.

¿Habría cambiado de opinión?

—Nico...

—Alice —dijo él, y se acercó a ella—. Han sido dos semanas muy ajetreadas. Me alegro de estar aquí. Me alegro de que podamos pasar algo de tiempo juntos y de tener la oportunidad de hablar.

¿Hablar? ¿En aquel momento? No estaba preparada.

—¡Deberíamos salir al campo! Llevamos demasiadas horas en el coche. Debería enseñarte la zona. No se puede rodear el lago entero en esta época del año porque la cascada está en plena inundación, pero sí podemos dar media vuelta, y es maravilloso. Puede que veamos ciervos.

—Primero necesitas relajarte —dijo él, y le puso las manos en los hombros—. Dime qué pasa.

—No pasa nada. ¿Por qué crees que pasa algo?

—Porque te has comportado de un modo raro. Hace tiempo que no veías a tu familia y parece que estás deseando escaparte de ellos. Estás tensa y nerviosa. Nunca te había visto así.

Ella no supo si se sentía complacida o inquieta por el hecho de que él la conociera tan bien.

—Mi familia puede hacerte pasar vergüenza, nada más.

Él sonrió.

—Eso le pasa a todo el mundo, Alice.

—No, pero la mía puede hacerte pasar mucha vergüenza.

Él suspiró.

—Si te prometo que no voy a hacerte responsable de lo que diga o haga tu familia durante nuestra visita, ¿te vas a relajar?

—De acuerdo —dijo ella, pero era mentira. No iba a relajarse porque el problema no tenía nada que ver con su familia, pero era más fácil culparlos a ellos que reconocer que el problema estaba en ella, no fuera. Tragó saliva.

—¿Qué te parece lo del paseo?

Él la observó un instante y bajó las manos de sus hombros.

—Claro, vamos a pasear. Me apetece.

Entonces, ella se dio cuenta de que, tal vez, Nico estuviera pensando que sería el momento perfecto para mantener la conversación que los dos habían estado evitando.

—Podríamos decírselo a Clemmie.

—Clemmie ya se ha pasado catorce horas en un coche con nosotros. Me parece que necesita un descanso —dijo él—. Y sería agradable que pudiéramos pasar un rato a solas.

A ella se le terminaron las excusas.

—De acuerdo. ¿Por qué no deshaces las maletas mientras yo bajo a buscar mis viejas botas de paseo y algo de ropa de abrigo. He hecho el equipaje a toda prisa sin acordarme del frío que hace aquí. Nos vemos abajo cuando hayas terminado.

Bajó las escaleras y fue a la cocina, donde su madre, la abuela Jean y Clemmie habían empezado a preparar la cena. Clemmie y la abuela Jean estaban limpiando la verdura en un extremo de la mesa y su madre estaba extendiendo una masa con el rodillo. Cuando ella entró, dejaron de hablar, lo cual le hizo preguntarse si era ella el tema de conversación.

Se estaba convirtiendo en una paranoica.

—¿Va todo bien? —le preguntó su madre, mientras espolvoreaba la masa con harina—. ¿Te gusta la habitación?

—Por supuesto que le gusta la habitación —dijo la abuela Jean. Tomó una chirivía que había en una cesta delante de ella, y añadió—: ¿Cómo no le va a gustar? ¿Sabes lo que costaría alojarse en una habitación como esa si esto fuera un hotel? Ha quedado preciosa, ¿verdad?

Alice se sintió culpable y exasperada a la vez. ¿Qué se suponía que tenía que decir? «Sí, es como una *suite* de luna de miel y, a propósito, ese tipo de vibraciones son lo último que necesito en este momento».

—Está genial. Gracias.

—Siéntate un momento —le dijo su madre. Dejó el rodillo en la encimera y se limpió las manos en el delantal—. ¿Va todo bien, cariño?

No, no iba nada bien.

—Sí, muy bien. No me voy a sentar porque Nico y yo vamos a ir a dar un paseo por el lago. Solo he bajado a buscar mis botas y una bufanda.

—Yo te las traigo —dijo su madre. Se quitó el delantal y fue a una pequeña habitación que había entre la cocina y la puerta trasera, donde guardaban las botas, abrigos, gorros y ropa de nieve de la familia. Había prendas de muchas tallas y los visitantes casi siempre podían encontrar algo que les sirviera. El viejo trineo de Clemmie todavía estaba allí; lo usaban para apoyarlo contra la puerta cuando el viento de invierno la hacía vibrar.

—Ya voy yo, mamá. No quería interrumpiros.

—No te preocupes, hija. Estoy haciendo tu tarta favorita, la de manzana y mora. Este año ha habido una buena cosecha de las dos cosas. El congelador está lleno.

Alice sintió una opresión en la garganta y el pecho.

—Um... qué ganas.

—Quiero que te relajes mientras estés aquí, si es que aún te acuerdas de cómo se hace eso —le dijo su madre, y le dio una bufanda. Después, le acarició la mejilla—. Tienes cara de cansancio. Me imagino que estás trabajando muchísimo. He leído que los hospitales están muy llenos. Debe de ser agotador.

Era agotador y ella estaba cansada, pero, por una vez, no pudo echarle la culpa al trabajo. Estaba estrujándose el cerebro para intentar encontrar una respuesta para la pregunta de Nico, intentando averiguar qué quería ella. Le costaba conciliar el sueño.

Su madre puso las botas junto a la puerta.

—Abrígate bien, hace muchísimo frío. Creo que va a nevar en Navidad. Demasiado. ¿Necesita algo Nico? Puede tomar prestado algo de Ross. Me parece que tienen la misma talla.

—Tiene todo lo que necesita. Su familia es de las montañas, en Italia, y ha crecido esquiando y haciendo deportes al aire libre. Tiene muchas cosas para el frío y, al contrario que yo, se ha acordado de meterlas en la maleta.

Alice se puso la bufanda, pero dejó las botas al lado de la puerta para ponérselas en el último momento. Volvió a la cocina y, por un instante, lo único que deseó fue sentarse en la mesa de la cocina y dejar que la abuela Jean y su madre la mimaran. Aquel impulso la asustó un poco. ¿Desde cuándo necesitaba ella que la mimaran? Detestaba que la mimaran.

—Nico es encantador —dijo su madre, que se sentó a la mesa y tomó su taza de té—. Nos alegramos mucho cuando nos dijiste que ibas a traerlo para que nos conociera.

Inmediatamente, a Alice se le pasaron las ganas de que la mimaran. Solo quería salir de allí antes de que comenzaran las preguntas. Unas preguntas que no podía responder. Aquello era, precisamente, lo que había estado temiendo, pero al menos Nico no estaba allí para oírlo.

Parecía que la abuela Jean estaba animada.

—Es muy guapo. Y muy educado. Me gusta eso en un hombre. Has elegido bien, Alice.

—Bueno, no es que yo haya... quiero decir que esto no es...

Se sintió arrinconada y miró a Clemmie con desesperación. Clemmie le hizo un mohín para decirle que iba a tener que aceptar una pequeña muestra de interés familiar.

—Nos hemos alegrado también al ver que sentías que podías invitarlo —dijo su madre—. Tu padre está deseando conocerlo.

—No es para tanto, mamá —dijo ella.

No. Solo que Nico le había pedido que se casara con él.

—Que hayas traído a alguien a casa sí es importante. Pensé que nunca vería el día —dijo la abuela Jean. Había acabado de pelar la chirivía y se lo dio a Clemmie para que hiciera bastoncillos—. Debéis de ir en serio.

—Solo estamos saliendo, abuela Jean. Ni siquiera nos vemos mucho porque estamos todo el día trabajando.

—Bueno, pero se nota que siente algo por ti, por la forma en que te mira —dijo la abuela Jean—. Antes de que te des cuenta, te va a pedir que te cases con él.

Alice se quedó helada.

Clemmie dejó la chirivía que estaba troceando.

—Ross —dijo, en voz alta, y Glenda y la abuela Jean se giraron a mirarla con sorpresa.

—¿Ross? ¿Qué pasa con Ross?

—Yo... Se me acaba de ocurrir que, seguramente, no sabéis la gran noticia. A Ross nunca se le ha dado bien hablar de sí mismo.

—¿Qué gran noticia? —preguntó su madre.

Clemmie estaba mirando a Alice.

—¿Por qué no se lo cuentas, Alice?

—Eh... no. Deberías hacerlo tú —dijo ella, porque no sabía lo que estaba a punto de decir su hermana.

Clemmie clavó el cuchillo en la chirivía.

—A lo mejor deberíamos dejar que lo cuente él —dijo.

Ya había conseguido, con éxito, desviar la atención familiar hacia su hermano, y ella sintió gratitud. Saber que su hermana acababa de dar un paso para protegerla hizo que se sintiera menos sola.

—Vamos, no nos tomes el pelo. Cuéntanos lo de Ross —dijo la abuela Jean, y le entregó la última chirivía.

—Creo que debería dejar que sea él mismo...

—¡Clementine!

—Está saliendo con alguien —balbuceó Clemmie.

«Oh, Dios, ¿de verdad acaba de decir eso?», se preguntó Alice. Aunque sintió alivio por dejar de ser el foco de atención, esa no era la dirección que ella hubiese tomado. No sabía si echarse a reír o taparse los ojos.

Ross las iba a matar.

—¿Que está saliendo con alguien? —preguntó la abuela Jean con los ojos brillantes—. ¿Has oído eso, Glenda? ¡Nuestro niño sale con alguien!

—Sí, lo he oído.

—Pero... ¿por qué no ha dicho nada? ¿Por qué no nos lo ha contado?

Alice vio el pánico reflejado en la mirada de Clemmie.

—Seguramente, porque no quería que se formara un lío. Empezaron hace muy poco —dijo—. No se conocen desde hace mucho tiempo.

—Pero sí es lo suficientemente serio como para que vosotras dos lo sepáis —dijo Glenda—. Bueno, no voy a sonsacaros a vosotras cosas sobre vuestro hermano. Si quiere contárnoslo él, seguro que lo hará.

—Pero, si no lo hace, se lo vamos a preguntar —dijo la abuela Jean, y Glenda suspiró.

—No, no vamos a preguntar.

—Yo, sí. Soy demasiado vieja como para esperar a que me cuenten las cosas. Por lo menos, decidnos cómo se llama la afortunada.

Hubo un silencio tenso e incómodo. Era obvio que Clemmie se arrepentía de haber abierto la boca.

—No tenía que haber...

—¿Qué tiene de malo que nos digas cómo se llama?

—Bueno, um... Ella... —balbuceó Clemmie. De repente, le brillaron los ojos—. Lucy. Se llama Lucy, y trabaja en el mundo del *marketing*. Creo que es muy, muy buena en su trabajo. Solo la he visto una vez, pero tiene el pelo moreno, muy brillante, y una sonrisa bonita.

Alice se tapó la boca para que no se le escapara una carcajada.

¿En serio? ¿De verdad su hermana acababa de decir eso?

—Lucy —dijo la abuela Jean, y asintió—. Es un nombre bonito. Y va bien con el apellido. Lucy Miller.

Si la mesa no hubiera estado cubierta de harina, Alice habría dejado caer la cabeza sobre ella.

—No digáis nada, abuela Jean —le pidió Clemmie rápidamente—. Prométeme que no vas a mencionar a Lucy a menos que Ross la mencione primero. Ni siquiera después de un cóctel de ginebra.

—Yo no soy responsable de nada de lo que diga después de un cóctel de ginebra.

Lo cual significaba que sí iba a decir algo.

Ella podía predecir lo que iba a suceder.

Ross iba a matarlas a las dos.

Capítulo 8

Clemmie

Clemmie subió sus maletas a su habitación, que estaba en el último piso de la casa. Ojalá no hubiera comido tantas galletas. Tenía ardor de estómago, aunque no sabía si era por la indigestión o por el sentimiento de culpabilidad por haber dicho que Ross tenía novia. Por intentar salvar a su hermana, había condenado a su hermano a pasar la Navidad presa de las especulaciones familiares.

Sin embargo, ¿qué podía hacer? Alice había hecho el viaje de Londres a Escocia como un manojo de nervios. Ella hubiera preferido no saber nada de la proposición de matrimonio. Se sentía cohibida delante de Nico, que era considerado y detallista, pero que estaba ligeramente confuso. Claramente, no comprendía lo que estaba sucediendo, y eso significaba que Alice no había tenido con él la conversación que debía tener. Y ella lo entendía. Después de todo, había una conversación importante que ella tampoco había tenido, ¿no?

Teniendo en cuenta que la relación de Alice y Nico estaba en un punto tan delicado, ella no estaba segura de que aguantara la intromisión parental. Ross tenía más capacidad para controlar a su madre y a la abuela Jean que Alice, y ese era el motivo por el que ella había intervenido para proteger a su hermana.

Pero, ahora, tenía que encontrar el modo de deshacer el lío que había montado.

Al entrar en su habitación, se sintió mejor inmediatamente. Allí estaba su cama con la colcha de *patchwork* que habían hecho la abuela Jean y ella cuando ya se habían ido Alice y Ross. Habían utilizado retales de ropa vieja. Un algodón verde y azul de un vestido que Alice había llevado en una obra de teatro y un retal de tela blanca de unos pantalones de tenis de Ross. Se sentó y acarició un retal de terciopelo azul de un vestido que le había hecho la abuela Jean cuando tenía nueve años. Aquella colcha contenía tanta historia familiar como las fotografías que había en sus estanterías llenas de libros.

Miró a su alrededor y sintió una punzada en el corazón. Fuera donde fuera, siempre se llevaba muchos objetos personales consigo, pero nunca había conseguido recrear la sensación de estar en aquella habitación.

Alice interrumpió aquel breve momento de sentimentalismo. Nunca se acordaba de llamar, aunque si ella le hubiera hecho lo mismo, no se lo habría perdonado.

—He venido a darte las gracias —dijo Alice, y cerró la puerta—. Eres oficialmente mi hermana favorita.

—A menos que papá y mamá nos estén ocultando algo, soy tu única hermana.

—Lo digo en serio —respondió Alice, en un tono de voz vacilante, algo poco característico de ella—. Has sido muy buena por hacerlo y te lo agradezco. Fue un momento horrible y, si tú no hubieras intervenido...

—Ven a sentarte —le dijo Clemmie, y dio una palmadita en la cama—. ¿Estás bien?

—No, en realidad, no —dijo—. Ha sido un error traer a Nico.

—¿De verdad piensas eso?

—Sí. No es culpa suya. Es mía. Solo mía. No estoy lista para el interrogatorio. Las cosas ya eran complicadas y ahora se han complicado aún más, y no puedo concentrarme en lo que quiero si estoy constantemente alerta. De verdad pensaba que iban a hacerme la pregunta directamente, y ni siquiera había una botella de ginebra en la mesa. ¿Qué va a pasar cuando abran la botella en Navidad?

—No te preocupes ahora por eso. Estoy segura de que las aguas se van a calmar.

—Eso espero. Por lo menos, tú les has dado otra cosa que pensar —dijo Alice y, por fin, sonrió—. ¡Qué caras! Siento haber tardado en responder. No podía creer que hubieras dicho eso de verdad.

Entonces, fue ella quien se sintió estresada.

—Tenías tal expresión de pánico que dije lo primero que se me pasó por la cabeza. ¿Crees que debería llamar a Ross y confesárselo?

—No, porque cabe la posibilidad de que dé una excusa y no venga, y no quiero ser el centro de interés. Gracias. Clem. Eres la mejor.

—No estoy segura de que Ross esté de acuerdo contigo.

—Es un hombre grande y duro. Lo superará. Y te perdonará.

—Eso es lo que me he dicho a mí misma, pero ahora no estoy tan segura.

—Cabe la posibilidad de que no lo mencionen, así que estoy segura de que el tema está cerrado —dijo Alice. Tomó un conejito de peluche deshilachado con las orejas rosas—. No puedo creer que todavía tengas esto.

—Me lo regalaste cuando tenía ocho años.

—Ya lo sé, por eso no puedo creer que lo tengas todavía. Yo no tengo nada de esa edad. Mamá tiene algunos de mis cuadros, pero son horribles. Ojalá los tirara. No entiendo por qué quiere conservar mis manchurrones multicolores.

—No los conserva porque sean unas buenas pinturas, sino porque los hiciste tú, y son un bonito recuerdo.

—Para mí, no. Son un recordatorio odioso de lo mal que se me dan las bellas artes. ¿Por qué no ha guardado mis exámenes de ciencias, o algo así? —preguntó Alice, y miró distraídamente el conejito—. Tu habitación está exactamente igual que cuando eras pequeña.

—A mí me gusta así. Me daría mucha pena que la cambiaran.

El hogar, pensó Clemmie, era el mejor lugar del mundo. Adoraba hasta el último ladrillo de aquella casa, más aún en Navidad, con toda la familia reunida. Era su época favorita del año.

Se tendió en la cama.

—Me siento bien aquí. ¿No te fastidia no poder estar en tu habitación por Navidad?

Alice se encogió de hombros.

—No. No soy sentimental con mi cuarto.

—A mí no me gustaría no poder dormir aquí. Hace que me sienta en casa. Me encanta. ¿A ti no?

No. A Alice no le encantaba.

Clemmie se sentó y miró a su hermana que, en aquel momento, estaba muy confusa.

—Londres está muy bien —le dijo—. Pero, si no le tienes tanto cariño a tu habitación, ¿por qué te has disgustado cuando mamá te ha dicho que os había puesto en la habitación del lago?

—Eso no tiene nada que ver con la nostalgia. ¿Has visto cómo han dejado la habitación?

—¿La del lago? No, obviamente. He llegado al mismo tiempo que tú.

—Podría ganar el premio a «La habitación más romántica de las Highlands» —dijo Alice—. Es como un nidito de amor. Fuego, velas, mantas suaves sobre la cama...

—¿Y eso es malo?

—No sé. Es un poco artificial e incómodo. Seguramente, es parte de la conspiración familiar para facilitar nuestra relación y que hagamos un anuncio importante. Me sorprende que no hayan puesto un cartel en la puerta: *Pídele aquí el matrimonio*.

—Olvídalos. Se trata de ti. Me da la impresión de que todavía no has hablado con Nico.

—Estoy esperando a que llegue el momento —dijo Alice.

—Seguro que tienes espacio y privacidad para hablar con él mientras estáis aquí.

—¿Estás de broma? ¿Privacidad? ¿Qué es eso? —preguntó Alice, y dio un resoplido—. ¿No has oído lo que ha dicho la abuela Jean? Que, en un abrir y cerrar de ojos, él me va a pedir que nos casemos. Y ¿no te acuerdas de las pasadas Navidades? Me dieron una lista de toda la gente de mi curso del colegio que se ha casado y ha tenido niños.

Clemmie sonrió.

—Eso fue culpa de papá. Se le fue la mano sirviendo la ginebra. Y, para ser justos, solo lo hacen porque te quieren y quieren que seas feliz.

—Pero ¿y si las cosas que les hacen felices a ellos no me hacen feliz a mí? —preguntó Alice con un suspiro—. No importa. Gracias a ti, ahora están especulando sobre Ross.

Clemmie dio un gruñido.

—Gracias por recordármelo. ¿Estás segura de que no debería enviarle un mensaje de advertencia?

—No, no lo hagas. Deja de preocuparte por eso.

—Me da la sensación de que se avecina una crisis.

—No seas dramática —dijo Alice, y bostezó—. Todo va bien.

—¡No creo! Les dije a mamá y a la abuela Jean que Ross tiene novia.

—Ya lo sé. Y te quiero por haberlo hecho —dijo Alice. Vaciló un momento, pero se inclinó hacia ella y le dio un abrazo—. Me has salvado y te lo agradezco mucho.

—¿Cuándo era la última vez que su hermana la había abrazado? No lo recordaba. Casi merecía la pena aguantar todo lo que iba a suceder a cambio de aquel momento de unión. Alice la soltó y tomó un viejo canguro, que había sido su juguete favorito de pequeña.

—¿Y si lo mencionan?

—¿Qué es lo peor que puede suceder? Dirán que saben lo de Lucy. Ross hará algún comentario evasivo en público y, después, nos amenazará en privado. Yo asumiré toda la responsabilidad. Tú me has protegido y yo voy a protegerte a ti. Y no irá más allá.

—¿Tú crees?

—Por supuesto —dijo Alice. Dejó el canguro en la cama y se puso de pie—. Aunque la abuela Jean lo mencione, Ross dirá que nosotras hemos cometido un error, o puede que les siga la corriente y les diga que las cosas no van bien. Puede romper con ella y todo habrá terminado.

—¿Romper con ella en plenas Navidades? Eso es horrible.

—¡No lo es! ¡Lucy no existe, Clemmie! —exclamó Alice con exasperación—. No hay ninguna relación. Lucy no es de verdad. Bueno, sí existe, pero por suerte no sabe que está temporalmente unida a nuestra familia. Nunca sabrá que se ha librado por los pelos.

Clemmie se imaginó a su madre y a la abuela Jean en la cocina, especulando sobre la relación.

Lo sintió por su hermana.

Se puso de pie y comenzó a deshacer la maleta. Normalmente, estar en casa hacía que olvidara sus problemas, pero en aquella ocasión, no. Estaba a punto de comenzar una nueva vida. La decisión que había tomado era emocionante, pero, también, hacía que se sintiera frágil y asustada. Le daba mucho miedo decírselo a la gente, porque no quería enfrentarse a sus emociones, y sabía que habría muchas emociones, así que estaba manteniéndolo en secreto, pero guardar aquel secreto no le parecía natural. Ella siempre había sido abierta y sincera con sus padres, que habían demostrado que eran calmados y tolerantes en todas las situaciones. Sin embargo, sabía que, en aquella ocasión, iba a preocuparlos o, peor aún, a decepcionarlos. ¿Y cómo iban a reaccionar Alice y Ross?

Clemmie abrió las bolsas y empezó a colocar la ropa en los cajones. Su habitación era la misma de siempre. Su madre le había ofrecido renovarla, pero ella la adoraba precisamente porque no había cambiado. Todavía tenía las paredes llenas de fotografías de caballos y sus estanterías seguían llenas con sus libros favoritos. Tenía su propio baño, cosa que adoraba, aunque las tuberías hicieran ruidos raros por la noche. Mejor que compartirlo con Alice, que se dejaba las toallas mojadas por el suelo y los frascos de champú abiertos. El orden no era el punto fuerte de su hermana.

Alice se levantó de la cama.

—Voy a volver con Nico. No quiero arriesgarme a que se encuentre a solas con la abuela Jean.

—Parece que ella le cae bien.

—No es eso lo que me preocupa —dijo Alice, mientras se dirigía hacia la puerta—. Gracias otra vez. Cuando Ross se case con Lucy, te daré las gracias en el discurso de hermana mayor del novio.

Clemmie no estaba de humor para bromas.

—Como tú has sido el motivo por el que lo he dicho, puedes explicárselo.

—Seguramente, se echará a reír.

—Espero que tengas razón.

—Claro que tengo razón —dijo Alice, y abrió la puerta—. Esto es una relación ficticia. ¿Qué va a salir mal?

Capítulo 9

Lucy

Lucy abrió la puerta de la vieja oficina de correos, que ya no era una oficina de correos, sino una cafetería que siempre estaba llena porque servía tartas caseras y cafés llenos de espuma, además de vender tarjetas pintadas por artistas de la zona y joyas.

Al entrar, percibió el olor a canela. Aquel sitio olía a Navidad.

Miró a su alrededor. Estaba encantada.

Allí estaba, en un pueblecito del que no había oído hablar nunca, al norte de Escocia. La gente del pueblo le había dicho que allí podría comprar el mejor *brownie* de chocolate de toda la región.

Esperaba que tuvieran razón, porque, después de recorrer carreteras estrechas y llenas de curvas que, en algunos tramos, no eran más que caminos, se había ganado un premio dulce.

El sitio era encantador y, gracias a Dios, estaba bien caldeado. Tenía los dedos de los pies y las manos helados. Se sintió agradecida por el calor y por el delicioso olor a café, a chocolate y a especias de invierno.

Había un pequeño árbol de Navidad en cada esquina, y todas las mesas de madera estaban adornadas con una vela y un círculo de ramas verdes del bosque circundante.

Esperó que la invadiera el espíritu festivo de la Navidad, pero no pasó nada. Era como si esa parte de ella hubiera muerto con su abuela.

—Hola, bienvenida —dijo la muchacha que había detrás de la barra haciendo maravillas con la máquina de café. Llevaba un alegre jersey rojo a juego con un sombrero inclinado.

Lucy observó los dulces que había detrás del mostrador y se decidió por el *brownie*, que tenía muy buen aspecto. Esperaba que el café fuese fuerte, porque estaba agotada después del viaje en coche-cama. No había conseguido dormir nada durante el viaje, pero, por suerte, aquel día había sido muy productivo.

Había encontrado un pequeño rebaño de renos bastante fotogénico y de buen comportamiento. Había pasado el día con un par de *influencers* que habían tomado fotografías navideñas de los Fingersnugs. Uno de ellos se había llevado a sus dos hijos pequeños. Los niños se habían quedado fascinados con los renos, aunque menos fascinados con los Fingersnugs. Pero habían hecho fotos y se habían divertido, y Lucy estaba segura de que el cliente iba a quedar muy satisfecho con los resultados. Y Arnie, también. Insistía en que ella leyera sus correos electrónicos y lo tuviera al día de todo, aunque, supuestamente, debía guardar reposo.

Antes de salir de la oficina les había enviado una caja de Fingersnugs a un grupo selecto de sus contactos, y ellos ya estaban publicando contenido en sus redes sociales, tan festivo y atractivo, que ella misma tendría la tentación de comprar un Fingersnug si no tuviera ya diez en la bolsa.

En resumen, había sido un trabajo bien hecho y, ahora, necesitaba otra dosis de cafeína antes de ir a casa de Ross Miller. Según sus averiguaciones, estaba cerca de allí, así que tenía tiempo para entregar la propuesta y volver a la estación de tren para tomar el coche-cama de regreso a Londres. Según sus cálculos, iba a adelantarse a la tormenta.

La idea de volver a casa no la entusiasmaba tanto como hubiera creído. La esperaba su piso vacío. Había sacado el árbol de Navidad, pero no había tenido fuerzas para decorarlo.

Le dijo a la chica del mostrador lo que quería tomar y se sentó en una mesa vacía. Puso la bolsa de viaje y el ordenador sobre la silla de al lado y se quitó el abrigo. Al poco de bajar del tren se había dado cuenta de que aquel abrigo no era suficiente para protegerla del frío del norte, y llevaba todo el día helada.

Las dos mujeres que estaban sentadas en la mesa contigua estaban tomando un té. Una de ellas le sonrió.

—Parece que tienes frío —comentó.

—Se avecina una gran tormenta —dijo la otra—. Vamos a tener nieve por Navidad.

Lucy les devolvió la sonrisa y trató de recordar cuándo era la última vez que un desconocido había trabado conversación con ella en una cafetería.

—Por desgracia, vuelvo a casa esta noche, así que no la voy a ver.

En aquel momento, se preguntó si no habría debido hacer caso a Maya y haberse quedado en Escocia unos días.

La mujer revolvió su té.

—¿Estás de vacaciones, querida?

—No, he venido por trabajo. Soy de Londres.

Al oírlo, la miraron comprensivamente.

—Pobrecita —dijo la mujer—. Bueno, supongo que alguien tiene que vivir allí.

Lucy contuvo la sonrisa. ¿Debería confesar que a ella le gustaba mucho Londres? No, quizá, no. Además, en aquel momento estaba disfrutando mucho allí, en aquella cafetería, rodeada de gente con grandes sonrisas.

La camarera le llevó el café más bonito que hubiera visto nunca, decorado con el dibujo de un lago hecho en la espuma con el cacao.

—Es precioso.

—Hannah estudió Bellas Artes —dijo la mujer de la mesa de al lado—. Se podrían poner sus cafés en una galería de arte. Su madre le dice que pierde el tiempo trabajando en una cafetería, pero a mí no se me ocurre nada mejor que hacer comidas y bebidas que le alegren la vida a la gente.

Lucy estaba de acuerdo. Clavó el tenedor en el pedazo de *brownie* jugoso y se llevó un pedazo a la boca. Era delicioso. Si encontrara la forma de llevarse una bandeja entera, sería la persona más querida de toda la oficina.

Miró a sus compañeras.

—¿Vivís cerca de aquí?

—Por esta carretera, al lado de la pequeña guardería —dijo la mujer. Hizo un gesto con la cabeza en dirección a su casa, y Lucy dejó el tenedor.

—¿Por casualidad conocéis a la familia Miller? Tengo la dirección aquí... —dijo ella. Revolvió en su bolso y sacó la carpeta donde había garabateado la dirección—. Tengo que entregarle algo a Ross Miller y su secretaria me dio la dirección de la casa, pero no quiero perderme y no llegar a tiempo a tomar el tren.

La mujer miró a su amiga.

—Bueno, normalmente no daríamos indicaciones por una cuestión de privacidad, pero como ya tienes la dirección, supongo que no hay problema. ¿Vas a ir conduciendo?

—Sí, en coche.

La mujer sacó un bolígrafo y un bloc de su bolso.

—Mira, ve recto por la carretera desde aquí y verás la iglesia junto a la salón de actos —dijo, mientras lo dibujaba en el papel—. Gira a la derecha aquí, sigue recto un par de minutos y verás la guardería. Mi casa es la que está al lado, tiene una puerta azul. Te invitaría a tomar un té, pero no podrás comer nada más después del *brownie* —explicó, y siguió dibujando—. Después de la guardería, gira a la izquierda y continúa. Después de dejar atrás la escuela de primaria y The Stag's Head, el pub, encontrarás una señal de prohibido el paso. Ahí es donde tienes que torcer para entrar a la finca.

Arrancó la hoja del bloc y se la dio a Lucy.

—¿Justo donde hay una señal de prohibido el paso? —preguntó Lucy.

—Exacto. Termina en la finca de los Miller. Ten cuidado, porque la carretera tiene muchos baches. Y ten cuidado también al pasar el puente, porque es muy estrecho.

Resultó que en el camino había más que muchos baches. A un lado estaba el bosque y, al otro, el terreno descendía hacia un río muy espumoso y agitado. En algunos tramos había un quitamiedos pequeño, en otros, nada.

Lucy agarró con fuerza el volante y apretó los dientes para que no le entrechocaran con las sacudidas. Tenía la impresión de que el paisaje era muy bonito, pero no se atrevía a quitar los ojos de la carretera para no caerse al río. Y, para empeorar la situación, estaban empezando a caer copos de nieve.

Si no estuviera tan concentrara en sortear la muerte, habría sonreído. Nieve. Nieve de verdad. El invierno anterior había nevado en Londres, pero la nieve se había derretido rápidamente y se había convertido en un fango gris.

Intentó no pensar en que tendría que volver por

aquella carretera muy pronto, a oscuras y, seguramente, con nieve en el suelo. Se le escapó una carcajada histérica. Por lo menos, si tenía un accidente, contaba con los Fingersnugs para evitar la hipotermia.

Redujo la velocidad al acercarse a una curva de la carretera, la tomó con cautela y divisó la casa. Miller Lodge.

¿Cómo sería tener una casa con el nombre de la familia? ¿Qué ocurriría si, algún día, tenían que venderla? ¿Tendrían que pagar más los nuevos dueños por el nombre?

Sintió envidia. Lucy Lodge.

En sueños, claro.

Aparcó delante de la casa, al lado de un elegante coche deportivo negro que, de alguna manera, había conseguido superar los desafíos de aquella carretera de único sentido. Apagó el motor y se quedó sentada tras el volante. En aquel momento, lo único que quería era dormir. Lo deseaba incluso más de lo que deseaba el negocio de Ross Miller. Pero la que hablaba era la parte exhausta de su ser. La parte que estaba agotada de fingir que se encontraba bien, cuando no era cierto. La parte que temía volver a Londres a pasar sola la Navidad.

La otra parte estaba urgiéndola a que saliera del coche e hiciera lo que se había propuesto.

Justo en aquel momento, le llegó un mensaje de Ted, que le enviaba una fotografía de la bebé Violet.

Lucy le respondió con una serie de emoticonos.

Aquella fue la motivación que necesitaba para hacer un último esfuerzo. Solo tenía que ser alegre y entusiasta un rato más y, después, podría dormir durante todo el trayecto de vuelta a casa.

Se dio unas palmaditas en las mejillas para que tomaran algo de color, recogió la propuesta envuelta en papel de regalo del asiento de al lado y abrió la puerta del coche.

El frío le quitó de golpe el aire de los pulmones. Murmuró unas pocas palabras que le habrían valido una reprimenda de su abuela y se envolvió bien en el abrigo. Echó a caminar con rapidez hacia la casa. La luz salía por las ventanas y en la puerta había una guirnalda navideña.

Con suerte, Ross Miller no frunciría el ceño, ni le gritaría, ni pensaría que ella era una extraña acosadora.

Tocó el timbre y oyó ladridos furiosos, seguidos de unas voces y, entonces, se abrió la puerta y apareció una mujer. Debía de tener la misma edad que habría tenido su abuela.

—Hola —dijo. Se sintió cohibida. Quizá no tuvieran muchos visitantes. Aquel camino no estaba precisamente en una zona de paso muy concurrida—. Esto va a parecer extraño, pero casualmente estaba por aquí y me preguntaba si podría ver a Ross cinco minutos. Es Navidad, y me siento mal por molestar, pero...

—¿Estás buscando a Ross? —preguntó la mujer, y se le iluminó la cara. Sonrió con picardía—. No serás Lucy, por casualidad...

—Yo...

Se quedó mirándola con asombro. ¿Cómo podía saber eso? Seguramente, por Zoe, la secretaria de Ross. Además de ponerse en contacto con él, debía de haber llamado a la familia para decirles que tal vez ella pasara por allí para entregarle a Ross una propuesta de campaña publicitaria. Tenía sentido y, en cierto modo, era un alivio que estuvieran esperándola.

—Sí, soy Lucy.

—¡Lucy! Me alegro muchísimo de conocerte —dijo la mujer. Se puso una mano en el pecho y sonrió aún más—. Estoy encantada de que hayas venido. ¡Glenda! —exclamó, y llamó a alguien que apareció detrás de ella y que, seguramente, era la madre de Ross—. ¡Glenda, no te imaginas quién ha venido! Es Lucy. Ha venido a ver a Ross.

—¿Lucy? Oh, Dios mío, qué emocionante. Ross todavía no ha llegado, pero eso no tiene ninguna importancia. Es estupendo poder pasar un poco de tiempo a solas antes de que llegue. ¡Estamos encantadas de que hayas venido!

Glenda abrió la puerta de par en par.

Lucy se llevó una sorpresa agradable. No se esperaba un recibimiento tan cálido, teniendo en cuenta que solo iba a llevar una propuesta. Estaba preparada para pedirles por favor que la aceptaran.

Por detrás de Glenda atisbó un gran vestíbulo con una galería, en el que había un árbol de Navidad muy grande que ocupaba la mitad del espacio. Era el árbol perfecto y estaba en una casa perfecta, e hizo que recordara las últimas Navidades con su abuela, cuando habían encontrado un árbol que era demasiado grande para el salón. Cada vez que entraban en la cocina se pinchaban con las ramas.

«Ross Miller», pensó, «es un hombre afortunado».

—No quería molestar y, seguramente, no debería...

—Por supuesto que sí. Sé que no nos conocemos, pero hemos oído hablar de ti.

—¿De veras? —preguntó ella. Tenía que ser Zoe quien la había mencionado. Nadie más sabía que iba a ir allí, excepto Maya—. Ross no me espera. No sabe que...

—¿Es una sorpresa? Oh, nos encantan las sorpresas, ¿a que sí, Glenda? No vamos a decir nada. Vamos, pasa. ¿Vienes desde Londres? Es obvio que no sabemos mucho de ti, pero supongo que vives en Londres, ya que Ross está allí.

—Sí, llegué ayer por la noche en el coche-cama, pero llevo todo el día trabajando y...

—No digas nada más. Debes de estar agotada. Y, seguramente, tienes mucho frío, porque la gente de la ciudad siempre subestima el viento helado de estas montañas. Tienes que sentarte. Con una taza de té y algo dulce te sentirás mejor enseguida. Tenemos el agua ya caliente. ¡Pasa!

Debería decir que no, pero estaba tan cansada y aquella gente era tan agradable... Además, la casa parecía el sueño de la Navidad y Ross no estaba allí, de todos modos, así que, ¿qué de malo tenía pasar unos minutos y entrar en calor?

—Tengo que darle una cosa. Por eso he venido —dijo.

Les tendió la propuesta envuelta y ellas le hicieron señas para que entrara.

—Si has venido desde Londres para darle una sorpresa con ese regalo, entonces deberías dárselo tú misma.

¿Regalo?

—Bueno, no es exactamente un...

—Yo soy la abuela de Ross. Llámame abuela Jean, como todo el mundo. Y esta es Glenda, su madre, pero supongo que él te habrá contado algo sobre su familia —dijo la mujer de pelo blanco.

En el vestíbulo se le acercó un labrador negro muy grande y comenzó a olisquearle las piernas y las manos con la nariz húmeda, temblando de emoción.

Lucy se agachó para acariciarlo. Le encantaban los labradores. «Algún día», pensó. Algún día tendría perro y sus recibimientos serían así de entusiastas cada vez que llegara a casa.

—Ross no me ha hablado de vosotras porque, en realidad, no hemos...

—¿Hablado de la familia? Por supuesto que no. Seguramente no era apropiado. ¿Te gustan los perros, querida? Este se llama Hunter y es muy cariñoso.

—Es una preciosidad —dijo—. Y ese es el árbol de Navidad más bonito que he visto.

—¿Te gusta la Navidad? Entonces, vas a encajar a la perfección. A nosotros nos encantan los árboles de Navidad y tenemos suerte, porque estamos rodeados de abetos. Tenemos uno en cada habitación. Siempre pienso que, si la Navidad no consigue hacer sonreír a una persona, nada lo conseguirá. Vamos, ven a la cocina a calentarte. Espero que te gusten las galletas de mantequilla.

—Son mis favoritas —dijo Lucy. Le hizo una última carantoña a Hunter y se levantó—. Mi abuela compraba una caja de vuestras galletas todos los años. Era nuestra tradición de Navidad. Coleccionábamos las latas. Yo todavía las tengo. Las uso para guardar fotos y cosas.

—¿Has oído eso, Glenda? Y la gente diciendo que nuestras cajas de lata están pasadas de moda. No estoy de acuerdo, y aquí tienes la prueba. Tenemos que mandarle a Lucy unas cuantas cajas de galletas para su abuela. Lucy, tienes que decirnos qué modelos le faltan.

—Oh, no es necesario... Quiero decir que... —balbuceó. Vaya. Tuvo que contener la emoción—. Murió. Hace dos años.

«Aguanta, Lucy. Respira hondo. Inspirar, espirar. Inspirar, espirar».

—Oh, no —dijo la abuela Jean, y le puso una mano en el brazo—. Lo siento, querida. Debió de ser muy duro para la familia.

¿Familia?

—Bueno, sí...

No iba a confesar que estaba sola. No quería pensar en esa faceta de su vida y dudaba que ellos quisieran pensar en eso. No necesitaban que sus problemas fastidiaran su feliz y brillante Navidad.

—No pasa nada. Bueno, sí pasa, obviamente. Yo todavía me pongo triste y la echo horriblemente de menos. Estábamos muy unidas. Pero fui muy afortunada por tenerla y ella me crio para que fuera fuerte e independiente y siguiera adelante cuando las cosas se ponen difíciles, así que eso es lo que hago, y estoy bien.

Tenía que dejar de hablar, pero, obviamente, era demasiado tarde, porque vio que la abuela Jean y Glenda se miraban.

—Té —dijo Glenda, con firmeza—. Necesitas un buen té, querida.

—Buen plan. Pero no en la cocina —dijo la abuela Jean—. A Lucy le encantan los árboles de Navidad, así que vamos a tomar el té en el salón, porque el que hay allí es una preciosidad y, después de todo, ella es una invitada muy especial.

Lucy se preguntó por qué era ella una invitada muy especial... ¿Tal vez porque en aquella finca apartada no veían pasar mucha gente? Sin embargo, la abuela Jean la llevó rápidamente hacia un gran salón con ventanales en tres de los paños. Allí había otro árbol de Navidad muy grande decorado con adornos que, obviamente, habían pasado de generación en generación en aquella familia. La chimenea estaba encendida y había un gato durmiendo, estirado y muy feliz, en la alfombra, delante del fuego.

—Este es el gato más relajado que he visto en la vida.

—Se llama Poker. Lo llamamos así porque nunca hemos conseguido descifrar su expresión ni saber de qué humor está. Tiene catorce años. Lo único que quiere hacer es dormir, el bendito.

Lucy comprendió perfectamente a Poker. Ella también quería dormir.

—Es increíble que esté nevando. Siéntate, querida. Ponte cómoda —dijo la abuela Jean. Ahuecó un cojín y dio una palmadita en el sofá—. Parece que va a ser una Navidad blanca de verdad.

—Puede ser —dijo Lucy. Pero ella no estaría allí para verlo. Estaría en su casa de Londres, en un hogar que no tenía nada de festivo. Parecía que el apartamento percibía su indiferencia y no hacía ningún esfuerzo por resultar cálido y acogedor.

La tristeza se apoderó de ella.

Ojalá no hubiera ido allí. A partir de aquel momento, hiciera lo que hiciera en Navidad, sería imposible no pensar en la familia Miller, en su preciosa casa, en su chimenea encendida, en su precioso perro y en su gato relajado y, lo mejor de todo, en ellos.

Se sentó en el sofá, el más cómodo del mundo. Felicidad. Tuvo ganas de cerrar los ojos y quedarse dormida una semana. Se le cerraron los ojos y se clavó los dedos en la pierna para mantenerse despierta. Habría sido mejor que la invitaran a la cocina. Era más fácil concentrarse y permanecer alerta sentada en una silla de cocina que allí, delante de un fuego encendido, mientras iba pasando el efecto de la cafeína.

Le sirvieron el té con galletas de mantequilla. Lucy estaba pensando en que debería marcharse ya a la estación cuando sonó su teléfono.

Miró con expresión de disculpa a sus anfitrionas y sacó el teléfono del bolso.

—Creo que debería responder...

—¡Por supuesto! Puede que sea Ross.

¿Por qué iba a ser Ross?

No, no era Ross.

—Oh, no. Han cancelado mi tren.

¿En serio? La frustración con el ferrocarril y el cansancio general se apoderaron de ella. ¿Qué iba a hacer? Estuvo a punto de sollozar, pero aquella era técnicamente una reunión de negocios y tenía que comportarse de forma profesional, a pesar de estar rodeada de tanto ánimo festivo. Se tragó el sollozo y se encogió de hombros con resignación.

—Qué mala suerte. No hay más trenes hasta mañana. Tengo que irme.

—¿Irte? —preguntó la abuela Jean, y frunció el ceño—. Pero si Ross va a llegar de un momento a otro. ¿Por qué te vas a marchar?

—Porque tengo que encontrar algún sitio donde dormir esta noche.

—¡Pero bueno! Por supuesto que te vas a quedar aquí. Tenemos muchas habitaciones vacías y no vamos a aceptar un no por respuesta. ¿Verdad, Glenda?

—Claro que no. De hecho, insistimos. ¿Qué pensaría Ross si te dejáramos marchar en una noche como esta?

¿No pensaría que era lo más lógico, teniendo en cuenta que ella era una perfecta desconocida? Ni siquiera trabajaba para él.

—Creo que...

Su intento de intervenir fue interrumpido por unas voces y, al instante, una mujer y un hombre aparecieron en el vano de la puerta. No se miraban el uno al otro, y a ella le dio la impresión de que acababan de tener una pelea. Notaba la tensión. El hombre estaba tenso, como si no quisiera decir algo de lo que pudiese arrepentirse después, y la mujer tenía las mejillas enrojecidas, como si acabara de decir algo de lo que se arrepentía.

—¡Alice! Y Nico. Pasad —dijo Glenda—. ¿Queréis un té? No sabéis quién está aquí. ¡Es Lucy!

—¿Quién? Espera... ¿Has dicho Lucy?

La mujer, Alice, se bajó la cremallera del abrigo, miró a su madre y, después, la miró a ella. Se quedó boquiabierta, con una expresión de desconcierto, y se ruborizó. Sin embargo, antes de que pudiera decir nada apareció otra mujer. Tenía el pelo rizado y una sonrisa enorme, y Hunter se incorporó y saltó desde al lado de la chimenea hacia ella, como si fuera una amiga a la que hacía mucho tiempo que no veía.

—¿Alguien ha dicho algo sobre Lucy?

—Clemmie, está aquí... —dijo Alice.

La miró con intensidad, y ella supo que aquella mirada significaba algo, aunque no tenía ni idea de qué.

Y parecía que Clemmie tampoco tenía ni idea, aunque eso podía ser porque tenía la cara metida en el cuello del perro y lo estaba abrazando.

—¿Quién está aquí?

—Lucy.

—No tiene gracia —dijo Clemmie. Se incorporó, la vio y se quedó inmóvil—. Lucy. ¿Lucy? Oh, Dios mío.

Su voz sonaba muy aguda, y ella se sintió incómoda.

¿Qué estaba ocurriendo? Tenía que haber algún motivo por el que decían su nombre dos veces. Y ¿por qué se miraban? ¿Qué era lo que se le escapaba?

—Seguramente, os estaréis preguntando por qué estoy aquí...

—Por supuesto que no —dijo Glenda—. Están encantadas de que hayas venido. No sé exactamente si ya os conocéis, pero, por vuestras caras, creo que no. Esta es Alice, mi hija mayor —dijo Glenda—. Es médica y trabaja en Londres, y él es Nico, su... amigo. Y Clemmie. Ella es niñera. No tengo ni idea de por qué mis tres hijos han elegido el sur para vivir, pero me alegro de que ahora estén en casa.

Ella se maravilló con aquella presentación tan amable y detallada, teniendo en cuenta que solo había ido allí para entregarle la propuesta a Ross. Alice y Clemmie se miraron de nuevo. En aquella ocasión, su expresión era de pánico. Ella pensó en que sería muy agradable formar parte de una familia que se comunicara con la mirada porque se conocían todos muy bien.

Sin embargo, no tenía ni idea de qué podía significar aquella mirada, y se sintió cohibida al pensar en que ella era la extraña allí y que se estaba entrometiendo en un momento especial en el que aquella encantadora familia se había reunido para celebrar la Navidad. Probablemente estaban esperando a que se marchara para poder jugar a juegos de mesa de Navidad, o envolver regalos o, tal vez, cantar villancicos alrededor del piano que se veía por la puerta entreabierta de otra de las habitaciones.

Sintió una envidia muy aguda.

Quería formar parte de aquella familia y quedarse allí. Quería acurrucarse delante del fuego con Hunter y Poker y no volver a moverse. Sin embargo, se obligó a ponerse en pie.

—Gracias por el té. Ahora tengo que marcharme, de verdad.

—No vas a ir a ninguna parte —le dijo la abuela Jean con tanta firmeza que Lucy se preguntó si su reticencia se notaba o no.

—Pero es que...

—Acabas de llegar. Y Ross ni siquiera ha llegado todavía.

Estaban esperando a Ross para completar la reunión familiar y allí estaba ella, la intrusa. Qué poco apropiado.

—No es necesario que lo vea en persona. Si pudieran darle ese paquete envuelto...

Estaba tan cansada que ya no recordaba dónde lo había dejado. La cafeína ya no le hacía efecto y el calor de la chimenea le producía sopor. ¿Estaba en condiciones de conducir aquella noche?

Tal vez debería recorrer una parte del camino, hasta que perdiera de vista la casa, y quedarse a dormir en el coche.

—Está en la mesa del vestíbulo, al lado del árbol grande —dijo. Tomó su abrigo y su bolso—. Bueno, ya me he entrometido lo suficiente en vuestra reunión familiar.

—Pero si tú eres de la familia —dijo la abuela Jean—. Eres la novia de Ross, así que deja de decir que te vas a marchar.

—¿Novia? —preguntó. Parecía que era posible estar a punto de caer dormida y, al momento siguiente, estar completamente despierta—. ¿La novia de Ross? ¿Yo? ¿Por qué...?

—¡Puedo explicarlo! —exclamó Clemmie, y carraspeó.

Todos se volvieron a mirarla. Glenda frunció el ceño.

—¿Explicar qué? —preguntó.

—Es culpa mía. Bueno, en parte. Alice también tiene la culpa. De hecho, creo que fue la primera a la que se le ocurrió la idea. O puede que fuese a Ross... ya no me acuerdo...

Clemmie cerró los ojos y respiró profundamente.

—Mamá, abuela Jean, Alice y yo tenemos que deciros una cosa...

—¿Hola? ¿Dónde está todo el mundo?

Se oyó una voz masculina, grave, que llegaba desde el vestíbulo, y el sonido de unos pasos.

—El hijo pródigo regresa al hogar y ¿no hay ni siquiera un perro que venga a darle la bienvenida? ¿Qué clase de reunión navideña es esta?

Hunter empezó a ladrar con ímpetu y se fue de un salto hacia la voz.

A Glenda y a la abuela Jean se les iluminó la cara como el árbol de Navidad.

—¡Ross! ¡Llegas en el mejor momento! —exclamó Glenda cuando apareció un hombre en la puerta del salón—. ¡Tenemos una sorpresa para ti! Te vas a caer redondo.

—He tenido un viajecito infernal, así que no hace falta demasiado para que me caiga.

Era alto. Tenía cara de cansancio y barba incipiente, como si afeitarse no hubiera estado en su lista de prioridades últimamente. Abrazó a su madre y a su abuela y les dio un beso. Tenía nieve en el pelo.

Lucy pensó que no le había pedido nada a Santa Claus pero que, si tuviera que escribir una carta, aquel hombre con los ojos amables y la impresionante sonrisa sería el primer artículo de su lista.

Salvo que aquel hombre era Ross Miller y ella estaba en su casa en Navidad, algo que nunca había pretendido. Él mantuvo el brazo ligeramente posado en los hombros de su abuela.

—Bueno, y... ¿cuál es esa sorpresa que me va a dejar tan asombrado?

—¿De qué estás hablando? ¡La tienes delante de ti!

La abuela Jean extendió el brazo hacia ella. Ella tragó saliva. No era así como se había imaginado que le entregaría la propuesta a Ross Miller, y estaba a punto de disculparse cuando él la miró burlonamente.

—Hola, soy Ross. Creo que no nos conocemos, aunque me resultas familiar. ¿Eres de por aquí? —preguntó, y la observó con atención, como si estuviera intentando recordar dónde la había visto—. Tengo que pedirte perdón por mi mala memoria.

—Soy Lucy, y...

—¿Qué significa eso de que no os conocéis? —preguntó la abuela Jean con estupefacción—. ¿Estás intentando fingir que no conoces a tu novia, Ross?

—¿A mi...? —repitió él, pero la pregunta murió en sus labios, junto a la sonrisa. Tomó aire profundamente—. Un momento. ¿Has dicho que te llamas Lucy?

La miró fijamente y se giró con lentitud hacia sus hermanas.

—¿Qué demonios...?

La más joven, Clemmie, se apretó contra el marco de la puerta.

—Ross...

—Si me perdonáis, tengo que... —dijo Alice, y comenzó a salir de la habitación, pero su hermano la agarró del brazo.

—No te muevas. No vas a ir a ningún sitio.

Todo el mundo se quedó callado. Incluso el perro mantuvo silencio. El gato, relajado, movió la cola.

Clemmie tragó saliva.

—Ross...

—¿Novia? —preguntó él, en un tono calmado, frío, que no parecía tranquilizar a sus hermanas a pesar de la moderación.

—Podemos explicarlo todo —dijo Clemmie, y él le dedicó una sonrisa que, aparentemente, era agradable.

—Eso espero —dijo.

Ella también tenía esa esperanza. ¿Era la única que no tenía ni idea de lo que estaba sucediendo?

En realidad, Glenda y la abuela Jean estaban tan desconcertadas como ella.

—Lo que pasa es que... —dijo Clemmie, retorciéndose—. Seguramente no nos vais a creer, pero...

—Inténtalo —dijo él.

—Es culpa mía —dijo Alice, por fin—. Mamá y la abuela Jean empezaron a hacer preguntas incómodas sobre mi relación con Nico, y fue tan agobiante que Clemmie salió en mi defensa. Estaba intentando ayudarme.

Ross enarcó las cejas.

—¿Cómo?

—Les dijo que tienes novia. Lucy. Se suponía que iba a ser una distracción. Tu vida amorosa siempre ha sido un tema más interesante que la mía, pero es obvio que todo terminaba ahí. No esperábamos que apareciera la verdadera Lucy.

¿La verdadera Lucy?

Se sintió como si todo aquello fuera culpa suya, aunque no sabía por qué. Nada de aquello tenía sentido para ella, aunque, a juzgar por la mirada letal de Ross, para él, sí.

—No quería decirlo —dijo Clemmie—. Se me escapó.

Lucy carraspeó.

—¿Yo soy «la verdadera Lucy» en esta situación? —preguntó.

Pero nadie le estaba prestando atención.

—¿Ves lo que has hecho? —le preguntó Glenda a la abuela Jean—. Esto es culpa tuya. Tú eres la que dijo que debían de ir en serio.

—¿Yo? —preguntó la abuela Jean, mientras se quitaba una pelusa de la manga del jersey—. No me acuerdo, y no se me puede culpar de eso. No es posible llegar a los noventa años y acordarte de todo lo que dices. Algunas veces me siento confusa.

Nico frunció el ceño.

—¿Tú no crees que nuestra relación vaya en serio? —le preguntó a Alice.

—Eso no es lo que dije —respondió ella, y se puso muy roja—. ¿Podemos hablar de esto más tarde?

—Sí, hacedlo después —dijo Ross entre dientes—. Si estoy entendiendo esto correctamente, tú les dijiste que yo estaba saliendo con Lucy y, por alguna extraña coincidencia que aún no entendemos, la verdadera Lucy apareció en casa.

La verdadera Lucy lo intentó de nuevo.

—Si pudiera...

—Pero es que... ¿Cuántas posibilidades había de que sucediera algo así? —preguntó Clemmie, encogiéndose de hombros con impotencia.

Glenda se quedó desconcertada.

—Un momento, ¿estás diciendo que Lucy y tú no salís juntos? ¿Que no la conocías hasta este momento?

Lucy suspiró. ¿No se lo había dicho ya ella? ¿Ninguno la había escuchado? Aquella familia estaba loca de remate. Y seguían sin hacerle el menor caso.

—No estoy saliendo con Ross —dijo, en voz alta y clara. Todo el mundo se volvió hacia ella—. Es la primera vez que lo veo, encantada de conocerte, por cierto —añadió, asintiendo hacia él—, y he venido porque trabajo para una agencia de publicidad de Londres.

—El rostro del *marketing* moderno —murmuró Alice, y a ella se le escapó un jadeo.

¿Cómo era posible que Alice supiera eso?

—Bueno, sí. Tenía algunas ideas para Miller Active, para una campaña de publicidad, y...

—Un momento. ¿Estás diciendo que estás aquí por un asunto profesional? ¿Quieres hablar de trabajo y te presentas en mi casa? —preguntó Ross. La indignación que había mostrado hacia sus hermanas se dirigió hacia ella—. ¿Qué pasa con lo de pedir una cita por los canales convencionales?

—Lo intenté muchas veces. Me dijeron que no volverías a la oficina hasta después de Año Nuevo. No es fácil ponerse en contacto con el dueño de Miller Active.

—Eso es cierto —dijo Clemmie—. Siempre estás en una reunión y en tu teléfono siempre salta el contestador. ¿Y si te necesitamos por una urgencia?

Ross no estaba escuchando a su hermana. Toda su atención estaba centrada en Lucy.

—¿Y, como no podías dar conmigo, se te ocurrió la feliz idea de invitarte a ti misma a mi casa en Navidad?

—Yo no me he invitado a ningún sitio. Vine a Escocia para hacer una sesión fotográfica para otro cliente y, como estaba tan cerca de esta casa, Zoe me sugirió que te entregara la propuesta en persona.

—¿Zoe? ¿Conoces a mi secretaria?

—Sí. Ella me dijo que te informaría.

Él no apartó la mirada.

—Pues no lo hizo.

—Bueno, eso no es culpa mía. Ni de ella, tampoco. Ha estado un poco distraída por William, pero... ¿quién puede reprochárselo?

Él pestañeó.

—¿Qué tiene que ver William en todo esto?

—Si no lo sabes, no soy yo quien debe decírtelo. No voy a revelar los detalles de la vida sentimental de otra persona, pero tienes que entender que yo pensaba que ella se había puesto en contacto contigo y que yo no tenía ningún motivo para creer que no había sido así. Cuando he llegado a la puerta de tu casa, parecía que tu familia sabía quién era yo. Se han comportado como si estuvieran esperándome.

—No estábamos esperándote, exactamente —dijo la abuela Jean—, pero Clemmie ya nos había dicho que estabas saliendo con Ross, así que pensamos que esta era una de esas bonitas sorpresas que te da la vida de vez en cuando.

A ella, la vida no le había dado bonitas sorpresas últimamente, solo malas, pero decir algo así sería compadecerse de sí misma y no estaba dispuesta a hacer eso en público.

—No entiendo la parte de que yo estuviera saliendo con Ross —dijo—, pero, teniendo en cuenta que esto ha sido un enorme malentendido y un error, lo mejor es que me marche ya para que podáis solucionarlo. Gracias por el té, y espero que tengáis una feliz Navidad.

Nadie estaba escuchando.

Clemmie estaba echándole la culpa a Alice que, a su vez, estaba echándole la culpa a la abuela Jean. Ross estaba preguntando por qué le interesaba tanto a todo el mundo su vida amorosa y la abuela Jean estaba diciendo que no era su culpa desear que la gente a la que quería fuera feliz, que no era un crimen, y Glenda estaba tratando de calmar a todo el mundo. Era obvio que se habían olvidado de ella.

Se quedó apartada y sola.

¿Cómo sería formar parte de aquella familia? Ser cuestionado, tener discusiones, ser interrumpido por gente a la que conocías de toda la vida y te quería? Saber que ibas a pasar la Navidad en aquella casa tan bonita, con tu familia...

Amor incondicional.

El ruido y el vínculo que había entre ellos acentuaron su propia soledad.

Se puso de pie, pasó por encima de Hunter y se marchó del salón pasando junto al precioso árbol y la pila de regalos que esperaba a que las manos ansiosas rasgaran el envoltorio festivo.

Era de mala educación irse sin despedirse, pero, seguramente, no iban a darse cuenta de que se había marchado. Además, aunque la familia había sido maravillosamente acogedora, Ross Miller no se había puesto muy contento de verla. Y no lo culpaba.

Abrió la puerta delantera con un extraño sentimiento de vacío y desconexión. El aire gélido la golpeó con fuerza y se arrebujó en el abrigo, que era insuficiente para protegerla de aquel frío.

Durante el tiempo que había pasado en la casa, el tiempo había empeorado mucho. Frente a ella solo había remolinos blancos. Casi no veía su coche, y estaba aparcado a pocos metros de distancia.

Maravilloso. Una Navidad blanca. Era el sueño de todos, ¿no? Sin embargo, para ella significaba que la visibilidad era nula y que tenía que regresar al pueblo por aquella carretera llena de baches en medio de la oscuridad, atravesando un puente estrecho. Y, en el improbable caso de que sobreviviera a esa prueba, tendría que encontrar un sitio para dormir aquella noche.

Feliz Navidad, Lucy.

Capítulo 10

Glenda

—¿Cómo va a ser culpa mía —estaba diciendo Alice—, si yo no le pedí a Clemmie que mencionara el nombre de Lucy?

—¡Traidora! ¡Yo estaba intentando ayudarte!

En medio de aquella discordia, Clemmie se arrodilló para hacerle carantoñas a Hunter mientras Glenda se daba cuenta de que toda aquella situación era culpa suya. Todavía no entendía todos los detalles del motivo por el que habían elegido a Lucy como novia ficticia de Ross, ni cómo había llegado alguien llamado Lucy a su puerta, pero había algo que sí entendía: Clemmie había intervenido para proteger a su hermana de la abuela Jean y de ella. El hecho de que se necesitaran la una a la otra para taparse le horrorizaba.

Podía perdonar a la abuela Jean, puesto que los abuelos tenían un papel diferente, pero ella era su madre y siempre les había dejado claro que los quería, pasara lo que pasara. Que podían hablar con ella de cualquier cosa. Y ella lo creía, pero estaba claro que ellos, no. Saber eso era doloroso, pero era peor todavía reconocer el hecho de que ella estuviera siendo una fuente de estrés para sus hijos, y no de consuelo. Debería haber sido ella la que protegiera a Alice de las preguntas que no quería responder cuando la abuela

Jean se había excedido, no Clemmie. Debería haber protegido a su hija.

—Todo esto es culpa mía. Soy una mala madre —dijo.

Fue la abuela Jean quien le dio unas palmaditas en el hombro.

—Tonterías. Eres una madre maravillosa. Te importa, ¿qué tiene eso de malo? —dijo la abuela Jean, y se puso rígida—. La bocazas soy yo, pero no voy a disculparme por quién soy. Soy vieja y, cuando eres vieja, no quieres perder el tiempo con jueguecitos. Quieres sacar el máximo provecho de cada momento. Si uno de mis nietos está saliendo con alguien, quiero saberlo para poder emocionarme. Puede que ya haya bailado mi último tango, pero no hay motivo para que no pueda divertirme con mi imaginación.

Ross suspiró.

—No estoy saliendo con nadie.

—Y eso es parte del problema —respondió la abuela Jean moviendo el dedo índice—. Si estuvieras saliendo con alguien, no habrías sentido la necesidad de inventarte una novia. Y yo no habría estado tan emocionada como para enredar a una pobre desconocida en nuestros líos familiares.

Glenda se preguntó si habría algún modo de mandar a la abuela Jean a la cocina.

—Pero... ¿por qué no habéis dicho la verdad?

—Porque sabemos que deseáis con todas vuestras fuerzas que los tres sentemos la cabeza —dijo Clemmie—, así que, en broma, dijimos que deberíamos inventarnos una novia para que vosotras estuvieseis felices.

—Era una broma —dijo Ross—. No se suponía que hubiera nada de real en ello. Y es la última vez que le concedo a Alice acceso ilimitado a mi nevera de vinos.

¿Para que ella fuera feliz? Era cierto que quería verlos en buenas relaciones, pero eso era porque estaba pensando en su felicidad, no en la de ella. ¿Acaso no lo entendían?

¿Qué más le estaban ocultando?

—Siento mucho que hayáis sentido que teníais que hacer eso —dijo.

—¡Mamá! —exclamó Clemmie. Fue ella quien se dio cuenta de lo disgustada que estaba. Le dio un abrazo y dijo—: ¡No pasa nada! No es para tanto. Es solo que, cuando alguien te pregunta si estás saliendo con alguien y tú no estás saliendo con nadie, puede ser un poco agobiante.

Ella no quería agobiar a sus hijos.

No iba a volver a hacer ni una sola pregunta sobre sus relaciones.

Y tenía que conseguir, fuera como fuera, dejar claro que podían hablar con ella de cualquier cosa.

Sin embargo, todavía quedaban cosas de aquella situación que no comprendía.

—¿Por qué Lucy? ¿Ha sido una coincidencia?

—Sí. Lucy salió en una revista de *marketing* que yo tenía en mi cocina cuando las chicas fueron a verme —dijo Ross—. Su foto estaba en la portada. Estaban buscando un nombre para mi novia imaginaria y su nombre estaba allí mismo: Lucy.

—Lucy es encantadora —dijo la abuela Jean—. Una novia perfecta. Y tú has sido maleducado.

—No es mi novia —dijo Ross—. Por última vez, no tengo novia.

—¡Por supuesto que no! Si ese es el modo en que te comportas, no es sorprendente —dijo la abuela Jean con un gesto de desaprobación—. No me extraña que tus novias sean imaginarias.

Alice se echó a reír. Incluso Ross estaba sonriendo mientras se frotaba la frente con las yemas de los dedos.

—Abuela Jean...

—No me hables con esa vocecita para engatusarme. No va a servir de nada. Me cae bien Lucy y tú le debes una disculpa.

—A mí también me cae bien Lucy —dijo Clemmie tomada del brazo de su madre.

Ross bajó la mano.

—Ha aparecido en mi casa para hablar de trabajo. En Navidad. ¿Quién va a casa de una persona para hablar de una propuesta publicitaria?

—Alguien que tiene empuje y ambición. Aunque nosotros no conocemos a nadie así, claro... —dijo Clemmie, y miró a sus hermanos de manera elocuente.

Ross apretó los dientes.

—Llevo seis meses sin venir a casa —dijo—. ¿Hay alguna posibilidad de que dejemos de hablar de mi deficiente vida amorosa?

«Sí», pensó Glenda. «Por favor, vamos a hablar de otra cosa».

Aquella conversación estaba consiguiendo que se sintiera muy incómoda.

—¿Dónde está Lucy? —preguntó.

—Estaba aquí hace un momento —dijo la abuela Jean, y miró hacia el árbol, como si esperase que Lucy estuviera escondida entre las ramas—. ¿Alice? ¿La has visto marcharse?

—No. Estaba demasiado ocupada defendiéndome de los ataques.

—¿Clemmie?

—No. A lo mejor está en el servicio.

—No, no está allí. Va andando hacia su coche. Lenta y cuidadosamente —dijo Nico, que estaba al lado de la ventana, apartado de la familia—. Está nevando mucho y parece muy peligroso. ¿Cómo es posible que nieve tanto y tan deprisa?

Alice se acercó a él, pero él no la miró.

Glenda observó la distancia que había entre ellos y recordó la pregunta de Nico. «¿No crees que vamos en serio?».

No. No iba a meterse. Ocurriría lo que tuviese que ocurrir. No era asunto suyo.

Pero no podía evitar preguntarse de qué habrían hablado Nico y su hija durante el paseo.

—¿Se ha marchado? —preguntó Alice, acercándose a la ventana—. Pero si no se ha despedido.

Glenda se avergonzó. ¿Desde cuándo trataban a las visitas con tanta falta de respeto?

—A lo mejor sí se despidió, pero todos estábamos demasiado ocupados hablando como para oírla.

—Es culpa de Ross —dijo la abuela Jean—, por no darle la tradicional y cálida bienvenida de los Miller.

—Otra vez es culpa mía. Ella es una desconocida —dijo él. Se pasó los dedos por el pelo con exasperación—. ¿Qué esperabas que hiciera, pedirle que se case conmigo? —dijo. Se acercó a la ventana y la miró—. ¿Qué calzado lleva? ¿Son unas botas de tacón? ¿Quién lleva botas de tacón por aquí? Va vestida para ir de compras en King's Road.

—No sabía que iba a quedarse —dijo Clemmie—. Sus botas son preciosas. Y me encanta su abrigo. Me encantaría ir de compras por King's Road con ella. Tiene mucho gusto. Y es guapa. ¿Crees que yo podría llevar un peinado como ese?

Glenda suspiró.

—¿Es adecuado que estéis todos en la ventana mirándola?

Nadie le hizo caso.

—¿Y qué importa su aspecto? —preguntó Alice con el ceño fruncido—. ¿Por qué la sociedad siempre juzga a las mujeres por su edad y su aspecto?

—Estaba admirando su abrigo, nada más. ¿Desde cuándo es un crimen que te guste un abrigo? —preguntó

Clemmie—. ¿Por qué tienes que sacar los aspectos políticos de todo?

—No es verdad. Lo único que digo es que, obviamente, es muy buena en su trabajo, pero eso no es lo que has comentado tú.

—No sé nada sobre su trabajo. No me interesa su trabajo. Me interesa su abrigo —dijo Clemmie, y puso los ojos en blanco al ver la expresión de su hermana—. Olvídame.

Glenda estaba confusa.

—¿Cómo sabes que es buena en su trabajo? ¿En qué trabaja? Me ha parecido oír algo sobre una agencia publicitaria, pero no sé...

—¿Podemos concentrarnos en lo importante? —preguntó Ross—. Hace muy mal tiempo y está empeorando a cada segundo. ¿Qué va a hacer ella? ¿Dónde va a ir ahora?

—¿Quién sabe? —dijo Alice encogiéndose de hombros—. ¿A tomar el tren de vuelta a Londres? Quizá vuelva con su verdadero novio que, si es afortunada, no tendrá una familia tan rara.

—No. Han cancelado su tren. Le enviaron un mensaje de texto un poco antes de que llegarais —dijo Glenda—. No me gusta la idea de que se vaya conduciendo con este tiempo. Tienes razón, Ross. No es seguro. No conoce las carreteras, está agotada porque lleva todo el día trabajando y nosotros hemos aumentado su estrés al someterla a las peleas y problemas familiares...

—¿Problemas? —preguntó la abuela Jean, y frunció el ceño—. Nosotros no tenemos problemas...

—¿Que no tenemos problemas? —preguntó Alice—. Hazme caso, podríamos tener ocupado a un psiquiatra durante un año.

—Ya está bien, Alice. Cuidado con el tono que usas con tu abuela. Y es cierto que hemos estado discutiendo y echándonos la culpa unos a otros por la confusión —dijo ella.

—Bueno, pero eso es ser una familia —respondió la abuela Jean—. No es un diagnóstico clínico.

Ross dio un gruñido de frustración y salió del salón. Glenda lo llamó.

—¿Adónde vas?

—A asegurarme de que llega sana y salva al coche. Y, de ahí, al final del valle. Voy a seguirla con mi coche hasta la carretera principal.

—Ese es mi chico —dijo la abuela Jean—. Es bueno de verdad, a pesar de cómo le ha hablado a Lucy. Y es protector con ella, lo cual es buena señal. ¿Qué? —preguntó, cuando todo el mundo se giró a mirarla—. Me cae bien Lucy. Creo que encajaría muy bien con Ross. ¿No sería una buena historia? Lo que comenzó como ficción acaba como realidad.

—La conoces desde hace una hora, abuela Jean —dijo Clemmie. Su abuela se encogió de hombros.

—No tardo más de un minuto en conocer a una persona.

Alice la miró con incredulidad.

—No sabes nada de ella. Puede que esté casada.

—No llevaba anillo.

—¿Y qué? Eso no significa que no tenga una relación importante.

—Si no hay anillo es que se puede jugar por todo.

—No puedo creer que hayas dicho eso, abuela Jean.

—Espero que la alcance antes de que se marche —dijo ella, mirando por la ventana—. ¡Oh, no! Se ha resbalado. Y parece una mala caída...

—¿Mala? —preguntó Alice, y apartó a Clemmie con el codo para poder ver bien—. ¿Debería ir a examinarla?

—No. Quédate donde estás. La está ayudando Ross —dijo la abuela Jean—. Esto no podría salir mejor. Es muy romántico.

Alice miró a su abuela con incredulidad.

—Me da la impresión de que Lucy no estaría de acuerdo. Se ha caído y parece que no está bien, porque sigue en el suelo cubierta de nieve, y creo que no es por elección propia. ¿Y por qué te parecen románticos el peligro de congelación y una fractura? Ellos dos ni siquiera se conocen, abuela.

—Ahora, sí —dijo la abuela Jean, con la cara pegada al cristal de la ventana—. Él la está ayudando a levantarse... Oh, se ha resbalado otra vez, pero él la ha agarrado con fuerza. ¡Mira! Ella se agarra a la pechera de su abrigo y sus caras están muy cerca. Debería besarla ahora mismo. Es como ver una película de amor sin sonido. Está venga a nevar y él acaba de salvarla. ¡Bésala, Ross!

—¡Abuela Jean! —exclamó Alice, horrorizada—. Eso es inapropiado en tantos niveles que no sé por dónde empezar.

La abuela Jean no le hizo caso.

—Clemmie tiene razón, es una chica muy guapa. El pelo precioso, oscuro, y los ojos azules, y las pestañas muy largas. ¿Os habéis fijado? ¿Qué pasa? —preguntó, y se quedó mirando a Alice, que estaba boquiabierta—. No te había visto con la boca abierta desde que te daba de comer cuando eras un bebé, y comías tan mal que eso no ocurría con frecuencia.

Glenda suspiró.

—Abuela Jean, por favor, no le tomes el pelo a Alice.

—No le estaba tomando el pelo. Estaba diciendo la verdad. ¿Estás disgustada porque Lucy tiene un pelo muy bonito? ¿Es algo que está en la lista creciente de cosas que no se pueden decir en público? —preguntó la abuela Jean, y se giró de nuevo hacia la ventana—. Soy producto de otro siglo. Si quiero admirar el pelo de Lucy, lo voy a hacer. Es obvio que en esa revista que habéis mencionado pensaron que era guapa, o no la habrían sacado en la portada.

Parecía que Alice estaba a punto de explotar.

—La han sacado en la portada porque es muy brillante en su trabajo.

—Inteligencia y belleza. Perfecto —dijo la abuela Jean—. ¿Por qué no vuelven a casa? Ella está diciendo que no con la cabeza e intentando volver a su coche. Parece que está disgustada.

—No me sorprende —dijo Clemmie—. Seguramente, piensa que somos muy raros. Salvo por Hunter.

Sonrió cuando Hunter, al oír su nombre, se puso a ladrar.

—Bueno, tú también eres raro. No te preocupes.

—No puede posar el pie —dijo Glenda—. Ross está intentando razonar con ella.

—Ya está bien —dijo Alice—. Si no puede aguantar peso es que necesita una intervención médica. Clemmie, ayúdame.

—A mí no se me dan bien las urgencias médicas. Me entra pánico y vomito —dijo Clemmie—. Nico lo hará mejor.

—Nico es cirujano del corazón —respondió Alice, desde la puerta—. En realidad, podrías venir conmigo, Nico. Ross y tú podéis traerla hasta el salón y yo la examinaré aquí.

—Ross no necesita tu ayuda —dijo la abuela Jean—. Acaba de tomarla en brazos como si no pesara nada. ¿Queréis mirar? Es como una película romántica.

Alice, que nunca veía películas y solo leía textos médicos, frunció el ceño.

—¿Qué?

—No importa —dijo Clemmie, y se fue hacia la puerta.

—Hemos sido unos anfitriones horribles y la pobre Lucy se ha hecho daño, así que, por favor, ¿podéis dejar a un lado los problemas familiares y hacer que se sienta a gusto?

—¿Qué problemas familiares? —preguntó la abuela Jean.

Ella estaba desesperada. Había planeado las Navidades perfectas y todo se estaba estropeando rápidamente. Ross no llevaba en casa el tiempo suficiente para quitarse el abrigo, pero ya había una gran tensión en el ambiente.

Sin embargo, Clemmie tenía razón. En aquel momento, la prioridad era Lucy.

—Esa pobre chica. Vamos a darle algo de espacio —dijo. Su faceta práctica se hizo cargo de todo. Su familia, como bien sabía, podría resultar agobiante—. La abuela Jean y yo vamos a la cocina para terminar de preparar la cena. Clemmie, ¿nos ayudas?

La abuela Jean no cedió.

—Prefiero quedarme aquí por si...

—Vas a pelar patatas —dijo ella.

Puso la mano en la espalda de su suegra y estaba a punto de empujarla hacia la cocina cuando Ross entró por la puerta con Lucy en brazos. De inmediato, Glenda se dio cuenta de que la muchacha estaba sufriendo. Tenía la cara contraída y la mandíbula apretada.

—Oh, Lucy, pobrecita. Vaya mala suerte, y en Navidad.

—Se ha hecho mucho daño en el tobillo. Alice —dijo Ross—, ¿qué quieres que haga?

—Ponla en el sofá —dijo Alice—. Lucy, no te preocupes. Voy a echarte un vistazo para ver qué es lo necesario.

—Lo siento muchísimo —dijo Lucy, que estaba muy pálida—. Había una placa de hielo y me he resbalado. Pero estoy segura de que no es nada. Se me pasará el dolor. Debería marcharme. Estoy interfiriendo en la Navidad de vuestra familia.

—No vas a ir a ninguna parte —dijo Ross, y la depositó con cuidado en el sofá.

Alice se hizo cargo de la situación.

—Quiero que te quites la bota, Lucy, para poder examinarte. ¿Clemmie? ¿Puedes ayudarla?

—Yo puedo hacerlo —dijo Lucy. Se inclinó hacia delante e intentó bajarse la cremallera de la bota, pero, con el movimiento, hizo una mueca de dolor.

—Vamos a hacerlo juntas —dijo Clemmie, y Alice frunció el ceño.

—Es posible que necesites unas tijeras. Creo que vamos a tener que cortar la bota. Y los calcetines.

—Ni hablar —dijo Clemmie—. Sería un crimen destrozar estas botas, y los calcetines brillantes también son muy bonitos. Podemos hacerlo —dijo Clemmie.

Empezó a bajar la cremallera con delicadeza y, juntas, le sacaron la bota del pie dañado, seguida del calcetín. El tobillo ya se estaba hinchando, y Glenda vio que Lucy apretaba los dientes y clavaba los dedos en el almohadón del sofá.

—Oh, esto no tiene buena pinta. ¿Cómo puede estar ya tan morado? —preguntó Clemmie, y se tapó la boca con la mano.

Su hermana la empujó para apartarla y se giró hacia Lucy.

—Dime exactamente lo que ha pasado —dijo, mientras tocaba suavemente el pie de Lucy.

—Había hielo. No me lo esperaba. Se me escapó el pie y oí un crujido.

—¿Y no puedes apoyarlo?

—Lo ha intentado —dijo Ross—, pero le dolía demasiado.

Alice se quedó callada un momento. Le apretó con los dedos y le preguntó:

—¿Te duele esto? ¿Sientes esto?

Y, después de un momento, se sentó sobre los talones e hizo un gesto de contrariedad.

—Siento decir esto, pero creo que te lo has roto —dijo, en un tono calmado y amable—. Pero podemos resolverlo, no te preocupes.

Ross frunció el ceño.

—¿No será un esguince?

—Disculpa —le dijo Alice a su hermano—. ¿Quién es la médica aquí?

—Lo único que digo es que...

—A no ser que hayas estudiado Medicina sin que yo me enterara, no necesito que me digas nada. Yo no te digo a ti cómo tienes que vender ropa deportiva.

Glenda seguía preocupada por Lucy, pero, al menos, Alice estaba allí. Su hija sabía lo que estaba haciendo.

Se sintió orgullosa de ella. Se la imaginaba trabajando en la sala de urgencias, con calma y seguridad, ayudando a la gente.

Alice miró el tobillo de Lucy.

—Creo que está roto, pero la única forma de saberlo es hacer una radiografía o una resonancia magnética. Voy a llamar al hospital para hablar con ellos.

—No —dijo Lucy, e intentó sentarse—. Tengo que volver a Londres. Si no estoy mejor mañana, yo iré al médico. Ya os he ocupado tiempo suficiente.

—Bueno, creo que como ha sido nuestra carretera de entrada la que ha intentado matarte, tienes que dejar de preocuparte por eso —dijo Alice, y se puso de pie—. Además, si hubiera sido más fácil ponerse en contacto con mi hermano y te hubiera dado una cita del modo convencional, tú no habrías tenido que venir hasta aquí para entregarle una muestra de tus buenas ideas. Así que, indirectamente, esto es culpa suya.

—Claro —dijo Ross—. Todo es culpa mía.

Alice sacó el teléfono.

—Voy a llamar a urgencias. Después, te llevamos al hospital.

Glenda miró por la ventana.

—Está nevando mucho.

—Yo conduzco. Mi coche va muy bien por la nieve, y será una forma de expiar mis pecados —dijo Ross, que ni siquiera se había quitado el abrigo—. Voy a acercar el coche a la puerta para que no corramos peligro de repetir la experiencia.

Se marchó del salón. Lucy intentó moverse.

—Esto no es necesario. Puedo llamar a un taxi.

—Solo hay un taxi en el pueblo, y hay que avisar al taxista con dos días de antelación. Esto no es Londres —le dijo Alice, y le apretó suavemente el hombro—. No te preocupes. Voy a estar contigo todo el tiempo.

—No puedo pedirte que hagas eso. Es Navidad y acabas de llegar a casa de tu familia. Seguro que estáis deseando poneros al día. Tendréis cosas de las que hablar...

—Hay mucho tiempo para eso.

Alice desapareció unos cuantos minutos. La oyeron hablar por teléfono en un tono nítido y profesional. Cuando volvió, estaba sonriendo.

—Estás de suerte. Por una vez, no están llenos. Seguramente, la gente se queda en casa por la tormenta, así que no tendremos que esperar mucho. Puede que volvamos a tiempo para cenar.

Lucy estaba cada vez más angustiada.

—No puedo quedarme para la cena.

Glenda observó los remolinos de nieve del exterior. Nadie debería conducir con aquel tiempo. Ella no iba a poder relajarse hasta que todos estuvieran en casa, incluido Douglas.

Además, cuando Ross, Alice y Lucy volvieran a casa

del hospital, ¿qué iba a ocurrir? Si aquello continuaba, Lucy iba a estar allí más del tiempo necesario para cenar.

—Vayamos paso a paso —dijo.

La abuela Jean la miró.

—Esto le ha sucedido por ir paso a paso —dijo—. En mi opinión es mejor dar un salto. Es más seguro.

—De acuerdo, vamos allá —dijo Lucy apretando los dientes. Trató de moverse, pero Alice la detuvo.

—No quiero que te hagas más daño. Ross te va a llevar en brazos.

Glenda vio que Lucy se sonrojaba y se preguntó si su hijo se había dado cuenta. Entonces, recordó que no iba a hacer más aquel tipo de preguntas.

Si sus hijos eran lo suficientemente adultos como para dirigir una empresa y salvar vidas, eran lo suficientemente adultos como para gestionar sus relaciones sentimentales.

—Rodéame el cuello con los brazos —le dijo él.

Lucy vaciló un momento, pero hizo lo que él le había indicado. Él la levantó con facilidad y se dirigió hacia la puerta.

Alice los siguió.

—Siento abandonarte —le dijo a Nico con una sonrisa de disculpa al pasar a su lado—. Espero que no tardemos mucho.

¿Lo sentía de verdad? A ella le dio la impresión de que Alice agradecía aquel momento de tiempo libre. ¿Se debía eso a la familia o a Nico? Miró al novio de su hija, pero su semblante no revelaba nada.

Ocurría algo, claramente, pero ella ya no se sentía cómoda preguntando. Sintió una punzada de inquietud. Cuando los hijos eran adultos, los padres querían ayudar, pero los hijos, probablemente, no querían su ayuda. Una quería demostrarles que estaba disponible, pero no quería entrometerse en su vida privada.

Se sentía como Lucy, caminando sobre un terreno helado, intentando no romperse nada.

Cuando abrieron la puerta entró una ráfaga de aire frío, y se marcharon.

Ella se quedó allí un momento, mirando la puerta cerrada. Después, recuperó la compostura.

—Nico —le dijo, mirándolo con una expresión de disculpa—. Parece que mi hija te ha dejado solo. ¿Te apetece venir con nosotras a la cocina a comer algo?

—Eres muy amable, pero necesito llamar a mi familia y este es un buen momento.

Con una breve sonrisa, Nico se encaminó a las escaleras, y ella se preguntó qué tenía su hija en la cabeza.

Fue a la cocina con la abuela Jean.

—Douglas va a llegar enseguida —dijo la abuela Jean, y comenzó a poner la mesa—. Y me voy a alegrar mucho cuando entre por esa puerta. No me gusta que mi familia ande por ahí con este temporal.

—Va seguro. Tiene buenos neumáticos y lleva conduciendo por estas carreteras desde que era adolescente.

A ella le preocupaba más el hecho de que Douglas llegara a casa y se encontrara a su familia sumida en el caos una vez más. La noche anterior, Ross no estaba. Aquella noche no estaban ni Ross ni Alice. O, tal vez, estuvieran Ross, Alice y una desconocida.

—Deberíamos hacer una cama —le dijo la abuela Jean—. Pase lo que pase en el hospital, esa chica no puede irse a ninguna parte esta noche.

—Estaba pensando lo mismo, pero... ¿Crees que es una posibilidad?

—Por supuesto. No puede caminar sin ayuda. Aunque Alice se haya equivocado y no tenga roto el tobillo, y dudo que nuestra niña se haya equivocado porque, aunque no sea capaz de limpiar un baño fue la primera de su clase en Medicina, Lucy no va a poder conducir. Y le han cancelado el tren.

—Supongo que habrá trenes mañana, pero, aunque Ross la llevara a la estación, ¿cómo se las va a arreglar cuando llegue? Pobre Lucy. Es terrible.

La abuela Jean sacó los platos del armario.

—¿Por qué es terrible?

—Porque es Navidad, y querrá estar en casa.

—Puede ser.

—¿Por qué dices «puede ser»?

—No sé. Me ha parecido que estaba un poco triste, eso es todo, cuando hablaba de su abuela. Ya la has oído.

—Razón de más para querer volver con su familia —dijo ella, y se dio cuenta de que la abuela Jean estaba poniendo un sitio de más en la mesa—. A lo mejor Lucy no puede cenar con nosotros en la mesa.

—Bueno, si es así, Ross puede subirle la cena a su habitación en una bandeja —dijo la abuela Jean. Sacó la bandeja y la puso con cuidado—. Ya está. Preparados para cualquier cosa.

Ella observó a su suegra.

—¿Estás haciendo de casamentera? Porque no creo que sea buena idea. Mira lo que ha pasado hasta ahora. Clemmie dijo una mentira por culpa nuestra.

—Estaba protegiendo a su hermana. ¿No te has enternecido al enterarte? Ese es el papel de los hermanos.

—Pero no habría tenido que mentir si tú hubieras hecho lo que acordamos y hubieras dejado de meterte en su vida privada.

—Yo no lo acordé. Dije que iba a intentarlo. Al contrario que Alice, he aprendido aceptar el fracaso.

Ella empezó a napar las chirivías con sirope de arce.

—Podrías intentarlo un poco más.

—Soy vieja.

—Deja de decir eso.

—¿Por qué? Es la verdad. Y no puedes reprocharme que disfrute de un poco de romanticismo cuando me lo encuentro.

—Si Alice tiene razón, es posible que Lucy tenga roto el tobillo. Creo que ni siquiera a ti te parecerá romántica esa situación.

—Ya veremos lo que pasa —dijo la abuela Jean. Retrocedió un poco y admiró la mesa que acababa de poner—. Hecho. Ahora deberíamos subir a preparar la habitación de invitados. Cómo me gusta la Navidad.

Capítulo 11

Alice

Alice volvió, atravesando la zona de urgencias, hasta donde estaban esperando Lucy y Ross. Sabía que no necesitaba estar allí. Que Lucy estaría perfectamente atendida sin su presencia y que, con una persona para llevarla en coche y darle apoyo, Ross, era suficiente. Sin embargo, estaba desesperada por salir de casa.

Las cosas entre Nico y ella estaban tensas porque él pensaba que ella le había dicho a su familia que lo suyo no iba en serio. Eso no era lo que había sucedido, pero, incluso antes de aquel malentendido, las cosas no estaban en su mejor momento. El paseo había sido un desastre.

«¿Qué ocurre, Alice? Dime lo que estás pensando». Y ella tenía intención de hacerlo, pero se había dado cuenta de que si la conversación no iba bien, si Nico quería algo diferente, quedarían en la difícil situación de tener que pasar toda la Navidad juntos bajo la atenta mirada de su familia. Su familia, que estaba esperando a que ella anunciara su compromiso y sus planes para darles nietos. ¿Cómo iba a salir eso?

—¿Alice?

La voz de Ross se abrió camino entre sus pensamientos y la devolvió al presente. Lucy. Estaban allí por Lucy. Todavía no podía creer que hubiera aparecido en su casa. ¿Cuántas posibilidades había de que sucediera algo así? Y, ahora, tenían otra complicación, porque ella sabía que Lucy no iba a poder viajar durante unos cuantos días. Pobre. Era Navidad y ella estaba separada de su familia y lejos de su hogar. No era de extrañar que se hubiera disgustado tanto y hubiera tenido tantas ganas de marcharse.

—Tienes el ceño fruncido —dijo Lucy observándola—. ¿Significa que hay malas noticias? ¿Van a tener que operarme?

—¿Tengo el ceño fruncido? —preguntó Alice. Intentó dejar de pensar en su complicada vida. Y se concentró en Lucy—. No, no hay malas noticias. El médico viene de camino para hablar contigo y, después, podemos sacarte de aquí.

—Bien. Porque cada vez hay más nieve y, a menos que no queramos pasar aquí la Navidad, tenemos que volver a casa cuanto antes —dijo Ross. Miró al personal sanitario, que se movía rápidamente a su alrededor—. No sé cómo puedes soportar trabajar en un sitio así.

—¿Qué tiene de malo?

Alice observó la incomodidad de su hermano con interés. Aquel entorno le resultaba tan familiar y cómodo que había perdido la capacidad de verlo desde el punto de vista de un paciente o de un visitante.

—Lo tiene todo de malo. El olor. Los ruidos. La gente herida. El aullido constante de las sirenas.

—Este sitio es tranquilo comparado con el hospital en el que yo trabajo en Londres. Eres un blando, ese es tu problema. Es lo que le sucede a la gente cuando trabaja en un despacho de cristal con una máquina de capuchinos gratis.

Alice se remangó y miró a Lucy.

—¿Cómo te encuentras? ¿Cómo va el dolor?

—Bien —dijo Lucy, pero su expresión contradecía su respuesta—. ¿Está roto?

Alice vaciló por cortesía profesional.

—Debería permitir que te lo dijera el médico que te ha atendido...

—Tú eres médica —dijo Ross— y tú la has examinado, así que dínoslo tú. No aguanto bien el suspense y estoy seguro de que Lucy, tampoco.

Alice iba a contradecirle, pero, en aquel momento, llegó la doctora.

—Lucy. Disculpa la espera, por favor. Hemos estado estudiando tus radiografías. Tienes una fractura por avulsión del maléolo externo...

«Oh, por el amor de Dios», pensó Alice. ¿Por qué no utilizaba un lenguaje que el paciente pudiera entender? No había nada que la irritara más que ver a los médicos explicar una situación con palabras que dejaban al paciente *in albis*. ¿Cómo iba a ser eso tranquilizador?

Como era de esperar, Lucy se quedó consternada.

—No tengo ni idea de qué es eso, pero supongo que no está en la carta de Papá Noel de la mayoría de la gente.

—La única palabra que he entendido es «fractura» —dijo Ross, y frunció el ceño—. Entonces, ¿lo tiene roto?

—Significa que Lucy tiene una fractura en la parte exterior del tobillo —dijo Alice—. Pero es una zona que se cura muy bien. No es necesario que la operen, y el dolor y la hinchazón se calmarán en las próximas semanas.

Al oír su explicación comprensible y clara, Lucy y su hermano sonrieron.

—Eso es —dijo la doctora—. La mayoría de las fracturas por avulsión se curan bien sin necesidad de una cirugía.

—Podría ser peor —dijo Alice—. Generalmente, se trata como una lesión del tejido blando.

Lucy estaba ligeramente aturdida.

—¿Cuánto tiempo piensa que tardará en curarse?

—Alrededor de seis semanas, aunque puede que sienta incomodidad durante más tiempo. Tengo una hoja de instrucciones para usted, pero es obvio que tiene que ponerse en manos de su médico personal para que las cosas sean más fáciles —dijo la doctora. Sonrió brevemente a Alice y miró de nuevo a su paciente—. Durante los siguientes días tiene que hacer reposo, mantener el tobillo en alto y ponerse hielo para bajar la hinchazón.

Le dio instrucciones detalladas y Lucy se angustió aún más.

—¿Durante los siguientes días? Pero si estamos en Navidad —dijo, moviéndose para intentar ponerse más cómoda—. Vivo en Londres. Necesito volver a casa.

—Ah... Bueno, hasta dentro de unos días no es posible. Tiene que bajar la hinchazón y, después, tendrá que llevar muletas.

Lucy estuvo muy callada en el viaje de regreso, aunque Alice no sabía si era porque estaba sufriendo, o sopesando sus opciones o, simplemente, para permitir que Ross se concentrara en la conducción en medio de aquella tormenta de nieve, sin distracciones. Cuando cruzaban el puente, Lucy se agarró al asiento hasta que se le pusieron blancos los nudillos. Ella no podía reprochárselo, porque, seguramente, quería volver a Londres sin nada peor que un tobillo roto. Sin embargo, Ross llevaba conduciendo por aquella carretera en todo tipo de situaciones desde que era adolescente. Llegó hasta la casa sin problemas y detuvo el coche justo delante de la puerta principal.

El camino de entrada había perdido la definición. La nieve había desdibujado los bordes y seguía cayendo, formando en una capa blanca y letal sobre el parabrisas.

Ross salió rápidamente del coche y abrió la puerta. Por el hueco se derramó una luz dorada que les dio la bienvenida.

—Gracias a Dios —dijo su madre, que estaba con la abuela Jean y Clemmie en el vestíbulo—. Estábamos muy preocupados. Entrad al calor.

—Rodéame el cuello con los brazos —le dijo Ross a Lucy y, en aquella ocasión, ella no protestó.

Alice sacó las muletas y cerró la puerta del coche. Se sacudió la nieve, entró en casa y colgó en el perchero la bufanda y el abrigo. Su madre dio un paso adelante para ayudar a Lucy.

—Estás muy pálida, pobrecita. Ross, llévala al salón —le pidió a su hijo. Después, se volvió de nuevo hacia ella—. Hay un buen fuego en la chimenea y entrarás pronto en calor.

—Puedo andar...

—Esta noche, no —dijo Alice—. Durante los dos primeros días tienes que reposar el tobillo.

—Puedo usar las muletas.

—Mañana tendrás tiempo suficiente para eso. Lo menos que puede hacer Ross es llevarte, sobre todo, teniendo en cuenta que no estarías en este lío si él tuviera un sistema de citación decente o, de vez en cuando, respondiera al teléfono.

Alice vio que su hermano tomaba aire, pero, para ser justos, no se lo discutió. Ross llevó a Alice al salón y la depositó en el sofá. Inmediatamente, Glenda se acercó a ella.

—Muy bien. En un minuto te pondremos más cómoda. Alice, tienes que decirnos exactamente lo que puede hacer Lucy y lo que no, para que podamos ayudarla —dijo, y empezó a ahuecar cojines para ponérselos en la espalda—. Te voy a traer la cena en una bandeja, porque es demasiado incómodo para ti sentarte a la mesa y, cuanto más cuidado tengamos con tu tobillo, antes podrás volver con tu familia por Navidad.

Su madre era una cuidadora nata. Estaba hecha de carne, hueso y bondad. Y, obviamente, Lucy pensó lo mismo.

—Gracias —dijo, con una voz ligeramente quebrada.

Alice la miró de cerca y se dio cuenta de que tenía los ojos llorosos.

—¿Te duele, Lucy?

—¿Qué? Ah, no, estoy bien —dijo, y sonrió.

La abuela Jean le tapó las piernas con una manta suave.

—Por supuesto que no estás bien —dijo—. ¿Cómo vas a estar bien, después del día que has tenido? Ya estabas cansada cuando llegaste, cancelaron tu tren, te viste en medio de un lío familiar, has tenido una caída y acabas de llegar del hospital. Todo eso es demasiado, lo sé, pero te vas a sentir mejor después de una buena comida caliente.

Alice sonrió. En su familia pensaban que la comida lo arreglaba todo.

Ojalá.

Clemmie entró en el salón.

—Hunter y yo te hemos preparado una habitación, Lucy. Es calentita y acogedora y está al lado de la de Ross... —dijo, y se quedó callada al ver que todo el mundo la miraba—. ¿Qué? Es por si se cae de la cama o le pasa algo, o no puede bajar y subir las escaleras...

—Eres muy amable, de verdad, pero no puedo quedarme —dijo Lucy con angustia—. Tengo que volver a Londres lo antes posible. Es Navidad y necesito estar en casa.

Alice intentó imaginarse a sí misma en la situación de Lucy, incapacitada en medio de la nada con un montón de desconocidos. Una pesadilla.

Pero no estaba dispuesta a mentirle a un paciente ni a darle falsas esperanzas.

—No puedes ir a ninguna parte esta noche. Si deja de nevar, mi padre y Ross intentarán despejar la carretera y el puente mañana. Pero estoy segura de que estás preocupada por tu familia y de que ellos están preocupados por ti, así que deberías ponerte en contacto con ellos. ¿Tienes el teléfono? Si no, puedo prestarte el mío.

—Bien pensado, Alice. Lucy, tienes que llamarlos —dijo su madre, y puso un vaso de agua en la mesa, al lado de Lucy—. Yo estaría muerta de preocupación si alguna de mis hijas estuviera perdida. Diles que estás a salvo aquí.

—Sí, asegúrales que no somos un montón de asesinos en serio —dijo Clemmie.

—Te vas a quedar aquí esta noche —prosiguió Glenda, ignorando el comentario de su hija—, y mañana veremos cómo está el tiempo.

—He encontrado tu bolso. Te lo dejaste en el coche —dijo Clemmie. Se sentó al lado de Lucy. Ella vaciló y sacó su teléfono.

Se quedó mirándolo un instante, como si no supiera qué hacer.

—¿No quieres preocuparles? —le preguntó la abuela Jean, y le dio una palmadita en el hombro—. Seguro que prefieren saber que estás a salvo, hazme caso.

—Te vamos a dar privacidad, Lucy —dijo Glenda, y sacó a todo el mundo de la habitación, salvo a Alice.

—¿Seguro que estás bien? —le preguntó, mientras se sentaba junto a ella en el sofá.

Lucy trató de sonreír.

—Sí. Bueno, no. En realidad, no. Me siento fatal por abusar así de vuestra hospitalidad.

—Pues no te preocupes por eso. Mi madre y la abuela Jean son felices cuando la casa está llena de gente a la que atender y mimar. ¿Es demasiado para ti?

—¿Demasiado? —preguntó Lucy con los ojos muy brillantes—. ¿Lo dices en broma? Son maravillosas. Eres muy afortunada por tener una familia así, por tener a personas que se preocupen tanto por ti. Aunque estoy segura de que ya lo sabes.

¿Lo sabía?

El amor de su familia era algo que daba por sentado y que, en algunas ocasiones, le resultaba intrusivo. Sin embargo, solo por un momento, se imaginó cómo sería la vida sin su madre. Si su madre no le diera un abrazo en cuanto ella entraba por la puerta. Si su madre no estuviera allí.

Se sintió muy incómoda.

Sabía que su madre se culpaba por la situación, pero si había algún culpable, era ella.

Debería haber tenido el valor de decirle a Nico desde el principio cómo se sentía en realidad y también a su familia. En vez de eso, se había escondido detrás de una mentira. Peor aún, se había escondido detrás de una mentira que había contado su hermana pequeña para protegerla.

En el trabajo no tenía ningún problema para asumir sus responsabilidades, así que, ¿por qué no podía hacer lo mismo en su vida personal?

La respuesta era que no tenía la misma confianza en las dos facetas. En su trabajo era muy buena, pero no era tan buena con las relaciones. O, por lo menos, eso era lo que había pensado siempre.

Sonrió y se puso de pie.

—No te preocupes por nada. Concéntrate solo en recuperarte. Te voy a dejar en paz para que puedas llamar a tu familia.

Salió del salón y cerró suavemente la puerta.

Fue a la cocina, donde se había reunido toda la familia.

Clemmie estaba poniendo masa de bizcocho en moldes de hornear.

Alice la miró.

—¿Por qué has tenido que decir que su habitación está al lado de la de Ross?

—Porque me ha parecido que la tranquilizaría.

—¡No lo conoce de nada, Clemmie! —exclamó Alice con exasperación. Sin duda, su hermana había heredado la vena romántica de la abuela Jean—. ¿Cómo va a ser tranquilizador para ella?

—No lo sé. Se me ocurrió que sí —dijo Clemmie mientras rebañaba toda la masa del cuenco—. Estaba intentando ser hospitalaria.

—Creo que lo que necesita Lucy ahora es un poco de tiempo para explicarle a su familia lo que ha ocurrido —dijo su madre—. La cena estará lista dentro de media hora. Lucy puede cenar en una bandeja. Alice, ¿te importaría decirle a Nico que vamos a cenar pronto?

A ella se le encogió el corazón. Iba a tener con él la conversación que deberían haber tenido hacía varias semanas.

—¿Sabéis dónde está?

—No lo hemos visto desde que te marchaste a acompañar a Lucy al hospital —dijo la abuela Jean, y miró a Glenda—. Le pedimos que viniera con nosotras a la cocina, pero dijo que tenía que hacer algunas llamadas.

—Lo cual es perfecto —dijo su madre rápidamente—. Nadie está obligado a socializar. Sé que estáis todos muy ocupados, y quiero que podáis relajaros y hacer lo que queráis mientras estéis en casa.

Alice también quería eso, pero, por desgracia, haber invitado a Nico le estaba garantizando que fuera imposible relajarse.

Salió al pasillo y su madre, en vez de cerrar la puerta, la siguió.

—¿Va todo bien, Alice?

—Claro, ¿por qué no?

—Es que me parece que estás un poco tensa.

—Estoy cansada. He tenido unos días de mucho trabajo.

—Me lo imagino —dijo su madre, y le apretó el brazo—. Pero espero que sea el único motivo. No voy a interferir, pero quiero que sepas que siempre puedes hablar conmigo de lo que sea.

Tuvo la tentación casi insoportable de contárselo todo a su madre, pero se contuvo. Ya no era una niña. No debería necesitar que su madre le diera un abrazo y le hiciera galletas. Era una persona adulta que se enfrentaba a la vida y a la muerte a diario. Debería ser capaz de arreglar su vida amorosa sin la ayuda de su madre.

—Gracias, mamá —dijo con un nudo en la garganta—. Estoy bien. Voy a buscar a Nico para decirle que hemos vuelto y que la cena está casi preparada.

Alice, con nerviosismo, subió a la habitación de lago y se encontró a Nico rehaciendo la maleta que acaba de deshacer.

—¿Qué estás haciendo?

—¿Qué te parece que estoy haciendo? —respondió él con cansancio—. Me marcho.

—¿Que te marchas? Pero ¿por qué?

Nico se irguió.

—Porque esto no funciona.

—¿Qué es lo que no funciona?

—Que yo esté aquí —dijo él. Hizo una pausa y la miró—. Nosotros. Lo nuestro no funciona.

—¿De qué estás hablando? —preguntó Alice con pánico. ¿Acaso iba a marcharse sin mantener, ni siquiera, una conversación? Aunque tuvo que ignorar la voz interna que le decía que era ella quien había evitado todas las oportunidades de mantener aquella conversación.

—No sé lo que le ha pasado a nuestra relación, Alice. Antes nos divertíamos y disfrutábamos de la compañía del otro. Cuando yo no estaba trabajando, quería estar contigo, pero estas últimas semanas... —dijo Nico, y exhaló un suspiro—. No sé lo que pasa, pero tú no eres tú misma y no me estás diciendo el motivo, y estoy cansado de preguntártelo y no llegar a ninguna parte. Esto es estresante para los dos, y no es justo para tu familia que nosotros dirimamos nuestros problemas en Navidad, así que me voy a Londres y ya hablaremos cuando vuelvas.

—¡No! No puedes hacer eso. Por favor, no te vayas.

—¿Por qué? Dame una buena razón para que no me vaya.

—Porque no quiero que te vayas.

—¿De verdad? Porque no me da esa impresión. Desde que salimos de Londres te has estado portando de un modo raro. Desde antes. No hablamos...

—Hemos estado hablando.

—Conversaciones amables, de rigor. ¿Desde cuándo hacíamos eso nosotros? Hablamos de cosas reales o, por lo menos, lo hacíamos. Pero te juro que desde que llegamos aquí has hecho tantos comentarios sobre el tiempo como para llenar una vida entera. Estás estresada. No quieres quedarte a solas conmigo. En cuanto tu familia trata de preguntarnos algo personal, los cortas en seco y...

—Me resulta entrometido. Me presionan con sus preguntas —dijo ella. Tenía la cabeza a punto de estallar.

—Están demostrando interés, Alice —dijo él—. Les importa. Te quieren. Yo lo entiendo. Lo que no entiendo es que sientas que tenemos que esconder nuestra relación de ellos. No somos adolescentes. No tenemos por qué andar escondiéndonos. Yo no comprendía por qué no podías decirles la verdad sobre nosotros y, entonces, me di cuenta de que quizá el motivo sea que tú no sientes lo mismo que yo.

—Eso no es cierto —dijo Alice. Nico...

—Olvídalo, Alice. Si yo no estoy aquí, podrás contestar con sinceridad las preguntas que te haga tu familia sobre nuestra relación. Diles lo que quieras. Diles lo que sientas de verdad, porque yo no tengo ni idea de qué es.

Nico cerró la cremallera de la maleta y ella se estremeció.

—Cuando vuelvas a Londres, llámame si quieres.

¿Si quería?

—¡No! Espera —dijo ella. Se acercó rápidamente a él y lo tomó del brazo—. Esto es culpa mía. Todo es culpa mía. Lo sé.

—No se trata de culpas...

—¿Quieres saber lo que ha ocurrido con nuestra relación? Cuando me pediste que me casara contigo, todo cambió. No me lo esperaba, no estaba preparada para eso y...

—Y no te gustó nada —dijo él, apretando los labios—. Lo sé.

—¿De verdad?

Él suspiró.

—Me dio alguna pista el hecho de que no dijeras que sí. Desde entonces, no hemos tenido ninguna conversación que no fuera sobre algo práctico, como a qué hora vamos a llegar a casa o si podemos comprar comida para llevar —dijo él. Con suavidad, se quitó su mano del brazo y recogió el abrigo y la maleta—. No calibré bien la situación y te pido perdón por ello, pero nunca le había pedido a nadie que se casara conmigo. Era la primera vez.

—Seguro que piensas que soy desagradecida...

—¿Desagradecida? —preguntó él, frunciendo el ceño—. No te estaba haciendo ningún favor al pedirte que te casaras conmigo, Alice. Te estaba diciendo que te quería. Que quería pasar el resto de mi vida contigo.

El nudo que tenía en la garganta se tensó aún más.

—Lo sé, y lo siento. Siento haberlo estropeado todo. Yo también te quiero.

—¿De verdad?

Ella sintió una opresión en el pecho. ¿Acaso Nico no lo sabía?

—Sí, te quiero. Pero no te reprocho que te lo cuestiones. Sé que tenemos que hablar de algunas cosas. Estaba esperando el momento más oportuno, pero parecía que no llegaba nunca.

Él dejó la maleta en el suelo.

—Pues habla ahora mismo.

¿En aquel momento? Se le aceleró el corazón. No, no.

—Vamos a cenar dentro de unos minutos, y no quiero apresurar esto. Mañana iremos a dar un paseo o encontraremos algún sitio tranquilo donde no nos molesten, algo que no es fácil en esta casa.

—Mañana no voy a estar aquí.

—Siento haber hecho que quieras marcharte, pero no puedes, Nico. Aunque quisieras, no puedes.

—¿Por qué? Dame un motivo.

Oh, qué ironía.

—Aparte de que yo no quiero que te vayas, está el tiempo. Los medios de comunicación le han puesto a la tormenta el nombre de Tormenta Scrooge. Aquí en el norte, las tormentas no son para tomárselas a la ligera. Nosotros acabamos de llegar del hospital y Lucy tampoco puede marcharse esta noche. ¿No has mirado por la ventana? Hay remolinos de nieve y la visibilidad es nula. El terreno está helado. No podrías llegar ni a la carretera principal. Así que todos estamos aquí atrapados.

Capítulo 12

Lucy

¿Había una habitación más perfecta que aquella?

Lucy observó las lucecitas del árbol, que parpadeaban. En la repisa de la chimenea, en la que ardía alegremente el fuego, había tres calcetines: Ross, Alice, Clemmie.

Sintió una punzada de envidia. Claro que tenían calcetines para los regalos de Papá Noel. Eran un familia que adoraba la Navidad y prestaba atención a todos los detalles. Y se querían, a juzgar por todo lo que había visto, incluso las discusiones. Su manera de dirigirse unos a otros demostraba que no tenían miedo a expresarse libremente. Su amor era profundo y estaban verdaderamente conectados.

Se quedó mirando los calcetines, pensando en los suyos, que estaban guardados en la caja en la que su abuela conservaba todos los adornos de Navidad. Esa era la única tradición que había dejado pasar. No tenía sentido colgar un solo calcetín, el suyo.

Desvió la mirada hacia las enormes ventanas. Estaban orientadas hacia las montañas, pero, en aquel momento, solo se veían remolinos de nieve en medio de la oscuridad. ¿Cómo sería bajar a aquel salón la mañana de Navidad? Acurrucarse delante del fuego y abrir los regalos. Bromear con los demás y disfrutar del hecho de estar juntos. ¿Cómo sería saber que aquel era tu hogar?

«¡Ya está bien, Lucy!».

Ella no era de la familia Miller. Aquel no era su hogar, no era su árbol de Navidad, ni aquellos eran sus regalos. No debería estar allí. No tenía sentido saborear aquel ambiente. Era una extraña y cuanto antes volviera a su casa, mejor para todos.

Cambió de postura en el sofá. A causa del tobillo era imposible estar cómoda. Estaba sufriendo, pero la frustración era más dolorosa que la rotura del tobillo. Se había pasado muchas horas trabajando en aquella propuesta para impresionar al poco impresionable Ross Miller y, por culpa de la mala suerte, él pensaba que ella era una acosadora que había estropeado su primer día de vacaciones de Navidad. En el hospital había sido muy amable y considerado, pero por debajo de sus impecables modales, ella había notado exasperación, y no se lo reprochaba.

¿Quién quería pasar las primeras horas de vacaciones en el hospital? Ella, no y, seguramente, él, tampoco.

¿Por qué había pensado ella que presentarse allí en persona era buena idea? Si creía que antes su vida era un desastre, eso no era nada comparado con lo de ahora. Lo había echado todo a perder para Arnie, Rhea, para Ted... para todos.

Desde allí, oía la conversación que llegaba desde la cocina, junto al ruido de los platos y alguna que otra carcajada.

—¿A Lucy le gustan las chirivías?

—Por supuesto que sí. A todo el mundo le gustan las chirivías. ¿Puede sacar alguien las patatas del horno?

—Eso no es verdad, abuela Jean. No a todo el mundo le gustan las chirivías.

—Si no le gustan las chirivías es porque nunca ha probado las que hago yo.

—Yo todavía no conozco a Lucy —dijo un hombre de voz grave. Seguramente, era Douglas Miller.

—Deberíamos ofrecerle vino. ¿Alice? ¿Puede beber alcohol con el tobillo roto?

—No veo que su tobillo roto le impida levantar una copa.

—No le deis mucho para que no se caiga y se rompa el otro tobillo.

—Dadle más. Si se va a quedar con nosotros, lo va a necesitar.

—No le deis vino a Clemmie, ella no bebe alcohol.

—¿No?

—Estoy haciendo una campaña de salud.

—¿En Navidad? Eso es absurdo.

—No hay nada de absurdo en cuidar la salud.

—¿Y hasta dónde llega el alcance de esa campaña? ¿Significa que me puedo comer tu beicon?

Lucy apoyó la cabeza en el almohadón del sofá y sonrió. ¿Sabrían lo afortunados que eran? Le recordaban a un equipo de fútbol en el que los jugadores se pasaban la pelota unos a otros y se conocían tan bien que sus movimientos eran instintivos. Tal vez la tormenta fuera horrible y durara tanto que ella no tuviese más remedio que pasar allí la Navidad.

Se incorporó con inquietud. ¿De veras acababa de tener aquel pensamiento? No. Eso no iba a suceder. No sería justo para nadie. Y, aunque Glenda y la abuela Jean habían sido afectuosas y hospitalarias, Ross Miller no le había dado la misma bienvenida. Se imaginó la cara que pondría si se levantaba la mañana de Navidad y se la encontraba allí.

Él ya la consideraba una intrusa, y se habían desvanecido todas las probabilidades de que los invitara a presentar la propuesta publicitaria para su empresa deportiva.

Tomó el teléfono para enviarle un mensaje a Maya,

pero volvió a dejarlo. ¿Qué iba a decirle? *Lo he estropeado todo, lo siento. La culpa es de la Tormenta Scrooge.*

No. Ya habría tiempo suficiente para preocupar a su compañeros después de Navidad.

Glenda entró en el salón con una bandeja.

—Esto es mortificante. Siento muchísimo molestar tanto —dijo ella.

—No es ninguna molestia. Es estupendo tener una invitada. Douglas ha llegado a casa y voy a presentártelo cuando hayan cenado todos. No hay nada peor que la comida fría —dijo Glenda, y puso la bandeja en la mesa, junto a ella.

—Debe de estar preguntándose cómo es que ha terminado con una desconocida en su casa en Navidad.

—No se está preguntando nada. A nosotros nos encanta tener la casa llena de gente.

Lucy señaló el teléfono.

—Estaba viendo si alguien podía venir a recogerme.

—¿Con esta tormenta? Espero que hayan tenido el sentido común de decir que no.

—Pues sí. Necesito encontrar otro modo. Mañana voy a buscar un taxi —dijo. Debía de haber alguien que estuviera dispuesto a hacerlo. Ya se preocuparía más tarde del precio.

—Bueno, ya veremos cómo es el tiempo —dijo Glenda, y le acercó una copa—. Te he puesto media copa de vino, pero también hay agua, si lo prefieres.

—El vino es perfecto. Y la comida tiene un aspecto increíble. Todo huele delicioso.

—Ojalá pudieras comer con nosotros en la mesa, pero Alice dice que debes tener el tobillo en alto como mínimo esta noche —dijo Glenda, y le entregó una servilleta—. Me alegra que hayas conseguido hablar con tu familia. Esto debe de ser muy estresante para usted, pero volverás a casa para pasar la Navidad con ellos. Encontraremos la manera, ya verás.

Sí, volvería a casa por Navidad, a su apartamento vacío. Estupendo. ¿Debería confesar que no tenía familia? No, porque, entonces, Glenda y la abuela Jean la invitarían a quedarse allí, porque eran la gente más buena que había conocido.

Y a ella le costaría mucho negarse.

—Gracias, Glenda. Te lo agradezco mucho.

—Voy a dejar la puerta abierta, y llámanos si necesitas algo. Vamos a venir aquí contigo para tomar el postre y el café. La abuela Jean ha preparado uno de sus famosos *crumbles*. Seguro que no has comido nada más rico en la vida.

Echó un tronco más a la chimenea, le hizo unas caricias a Hunter y volvió a la cocina.

Ella se comió toda la comida, incluidas las chirivías, y estaba dejando el plato a un lado cuando Ross entró en el salón. Se había duchado y llevaba unos pantalones vaqueros oscuros y un jersey suave de canalé.

Aquel hombre tenía algo que la ponía nerviosa.

Al contrario que el resto de su familia, Ross Miller no dejaba entrever ni un ápice de sus emociones, lo cual, posiblemente, contribuía en gran manera al éxito de su empresa. Se lo imaginaba en una sala de juntas, frío y calmado, mientras todos los demás se iban poniendo cada vez más nerviosos.

Ella estaba nerviosa en aquel momento, atrapada con una bota para fracturas, con la misma ropa que había llevado durante todo el día y con un par de calcetines de lana que le había prestado Clemmie. No era la forma en que hubiera querido presentarse ante un posible cliente. Aunque ya no tenía que preocuparse por eso. Gracias a la mala suerte y a una tormenta de nieve, Ross Miller ya nunca sería su cliente.

Tendría que confesarle a Arnie el error que había cometido por culpa de su impulsividad. Él sería comprensivo y no la culparía, cosa que haría que se sintiera mil veces peor. Iba a sufrir durante el resto de su vida la agonía de la vergüenza cada vez que alguien pronunciara el nombre de Ross Miller.

—¿Te importa si me quedo contigo? —le preguntó él. Tenía una copa en una mano y una botella de vino en la otra—. ¿Quieres que te rellene la tuya?

—Será mejor que no —respondió ella. Ya sería difícil caminar con una bota Walker y las muletas como para añadir el alcohol a la ecuación. Aquella situación era indescriptiblemente embarazosa—. Siento muchísimo todo esto. No sé cómo pedirte disculpas.

—¿Por qué?

—Por pensar que era buena idea venir a traer la propuesta en persona. Me pareció bien porque estaba en esta zona, pero ahora entiendo por qué a ti no te ha parecido apropiado. Lo único que puedo decir en mi defensa es que no pensaba entrar en tu casa. Iba a entregar el documento y a marcharme, pero hubo un malentendido y tu familia...

—Esa parte no tienes que explicármela. Si alguien tiene que pedir disculpas, debería ser yo en nombre de mi familia.

—No, no. Seguramente es la gente más agradable que he conocido.

—Me alivia que pienses eso, teniendo en cuenta todo lo que ha pasado —dijo él, y se sentó frente a ella—. Sé que, una vez que pensaron que eras mi novia, sin duda te metieron en casa a rastras para atiborrarte de té y tarta.

—Sí. Y yo debería haber rehusado, pero había tenido un día muy largo, y tu familia me puso muy difícil decir que no, y tu árbol de Navidad es espectacular, y yo pensé: «¿Por qué no te das el lujo de pasar un rato festivo, Lucy?». Además, está tu perro.

—¿Mi perro?

—Hunter.

Él la miraba con fijeza.

—Sé quién es mi perro. Te estaba preguntando cuál ha sido su papel a la hora de que tú decidieras tomar el té con mi familia.

—Me encantan los perros. Sobre todo, los labradores. Todos son muy cariñosos y no juzgan a los demás. Normalmente, no tengo la oportunidad de disfrutar de las muestras de cariño de un perro moviendo la cola a todo gas.

Por un segundo, tuvo la impresión de que él sonreía, pero el momento pasó y ella se quedó dudando de lo que había visto.

—Yo te debo otra disculpa —le dijo él—. Resulta que tenías razón. Zoe me dejó varios mensajes en el buzón de voz para informarme de que ibas a venir a traerme algo. Ayer tuve un día muy ocupado y no los escuché.

Por lo menos, era capaz de reconocer que se había equivocado.

—Y hoy has tenido que ir a urgencias conmigo —dijo ella, e hizo una mueca—. Hasta ahora tu vuelta a casa no ha sido una maravilla, ¿eh? Has empezado esquivando preguntas personales y después, en el hospital.

Él sonrió.

—Ha estado llena de emociones, eso sí es cierto.

—Además, me he comido tu comida.

—Eso no es cierto. Vas a descubrir muy pronto que mi madre y mi abuela siempre cocinan en grandes cantidades —dijo él—. ¿Cómo te sientes?

—¿Sinceramente? Estoy avergonzada. Si pudiera, me metería debajo de una piedra y me quedaría allí escondida.

—Te estaba preguntando por el tobillo, no por tu estado emocional.

—Oh —dijo ella. «Bien hecho, Lucy, ahora le has

dado demasiada información»—. No me duele mucho si no me muevo, gracias por preguntar.

—Ahora, hablemos de tu estado emocional. ¿Por qué quieres esconderte?

¿Acaso no era obvio?

Se acomodó contra los almohadones y le preguntó:

—¿Nunca has tenido una idea que te parecía fabulosa y después, en retrospectiva, ha resultado ser una idiotez monumental?

—Eso le ha pasado a todo el mundo —respondió él, y estiró las piernas—. ¿Quieres contármelo?

—¿Qué parte, exactamente?

—Empieza por cómo has terminado llamando a la puerta de mi casa unos días antes de Navidad. Hay algunos miembros de mi equipo a quienes describiría como entregados a su trabajo, pero no conozco a nadie que esté dispuesto a llegar tan lejos para entregar algo que es una especulación.

—Te he explicado que...

—No pudiste dar conmigo en Londres. Eso ya lo entiendo —dijo él. Bebió un poco de vino y posó la copa en el brazo del sofá—. Lo que no entiendo es por qué esto no podía esperar hasta enero. ¿Por qué te importa tanto?

—Bueno, la versión abreviada es que sé que en enero ibas a invitar a otras agencias a que presentaran propuestas. Cuando eso sucediese, llamar tu atención sería imposible para una agencia pequeña como la nuestra. Quería enseñarte nuestras ideas primero con la esperanza de que nos permitieras presentarte nuestra propuesta a nosotros también.

Él se quedó callado un instante.

—¿Y la versión larga?

—¿Por qué quieres conocer la versión larga?

—¿Has mirado hacia fuera últimamente? —preguntó él, y se giró hacia la ventana, por donde se veían remolinos furiosos de copos de nieve—. No creo que podamos salir de aquí muy pronto.

Lo acogedor de aquella casa, el efecto de calidez del vino y su forma de mirarla consiguieron que ella tuviese ganas de decir la verdad.

¿Por qué no? Ya había destruido las posibilidades de que él la viera como a una excelente profesional.

—Me importa por una combinación de factores —respondió—. Sobre todo, porque me encanta mi trabajo.

—Entonces, eres competitiva...

—Sí, pero no es solo eso —dijo, e hizo una pausa. ¿Hasta dónde debería llegar?—. Arnie, el dueño de la agencia, me dio un trabajo cuando yo estaba en un mal momento. Había estado trabajando en otra agencia, pero la jefa era una acosadora horrible, pasivo-agresiva, crítica con todos. Le destrozaba los nervios a todo el mundo y, también, su seguridad en sí mismos. Trabajé para ella tres años y todos y cada uno de los días fui infeliz. Nada de lo que hiciera yo, o de lo que hicieran los demás, estaba bien.

—Entonces, ¿por qué no te marchaste?

Aquella era una pregunta que se había hecho muchas veces.

—Ella erosionó mi confianza en mí misma. Hizo que me sintiera como si no fuera capaz de trabajar, como si nadie más fuera a contratarme. Cuando la gente reunía valor para dejar el trabajo, siempre daba malas referencias de ellos.

—Vaya, parece un encanto de mujer —dijo él—. Continúa.

—Una amiga mía se había ido a trabajar a A Creative. Es el nombre de mi agencia. La A es de Arnie.

—Ya lo sé —dijo el, y ladeó la cabeza—. He oído hablar de la agencia.

¿De veras? Tal vez aquello fuera una buena señal.

—Estaban creciendo muy deprisa y a mi amiga le encantaba trabajar allí. Ella fue la que convenció a Arnie de que me entrevistara. Si mi amiga no hubiera hecho eso por mí, seguramente seguiría trabajando para aquella mujer. Mi confianza había tocado fondo. Pensaba que no tenía nada que ofrecerle a nadie.

—Pero Arnie te dio el trabajo, así que, obviamente, debiste impresionarlo.

—No, al contrario. Estaba tan nerviosa que hice muy mal la entrevista. Me enredé en todas las respuestas. Tartamudeé. Se me quedó la mente en blanco. No pude exhibir mi capacidad porque mi jefa me había hecho creer que no había nada que exhibir. Sabía que él no iba a darme el trabajo, sinceramente, yo no me lo habría dado a mí misma, y me estaba fustigando cuando salía del edificio.

—¿Y después?

—Llegué a la calle y Arnie me alcanzó. Me invitó a tomar un café en la cafetería de al lado de la agencia y yo acepté, aunque no tenía ni idea de por qué quería malgastar un segundo más conmigo. Y lo que hizo fue darme una segunda oportunidad, hacerme otra entrevista en un lugar más relajado.

—Pues es evidente que no lo hiciste tan mal en la primera.

—Claro que sí. Pero Arnie es increíble. Él no espera que seas perfecto, sabe que somos humanos y que podemos meter la pata. Y, cuando eso sucede, nos da una segunda oportunidad y nos apoya.

Ross se sirvió más vino.

—Parece un tipo estupendo.

—Sí, lo es, pero también es quien impone la cultura de empresa en la agencia. Yo pasé de trabajar en un ambiente en el que todo el mundo tenía miedo, estaba nervioso y a la defensiva, a otro ambiente en el que todo el mundo era abierto, colaborador y estaba dispuesto a dar su apoyo. La gente estaba encantada de probar cosas porque sabían que, si algo no funcionaba, habría un análisis posterior, pero no una culpa. Todas las semanas nos sentamos y hablamos de lo que pensamos que ha funcionado bien y de las cosas que haríamos de otro modo. Todo esto consigue que la gente quiera mejorar. ¿Sabes lo que es trabajar en una empresa en la que siempre piensas que tienes que mirar hacia atrás para protegerte las espaldas? —preguntó ella. Entonces, se sonrojó—. Lo siento. Se me había olvidado que tú diriges tu propia empresa. Aunque, como eres el jefe, probablemente nunca tengas que mirar hacia atrás.

Él jugueteó con la copa de vino.

—Entiendo tu lealtad hacia tu empresa, y todo lo que has dicho suena estupendamente en teoría, pero, a veces, las empresas necesitan tomar decisiones difíciles. ¿Esa forma relajada de abordar los asuntos de Arnie es el motivo por el que la agencia está en dificultades?

—No —dijo ella, inmediatamente, para defender a Arnie. Entonces, se dio cuenta de lo que había revelado—. ¿Por qué piensas que la agencia tiene dificultades?

—Ha perdido recientemente a dos de sus principales clientes.

—¿Cómo lo sabes?

—Mi responsabilidad es saber tantas cosas como sea posible —respondió él. Se inclinó y acarició a Hunter, que se había acomodado a sus pies—. Por supuesto, no he visto vuestra contabilidad, pero esas dos pérdidas han tenido que ser un golpe duro.

—Sí —dijo ella. No tenía sentido mentir sobre eso.

—Así que Arnie se está enfrentando a algunas decisiones difíciles sobre el personal en plenas Navidades y, por lo que acabas de decirme, seguro que es especialmente duro para él.

—Sí.

—¿Va a haber recorte de personal?

—Espero que no —dijo ella. Pensó en Ted y en su niña, Violet, y se le encogió el estómago—. Arnie está haciendo todo lo posible para que no haya despidos.

—Entonces, está intentando con todas sus fuerzas sustituir las cuentas que ha perdido y generar nuevos negocios rápidamente. De ahí tu presencia en mi casa en Navidad. ¿Fue idea suya?

Ella se irritó.

—¿Crees que Arnie me pidió que viniera hasta aquí y me rompiera el tobillo para estar más tiempo contigo? Lo quiero mucho, pero el límite de mi lealtad está en hacerme daño físico en su nombre. Y, no, él no me ha mandado hasta aquí. Ni siquiera sabe que he venido.

Él entrecerró los ojos.

—¿Lo quieres?

—Como amigo. Es un colega de trabajo, un mentor. Es brillante y le debo mucho. Todos se lo debemos. No solo porque me diera un trabajo que me permitió escapar de un entorno que odiaba, sino, también, porque estuvo a mi lado cuando...

—¿Cuándo?

No debería hablar de eso. En otras circunstancias no lo habría hecho, pero ya habían cruzado la línea entre lo profesional y lo personal, así que, ¿qué importaba?

—Mi abuela murió hace dos años. Tuvo que estar ingresada en Navidad y... fue terrible —dijo. Ojalá no hubiera empezado aquella conversación. Seguro que a él tampoco le apetecía continuar, y ella pensó que iba a cambiar de tema, pero no fue así.

—Me imagino lo duro que debió de ser. ¿Estabais muy unidas?

—Sí. Ella me crio cuando murieron mis padres. Era mi familia —dijo—. Es difícil estar sola viendo cómo se desvanece alguien. Quieres aferrarte a esa persona desesperadamente, pero, al mismo tiempo, sabes que eres egoísta y estás pensando en ti misma y no en ella.

—¿Estabas sola en el hospital? ¿No tenías a nadie más?

—A Arnie —dijo ella, y se puso a juguetear con el bajo del jersey—. Era Navidad y él tiene a su familia, pero vino al hospital y se sentó a mi lado durante horas. Vino todos los días.

Le llevaba sándwiches que ella no podía comerse y termos de chocolate caliente que no podía beberse.

—No importaba cuántas veces le dijera que no necesitaba estar allí, que yo estaba bien. Él seguía yendo. Eso no lo olvidaré nunca.

Ross se quedó callado un largo rato.

—Supongo que sabía que sí tenía que estar allí, que tú no estabas bien.

Ella tragó saliva.

—Supongo que sí.

Se miraron, y ella se sintió como si él pudiera ver en su cara todas las cosas que no estaba diciendo. Pero... ¿cómo iba a ser posible? En medio de su desesperada necesidad de conectar, se estaba imaginando cosas.

—Has dicho que habías venido a Escocia por otra cuenta, ¿no? ¿Cuál es?

—La de Fingersnug.

—¿Disculpa?

—El producto se llama Fingersnug, y estoy en Escocia porque el cliente quería renos.

—¿Y quién no? Después de todo, estamos en Navidad.

Él sonrió y ella se relajó un poco. No le reprochaba que sintiera desconfianza de sus motivos para estar allí y, por lo menos, tenía sentido del humor.

¿Por qué no estaría saliendo con nadie? ¿Qué llevaba a un hombre a inventarse novias imaginarias? Era tan guapo que podría tener a las mujeres haciendo cola.

Él la miró.

—¿Tienes alguno aquí?

—¿Un reno? Por desgracia, no. ¿Un Fingersnug? Sí —dijo ella. Tomó su bolso, revolvió el interior y le dio uno.

Él lo examinó y se lo puso.

—Básicamente, es un guante que se calienta.

—Exacto.

—Pero puede estar muy bien para salir a correr por las mañanas, cuando hay nieve —dijo él, y se lo quitó—. ¿Me lo prestas? Me gustaría probarlo.

—Claro, quédatelo. Es lo mínimo que puedo hacer cuando estoy utilizando tu casa de hotel. Tengo más en la maleta. Uno para cada miembro de la familia.

Él sonrió.

—Puede ser que me hayas solucionado los regalos de Navidad.

—¿De verdad vas a salir a correr? ¿Con esta tormenta?

—Yo corro haga el tiempo que haga.

—Ah, claro. Yo, también.

Él bajó el Fingersnug.

—¿De verdad?

—No, no es verdad. No sería capaz de correr ni para salvar mi vida. Me da dolor de pantorrillas, de costillas y de cabeza y, sinceramente, no entiendo por qué la gente lo hace voluntariamente, a no ser que les esté persiguiendo un león.

—¿Y, aun así, piensas que eres la persona adecuada para llevar una cuenta publicitaria de ropa deportiva?

Ella respiró profundamente.

—Sí. Creo que soy la persona más indicada. Y, si lees la propuesta que he preparado, entenderás por qué.

—No la he visto. ¿Qué ha pasado con ella?

—Se la di a tu madre. Es de tamaño A4 y está envuelta en un papel precioso de petirrojos. Tiene un lazo rojo.

Él se quedó mirándola.

—¿Has envuelto de regalo la propuesta?

—Sí, porque creí que iba a marcharme de aquí. No sabía si iba a verte en persona y pensé que una propuesta aburrida podría perderse en medio del caos y la emoción de la Navidad, así que...

—Así que has hecho que pareciese un regalo. No sé si es una idea genial o una crueldad.

Ella se estremeció.

—¿Podemos quedarnos con lo de la idea genial?

—Dime lo que hay en esa propuesta.

—¿Ahora?

—¿Por qué no?

Porque no se sentía en su momento más profesional en aquel sofá. Sin embargo, quizá fuera su única oportunidad, así que iba a aprovecharla.

—Obviamente, Miller Active es una empresa con mucho éxito, y yo empecé a pensar en lo que necesitas.

Él volvió a estirar las piernas.

—¿Y qué necesito?

—Tu mercado es...

Se quedó callada, porque Glenda entró en el salón seguida de todos los demás.

—¡Aquí estás, Ross! ¿Has terminado de comer, Lucy? Clemmie, llévate el plato de Lucy para que haya sitio en su mesa para el postre.

Ella no sabía si sentirse aliviada o frustrada por la interrupción. Tomó el cuenco que le entregaba Glenda.

—Gracias. Aunque, después de comer todo esto, no voy a poder moverme del sofá.

—No queremos que te muevas del sofá —dijo Alice—, y si cebándote vamos a cerciorarnos de que mantienes el tobillo en reposo, por mí, genial.

Se sentó en una de las butacas, y Nico se sentó en el brazo, a su lado. Parecía que la tensión que hubiera entre ellos hacía un rato había desaparecido, al menos, por el momento.

La abuela Jean le dio un cuenco a Ross.

—Ross y Lucy estaban hablando —dijo, con una total falta de sutilidad—. Tal vez debiéramos volver a la cocina para respetar su privacidad.

—No es necesario —dijo Ross, mientras tomaba el cuenco del postre—. Estábamos hablando de trabajo. Puede esperar.

—¿Trabajo? ¿Has estado a solas con Lucy veinte minutos y solo habéis hablado de trabajo? —preguntó la abuela Jean, que iba a seguir hablando, pero, al ver la cara de Glenda, se quedó callada—. No voy a decir nada.

—Qué cosa más rara —dijo Douglas. Se adelantó y se presentó a Lucy. Después, se sentó en la butaca más cercana a la chimenea—. Tengo entendido que trabajas en *marketing*, ¿no, Lucy?

—Sí. Trabajo en una agencia y hacemos un poco de todo, pero, principalmente, trabajamos con las redes sociales. Vídeos cortos y, en mi caso, trabajo mucho con *influencers*.

—Ah, *influencers* —dijo Douglas, mientras revolvía su café—. Entonces, trabajáis con otra gente para que difunda novedades y noticias de una marca.

—Exacto.

Él le dio un sorbo al café.

—¿Qué harías para Glen Shortbread?

—Douglas Miller, no ha venido aquí para darte consejos gratis —dijo Glenda, y le dio una taza de café a Lucy—. No le hagas caso, Lucy.

—Bueno, está aquí atrapada y no tiene nada que hacer —respondió Douglas—, así que no veo por qué no puede dar su opinión sobre unas cuantas cosas.

Lucy bajó la cucharilla.

—Si me dice lo que están haciendo ya, me encantaría darle algunas ideas.

—¿Consejo? —preguntó Ross, frunciendo el ceño—. ¿Para qué necesitas consejos, papá? ¿Hay algún problema en la empresa?

—No, va todo bien —dijo Glenda—. Cómete el postre, Ross. Está riquísimo.

Ross estaba mirando a su padre.

—¿Papá?

—Tu madre tiene razón. Deberías comerte el postre.

Lucy recordó el artículo que había leído sobre Ross el Rebelde. Estaba claro que había tensión entre el padre y el hijo.

Ross miró a sus hermanas. Clemmie hizo un gesto negativo con la cabeza.

—Está bien —dijo Ross con la voz ronca—. Ya hablaremos de esto en otro momento.

—No vamos a hablar de nada en absoluto —dijo Glenda—. Ya hemos tenido suficiente drama por un día con la rotura de tobillo de Lucy y la tormenta. Es Navidad. Los problemas hay que dejarlos aparte. ¿Has traído el champán, Alice?

—Sí, pero ya hemos tomado vino. Parece que vamos a ingerir todo el alcohol de las fiestas en una sola noche. ¿Por qué vamos a tomar champán?

—Porque teneros a todos en casa es motivo de celebración. Douglas...

Glenda le dio una botella y él le quitó el corcho. Con el ruido, Hunter se sobresaltó y se apretó contra Clemmie.

Sirvieron el champán y, al momento siguiente, ella tenía una copa en la mano.

Nunca en su vida había comido tanto. Era una suerte que tuviese una excusa para no moverse del sofá.

—Por la familia —dijo Glenda, y todo el mundo repitió el brindis.

Entonces, la abuela Jean alzó su copa.

—Por la familia de Lucy, que estarán preocupados por ella y deseando de que vuelva a casa muy pronto.

Todos volvieron a brindar.

—Por la familia de Lucy.

Ella tragó saliva e intentó sonreír.

—Gracias.

—¿Tienes hermanos, Lucy? ¿Hermanas?

—Yo... En realidad, no tengo familia.

—¿No tienes nada de familia? —preguntó Clemmie.

—No. Mis padres murieron cuando era pequeña. Mi abuela fue quien me crio, pero murió hace dos años, cerca de la Navidad.

Si antes ya se sentía expuesta y vulnerable, en aquel momento el sentimiento se multiplicó por dos.

Notó que Ross la estaba mirando.

Se suponía que estaban de celebración. No debería haber dicho nada. Había conseguido matar el ambiente navideño.

—Oh, Lucy —dijo Glenda, y se sentó a su lado en el sofá—. No teníamos ni idea. No hemos tenido ningún tacto.

—Claro que sí. Es imposible que lo supierais. Y no pasa nada. Tengo muchos buenos amigos en mi vida. Amigos que son como familia.

—Bueno, esa es la teoría —dijo la abuela Jean—, pero no es exactamente la...

—Claro que pueden ser familia —dijo Glenda, y le apretó suavemente la rodilla a Lucy—. Un buen amigo lo vale todo, y estoy segura de que tienes amigos maravillosos.

La situación era muy embarazosa.

—No debería haberlo mencionado, pero...

—Pero nosotros hemos hecho imposible que no lo hicieras —dijo Ross. Se puso de pie, tomó la botella y le rellenó la copa—. Es obvio que Lucy no quiere hablar de esto. Hora de cambiar de tema.

Ella se sintió aliviada con su intervención y, también, agradecida.

Hubo un silencio mientras todo el mundo pensaba frenéticamente en otro tema de conversación que fuera adecuado.

Alice fue la primera en hablar.

—Clemmie debería contarnos el motivo de su campaña de salud y ejercicio. ¿Cómo va, Clem?

—En realidad, tampoco quiero hablar de eso. Ahora, no —dijo Clemmie, y le lanzó a su hermana una mirada de advertencia, pero Alice se la perdió porque estaba alzando su copa hacia Ross.

—¿Qué hay de malo en contarles a los demás que estás intentando ponerte en forma? Deberías estar orgullosa. Y deberías aprovechar los conocimientos de Ross mientras estás aquí. Él puede ser tu entrenador personal, y nosotros te animaríamos.

Lucy se relajó al comprobar que la atención se había desviado.

Sin embargo, no parecía que Clemmie se sintiera muy aliviada.

—No quiero hablar de eso.

—En mi opinión, la Navidad es el peor momento para empezar a ponerse en forma —dijo la abuela Jean—. Enero es mejor. Por lo menos, así puedes disfrutar de los dulces navideños y de una copa de champán sin sentirte culpable.

—Seguramente, una copa de champán contiene menos alcohol que los bizcochos de la abuela Jean —dijo Alice—, así que disfruta de una copita, Clem.

—No, gracias. No voy a beber —dijo Clemmie. Su voz se había elevado un poco, y Lucy se preguntó si los demás no se habían dado cuenta de que se estaba estresando.

—Si Clemmie no quiere beber, no pasa nada —dijo Glenda, que, claramente, sí se había dado cuenta—. He hecho un cóctel de jengibre delicioso para los no bebedores.

—Está lleno de azúcar —dijo Alice—, así que tampoco es sano, precisamente. ¿Y seguro que estás bien, Clem? A ti te encanta el champán.

—Normalmente, sí.

—Entonces, ¿por qué no quieres beber nada de nada en Navidad?

—¡Porque voy a tener un bebé!

Aquellas palabras salieron en un estallido de la boca de Clemmie, como el corcho de la botella de champán. Con solo una frase consiguió, por fin, dejar a toda la familia en silencio.

Capítulo 13

Clemmie

Clemmie caminó con dificultad por la nieve profunda, con la visión oscurecida en parte por el borde de la capucha del abrigo, que se le caía sobre los ojos. Le dolía la cabeza de la falta de sueño y del llanto.

Hunter iba a su lado, saltando decididamente para permanecer a su lado, lo más cerca posible de ella.

Clemmie se sintió culpable.

—Lo siento —dijo, y se inclinó para quitarle la nieve del cuerpo—. No debería haberte sacado ahora, pero quería un acompañante que no me juzgara y tú eres el único que encaja en esa descripción.

Lo que realmente quería era entrar en la cocina, prepararse una taza de té y entrar en calor. Sin embargo, sabía que si se hubiera quedado en casa, alguien habría querido seguir con la conversación que había terminado tan abruptamente la noche anterior. Por eso, aquella mañana, se había abrigado bien y había salido a pesar del frío.

Durante la noche había nevado mucho, pero, por el momento, parecía que la tormenta había cesado. En algunas partes del país había cortes de electricidad, pero, por suerte, en la casa de los Miller todo estaba en orden. Y ella no estaba pensando en la tormenta de nieve, porque tenía una tormenta interior con la que lidiar.

¿Por qué había soltado así la noticia?

Debería haber contado sus planes en una conversación tranquila, uno a uno, pero no encontraba el momento oportuno. Así que, al final, había dicho lo que quería decir, aunque la respuesta no hubiera sido la que esperaba.

Al recordar la cara de horror de su madre, tuvo ganas de echarse a llorar otra vez. «Pero, Clemmie, ¿por qué vas a hacer esto? ¿Estás segura?».

Sí, estaba segura, pero el hecho de tener que defender su decisión no le había resultado nada fácil. Odiaba los conflictos y el enfrentamiento, y estaba claro que todos pensaban que su decisión era terrible. Salvo la abuela Jean. La abuela Jean no se había quedado sorprendida ni molesta, pero su reacción había sido eclipsada por la de todos los demás.

¿De verdad era tan terrible? Tal vez su plan no fuera de lo más tradicional, pero había reflexionado sobre ello. Se había sentido muy emocionada, pero, ahora, se sentía sola.

Había sido valiente y había dicho lo que tenía que decir, pero no estaba orgullosa de sí misma. Se sentía muy mal.

Quería dar marcha atrás en el tiempo, pero eso no era posible. Se abrazó a Hunter.

—Quiero ser un perro. Tu vida es mucho más fácil que la mía.

Hunter movió la cola y le lamió la cara.

—Por lo menos, tú todavía me quieres. Seguramente, eres el único.

Lo abrazó y miró a su alrededor. Las montañas y el bosque estaban cubiertos por un manto blanco.

—¿Estás bien? —le preguntó a Hunter—. Te gusta la nieve, ¿verdad? No vamos a ir lejos.

Por fin había dejado de nevar, tan solo una hora antes, pero el cielo todavía estaba oscuro y cubierto, y parecía que caería más nieve. El aire era gélido, pero, por lo menos, la mantenía despierta. No había podido dormir nada y había cerrado la puerta de su habitación con pestillo por primera vez en su vida. Oyó que Alice llamaba suavemente y le pedía que abriera para que hablaran, pero ella había fingido que estaba dormida.

No quería que Alice le dijera que iba a cometer un error. No quería hablar con nadie.

Estaba tan ocupada abrazando a Hunter que no se dio cuenta de que alguien la llamaba.

—¡Clemmie! ¡Clem!

Alzó la vista y vio a un hombre que se acercaba por la nieve. Se puso de pie e, inmediatamente, Hunter salió corriendo y saltando hacia el recién llegado, moviendo la cola. Eso significaba que era alguien conocido. Venía desde el pueblo, no de la casa. Por fin, se acercó lo suficiente como para que ella lo reconociera.

Fergus.

Se le escapó un gruñido y tuvo que contenerse para no meter la cara en la nieve. ¿Por qué justo en aquel momento? Era la última persona a la que quería ver, sobre todo con aquel aspecto. Tenía los ojos enrojecidos y había salido de casa sin peinarse. ¿Para qué iba a peinarse? ¿Cómo podía adivinar que iba a encontrarse con Fergus? Porque, obviamente, el universo la odiaba.

—¿Clem? ¡Qué sorpresa! —dijo él, y le dio un abrazo.

Ella se quedó aliviada al darse cuenta de que ya no tenía ganas de llorar. Esto tenía que ser una buena señal.

—Hola, Fergus.

Él la soltó.

—¿Qué estás haciendo aquí sola? ¿Estás bien?

—Sí, gracias. Estoy dando un paseo matutino. No pensaba que fuera a encontrarme con nadie.

—He venido a ver si estabais bien. He pensado que, si lo hacía coincidir con la hora del desayuno, a lo mejor me ganaba uno de los famosos sándwiches de beicon de tu madre.

—¿Y por qué no íbamos a estar bien? Aunque me alegro de verte. Siempre es estupendo verte —dijo ella, a pesar de que habría preferido saberlo con antelación y que no hubiera sido aquella mañana, precisamente.

—El puente está impracticable —dijo él, y se agachó para acariciar a Hunter—. ¿No lo sabías?

—No, pero he salido antes de que los demás se hayan despertado.

Él la estaba observando con mucha atención.

—¿Hay algún motivo para eso?

—No, solo quería disfrutar de la nieve y de las vistas.

Él miró hacia las montañas.

—Están impresionantes, ¿verdad? ¿Vas a volver a casa ya? Podemos ir juntos. Si hablas bien de mí, puede que tu madre me dé ración extra de beicon.

—No, sigue tú. Yo voy a caminar un poco más. A lo mejor nos vemos luego.

Empezó a alejarse, pero él la tomó del brazo.

—Espera, espera. Todavía no has visto mi casa, ¿verdad? Te invité las Navidades pasadas, pero estabas ocupada y, de todos modos, estaba a medio terminar.

—Lo siento. Las Navidades pasadas fueron un torbellino.

Y estaba saliendo con Liam. Estaba muy confusa por todo.

—Mamá dice que has progresado mucho.

—Está casi terminada. ¿Por qué no vienes a verla?

—¿Ahora? ¿No ibas a mi casa?

—Sí, iba, pero no hay prisa. Sobre todo, si dices que no se ha despertado nadie. ¿Por qué no vamos a desayunar a la mía? Puedo enseñarte lo que he hecho.

A ella no se le ocurrió ningún motivo para decirle que no. Y, tal vez, debería hacerlo. Era otra de las cosas que había estado posponiendo, así que tal vez debiera quitárselo de encima. Tal vez se sentiría mejor con aquel aspecto de su crecimiento personal que con el otro.

—De acuerdo. ¿Dónde está Iona?

—Se quedó con mis padres anoche. Yo tenía que trabajar hasta tarde. Estoy haciendo unas estanterías para una clienta. Es una sorpresa para su marido, y solo puedo entrar a la casa cuando él no está —dijo Fergus mientras caminaban por la nieve—. Bueno, y ¿qué tal está Londres?

—Londres es Londres. En realidad, tengo planeado volver a vivir aquí a principios del año que viene —dijo ella con despreocupación, como si darle la vuelta a su vida fuera la cosa más natural del mundo.

Fergus asintió.

—Claro.

—No parece que te sorprenda.

—¿Que vuelvas a casa? No. Me sorprendí más cuando dijiste que te ibas a vivir a Londres. No entendía por qué.

Algunas personas eran muy lentas.

Sacó los pies de la nieve y pensó que nada de aquello tenía importancia ya. Era el pasado, y ella había diseñado un futuro diferente.

—Londres es emocionante. Me alegro de haber estado cerca de Ross y de Alice. Y he aprendido mucho. Y he tenido mucho trabajo.

—Sabía que estabas muy ocupada. Casi nunca tenía noticias tuyas.

—Sí. Lo siento mucho.

Pensó en la fuerza de voluntad que le había hecho falta para no responder a sus correos electrónicos al instante y para no enviarle mensajes diariamente para contarle todas las cosas que le estaban pasando en la vida, como antes. Recordó todos los largos correos que había escrito y que había tenido que borrar, porque la forma de olvidar a alguien no era mantenerse en contacto constantemente con él.

—¿Te acuerdas de cuando nos escribíamos correos y mensajes todo el tiempo, aunque nos viéramos con frecuencia?

Le resultó inquietante que hubieran pensado en lo mismo.

—Parece que fue hace mucho tiempo.

—Sí —dijo él—. ¿Te sientes bien en casa?

—Oh, sí. Estar en casa siempre es estupendo.

Siguieron caminando uno al lado del otro por la nieve hasta que, por fin, el sendero se abrió y pudieron ver el pueblo. De las chimeneas salían volutas de humo, y los tejados estaban cubiertos de nieve. Vio la aguja de la iglesia, tan familiar, y el árbol de Navidad, que siempre ocupaba un lugar de honor en el parque del pueblo. A los ocho años había cantado villancicos a su alrededor con los niños de su clase, todos bien abrigados y con gorro.

Él le sonrió.

—¿Te acuerdas de cuando se escapó la oveja del portal?

—Sí —dijo ella. Tenían muchos recuerdos compartidos—. No puedo ver el árbol sin acordarme.

—Greg Mason se dejó la puerta abierta. Los niños del colegio todavía van a cantar —dijo él. Se detuvo a recoger algo de nieve—. Pero ya no usan animales.

—Probablemente es lo mejor. ¿Vas a tirarme eso?

—Lo estaba pensando.

—Bueno, pues no lo hagas. Yo siempre he tenido mejor puntería que tú.

—Pero yo he practicado más. En Londres no tenéis nieve de verdad.

Sin embargo, en vez de tirarle la bola, la apretó en el hombro de un muñeco de nieve que había hecho alguien junto al árbol.

Las casitas que había alrededor del parque estaban adornadas con luces, como los setos y los árboles.

Era encantador y muy navideño, y ella recordó lo mucho que había echado de menos aquel lugar. No debería haber pasado tanto tiempo fuera.

—Parece salido de un libro de ilustraciones para niños. No recuerdo que fuera así.

—No lo era —dijo Fergus—. El comité del pueblo decidió que sería bonito que todo el mundo pusiera algunas luces en el exterior.

—¿Y todo el mundo accedió?

—Sí —dijo él—. A mí también me sorprendió. Esperaba que algunos se negaran, pero hubo un entusiasmo colectivo. Y, después, hicieron falta voluntarios para ayudar a los que no podían poner las luces por sí mismos.

—Y me imagino que el voluntario fuiste tú.

—Sí. Pero no sabes la cantidad de dulces que puedes ganarte por colgar lucecitas alrededor de la puerta de una anciana.

Ella sonrió.

—Me recuerdas a Hunter.

—Tenemos muchas cosas en común. ¿Te acuerdas de cuando me dabas el chocolate de tu comida en el colegio?

—Pues claro que me acuerdo. ¿Es que te crees que le doy mi chocolate a cualquiera?

Aquello era estupendo. Mejor que estupendo. Se las estaba arreglando para bromear y tomarle el pelo con total normalidad.

—Tus amigos se burlaban de ti por salir conmigo.

—Nunca me ha importado mucho lo que pensaran los demás de mis actos.

Ojalá ella fuera igual. Al recordar cómo había reaccionado su familia al enterarse de sus planes la noche anterior, tuvo una sensación de malestar.

—Cualquier consejo sobre cómo no preocuparse será bien recibido.

Él la miró con curiosidad.

—¿Acaso alguien te está juzgando por algo, Clem?

No debería haber dicho nada, pero, por suerte, se acercaba una mujer paseando a su perro.

—Buenos días, Fergus. Qué frío hace.

—Buenos días, Anna. Buenos días, Rufus.

Rufus estaba muy ocupado olisqueando y moviendo la cola con Hunter.

—Clemmie —dijo Anna, y sonrió—. Me alegro de verte en casa, cariño. Y con Fergus. Sí que es un buen encuentro. Antes nunca os veíamos al uno sin el otro. Pero, bueno, los tiempos cambian, tal y como me dice Ray. Y, hablando de Ray —dijo Anna, y le tocó el brazo a Fergus—. Le encanta la estantería que nos has hecho. Es la mejor sorpresa de Navidad del mundo. Gracias.

—De nada. Entonces, ¿no has podido mantenerlo en secreto hasta el día de Navidad?

—No. La casa es pequeña y él es muy curioso. Quería saber por qué no tenía permitido entrar a esa habitación. Pero no importa, su reacción no ha podido ser mejor.

Anna se agachó para acariciar a Hunter.

—¿Cómo estás, preciosidad?

Anna había trabajado en la biblioteca durante toda la infancia de Clemmie y conocía a todo el mundo. Ella sabía que habría comentarios. En un pueblo tan pequeño como aquel siempre había chismorreos.

Sin embargo, si seguía adelante con su plan, tendría que acostumbrarse. Y, tal vez, merecieran la pena los cotilleos si podía regresar a aquella comunidad y encontrar su sitio. Lo echaba de menos. Ir de paseo y encontrarte a gente a la que conocías desde niña producía un sentimiento muy cálido.

Cuando Anna se alejó, ella se volvió hacia Fergus.

—¿Le has hecho una librería?

—Sí. Es su regalo por la jubilación de Ray.

—Un regalo magnífico.

—Eso espero.

Siguieron caminando con dificultad por el parque del pueblo, dejando huellas en la nieve. El aire olía a humo de chimenea.

—¿Puedes creerte que vayamos a tener una blanca Navidad?

—Sí, ya lo sé. Iona está feliz. Solo espero que no haya cortes de electricidad.

Fergus se detuvo delante de una de las casas que estaban frente al parque. La puerta estaba pintada de un alegre tono verde y las ventanas estaban adornadas con guirnaldas de luces.

—No sé cómo no habías venido todavía a ver mi casa —dijo él, y abrió la puerta.

—Siempre parece que no hay tiempo para nada cuando estoy en casa.

Se quitó las botas y las dejó junto a la puerta. Observó el precioso suelo de madera que, sin duda, había colocado Fergus.

—¿Y Hunter?

—No pasa nada. No puede hacer más destrozos que una niña de seis años.

Él tomó su abrigo y ella lo siguió por la casa hasta la cocina.

—¡Ay, Fergus!

Miró hacia el atrio de cristal que se elevaba por encima de ella y, después, hacia fuera, a través de otra cristalera, al pequeño jardín. Allí había un manzano, una mesa para alimentar a los pájaros y un banco que, obviamente, era obra de Fergus. El calor se filtraba desde el suelo por sus calcetines y le calentaba los pies helados.

—¿Tú has construido esto?

—Sí. En cuanto vi esta cabaña, me di cuenta de que había muchas cosas que podía hacer con ella. En la cocina solo había espacio para una persona, pero pensé que no nos hacía falta todo el jardín cuando estamos rodeados de montañas —explicó él mirando por la ventana—. Ha sido obra mayor. He tardado más de lo que creía. Mis padres me han tenido que soportar en su casa más tiempo del que tenía planeado, pero quería hacerlo bien. Me parecía importante hacerlo bien.

Y, por supuesto, lo había hecho bien.

Se quedó a su lado. Estaba emocionada otra vez. Fergus había construido el hogar perfecto para él y para la hija de su hermana. Era propio de Fergus. Seguía siendo el mismo, pero no igual. Familiar, pero no familiar, al mismo tiempo. Tenía una madurez que antes no estaba ahí... Una seriedad bajo su carácter tranquilo y afable. Una seriedad que había surgido de una tragedia familiar.

—Estoy segura de que tus padres estaban encantados de tenerte en su casa. Y a Iona.

—Sí. Mi madre la mima mucho —dijo él, observándola—. Parece que tienes frío. ¿No te apetece un café? No, espera, ¿y un chocolate caliente? Eso siempre reconforta.

—Sería perfecto.

—Es la bebida favorita de Iona, así que me he convertido en un experto preparándola. También se me da muy bien hacer pizza —dijo Fergus. Sacó dos tazas de uno de los armarios y, como se había puesto de espaldas, ella aprovechó para disfrutar de la visión de sus anchos hombros. ¿Por qué no? Al fin y al cabo, era humana, ¿no?

—¿Qué más tenías que hacer aparte de la cocina?

—Las ventanas estaban podridas, así que las

cambié todas. Hice el baño nuevo. Pero el trabajo más importante fue la buhardilla. La convertí en un dormitorio para Iona. La instalé allí hace un mes. Le encanta mirar el cielo y las estrellas, así que le he puesto unas ventanas muy grandes. Le he comprado un telescopio para Navidad, para que pueda ver más aún.

—¿Un telescopio? Es genial.

—Escribió a Santa Claus y le pidió nieve por Navidad. Eso me ha tenido sin dormir unas cuantas noches. Por suerte, ha cumplido —dijo él, y miró de nuevo por la ventana—. De hecho, creo que es posible que se haya excedido.

Estaba segura de que, si Fergus hubiera podido fabricar nieve con sus propias manos, lo habría hecho por su sobrina.

Y, ahora, ella estaba fascinada.

—¿Puedo ver el resto de la casa?

—Te haré un tour cuando hayamos tomado el chocolate. Tenías los labios azules cuando te he visto en la nieve con Hunter.

Ella lo observó mientras se movía por la cocina, sacando el chocolate de otro armario y la leche de la nevera. Como verlo le causaba inquietud, se concentró en la isla de la cocina. Estaba desordenada, llena de tarjetas de Navidad a medio hacer, de ceras de dibujo, pegamento, cuadraditos de tela y algunas cintas para el pelo. Él captó su mirada mientras esperaba a que la leche se calentara.

—Los dos nos hemos quedado dormidos. Esta mañana teníamos un poco de prisa e Iona quería que le hiciera trenzas. Normalmente pongo la alarma diez minutos más temprano si es día de trenzas.

—¿Sabes hacer trenzas? —preguntó ella, y miró sus dedos largos y fuertes, llenos de cortes y arañazos por su trabajo con la madera. Eran las manos de un artesano, no de un peluquero.

—Soy el primero en reconocer que se me da mejor la carpintería que el pelo de una niña, pero estoy mejorando. Angela me dio una clase privada. Yo era todo dedos y pulgares, pero al final, lo conseguí.

Ella todavía estaba intentando asimilar la imagen de Fergus haciéndole trenzas a su sobrina cuando se dio cuenta del nombre que él había mencionado.

—¿Angela? ¿Te refieres a Angela Sutton?

—Sí. Tiene una peluquería en el pueblo. Se apiadó de mí y vino una noche. Iona y yo le hicimos nuestra legendaria pizza casera y Angela me enseñó a hacer trenzas.

—Es muy amable por su parte.

Sería una imagen adorable de no ser porque Angela Sutton siempre había sido una rompecorazones. No tenía nada de adorable imaginársela con Fergus. ¿Iba a menudo a comer pizza a su casa? Reprimió aquel pensamiento rápidamente. No era asunto suyo.

Él señaló el desorden con la mano.

—Si hubiera sabido que vendrías, lo habría recogido. Estábamos haciendo tarjetas de Navidad. Es lo que más le gusta hacer a Iona en este momento, pero se nos han acabado las personas a quienes mandárselas. Supongo que no te gustaría recibir dos o tres... o ¿diez? Este año hemos hecho dos diseños. Uno con un pingüino y otro con un reno —dijo, mientras apartaba la leche del fuego—. Ni siquiera voy a preguntarte qué estás pensando.

—Estoy pensando que este es un hogar feliz y que la niña que vive aquí tiene mucha suerte.

Él la miró.

—¿De verdad? Gracias por decírmelo.

Ella trató de imaginarse a los otros hombres que había conocido haciendo lo que estaba haciendo Fergus.

—Debe de haber sido muy difícil.

—No te lo puedes imaginar —dijo él, mientras

servía el chocolate en dos tazas—. O, quizá, sí. Después de todo, eres una experta en niños. Yo todavía me siento novato.

—Debes de echar de menos a Laura.

—Todos los días. Pero para mis padres es peor. Gracias a Dios por Iona. Se han concentrado en ella, lo cual es bueno en muchos sentidos. Que la cuiden me permite trabajar. Van a recogerla al colegio tres veces a la semana y se queda a dormir con ellos los viernes. Es un arreglo que funciona. Le proporciona estructura a todo el mundo —dijo él, mientras ponía nata y malvaviscos en la taza.

—¿De verdad le has puesto malvaviscos a mi chocolate?

—Ah, lo siento. Es la costumbre. Así es como le gusta a Iona.

Dejó las tazas en la encimera y se sentó a su lado.

Su rodilla sobresalía hacia delante y casi tocaba la de ella. No podía retroceder sin llamar la atención, así que se quedó como estaba, paralizada por su cercanía, con una necesidad tan intensa que casi no podía respirar. Quizá las cosas no estuvieran yendo tan bien como pensaba.

Tenía veintisiete años y llevaba enamorada de Fergus Maclennon, como mínimo, veintitrés.

Lo había intentado todo. Se había ido a la otra punta del país. Había intentado no verlo. Salir con otra gente. Al conocer a Liam pensó que podía conseguir que funcionara. Él le hacía reír, era una persona decente, o eso le había parecido, y le gustaban los niños. De hecho, solo tenía una cosa de malo: que no era Fergus. La noche que él le había dicho que la quería era la noche en que ella se había dado cuenta de que ninguna relación iba a funcionar para ella, y que no era justo que nadie fuera su segundo plato. No podía avanzar, y eso era molesto y frustrante, pero así eran las cosas, así que tenía que aprender a vivir con ello. Y pensaba que lo había conseguido.

Había roto con Liam aquella noche, y eso había sido un punto de inflexión para ella.

Desde entonces, no había vuelto a salir con nadie. No tenía sentido hacerlo.

Cinco años antes, en un pub, había tenido la sensación de que tal vez sus sentimientos tuvieran correspondencia por parte de Fergus. El pub estaba abarrotado. Había un grupo de excursionistas que se empujaban entre sí para llegar a la barra. A ella la habían empujado con fuerza hacia Fergus y él, en vez de apartarla, la había sujetado contra sí para protegerla de la presión de la gente. Y ella se quedó allí, sin poder moverse, porque era lo más cerca que había estado de Fergus y, si le hubieran dado la oportunidad, habría permanecido así para siempre. Sentía su muslo contra el de ella. Dureza y calor. Su mano en la espalda. Calidez y promesa. Cerró los ojos un instante y se imaginó, un momento, que aquello era algo más que una defensa contra la multitud.

Alzó la cabeza y, cuando sus ojos se cruzaron, se sintió absolutamente segura de que él también sentía algo.

Pero, entonces, la gente se dispersó y el momento pasó. Ya no tenía ningún motivo para no apartarse y él no se lo dio.

Ninguno de los dos había mencionado nunca aquel momento, y lo siguiente que supo era que él estaba saliendo con Tina Watts, que iba un curso por encima de ella en el colegio y que siempre estaba sonriendo.

Después, Laura había muerto, él se había hecho cargo de Iona y Tina Watts había desaparecido de escena.

Ella pensaba de vez en cuando en aquel momento. En lo cerca que había estado de decirle lo que sentía por él y hacer el ridículo. Se alegraba de no haberlo hecho; de lo contrario, no estaría allí sentada en aquel momento. Y estaba contenta de estar allí sentada, en su cocina.

—Bueno, ya está bien de ponernos al día —dijo él, y le dio un buen sorbo a su chocolate—. ¿No vas a contarme qué te pasa?

—Estoy sentada al calorcito con un buen chocolate. ¿Qué va a ir mal?

Él bajó la taza.

—Me refiero al motivo por el que estabas en medio de la nieve esta mañana. Con los ojos enrojecidos.

Claro que lo había notado. Él la conocía. Y eso hacía que todo fuera más doloroso.

—Era por el viento y el frío.

—Umm... Siempre nos lo hemos contado todo.

«No, no todo».

Y hacía mucho tiempo que no sucedía. Habían estado muy unidos hasta que ella había decidido que no podía aguantar que estuvieran unidos y no poder estar con él de verdad.

Él era el motivo por el que se había ido a vivir a Londres. Pero, ahora, iba a volver a casa. Si iba a vivir allí, iba a ver a Fergus. Quería ser capaz de verlo, de controlar sus emociones. Prefería tener su amistad que no tener nada. La amistad estaba bien. A menudo, duraba más que las relaciones románticas.

¿Por qué no iba a hablar con él?

—He tenido un poco de drama en casa —dijo—. Hasta ahora, han sido unas vacaciones muy raras.

Le contó lo que había sucedido con Lucy y, después, hizo una pausa:

—Les hablé de mí —dijo—. No quería hacerlo, quería decírselo a mis padres en privado, pero nadie entendía por qué no bebía alcohol, y se me escapó. Les dije que iba a tener un bebé —explicó, y vio algo que pasó por sus ojos.

—¿Vas a tener un hijo?

—Estás horrorizado. No te preocupes, mi familia reaccionó igual.

—¿Estás embarazada? —preguntó él, con una voz extraña—. Yo... eh... Enhorabuena, Clem. No hay duda de que serás muy buena madre.

—No estoy embarazada. Nunca he dicho que estuviera embarazada. Todavía, no.

—Pero...

—Lo que he dicho es que voy a tener un bebé. Es lo que más deseo, es un sueño.

No era su sueño completo, pero sí parte de su sueño. La parte que, con suerte, podría controlar. La parte que podía conseguir.

Fergus dejó la taza a un lado sin terminar el chocolate.

—¿Cuánto tiempo lleváis saliendo?

—¿Eh?

—El padre del bebé y tú. No sabía que tenías una relación. A tu madre se le debió de olvidar mencionarlo.

—No tengo ninguna relación —dijo ella—. No conozco al padre del bebé, ni voy a conocerlo.

—No lo entiendo.

—Es un donante de esperma —dijo ella rápidamente—. He elegido una clínica de muy buena reputación y tengo una cita en enero. ¿Por qué pones esa cara de horror? Es la misma que puso mi madre. Sé que no es lo convencional, pero ¿qué tiene de malo? Podrías argumentar que un bebé se merece tener dos progenitores que lo quieran, pero eso no sucede en muchos casos. Hay muchas parejas que tienen un niño y son muy malos padres. Yo sé que seré muy buena madre, así que ¿por qué no voy a tener un hijo? No necesito un compañero para eso. Mira tu ejemplo: tú estás criando a Iona y lo estás haciendo muy bien. Los niños necesitan amor y estabilidad, y eso llega de diferentes formas.

Él no dijo nada, y ella se sintió cada vez más inquieta. Fergus tenía que estar pensando en algo, ¿no?

—No debería habértelo contado. Lo siento —dijo, y se puso de pie con los ojos empañados. Nunca en la vida se había sentido tan sola—. Gracias por el chocolate. Tengo que irme.

—Espera, espera —dijo él, y la tomó de la mano—. Siéntate, Clem.

—No, yo no...

—No te estoy juzgando, Clem. Estoy de acuerdo en que serás una madre maravillosa. La mejor —dijo él, y le soltó la mano—. Supongo que me ha sorprendido un poco que hayas decidido hacerlo sola. Creía que ya tendrías a alguien especial a tu lado a estas alturas. Que te habrías enamorado.

Ella esperaba eso mismo, pero resultó que no era posible enamorarse cuando ya se estaba enamorada.

—La vida no siempre sale como la has planeado, ¿no?

—Lo sé perfectamente. Vamos, termina de contarme la historia. Cuando tu familia se calmó, ¿qué pasó?

—No se calmaron. Mi padre no lo entendió en absoluto y no dejó de hacerle preguntas a Alice.

Y, para ser justa, tenía que reconocer que su hermana había respondido con calma y sin prejuicios.

—¿Y tu madre?

Esa era la parte en la que no quería pensar.

—Se sorprendió y se quedó decepcionada. Después, se echó a llorar. Fue horrible. Siempre había podido hablar de cualquier cosa con mi madre, pero esto... Se quedó destrozada. No dejaba de preguntarme: «Pero, Clem... ¿tú sola? ¿Y así?

Se quedó callada, porque él la abrazó con fuerza.

—¿Qué estás haciendo?

—Darte el abrazo que tanto necesitas.

Ella sabía que debería apartarse de Fergus, pero

apoyó la cabeza en su pecho y se permitió estar allí, aunque solo fuera un momento. Como amigos.

—He estropeado las Navidades.

—No has estropeado nada —dijo él, y la estrechó contra sí—. Se quedaron sorprendidos, Clem, nada más que eso. Me acuerdo de cuando Laura les dijo a mis padres que estaba embarazada de Iona. Ellos se quedaron atónitos. Yo estaba allí porque Laura se sentía tan nerviosa por tener que decírselo que necesitaba apoyo moral. El tipo con el que había estado saliendo dijo que no quería saber nada del bebé, y a mis padres les preocupó mucho cómo iba a arreglárselas Laura siendo madre soltera. Laura se disgustó porque pensó que los había decepcionado, pero, en realidad, lo que ocurrió es que todos se pusieron muy nerviosos. Necesitaban un poco de tiempo para asimilarlo. Estoy seguro de que eso será igual para tus padres.

Ella alzó la cabeza y lo miró.

—¿De verdad piensas eso?

—Sí. Al final, se convencerán, Clem, y estarán a tu lado, igual que mis padres estuvieron al lado de Laura. Y, ahora, de Iona.

—Espero que tengas razón. Yo no estoy tan segura. Y, en este momento, no puedo soportar ir a casa.

Y, como estar con él así era demasiado cómodo, demasiado bueno y demasiado duro, se obligó a sí misma a apartarse. Tal vez no debería habérselo contado. Su confesión había creado una intimidad que hacía aún más difícil la situación.

Tal vez lo sintiera también, porque la soltó de mala gana.

—Quédate un rato. Vamos a ver el resto de la casa y, mientras, puedes contarme lo que ha ocurrido en tu vida últimamente.

Se habían visto muy poco aquellos últimos años y era culpa suya, por supuesto. Por «su plan para olvidar a Fergus». Pero no había servido de nada. Lo quería con toda su alma y eso no iba a cambiar, así que tenía que aprender a vivir con ello.

—Esto es el salón —dijo él.

Abrió una puerta y ella se asomó a la habitación. Le encantó el árbol con los regalos que había amontonados debajo de las ramas.

—¿Tienes piano?

—Laura lo tocaba. Creo que le habría gustado que Iona aprenda. He estado dando clases para poder ayudarla. Me parece que mi capacidad para la música es la misma que para la peluquería.

—¿Has estado yendo a clases de piano?

—Entiendo que te resulte difícil imaginártelo. No soy un músico nato, pero, por suerte, la señora Killmartin es muy paciente y adora a Iona, así que nos llevamos muy bien —dijo él, sonriendo—. No sé si va a funcionar. Creo que a Iona le gusta más la escalada. La llevé un par de veces este verano y parece que es algo natural en ella. Y está más en sintonía con mis habilidades.

A ella se le formó un nudo en el estómago. No solo había adoptado a la niña de su hermana, sino que estaba intentando hacer lo que hubiera querido Laura. Aquella consideración era una de las muchas razones por las que lo quería.

—Eres un buen padre.

—Espera a que me oigas tocar el piano. A lo mejor quieres pensar mejor eso que has dicho —respondió él, y cerró la puerta de salón.

—¿Dónde vas a vivir cuando te quedes embarazada?

—Voy a volver aquí. Las casas son mucho más baratas. Y encontraré un trabajo de cuidado infantil que me permita llevarme a mi hijo.

—La abuela Jean y tu madre te ayudarán. Les encantaba que llevara a Iona cuando era pequeña.

Todavía sigue encantándoles —dijo él. La llevó escaleras arriba para ver las habitaciones y, después, subió otro tramo de escaleras hacia la buhardilla.

—Oh, Fergus...

En cuanto entró en la habitación, se percató de lo mucho que él había pensado en todo ello. La cama estaba puesta en una plataforma debajo de uno de los tragaluces y rodeada de una guirnalda de lucecitas. Había una acogedora zona de asientos con cojines y juguetes y rodeada de estanterías llenas de libros. Junto a los libros, fotografías enmarcadas de Laura. En una de ellas, estaba mirando a la cámara con el pelo revuelto por el viento, en otra tenía a Iona en brazos, de bebé... Ella nunca había visto tanto amor reflejado en la cara de una persona. Junto a aquella fotografía había otra de Iona con sus abuelos y Fergus.

—Quería que la niña recordara que tiene a mucha gente que la quiere en su vida.

Ella tragó saliva.

—Es perfecto. Toda la habitación es perfecta.

Ella me ayudó a diseñarla.

—¿Y el telescopio va a ir colocado debajo de este tragaluz? —preguntó ella, imaginándoselo de noche—. Es una idea estupenda.

—A ella le gusta mirar el cielo. Piensa que su madre está ahí arriba, entre las estrellas. He pensado que con un telescopio se sentiría más cerca de Laura.

Clemmie sintió una punzada de dolor en el corazón, y se le llenaron los ojos de lágrimas.

—Demonios, Fergus —dijo, ahogándose—. Me vas a hacer llorar.

—No, no lo hagas. Todo va bien. Ha sido muy difícil, obviamente, pero ahora estamos bien. Iona es una niña fantástica, y yo tengo mucha suerte —respondió él, y le puso una mano en el hombro y señaló el tragaluz—. Si miras por la ventana desde su cama, se ve la casa de mis padres. A ella le gusta saber que puede hacerles señales a su abuela a mitad de la noche. Las probabilidades de que mi madre esté despierta a esas horas son nulas, pero no importa.

Iona estaba siendo feliz por su familia. Por sus abuelos y por Fergus.

Clemmie pensó en lo mucho que le gustaría a su madre tener nietos.

—Creo que he destrozado los sueños de mi madre.

Él se metió las manos en los bolsillos y se apoyó en la pared.

—Tú tienes que vivir tu vida, Clem, tal y como quieras vivirla. El trabajo de un padre es aceptar eso.

Ella se giró a mirarlo.

—¿Lo crees de verdad?

—Pues claro que sí. Esta es tu vida, Clemmie. Ellos deberían respetar tus decisiones aunque no sean las mismas que hubieran tomado para ti. Y estoy seguro de que lo harán. Ahora, probablemente, están ansiosos por ti. Sigues siendo su hija aunque seas una mujer adulta. Mi madre intentó explicármelo una vez, cuando yo no entendía por qué estaba ansiosa por mí —dijo él, y sonrió con arrepentimiento—. Un hijo es un hijo, y no importa lo mayor que sea. Tú siempre querrás lo mejor.para ellos. Quieres que la vida sea amable con ellos, aunque sabes que es improbable. Y, como puede que ocurran cosas malas, quieres saber que están rodeados de buena gente y que tienen apoyo. Ese es el motivo por el que tu madre reaccionó así. Porque te quiere y está preocupada por ti. Es cierto que mucha gente termina criando a sus hijos en familias monoparentales y que las familias pueden tener diferentes formas y tamaños, pero a ella le preocupa que vayas a hacer esto sola. Pero no vas a estar sola.

—¿No?

—Si vienes a vivir aquí, no —respondió él, y se apartó de la pared—. Estarás en tu pueblo. Y, si no quieres llevarte al bebé al trabajo, hay una estupenda guardería en el pueblo.

—Eso es cierto —dijo ella. La guardería del pueblo. ¿Por qué no lo había pensado antes? En enero se pondría en contacto con ellos para preguntarles si tenían alguna oferta de trabajo.

—Y tienes muchas canguros de emergencia, sin contar con tu propia familia. Estoy seguro de que a Iona le encantará tener a un bebé cerca para hacerle mimos. Ella siempre pide una hermanita por Navidad, lo cual es un poco incómodo, teniendo en cuenta las circunstancias.

A ella se le aceleró el corazón. Se lo imaginó con Angela tomando una pizza casera.

—¿Tú no estás saliendo con nadie?

—Nada serio.

La alegría que le proporcionaron aquellas palabras hizo que se diera cuenta de que no había progresado tanto como pensaba al principio.

Sin embargo, lo que le había dicho Fergus la había animado. Ella no había sido realista al esperar que su madre no se horrorizara por su decisión. Tenía que hablar con ella. Necesitaba explicarle lo mucho que deseaba tener un bebé, y que estaba totalmente segura de que era un acierto para ella.

Al recordar a su madre, miró la hora.

—Debería irme ya —dijo. Aunque, cuando había salido de casa, todavía no se había despertado nadie, así que no estarían preocupados por ella.

—Entonces, ¿esta tal Lucy se va a quedar con vosotros?

—Pues eso parece, aunque ella está como loca por volver a Londres.

—Creo que no le va a quedar más remedio que esperar —dijo Fergus, y cerró la puerta de la buhardilla—.

Vamos a tardar uno o dos días en retirar la nieve y comprobar el estado del puente.

—Y va a pasar más tiempo antes de que se le cure el tobillo, en mi opinión. Creo que Lucy no va a ir a ninguna parte. Parece muy agradable. A Hunter le cae bien. Solo espero que la abuela Jean no intente hacer de casamentera —dijo, mientras seguía a Fergus escaleras abajo—. Gracias por el chocolate y por enseñarme la casa. Y por escuchar.

—Cuando quieras —dijo él.

Le dio su abrigo y también tomó el suyo.

—¿Vas a salir otra vez?

—He pensado en acompañarte.

—¿Por qué?

—Porque temes ver a tu familia y esos primeros momentos serán más fáciles si yo estoy allí.

Ella tuvo un sentimiento muy cálido.

—Gracias. Te lo agradezco. Y, si tienes suerte, tal vez desayunes beicon.

—Cuento con ello.

Cuando Clemmie se puso el abrigo, él se acercó y le subió la cremallera. Ella sonrió.

—¿Me pones malvaviscos en el chocolate y ahora me subes la cremallera? ¿Me vas a hacer trenzas también?

Él retrocedió con las manos alzadas en señal de disculpa.

—Lo siento. Ha sido un acto reflejo. Estoy tan acostumbrado a subir cremalleras de los abrigos que se me olvida que la gente sabe hacerlo sola.

—Puedes ayudarme con la bufanda, si quieres. Con eso siempre me hago un lío.

Ahora quien sonreía era él. Le quitó la bufanda y se la enrolló en el cuello, y el movimiento los acercó.

Demasiado.

La atracción fue abrumadora para ella. Se quedó allí, luchando contra la tentación. Lo único que tenía que hacer era ponerse de puntillas y podría besarlo. Lo había pensado tantas veces... Despierta. Dormida. Con los ojos cerrados, con los ojos abiertos. Había besado tantas veces a Fergus en su imaginación, que estaba segura de cómo sería.

Él giró la cabeza lentamente y la miró, y ella se quedó sin aliento. En aquel breve instante tuvo un sentimiento de conexión tan perfecto que el hecho de no estar con él parecía completamente erróneo.

Dio un paso atrás.

No podía seguir haciendo aquello. Preguntarse, tener la esperanza de que él sintiera cosas que no estaba expresando. Torturarse con deliciosas fantasías que acababan por morir, como el resto.

Aquella mañana, él le había recordado lo buen amigo que era. Y ella quería mantener su amistad. Se imaginó llevando a su bebé a casa de Fergus y presentándoselo a Iona. Se imaginó noches en las que Fergus y ella se tomaban una botella de vino y una de sus famosas pizzas caseras.

La amistad era algo muy bueno. Se conformaría con la amistad.

No lo era todo, pero ¿quién lo tenía todo?

Iba a construirse una buena vida y, con eso, bastaría.

Capítulo 14

Glenda

—¿Habéis visto a Clemmie? No la encuentro por ninguna parte —preguntó Glenda.

Probablemente, era la primera vez que pronunciaba aquella frase. Cuando Clemmie era pequeña, siempre sabía dónde estaba, porque nunca se alejaba demasiado. Era su hija más fácil. Nunca había tenido rabietas ni cambios de humor, y nunca la había sorprendido, porque hablaban de todo. Clemmie conseguía entender el sentido de la vida y sus problemas hablando de ellos. Era muy fácil hablar con ella y, por ese motivo, habría dicho que era la hija de la que más cerca estaba, pero resultó que se había equivocado.

Douglas estaba concentrado en la sección de negocios del periódico.

—¿Has probado en su habitación?

—Sí, claro. No está allí. Les he preguntado a Ross y a Alice, pero ellos tampoco la han visto. Incluso he preguntado a Lucy, pero ella no la ha visto.

Douglas bajó el periódico.

—¿Me he perdido algo? ¿Va a volver a casa? Vaya Navidades están resultando.

—Yo no sabía que Clemmie iba a decir algo así. No estaba preparada. He reaccionado mal y, ahora, ella se ha ido.

—Pero no habrá ido lejos. Tal vez esté en el salón. Ya sabes que le encanta sentarse al lado del árbol.

Douglas pasó a la sección de deportes, pero Glenda le quitó el periódico. ¿Cómo podía estar tan tranquilo?

—El salón es el primer sitio donde he mirado. Te digo que no está en casa.

—Hay más de treinta centímetros de nieve. Claro que está en casa. ¿Dónde iba a estar, si no?

—Eso es lo que estoy intentando averiguar.

Glenda dejó de intentar recabar su apoyo. Hombres. Cerró los ojos un momento e intentó imaginarse qué haría si fuera Clemmie.

—Le encanta caminar por las montañas.

—No va a ir a las montañas hoy. Sería mortal. Dale un poco de espacio a la niña, Glenda. Aparecerá cuando esté preparada.

—¿Tú no estás preocupado?

—Ella está disgustada y necesita espacio.

—Pero, cuando Clemmie está disgustada, no quiere espacio. Quiere alguien con quien hablar. ¿Por qué va a hacer todo esto sola? Es una persona muy especial. ¿Por qué no puede encontrar a alguien?

—¿Y por qué me lo preguntas a mí?

—Porque tú eres su... Oh, no importa. Todo esto es culpa mía.

Glenda se sentó en la butaca más cercana justo cuando la abuela Jean entraba en la habitación.

—¿Qué es culpa tuya?

—Lo de la pobre Clemmie. Me siento muy mal. No reaccioné como hubiera debido. Estaba tan asombrada...

Y todavía lo estaba, porque acababa de saber que la que creía que era su hija más fácil era, en realidad, la más complicada. Estaba empezando a pensar que, en realidad, no conocía a ninguno de sus hijos.

—Bueno, es lógico que te sorprendieras —dijo

Douglas—. No todos los días te enteras de que tu hija quiere tener un bebé sola, sin ayuda.

—Tiene ayuda —dijo la abuela Jean—. Aunque no sea la ayuda convencional. No sé por qué estáis tan preocupados por esto. El mundo está lleno de madres solteras. A mí me complace que Clemmie luche por lo que quiere, a pesar de lo que digan todos los demás.

Se dirigió a los fuegos para preparar una tetera.

—Sé que el mundo está lleno de madres solteras, pero, normalmente, hay un aliado, un hombre en alguna parte, aunque no esté presente todo el tiempo —dijo Douglas.

—Hay un hombre. Lo que pasa es que ella no va a conocerlo, nada más.

—¿Ahora eres toda una experta?

—Pues sí —dijo la abuela Jean—. He investigado un poco y ahora lo sé todo sobre la donación de esperma. Tomé prestado el ordenador de Ross y lo miré.

Douglas se atragantó con su té.

—¿Qué es exactamente lo que has mirado?

—Ya te lo he dicho. Información sobre la donación de esperma —dijo la abuela Jean, mientras se servía leche en su taza favorita—. Surgieron todo tipo de imágenes sorprendentes en la pantalla del ordenador, pero, al final, llegué donde quería. Espero que nadie mire el historial de búsquedas de Ross. Tendría que dar explicaciones.

Glenda no sabía si llorar o reír.

—¿Y has averiguado algo interesante?

—Entré en la página web de la clínica a la que quiere ir Clemmie. Quiero cerciorarme de que no se estén aprovechando de ella. Tienen muy buena reputación, pero quiero hablar de esto con Alice.

—¿De qué quieres hablar con Alice? —preguntó Alice, que entró bostezando en la cocina.

—De esperma.

—¿Disculpa?

—No te escandalices tanto. Eres médica.

—También soy alguien que se ha despertado hace menos de diez minutos. Esto es muy intenso para ser la primera conversación del día —dijo Alice. Ignoró la tetera y fue a la máquina de café mientras la abuela Jean untaba mantequilla en una tostada.

Douglas frunció el ceño.

—¿Y no puede encontrar a alguien que le proporcione el esperma del modo tradicional?

—Creo que eso se llama «relación», papá —dijo Alice, y se llenó la taza de café hasta el borde—. ¿Dónde está Clemmie?

—No lo sabemos.

Glenda sintió pánico. Siempre había creído que, fueran cuales fueran las elecciones que hicieran sus hijos, ella los apoyaría incondicionalmente. Se avergonzaba de su reacción y lamentaba mucho no poder dar marcha atrás en el tiempo.

La puerta se abrió y apareció Ross.

—¿Quién ha estado hurgando en mi ordenador? Lo he abierto para leer el correo electrónico y estaba lleno de imágenes pornográficas.

—Tu abuela —dijo ella—. ¿Quieres un té?

—¿Té? Necesito algo más fuerte. ¿Qué demonios...? —dijo Ross, pero se detuvo—. Bah, no importa. ¿Puedo preguntarte qué estabas buscando? Me gustaría saber de qué me van a acusar cuando venga la policía a buscarme.

—Estaba buscando información sobre la donación de esperma —dijo la abuela Jean, con calma—. Pero creo que he entrado en algunos sitios equivocados.

—Sí, desde luego. Cuando venga la policía a requisarme el ordenador, espero que confieses.

—No va a venir nadie durante los próximos días. Hay demasiada nieve. Además, la policía es Roy Mac-Lean, y, teniendo en cuenta que les di clases a tres de sus hijos, no creo que tenga prisa por detenerme. Si no te importa, te diré que estás siendo muy mojigato. Me estáis dejando asombrada todos. Tenéis que evolucionar con los tiempos.

Ross siguió el ejemplo de Alice y se sirvió una taza de café humeante.

—¿Dónde está Clemmie?

—Eso es lo que estamos intentando averiguar.

Douglas miró a Alice y a Ross.

—¿Vosotros lo sabíais?

—No —dijo Ross.

—No —dijo Alice, mientras se servía comida en un plato.

—¿No habló con vosotros? —preguntó Glenda, sintiéndose mil veces peor—. Entonces, ¿con quién ha hablado? Pobre Clemmie. Esta decisión es muy importante. Seguramente, la más importante que ha tomado en toda su vida, y lo ha hecho sola. ¿Por qué no habló con nosotros?

—Seguramente, porque tenía miedo de cómo íbamos a reaccionar —dijo Alice—. Y resulta que tenía razón. Si esto fuera un examen, creo que hemos suspendido.

Ross frunció el ceño.

—Eso no es verdad...

—Sí es verdad. Ninguno le dijimos que era una buena decisión y que será una madre maravillosa. No le preguntamos en qué podíamos ayudar. Papá se atragantó con la copa. Mamá se echó a llorar. Y yo tampoco dije lo que tenía que decir. Por culpa de las convenciones sociales, tenemos asumido que los hijos están dentro de un matrimonio, pero no todo el mundo quiere tomar ese camino. En mi opinión, Clemmie ha sido muy valiente.

—¿Valiente por querer tener un hijo sola?

—No —dijo Alice—. Bueno, sí, también por eso, pero lo que quería decir es que es valiente por defender lo que quiere e ignorar las convenciones.

Ella no había pensado en lo mucho que debía de haberle costado a Clemmie contárselo a su familia, pero Alice tenía razón, por supuesto.

—Yo no me eché a llorar, exactamente...

—Sí, lloraste. Le preguntaste que si estaba segura, lo cual se traduce como «estás cometiendo un error». Yo me quedé callada. Así que —dijo Alice, moviendo el tenedor en el aire— creo que ninguno nos cubrimos de gloria, salvo la abuela Jean.

—Yo solo dije que había pedido un bisnieto para Navidad —dijo la abuela Jean—. Y siempre se puede confiar en Santa Claus.

Ella ni siquiera pudo sonreír, aunque agradecía que, por lo menos, alguien de los que estaban en el salón no hubiera reaccionado como si fuese el fin del mundo.

—Tú no le dijiste que se estaba equivocando, sino que aceptaste lo que decía. Eso te convierte en la única heroína de esta historia.

La abuela Jean suspiró.

—Es que yo soy lo suficientemente vieja como para saber que no soy perfecta. Vosotros todavía queréis ser perfectos y, después, malgastáis el tiempo fustigándoos cuando no lo sois. Sois humanos. Vais a cometer errores. Vais a decir algo que no debéis. Lo importante es reconocerlo y arreglarlo. Hablar de ello.

«Me encantaría hablar de ello», pensó Glenda. Quería arreglarlo, por supuesto, pero ni siquiera sabía dónde estaba Clemmie.

—Tienes razón, abuela Jean. Y, por supuesto, vamos a apoyarla —dijo—. ¿Pensáis que va a quedarse en Londres?

—No lo sabemos. Nadie sabe nada —dijo Alice—. Deberíamos preguntárselo, así sabremos cómo podemos ayudar.

—No podemos preguntárselo porque no sabemos dónde está —dijo la abuela Jean.

—¿Habéis intentado llamarla por teléfono?

—Sí. Su móvil está en el salón. Debió de dejárselo allí anoche, cuando se marchó.

Douglas plegó el periódico.

—A lo mejor ha ido a dar un paseo.

—¿Con tanta nieve? —preguntó Ross, y frunció el ceño—. ¿Está su abrigo en el perchero?

Glenda fue a la habitación de las botas y lo buscó, pero no estaba allí, y sus botas, tampoco

—Sus cosas no están —dijo—. Ha salido con esta nieve. No me lo puedo creer. Ross, tienes que ir a buscarla.

Él se puso en pie al instante.

—¿Se os ocurre en qué dirección ha podido ir?

—No —dijo ella—. Con tanta nieve, no habrá ido a las montañas, ¿no?

—No. Se ha llevado a Hunter —dijo Alice, que estaba mirando por la ventana de la cocina—. Veo sus huellas. Hunter no va a dejar que le pase nada malo.

Hunter. Glenda sintió un gran alivio.

—Sí, es cierto. ¿Cómo no se me ha ocurrido antes? Ni siquiera me he dado cuenta de que Hunter no estaba.

Douglas también se puso en pie.

—Vamos a dar un paseo, Ross.

—Buen plan —dijo Ross, mientras se ponía el abrigo—. Antes de que me vaya, ¿ha ido alguien a ver a Lucy esta mañana?

—Todavía está en su habitación, creo —dijo Alice—. Seguro que ha tenido bastante del drama familiar de los Miller. Deberíamos encontrar la forma de ayudarla a que vuelva a Londres. O, tal vez, se haya escapado ya por la ventana.

—No vamos a ayudarla a volver a Londres. Eso no estaría bien —dijo la abuela Jean con firmeza—. Esa chica no tiene familia, está sola. ¿Queréis mandarla de vuelta a una casa vacía y fría en Navidad?

—¿Cómo sabes que su casa es fría?

—Estaba pensando en la temperatura emocional, Ross, no en la física.

—No sabemos si se siente sola —dijo Alice—. Eso es una suposición. Además, hay mucha gente que está contenta sin nadie alrededor. Algunas veces, las familias son estresantes, sobre todo, en Navidad. No lo estoy diciendo por mí... Pero creo que no deberíamos dar por sentado que Lucy no estará contenta de volver a casa. Es obvio que tiene muchos amigos.

—Los amigos están bien —dijo la abuela Jean—, pero no son familia. ¿No os habéis fijado en la expresión de su cara cuando pensaba que no estábamos mirando? Os digo que esa muchacha se siente sola.

—No puedes saberlo.

—¿Y tú eres médico? Está claro, Alice. Su abuela murió en Navidad. El único miembro de su familia. Y nosotros brindamos por su familia.

«Ojalá pudiéramos retroceder en el tiempo», pensó ella.

—Seguramente tienes razón, abuela Jean, y por supuesto que Lucy se puede quedar, pero ¿por qué no nos concentramos por ahora en traer a casa a Clemmie sana y salva? Ross, ¿podrías llamarme en cuanto la encontréis? Hoy no ha nevado todavía, así que será fácil seguir sus huellas.

Ross se detuvo en la entrada, de espaldas a ellos.

—No va a ser necesario llamar.

—Pero...

—Ya está aquí. Viene con Fergus.

—¿Con Fergus? Oh, gracias a Dios. Salid todos de la cocina ahora mismo.

—¿Que salgamos? —preguntó Douglas, tan asombrado como la abuela Jean.

—¿Por qué?

—Necesita privacidad.

—¿Por qué? ¿Piensas que va a hacer un hijo con Fergus? —preguntó la abuela Jean—. No es que yo tenga ninguna objeción. Es un chico encantador y mucho más atractivo que lo que yo he visto en el ordenador de Ross, eso te lo puedo asegurar. Pero no estoy segura de que la cocina sea...

—¡Fuera ahora mismo! ¿No os dais cuenta de lo intimidante que sería encontrarse esta gran reunión familiar?

—Si quiere algo intimidante, debería ver lo que hay en mi ordenador ahora mismo —dijo Ross, mientras volvía a colgar su abrigo—. Si alguna vez quieres tomar prestado mi ordenador otra vez, ¿podrías avisarme, abuela Jean? Le pondré una clave de control parental.

¿Alguien tenía una familia más enloquecedora que aquella?

Glenda los empujó a todos hacia la puerta.

—¡Vamos, fuera!

—¡Pero si no he terminado de desayunar! —exclamó Alice, mirando su plato con melancolía.

—No importa. Fuera todo el mundo. Douglas, puedes quedarte si quieres.

—No quiero. Prefiero digerir mi desayuno en paz, si no te importa. Y, tal vez, así podré leer una página del periódico sin que me lo arrebaten.

Tomó su taza y el periódico y añadió:

—Dejaré esta situación en tus manos. Si alguien me necesita, estoy en el salón.

Glenda se quedó a solas en la cocina, con el corazón acelerado. Sacó champiñones y huevos de la nevera, por un impulso. Cuando oyó abrirse la puerta, cerró los ojos brevemente y se giró con una sonrisa.

—Por fin has llegado. Estábamos... Yo estaba preocupada por ti.

—He sacado a Hunter a dar un paseo —dijo Clemmie, y se quitó el abrigo.

La miró con cautela, y eso le produjo una punzada de dolor, porque, ¿cuándo la había mirado así su hija pequeña?

—Estoy segura de que le ha encantado. Y veo que te has encontrado con Fergus. ¿Cómo están las cosas ahí fuera?

—Hay bastantes centímetros de nieve —dijo Fergus. Se quitó el gorro y se le quedaron algunos mechones de pelo de punta—. El puente está intransitable, ¿lo sabías?

—No —dijo ella. Eso significaba que nadie iba a poder marcharse pronto, pero eso era lo que menos le importaba en aquel momento—. Debéis de tener mucha hambre, después de haber estado ahí fuera con este frío. ¿Os apetece desayunar algo?

—Yo lo agradecería mucho —dijo Fergus.

Se sentó a la mesa y, después de un momento de vacilación, Clemmie lo imitó.

Ella se sentía tan mal que quería arreglar la situación inmediatamente, pero se recordó que ella no era la protagonista. No era la prioridad. Y tal vez Clemmie no quisiera hablar delante de Fergus.

—¿Qué tal está Iona, Fergus? Seguro que muy emocionada por las Navidades.

—Sí —dijo él, y tomó la taza de té que le ofrecía Glenda con un gesto de agradecimiento—. Anoche se quedó a dormir en casa de mis padres. Ayer la llevaron al mercadillo de Navidad y a ver las luces. Lo consiguieron antes de que empezara la tormenta.

—Seguro que le encantó —dijo ella.

Aunque agradecía la presencia de Fergus, también se sentía un poco frustrada por no poder aprovechar aquella oportunidad para hablar con su hija.

Preparó el desayuno en una sartén, escuchando solo a medias lo que Fergus contaba sobre los problemas que estaba teniendo con Iona.

—Antes se iba a la cama a su hora sin protestar, pero últimamente, no quiere. Hace que la hora de dormir dure todo lo posible. Me pide que le lea otro cuento, así que yo le leo otro porque soy bobo y, antes de que nos demos cuenta, ha pasado otra hora. Una noche me quedé dormido en su cama antes que ella. Me preocupa estar haciendo algo mal.

«Bienvenido a la paternidad», pensó ella, mientras servía la comida en los platos. «Es el trabajo más difícil del mundo». Puso el desayuno en la mesa y dijo:

—Estoy segura de que lo estás haciendo perfectamente, Fergus.

—No estoy tan seguro —dijo él, y tomó el cuchillo y el tenedor—. ¿Algún consejo, Clem?

—¿Para la hora de dormir? ¿Ha cambiado en algo su ritmo cotidiano? ¿Ha ocurrido algo que haya podido alterarla últimamente? Quizá algo en el colegio. Gracias, mamá —dijo Clemmie—. Tiene una pinta deliciosa.

—¿Os apetece una tostada?

Fergus asintió mientras masticaba, y Glenda cortó dos buenas rebanadas del pan que había hecho el día anterior.

—No creo que haya pasado nada —dijo él—. ¿Crees que debería hablar con su profesora?

—No estaría mal. Y también podrías hablar con Iona. ¿tiene algún amigo especial? ¿Podría ser un problema de amigos?

Fergus bajó el tenedor.

—Tiene seis años.

—Puede que no sea eso, pero merece la pena tenerlo en cuenta.

Clemmie le hizo otras sugerencias más y ella, al escuchar, se dio cuenta de que nunca había visto aquella faceta de su hija, la faceta de la profesional del cuidado infantil.

—¿Dónde están los demás, mamá?

—No lo sé. Tu padre se ha ido a leer el periódico al salón. Ross estaba haciendo algo con el ordenador. Alice se tomó una taza de café un rato antes. Todavía no he visto ni a Nico ni a Lucy. Es Navidad, así que es el momento de que todos se relajen.

Puso en un plato las tostadas junto a la mantequilla y la mermelada de naranja y jengibre casera.

—No sabes lo bueno que es para mí que alguien me prepare el desayuno —dijo Fergus, sonriéndole—. Últimamente he estado tan ocupado que el desayuno solo era un cuenco de cereales antes de llevar a Iona al colegio.

—¿Qué le has comprado por Navidad, Fergus?

—Un telescopio.

Clemmie sonrió.

—La habitación de Iona es preciosa, mamá. Increíble.

¿Aquella sonrisa significaba que la había perdonado? Lo esperaba con todo su corazón.

—¿La has visto?

—Hemos ido a casa de Fergus esta mañana. Me ha enseñado el trabajo que ha hecho.

Así que Clemmie no había estado paseando sola y triste. Había estado con Fergus todo aquel tiempo.

Sintió un gran alivio.

—Has hecho un trabajo estupendo, Fergus.

—Lo estoy consiguiendo —dijo él—. No es fácil reformar una casa entera con una hija y un trabajo, pero va saliendo todo.

Clemmie lo miró.

—A mí me ha parecido que estaba terminado.

—Eso es porque no has mirado con mucho detenimiento.

La conversación entre ellos era fácil y cómoda, un intercambio entre gente que se conocía muy bien.

Ella se untó la tostada con mantequilla, lo cual no le resultó fácil, porque le temblaban las manos.

—Clemmie me ha dicho que va a volver a vivir aquí —dijo Fergus, y tomó una de las tostadas—. Es una buenísima noticia.

Ella le agradeció mucho lo que estaba haciendo. Fergus había ayudado a superar un momento que podía haber sido muy difícil.

—Sí, es verdad. Va a ser maravilloso. Estoy emocionada —dijo con énfasis, y Clemmie la miró.

Tenía una expresión de vulnerabilidad.

—¿De verdad?

—Sí —dijo Glenda, y dejó el cuchillo en el plato.

No sabía lo que le habría contado su hija a Fergus, aunque tenía la sensación de que bastante. Estaba mucho más calmada. Pero Fergus tenía ese efecto en todo el mundo...

—Tomes la decisión que tomes, yo estaré aquí para apoyarte.

Quería decir muchas más cosas, pero eso tendría que bastar por el momento.

Capítulo 15

Alice

Alice subió a la habitación del lago, tratando de ignorar los gruñidos de su estómago. No había podido desayunar, pero sabía que, aunque quería estar allí para apoyar a su hermana, tal vez llegar a una cocina llena de gente no era lo mejor para Clemmie en aquel momento.

Creía que, después de trabajar en el servicio de urgencias durante tantos años, nada iba a poder sorprenderla. En realidad, no era ninguna sorpresa saber que Clemmie quería tener hijos. Lo que sí le había sorprendido era que estuviese dispuesta a tenerlos sola.

Se preguntó si la ruptura con Liam había tenido algo que ver, y recordó lo que había dicho su hermana.

«Mi sueño es ser madre. Lo deseo más que nada en el mundo. Yo hubiera preferido hacerlo al modo tradicional, pero la vida no siempre es tan clara y ordenada. No quiero salir con nadie sabiendo que lo único que quiero de esa persona es un hijo. Tampoco quiero correr el riesgo de establecerme en una relación que no es buena solo para poder tener un niño. Sé que voy a ser una buena madre y lo voy a hacer sola».

Ella se había quedado completamente asombrada. Ross, también.

La ironía de la situación no se le escapaba. Ella tenía un hombre a su lado, pero no quería tener hijos. Clemmie quería tener hijos, pero no tenía al hombre.

¿Por qué no había dicho nada Clemmie hasta aquel momento? Debía de llevar pensándolo una buena temporada y había tenido oportunidades para hablar. Podía habérselo contado a Ross y a ella la noche que habían cenado juntos en casa de Ross.

Entonces, se acordó de que ella había estado hablando de que no quería tener hijos.

Entendía por qué a Clemmie debió de resultarle muy difícil hablar de su situación.

¿Estaba su hermana disgustada aquella noche? Intentó recordar si había notado alguna señal de que quisiera hablar, pero no se acordaba de nada, y se avergonzó por ello.

Era médica, por el amor de Dios, y no se había dado cuenta de que a su hermana pequeña le estaba pasando algo tan importante en la vida.

¿Se había mostrado inaccesible? ¿Pensaba Clemmie que no la entendería?

Le había fallado. Debería dejarle claro que siempre estaría a su lado y la escucharía.

Tenía la intención de hablar con Clemmie aquella mañana, pero, como la habían echado de la cocina, tendría que esperar hasta más tarde. Hasta que pudiera aclarar las cosas con ella, iba a concentrarse en sus propios problemas.

Cuando llegó a su habitación, se encontró a Nico recién duchado, con una toalla atada a la cintura.

Cerró la puerta y respiró profundamente.

—Te quiero.

Él entrecerró los ojos.

—¿Por qué me dices esto ahora?

—Porque es cierto. Y porque, para mí, es importante que lo sepas.

—Está bien —dijo él, enjugándose unas gotas de agua de la cara—. Reconozco que estaba empezando a preguntármelo.

Ella se sintió culpable.

—Sé que he sido difícil, pero estaba intentando aclararme la cabeza con respecto a unas cuantas cosas.

—¿Y lo has conseguido?

—Sí. Y te lo voy a explicar todo. Pero, primero —dijo ella, y cerró la puerta con llave—, necesito que sepas que te quiero.

—De acuerdo —dijo él, y señaló la toalla—. Si vamos a hablar, creo que debería vestirme.

—Después —respondió ella. Se acercó a él y tiró de la toalla.

—Tu familia...

—No te preocupes por mi familia. Están ocupados con otras cosas —dijo Alice. Soltó la toalla y la dejó caer al suelo. Quería a Nico, lo quería de verdad y, al final, eso era lo importante. Había permitido que se interpusieran entre ellos otros asuntos, pero iban a conseguir superarlo.

—¿Qué te ha pasado?

—No lo sé. Creo que, al final, he comprendido lo que pasa. Seguramente, gracias a Clemmie. Ella tiene el valor de luchar por lo que quiere, lo cual es inspirador.

—¿Y qué es lo que quieres tú, Alice? —le preguntó él, mientras tomaba su cara con ambas manos—. Dímelo.

—¿En este momento? A ti —dijo ella, con una sonrisa descarada, y deslizó las manos por su espalda, disfrutando de su piel suave y cálida—. Además, si pudieras hablarme en italiano, me encantaría. Adoro cómo suena cuando hablas con tu madre por teléfono.

Lo empujó hacia la cama mientras iba desabrochándose la chaqueta y el pantalón.

—¿Quieres que te hable como si fueras mi madre? Alice, eso es raro —dijo él.

Nico cayó boca arriba en el colchón y ella cayó sobre él.

—No las mismas palabras, pero sí en el idioma, con ese acento —respondió.

Posó la boca en su cuello y fue dejando un rastro de besos por su pecho, hacia abajo. Oyó que se le escapaba un gruñido y que murmuraba unas palabras en italiano. Alzó la cabeza.

—¿Qué significa eso? ¿Se lo dirías a tu madre?

Él sonrió con picardía.

—Clarísimamente, no.

La tendió boca arriba, y ella notó el roce de sus dedos en el muslo. Nico fue besándole la barbilla, la garganta y el hombro, y cada caricia de sus labios le envió una descarga eléctrica por todo el cuerpo.

—Nico...

Le rodeó el cuello con los brazos y lo besó. Quería demostrarle cuánto lo amaba, que él no tuviera dudas. Y Nico respondió besándola también, de un modo exigente, acariciándola con unas manos seguras y hábiles.

Su deseo era tan intenso como el de él. La emoción que estaba sintiendo, su necesidad de compartir y entregarse, intensificaban la química. Hablarían más tarde. En aquel momento tenían aquello, una intimidad perfecta, una conexión que ella nunca había sentido con nadie.

Él se movió sobre ella, con la mirada clavada en sus ojos, como si estuviera buscando algo, y ella correspondió a su mirada queriendo entregarle cualquier cosa, entregárselo todo.

Sin romper el contacto visual, ella se aferró a los duros músculos de su espalda. Se movieron juntos a un ritmo perfecto y ya solo quedaron el calor y los latidos de su corazón, la intensidad de la pasión que los consumía a los dos.

Después, ella se quedó tendida contra él, con los miembros entrelazados, pensando que, si el matrimonio era que la esperara aquello cuando llegase a casa todos los días, entonces lo quería.

—Bueno —dijo él, acariciándole la espalda—. Quieres hablar. Tienes algo que decirme.

—Sí. Pero no aquí —respondió ella—. Vamos a salir.

—¿A salir? —preguntó él.

Se sentó en la cama. Ella pensó que Nico era igual de guapo desarreglado y sudoroso que vestido para una cena.

—Sí, porque tengo hambre y quiero pasar un rato a solas contigo, lo que es imposible en esta casa. Además, quiero un plato de comida que no tenga que compartir con mis hermanos —dijo ella. Se levantó de la cama y se puso los pantalones vaqueros—. Voy a llevarte a la mejor cafetería de toda Escocia. Me lo vas a agradecer.

—¿Se puede conducir por las carreteras?

—No, vamos a ir por el campo. Te criaste en los Alpes. No me digas que te da miedo la nieve.

—No me da miedo, aunque ahora reconozco que estoy calentito y cómodo, y tú estás medio desnuda... —dijo, y se interrumpió cuando ella se ponía el jersey—. ¿Es imprescindible que te pongas eso?

—Sí, porque no quiero provocar un escándalo en el pueblo. Además, me muero de hambre. Allí tienen las mejores tostadas francesas del mundo, con canela y azúcar, crujientes, y un café muy fuerte. Te va a gustar.

—A mí solo me gusta el café italiano.

—El café de ese sitio es muy bueno. Aunque no sé si es italiano.

Tiró de él para que se levantara y volvió a besarlo. Él la besó también, y pasó otra media hora hasta que salieron de la habitación.

La cocina estaba vacía, pero oyó voces que llegaban del salón, y risas, lo cual era buena señal.

Nico se subió la cremallera del abrigo y se puso las botas. Llevaba unos pantalones de esquí negros y una chaqueta negra que se había cerrado hasta el cuello. ¿Había alguna situación en la que aquel hombre no estuviera guapo? Normalmente, la ropa de invierno no solía sentarle bien a la gente, pero a él, sí.

Salieron de casa y se dirigieron al pueblo caminando por la nieve.

—¿Clemmie está bien? —preguntó él—. ¿La has visto esta mañana?

—No. Se fue a dar un paseo temprano y, cuando volvía, mamá nos echó a todos de la cocina para poder hablar con ella —dijo Alice, y lo tomó del brazo—. ¿Es demasiado para ti nuestro drama familiar? ¿Te arrepientes de haber venido?

—No, claro que no. Y todas las familias tienen su drama, Alice.

—¿La tuya, también?

—Por supuesto que sí. ¿Tú no sabías nada de los planes de tu hermana?

—No. No nos había dicho nada. A lo mejor pensaba que íbamos a intentar quitarle la idea de la cabeza. Supongo que tenía miedo de que la criticaran porque no es lo más tradicional, ¿no? Ahora me siento mal por no haberme enterado.

—Si hubiera querido hablar contigo sobre ello, lo habría hecho.

—A lo mejor. O, a lo mejor, yo no le di la oportunidad. No siempre es fácil encontrar el momento para mantener una conversación difícil.

Ella lo sabía muy bien. Habían llegado al pueblo, y se encaminó hacia la cafetería.

—Antes, este sitio era una oficina de correos, pero hicieron esta cafetería y se convirtió en el lugar favorito de reunión de todo el mundo. Yo venía aquí después del colegio con mis amigos. El *brownie* de chocolate es legendario.

Abrió la puerta y vio una mesa vacía al lado de la ventana. Estaba un poco apartada y era el lugar perfecto para mantener una conversación sin que nadie los oyera. Lo sabía bien, porque siempre elegía aquella mesa cuando era adolescente. ¿De cuántas crisis habrían hablado allí sus amigos y ella?

—¿Por qué no te sientas en aquella mesa? Yo pido el desayuno para los dos.

Se quitó los guantes y miró la pizarra. Pidió varias cosas para que Nico pudiera elegir lo que quisiera.

Les sirvieron rápidamente, tostadas con canela y azúcar, beicon crujiente y café humeante.

—Ya entiendo por qué has pensado que era buena idea salir a desayunar —dijo Nico.

—Este sitio ha ganado muchos premios —dijo ella, mientras se servía la comida y empujaba el plato hacia él.

Los dos comieron y, cuando terminaron y volvieron a servirles café, Nico se inclinó hacia delante y le tomó la mano.

—Bueno —dijo, suavemente—. ¿De qué querías hablar? ¿Ha sido el anuncio de Clemmie lo que cambió las cosas?

Ella jugueteó con la espuma de su capuchino.

—Sí. He visto que ella sabe lo que quiere y no tiene miedo de ir a por ello, aunque también sabía que los demás iban a considerar un poco controvertida su decisión.

Él se apoyó en el respaldo de la silla.

—¿Me estás diciendo que tú también has tomado una decisión controvertida?

Su determinación flaqueó un poco. Había llegado el momento y estaba nerviosa.

Pero aquel era Nico. Esperaba que pudiera entenderla.

—¿Te acuerdas de la noche que me pediste que nos casáramos?

Él sonrió.

—¿Te refieres a la noche en que no dijiste que sí? Sí, me acuerdo. No es algo que un hombre olvide rápidamente.

—No era nuestra relación lo que me preocupaba, era toda la idea del matrimonio. Ya sabes que soy perfeccionista.

—Sí, lo sé muy bien.

—Si voy a hacer algo, siempre tengo que hacerlo bien.

—Sí, sé esto sobre ti, Alice. Lo que no sé es qué tiene que ver con el matrimonio.

Ella se puso a juguetear con el centro de mesa.

—Cuando me lo pediste, me quedé paralizada. No lo esperaba. No lo había pensado nunca. Y, en aquel momento, no estaba pensando en nosotros ni en nuestra relación, sino en que no iba a ser una buena esposa.

Él frunció el ceño.

—¿Una buena esposa? ¿A qué te refieres con eso?

—No lo sé. Y ese es el problema. No sé lo que esperas.

—¿De qué?

—De mí. Del matrimonio. Es obvio que quieres algo diferente a lo que tenemos, o no habrías dado ese paso. ¿Qué significa para ti tener una mujer? ¿Qué significa el matrimonio?

Él se quedó confundido.

—Significa compartir mi vida con la mujer a la que quiero. No es complicado —dijo, y le soltó la mano—. ¿Qué significa para ti?

—Pues... no lo sé. Yo no había pensado en el matrimonio hasta que tú no me pediste que nos casáramos. Cuando era adolescente, yo no era de las chicas que soñaban con casarse. Soñaba con ser médica. Eso era lo que quería. El trabajo siempre ha sido más importante para mí que las relaciones.

—Hablas como si el trabajo y el matrimonio no fueran compatibles.

—Todos los hombres con los que he salido detestaban que estuviera tan dedicada a mi trabajo. Ellos decían que estaba obsesionada —dijo, e hizo una pausa—. Siempre he sido así. Aunque fuera un examen, o el carné de conducir, o una clase de piano. Siempre he trabajado y trabajado para ser lo mejor que podía ser. Pero no estoy segura de cómo puedo ser la mejor en el matrimonio.

—¿La mejor?

—Como mi madre, por ejemplo. El hogar siempre ha sido su prioridad. También trabajaba, pero su principal dedicación fue la familia. Eso es lo que más le importa. Cuidarnos. Cerciorarse de que estamos bien. Se pasaba horas escuchándonos y hablando con nosotros, pasara lo que pasara. Nuestra madre nos ponía por delante de todo. Nuestro padre trabajaba mucho. La empresa era su prioridad. Él estaba fuera de casa a menudo y era nuestra madre la que llevaba la familia. Lavaba la ropa, nos llevaba al colegio, cocinaba, nos atendía...

—Sí, ella parece una persona muy especial —dijo Nico—. Pero supongo que no me has traído aquí para hablar de tu madre. Entonces, ¿qué tienes que decir, Alice?

—Yo no soy como ella. Para mi madre, el hogar y los hijos eran lo más importante. Para mí, es el trabajo.

—Eso es algo que ya sabía sobre ti. Sé que adoras tu trabajo. Pero tú me lo dices como si fuera una revelación.

—No sé si voy a poder ser una buena esposa y, a la vez, ser buena en mi trabajo. El matrimonio cambia las cosas.

Él apartó la taza.

—¿Cómo lo sabes? No has estado casada nunca —dijo, con un suspiro—. ¿Te preocupa que yo quiera que te conviertas en tu madre? ¿Piensas que tendrás que cambiar el uniforme médico por un delantal?

—Bueno...

—Por favor, dime que no piensas eso, porque, de ser así, es que no me conoces en absoluto.

—No lo sé. Por eso necesitamos mantener esta conversación. Necesito saber lo que piensas. Lo que quieres.

—Alice...

—Yo no quiero tener hijos —dijo, por fin, como si se estuviera lanzando a un lago de agua helada—. No había pensado en ello, salvo cuando otra gente estaba arrullando a sus bebés y yo me daba cuenta de que no tengo instinto maternal. Pero, cuando me pediste que nos casáramos, lo único que pude pensar era que no sabía lo que le iba a hacer eso a nuestras vidas. A mi trabajo. A nuestro modo de vivir. Si no te dije que sí, no fue por que no te quiera, sino porque no sabía a qué estaba diciendo que sí.

Ya se lo había dicho todo. Ahora le tocaba responder a él.

Tomó un sorbo de café, que se le había quedado frío, y esperó.

Y esperó.

Hasta que, al final, no pudo esperar más.

—¿Nico?

Él se movió un poco en la silla.

—¿Por eso me dijiste que no? ¿Porque no estás segura de si quieres tener una familia?

—Sí. Yo... no estaba segura de lo que significaba el matrimonio para ti.

—¿Y no crees que podías habérmelo preguntado? —dijo él. No estaba siendo tan comprensivo como ella esperaba.

—No es fácil hablar de esto.

—Pero... han pasado varias semanas, Alice. Y todo este tiempo... Eso explica por qué has estado tan rara. Y por qué no pegabas ojo. Tenías muchas cosas en la cabeza.

—Sí.

—Pero no me has contado ninguna.

Cada palabra que él decía hacía que se sintiera peor.

—Necesitaba entender qué quería.

Él la miró fijamente.

—¿Y por qué no trataste de averiguar lo que quería yo? Me parece que has dado por sentadas demasiadas cosas, empezando por lo que significa el matrimonio para mí. Sobre lo que mis expectativas iban a suponer para ti. Para nosotros. Para nuestra relación. Sobre lo que querías. Has estado debatiendo contigo misma, sola —dijo él, y se quedó en silencio un instante—. Que conste que no creo que el matrimonio sea un papel en el que nadie tenga que encajar de un modo predeterminado. Es una sociedad. Un sentimiento y una promesa. Es una promesa de que vas a compartir tu vida con otro, y que, venga lo que venga, estaréis juntos.

Ella sintió un aleteo en el corazón.

—Lo has... explicado de un modo muy bonito.

—Lo único que no es el matrimonio es hacer esa promesa y, después, seguir solo tu camino. Sin colaboración. Sin conversación. No estábamos juntos en esto. No has compartido tus pensamientos conmigo. Yo no sabía lo que estabas pensando. No podía contribuir ni ofrecer mi opinión sobre el tema porque no me lo has pedido. No he podido apoyarte porque no querías mi apoyo. No confiabas en mí como para hacerme partícipe de tus sentimientos y tus miedos. Eso no es una sociedad, Alice.

A ella se le escapó el aire de los pulmones.

No podía respirar. Las carcajadas y las conversaciones que los rodeaban se habían quedado amortiguadas, apartadas.

—Yo quería...

—Tú querías saber qué querías en realidad, pero ¿cómo ibas a hacer eso sin incluirme? Estabas aclarándote la idea del matrimonio, pero lo estabas haciendo sin mí.

A ella se le secó la garganta.

—Tal y como lo dices, suena muy mal...

—Es que está muy mal, Alice. Porque, si no hablas de algo tan importante como esto, algo que nos concierne a los dos, ¿qué esperanza tenemos? No sé si hay una definición de matrimonio, pero, si la hay, tiene que haber un «nosotros» en alguna parte, y es obvio que tú todavía sigues con «yo». Y eso es un problema.

—Nico...

Él echó mano de su abrigo.

—Para que conste, me encanta lo inteligente que eres y lo centrada que estás en tu trabajo. Admiro y respecto tu dedicación y el hecho de que tu trabajo sea tan importante para ti. Sé exactamente quién eres, Alice, y sabía todas esas cosas cuando te pedí que te casaras conmigo. Para mí, eso no era un problema, sino todo lo contrario. No esperaba que tú cocinaras para mí ni limpiaras el apartamento. Si hay que hacer esos trabajos, lo justo sería dividirlos teniendo en cuenta quién va a estar más ocupado en ese momento. De nuevo, una sociedad. Yo tampoco he pensado mucho en los hijos, pero veo muchos motivos para no tenerlos, el principal, que tú no quieres. Si me lo hubieras dicho, podríamos haber hablado sobre eso y solucionarlo. Podríamos haber hablado de si es un problema o no. Yo no creo que lo hubiera sido, porque lo que tú quieres es importante para mí. Lo que yo quería es tenerte a ti. El resto podríamos haberlo resuelto.

¿Por qué estaba hablando en pasado? Alice sintió aún más pánico al ver que se levantaba y se ponía el abrigo.

—Nico, tienes que entender que esto era algo muy grande para mí, muy difícil...

—Lo entiendo —dijo él—. Y es la única parte de todo esto que supone un problema para mí. Es la razón por la que estoy preocupado. En un matrimonio hay que poder hablar de las cosas difíciles y de las cosas fáciles. Pensaba que nosotros teníamos eso, que éramos un equipo, pero resulta que no. Tú no sabes lo que quiero yo porque no me lo has preguntado ni una sola vez. Y no te volviste hacia mí cuando estabas despierta por las noches, con miedo.

Ella tragó saliva.

—Nico...

—¿Has hablado de esto con otras personas? ¿Con tus hermanos, o con tu madre?

—No, no he hablado de esto con mi madre —dijo ella. Pero con Ross y Clemmie, sí...

Se ruborizó tanto que notó el calor en la cara, y él la observó fijamente.

—De acuerdo. Entonces, hablas de tus preocupaciones, pero no conmigo.

—Nico...

—Necesito espacio. No me sigas, por favor.

—Pero...

Ella se detuvo, porque él ya se había alejado. Oyó que se abría la puerta y sintió una bofetada de aire gélido. Nico volvió a cerrar.

Se había marchado.

Se había alejado de ella.

Por un momento se sintió ofendida, pero luego se le ocurrió que ella había hecho lo mismo, solo que de manera menos literal. Lo había rechazado y, ahora, se daba cuenta de lo doloroso que podía ser eso. Era frustrante y profundamente incómodo ser excluido por la persona a la que uno quería. Y ella sabía que lo quería, y que quería pasar la vida con él, salvo que posiblemente ya no tendría esa oportunidad.

El futuro que había imaginado, de repente, parecía distinto.

Ante ella se abría un enorme vacío.

Lo había estropeado todo. Ahora se daba cuenta de que, al no hacerle partícipe de sus pensamientos, había infligido un daño terrible a su relación.

Y eso demostraba que era mala en las relaciones, tanto como ella creía. Ese era el motivo por el que nunca había pensado en casarse. Al final, no se le daba bien estar en pareja. Lo hacía todo mal y ni siquiera se había dado cuenta hasta que alguien se lo había explicado.

No sabía dónde había ido Nico y, claramente, no quería que fuera tras él, así que volvió a casa sola, caminando por la nieve, y entró por la puerta de la habitación de las botas justo cuando su madre estaba dejando salir a Hunter a tomar un poco el aire.

—¡Alice! Me preguntaba dónde estabais. ¿Habéis dado un buen paseo? ¿Dónde está Nico?

Alice estalló en lágrimas.

Hubo una pausa horrible y, al segundo, notó que la abrazaba.

—Vamos, pasa. Estás helada, pobrecita.

Su madre le quitó el abrigo y la bufanda como si fuera una niña y la sentó en la silla más cercana a los fuegos de la cocina.

Alice apoyó la cabeza en la mesa y se echó a llorar.

Intentó parar, pero las lágrimas no dejaron de brotar hasta que ya casi no podía respirar, hasta que le dolió la cabeza y le escocieron los ojos.

Fue como si la emoción de toda su vida hubiese estado contenida y se desbordara de repente.

Notó que su madre le acariciaba suavemente la espalda y oyó sus palabras suaves, reconfortantes. Se lo agradeció mucho porque en aquel momento, se sentía como si se hubiera terminado el mundo, y la única persona en la que siempre podría apoyarse era su madre. Siempre había estado allí. Y, al darse cuenta de lo difícil que ella había sido siempre, lloró con más fuerza.

Era una persona horrible. Su familia la soportaba solo porque tenía que hacerlo.

Intentó calmarse, pero estaba llena de tristeza y arrepentimiento.

—Lo... lo siento, mamá.

—¿Lo sientes? Pero ¿por qué lo sientes?

Alice se frotó la cara con la manga.

—Por ser yo.

—¿Y por qué dices eso? Tú eres una persona muy especial.

—Eso lo dices solo porque eres mi madre.

—Bueno, en realidad, no. Lo estoy diciendo porque es cierto —replicó su madre, y le apartó el pelo de la frente—. No sé lo que ha pasado y, si tú no quieres contármelo, no te preocupes. Pero si quieres hablar, aquí estoy.

Era raro que su madre no intentara sonsacarle nada. Ella se lo agradeció. Al mismo tiempo, habría preferido que no le preguntara nada, porque quería hablar, pero no sabía por dónde empezar.

—No se me dan bien las relaciones —dijo.

—Alice...

—Es cierto —insistió. Tomó el pañuelo de papel que le ofrecía su madre y se sonó la nariz con fuerza—. Soy un fracaso. Un desastre. Si no me crees a mí, pregúntaselo a Nico. No sé cómo hacerlo bien. Ojalá hubiera un manual o algo así —dijo, intentando son-reír—. Típico de mí, ¿no? Si hay dudas, cómprate un libro de texto.

—Tú no eres la única persona que quiere un manual, ¿sabes? Yo me siento así con frecuencia.

—¿Tú?

La noticia de que su madre, la más competente, tenía que esforzarse por comprender a la gente, fue una sorpresa para ella.

—Por supuesto que sí. Pero nunca existirá un manual, porque las relaciones implican a gente, y la gente es distinta. E impredecible. Incluso la gente a la que creemos que conocemos mejor puede sorprendernos.

Alice se preguntó si su madre estaba hablando de Clemmie. Tal vez estuviese hablando de ella, porque, ¿la había visto perder el control así alguna vez?

Su madre le apretó el hombro.

—¿Quieres un café?

—Mejor, no. Me he tomado dos en la cafetería. Me pondría a dar saltos.

—Entonces, un té —dijo su madre, y se puso en pie—. Voy a preparar un té verde. Es calmante y saludable.

Se movió por la cocina y, para cuando puso dos tazas de té humeante en la mesa, Alice se sentía más calmada.

—Gracias, mamá. Lo siento.

—¿Qué es lo que sientes? —preguntó su madre, mientras se sentaba a su lado—. ¿Estar disgustada? Eso está permitido, Alice.

—Siento mi forma de comportarme desde que llegué. He sido maleducada, grosera e irreflexiva. Lo he estropeado todo.

Y, como su madre era tan buena y tranquila, se lo contó todo. La proposición de matrimonio, sus dudas y la conversación que acababa de tener con Nico.

—Y lo más irónico es que a él no le importaban todas las cosas que a mí me estaban preocupando, mi trabajo, el hecho de que no quiera tener hijos... Lo que le ha disgustado ha sido que no se lo haya dicho. Que no le haya explicado lo que sentía —dijo, y se sonó la nariz—. ¿Estás muy horrorizada?

—¿Por qué? ¿Porque no hablaras con él?

—No. Porque me pidiera que me casara con él y yo no te lo haya contado.

—Alice —dijo su madre, y le agarró una mano—. Tú no tienes la obligación de contármelo todo. Si Nico te pidió que te casaras con él, es algo vuestro. Tú tienes que contar lo que quieras contar, y cuando estés lista para hacerlo. Si decidiste que no querías casarte con él, es cosa tuya. Yo quiero que mis hijos sean felices, que tengan una vida gratificante. Puede que esa vida no sea como la mía, pero eso es porque estamos de nuevo en lo mismo: la gente es distinta. Lo que importa es lo que quieres. Mis sentimientos no son importantes en esto, Alice.

—Pero... tú quieres tener nietos. Y la abuela Jean quiere tener bisnietos. Aunque supongo que Clemmie va a dároslos, a pesar de que no vaya a hacerlo del modo más convencional. Esta no es exactamente la Navidad que esperabas, relajada y tradicional, ¿verdad? Primero, Clemmie tiene una crisis y, ahora, yo. Y está la tensión que hay entre papá y Ross. Debes de estar preguntándote por qué tuviste hijos, cuando lo único que hacemos es provocarte estrés.

—Yo nunca me pregunto eso. Así es la vida, Alice, está llena de altibajos. No cambiaría nada. Además, todos cometemos errores, mira cómo reaccioné con la noticia de tu hermana. No puedo quererla más, pero no dije lo que debía haber dicho. No reaccioné como hubiera debido. Me quedé tan sorprendida que, ahora, estoy decepcionada conmigo misma.

—Entonces, no soy la persona más perfeccionista del mundo.

Su madre frunció el ceño.

—No lo había pensado así, pero, sí, tienes razón. Ser buena madre es importante para mí. Cuando no lo consigo, me enfado. Aunque lo más importante es aprender de esas cosas, ¿no? Si piensas que podrías haber hecho algo mejor, arréglalo. Es lo que pretendo hacer con tu hermana.

—Ahí está mi problema. Yo intento ser la mejor. Lo intento y hago las cosas que se me dan bien. Pero las relaciones... eso no está en mi lista. Tal vez debiera aceptar que, probablemente, voy a estar sola el resto de mi vida. Vaya, lo que hay que oír —dijo, y volvió a sonarse la nariz—. Me he convertido en Miss Melodrama.

—Ya estás otra vez pensando en que deberías dejar una cosa porque no puedes hacerla a la perfección. A lo mejor, en vez de tener expectativas poco realistas, deberías aceptar que las relaciones son complicadas. Seguramente, son lo más difícil de la vida, porque no se puede controlar a la gente. Puedes pensar en cómo conseguir que las cosas funcionen con respecto a ti, pero lo que verdaderamente hay que aprender es a conseguir que las cosas funcionen con los demás. Y eso es difícil.

—No siempre —dijo Alice—. Mira papá y tú. Lleváis juntos desde hace décadas.

—Sí. Pero no todo ha sido fácil —dijo su madre, y tomó un poco de té—. Algunas veces lo habría echado por la puerta. Y eso, cuando estaba aquí. Cuando erais pequeños pasaba mucho tiempo fuera, trabajando. Pero una de las cosas que siempre hemos tenido, aparte del amor, claro, ha sido la capacidad de comunicarnos. Tu padre siempre ha sido mi mejor amigo. Cuando no estoy segura de algo, cuando pienso que he cometido un error, cuando no sé cuál es la respuesta para algo, voy a hablar con él. Valoro su opinión y confío en él. La confianza es muy importante. Y sé que tengo su apoyo, pase lo que pase.

¿Qué era lo que había dicho Nico?

«No puedo apoyarte, porque tú no quieres mi apoyo».

A Alice se le formó un nudo en la garganta.

—Papá es muy afortunado por tenerte a su lado.

—Sí, pero yo también soy afortunada por tenerlo a él. Tu padre y tú sois parecidos en muchos sentidos. Él tiene tu ética del trabajo y tu determinación por ser el mejor. Y, cuando piensa que no lo está haciendo a la perfección, se frustra tanto como tú.

—Yo nunca he visto eso.

—Bueno, es que no lo demuestra a menudo.

—Salvo contigo.

—Llevamos mucho tiempo juntos. Nos conocemos. De nuevo, la confianza.

Alice puso las manos alrededor de la taza de té humeante para calentárselas.

—Tienes suerte.

—No es suerte, Alice. Es valor. Amor. Confianza. Esas dos cosas requieren valor.

—¿Valor?

—Sí. Requiere valor confesar tus dudas y preocupaciones a otra persona. Dejarle ver la faceta menos perfecta de ti. Eso da miedo.

—Sí, es verdad. A mí me da miedo compartir todas mis cosas. Supongo que me preocupa el hecho de que, si Nico me conociera por completo, no me querría —dijo ella, y se apoyó en la mesa para asimilar aquella verdad sobre sí misma—. ¿Cómo he terminado por ser tan insegura? Es lamentable.

—No es lamentable. Es humano tener seguridad en algunas facetas y falta de confianza en otras. Tú tienes confianza y eres muy competente en muchas facetas de tu vida.

—Pero no en las relaciones. Creo que uno de los motivos por los que me concentro tanto en el trabajo es que es fácil. Las relaciones son más difíciles.

—Nico te pidió que te casaras con él. No puedes ser tan mala en las relaciones si un hombre quiere casarse contigo.

—No... No sé cómo compartir mis pensamientos y mis temores.

—Solo tienes que hacerlo. Habla como me estás hablando a mí ahora.

—Es demasiado tarde. Ya no quiere casarse conmigo.

—Dale tiempo y espacio. Él también estará disgustado y tratando de controlar sus sentimientos.

Sentimientos que él no estaba compartiendo con ella, que estaba gestionando él solo. Y, ahora, ella se daba cuenta de que eso tenía que cambiar.

—Voy a hablar con él. De verdad. Si vuelve.

—Tiene que volver. No puede salir de aquí, Alice.

Su madre, tan pragmática como siempre.

—Su coche está ahí. No hay trenes. Tú también estás aquí.

—A lo mejor no le importa mucho eso.

Además, ella no quería que él volviera a su lado porque estaba atrapado en la casa. Quería que volviera por amor.

—Alice —dijo su madre—. Una persona no pasa del amor a la indiferencia en un minuto. Estoy segura de que entrará por la puerta en cualquier momento y podréis hablar.

—Me temo que diré algo equivocado.

—¿Te refieres al mismo modo en que yo le dije algo equivocado a tu hermana?

Su madre se levantó y recogió las tazas vacías.

—Tienes que aceptar que, por mucho que quieras

ser perfecta, no siempre vas a acertar. Es imposible. No permitas que el miedo a equivocarte te impida decir nada en absoluto. Di lo que tienes en la cabeza. No tienes que planearlo todo; en vez de intentar resolverlo todo tú sola, trata de resolverlo junto a él. ¿Lo quieres?

—Sí. Le quiero mucho.

—Entonces, tienes que hacer lo que has hecho siempre. Ir a por lo que quieres. Intentarlo con todas tus fuerzas. Si abrirte a él te resulta difícil, sigue haciéndolo hasta que lo consigas.

Su madre decía las cosas de un modo que tenía sentido.

—Ese manual sobre la gente... Creo que deberías escribirlo.

—No, yo no lo creo —dijo Glenda, y metió las dos tazas en el friegaplatos—. Bueno, voy a ver qué tal están los demás. Fergus ha ido a hablar con Douglas y no sé dónde ha ido Clemmie, y no he vuelto a ver a Ross desde esta mañana. Ha desaparecido.

—Seguramente se ha ido a correr. Corre todas las mañanas, haga el tiempo que haga. Espero que no se lesione por ahí. Y, hablando de lesiones, ¿qué tal está Lucy?

Su madre se tapó la boca con una mano.

—¡Lucy! ¿Cómo se me ha podido olvidar?

—Han sido unas horas demasiado bulliciosas. Han pasado bastantes cosas —dijo Alice.

Y ella no podía dejar de pensar en Nico. En dónde estaba. En qué estaba pensando él.

¿Había terminado todo?

Lo único que la mantenía con calma era saber que tenía que volver en algún momento y que, quizá, podrían hablar y resolver la situación.

—Eso es cierto —dijo su madre—, pero tenemos a una invitada en casa. ¿Qué estará pensando? Voy a prepararle el desayuno y a ver qué tal está.

—¿No quieres que lo haga yo? —preguntó Alice—. Necesito una distracción. Y revisarle el tobillo a Lucy hará que me sienta como si no fuera un desastre en todas las áreas de mi vida.

—No eres un desastre, pero sí deberías examinarla —le dijo su madre, y le dio un abrazo—. Yo voy a prepararle el desayuno. Seguramente está sentada en su habitación sin saber qué hacer, sintiéndose fuera de lugar y muy sola.

Capítulo 16

Lucy

Lucy estaba sentada en el suelo del salón, a los pies del árbol. Hunter estaba dormido a su lado y ella estaba rodeada de trozos de papel llenos de su pulcra escritura.

—Los vídeos cortos son un modo muy efectivo de llegar a su público y hacerlo crecer. Mire esto —le dijo a Douglas, que estaba sentado en una butaca, a su lado, y le entregó el teléfono.

Después del drama de la noche anterior, había sido un alivio encontrárselo a solas en el salón. Y un alivio aún mayor cuando él había empezado a hacerle preguntas sobre su trabajo. Mejor eso que cualquier conversación incómoda que le recordara que se estaba entrometiendo en su tiempo libre y en su vida privada.

Él tomó el teléfono con cautela, como si fuera a explotar.

—Es una chica leyendo un libro y llorando. ¿Eso es bueno?

—Esta chica tiene muchísimos seguidores y este vídeo concreto ha sido viral. El libro que está leyendo está ahora en las listas de los más vendidos y ni siquiera es un libro nuevo. Se publicó hace ocho años.

—¿Y por qué es tan corto el vídeo?

—Porque la gente tiene periodos de atención muy cortos —dijo ella—. ¿Alguna vez se ha anunciado Glen Shortbread en la televisión?

—Sí, en el pasado.

—Y estoy segura de que el anuncio sería de unos treinta segundos de duración. Esto es el mismo tipo de cosa. Puede impulsar mucho las ventas.

Él le devolvió el teléfono.

—Entonces, ¿deberíamos hacer más de estos?

—Creo que deberían tenerlo en cuenta, sí. Es otro modo de que la gente descubra un producto. Gente nueva. Aunque siempre es más eficaz si la gente que disfruta del producto son los que hacen las publicaciones en las redes sociales, en vez de la empresa —dijo ella, y vio que su expresión cambiaba—. He dicho algo malo.

—No, no eres tú. Esto... —dijo él, y señaló los papeles que había en el suelo—. Todo esto está bien. Mejor que bien. Pero ¿sabes cómo me siento? Cansado. Es demasiado —dijo. Se recostó en la butaca y movió la cabeza—. Soy demasiado mayor para esto, Lucy. Si tuviera a alguien que se encargara del negocio, le pasaría la gestión. Es hora de que se hagan cargo mentes más jóvenes.

¿Estaba pensando en Ross? ¿Deseaba que su hijo se involucrara?

Su comentario debía de referirse a algo más que al desafío de adaptarse a las redes sociales, ¿no?

—Creo que está subestimando el valor de la sabiduría y la experiencia. Usted es quien creó la empresa.

—No, fueron generaciones anteriores a la mía. En cierto sentido, yo he sido su cuidador.

—¿Su cuidador? Señor Miller, el negocio ha aumentado un cuarenta por ciento desde que usted se hizo cargo. Eso no es solo ser un cuidador.

Él arqueó una ceja.

—Te crees muy lista, ¿eh?

Ella sonrió.

—Soy lista. Y usted, también. Y no es demasiado viejo.

—Bueno, pues si eres tan lista, empieza por tutearme. Soy Douglas. Y tienes razón, no soy demasiado viejo para aprender nuevas formas de llevar el negocio. Hace unos años habría emprendido todo esto, pero ¿ahora? Somos un equipo pequeño y ya estamos sobrecargados. ¿Es así como quiero pasar el tiempo? —preguntó, casi como si hablara consigo mismo. Al darse cuenta, cabeceó y sonrió—. No me hagas caso, Lucy. Estoy divagando. Todo va bien. Me has ayudado y te lo agradezco.

«Todo va bien».

¿Cuántas veces había dicho ella aquellas palabras cuando las cosas no iban bien, para que la gente no se diera cuenta de cómo se sentía realmente?

Esconder aquellos sentimientos y sonreír de manera reconfortante para que la gente no prestara atención provocaba un sentimiento de soledad. Douglas había revelado un poco de lo que sentía y, ahora, estaba recogiendo aquellos sentimientos para ocultárselos a los demás.

Ella pensó en Arnie y en el dolor que él disimulaba con una apariencia de optimismo.

—Debe de ser una gran responsabilidad —dijo ella, con tacto— cuidar el negocio cuando lleva en la familia varias generaciones. Esto no es solo por ti, ¿no? Tienes a empleados que han trabajado en la empresa desde que salieron del colegio. Y eso complica las cosas porque, cuando piensas en el futuro, estás teniendo en cuenta mucho más de lo que tú puedas querer en el aspecto personal.

Douglas asintió.

—Es cierto. Y no debería cargarte a ti con esto.

—No es una carga. He visto a mi jefe en una situación parecida. Las circunstancias son diferentes, pero sus preocupaciones son las mismas que las tuyas. Él se siente responsable de las personas que trabajan para él y eso tiene sus propias presiones. Ahora mismo está haciendo todo lo que puede para que no haya recortes de personal. Y la verdad es que él ha tenido éxito en su agencia durante muchos años y podría jubilarse y marcharse a navegar por todo el mundo, pero no lo hace porque es el responsable del trabajo de mucha gente.

—¿Y por eso estás tú aquí unos días antes de Navidad? ¿Porque estabas intentando hacer lo que pudieras para aliviar esa presión? —preguntó Douglas, mientras se inclinaba para acariciar a Hunter—. Tu jefe tiene a buena gente trabajando para él. Es afortunado por tenerte a ti.

—Pues resulta que, quizá, no, porque he estropeado las cosas.

—No creo que hayas estropeado nada.

Ella le señaló su pierna y, después, el árbol de Navidad.

—Seguro que tenerme a mí aquí no está en la lista para Papá Noel de Ross. He traído el caos.

Era cierto, pero era imposible olvidar la amabilidad de Ross durante la noche anterior. Ella se había quedado despierta pensando en cómo la había escuchado mientras ella le hablaba de su abuela. Y Douglas desdeñó sus preocupaciones.

—En esta casa siempre hay caos. Tu presencia no tiene nada que ver con eso.

No era cierto del todo, pero ella le agradecía que tratara de que ella se sintiera mejor.

Ojalá pudiera ayudarlo también.

—¿Hay algo que pueda hacer? Podría hablar con tu equipo en Año Nuevo, si sirve de algo. Sin compensación económica, por supuesto, por si piensas que quiero aprovecharme. Pero podríamos analizar lo que estáis haciendo en este momento y lo que podríais considerar que es un paso adelante. Además, sería una forma de que yo os diera las gracias por ser tan buenos conmigo en un momento de necesidad.

Douglas se quedó pensativo.

—Cuando trabajas con empresas, ¿lo gestionas todo tú?

—¿Las redes sociales? Depende de lo que quiera la empresa. Podemos hacernos cargo de todo el proceso. Algunas veces lo gestionamos internamente, pero en otras ocasiones trabajamos con ellos para desarrollar una estrategia que ponen en funcionamiento ellos mismos.

—Por eso estabas aquí haciendo una sesión fotográfica con renos.

—Exacto. Conectando y colaborando con *influencers*. A los clientes les encanta el contenido que producen los usuarios.

Estaba a punto de darle unos cuantos ejemplos cuando se abrió la puerta y Ross entró en el salón. Tenía el pelo húmedo de la ducha.

—¡Aquí estás! Te hemos estado buscando por toda la casa. Alice —gritó, hacia la puerta—. Está en el salón con papá —dijo. Después, miró los papeles que había por el suelo. Y, después, a ella—. ¿Qué es esto? ¿Por qué estás en el suelo?

—Estoy cómoda aquí. Además, me gusta el olor del árbol de Navidad —respondió ella.

Tuvo un sentimiento de calidez y, al mismo tiempo, se sintió algo incómoda al verlo a plena luz del día. Eran desconocidos, pero no completamente extraños. Él sabía demasiado sobre ella como para considerarlo un extraño. La conversación de la noche anterior le había añadido dosis de intimidad a una relación que, de otro modo, habría sido superficial y breve.

—Me está explicando cómo funcionan las redes sociales —dijo Douglas—. Trayéndome al siglo XXI. Ahora entiendo las diferentes plataformas.

Ross frunció el ceño.

—Eso podía habértelo explicado yo, papá. No me lo has pedido.

—Bueno, tú estás ocupado dirigiendo tu imperio, mientras que Lucy está aquí —dijo Douglas, y le guiñó un ojo a ella—. Está atrapada, con un tobillo roto, así que me estoy aprovechando. Soy un sinvergüenza, lo sé.

Lucy sonrió. Tal vez estuviera un poco enamorada de Douglas, y no solo porque estuviera convirtiendo una situación incómoda en algo mucho menos incómodo. Sin embargo, era imposible no captar la tensión que había entre padre e hijo. Se notaba en el ambiente. Era un cambio sutil, una cautela que se apoderaba de ambos. Y, en parte, ella se preguntaba por qué Douglas no había hablado del negocio con su hijo. Miller Active era una de las empresas con más crecimiento del mercado y Ross tenía la reputación de ser un consejero delegado muy astuto, así que podría hacer una contribución valiosa al negocio familiar si se lo pidieran.

—Es una profesional, papá —dijo Ross—. No va a darte consejos gratis.

Lo dijo con irritación, y ella se preguntó si era el motivo de su enfado. ¿Estaba pensando que su presencia allí era una trampa? ¿Que se había aprovechado de la situación para conseguir hacer negocios con su padre? A lo mejor creía que les iba a presentar una factura.

Tal vez el motivo de su enfado fuera su padre y lo que ella veía como irritación fuese dolor, alguna manifestación de orgullo herido porque sabía las respuestas a las preguntas que su padre, por terquedad, no le hacía a él.

Pero aquello no era asunto suyo. Ella no estaba allí para arreglar las tensiones entre el padre y el hijo. No debería estar allí.

Sin embargo, no parecía que Douglas quisiera apresurar su marcha. Quizá se sintiera un poco aliviado por contar con su presencia. Tuvo la sensación de que la conversación entre los dos hombres no habría sido tan calmada si ella no hubiese estado allí.

—Sus consejos no son gratis. Le voy a pagar en galletas de mantequilla. Llámalo intercambio de activos. Y tienes que relajarte, hijo. Estás demasiado tenso y el estrés no es bueno para tus arterias. Sigue así y, antes de que te des cuenta, estarás comiendo avena y fruta en vez de clavar los dientes en una buena tajada de beicon.

Ross no sonrió.

—Yo no como carne.

—Bueno, pues eso explica por qué estás tan tenso. De vez en cuando es bueno dejarse llevar un poco. Ahora no eres el consejero delegado, eres un Miller, y tu trabajo de hoy es quitar nieve a paladas de los escalones de la puerta principal para que tu abuela no se caiga cuando quiera salir. Y no digas que no debería salir con este tiempo —dijo Douglas, y alzó una mano—. Es una lucha que he perdido en muchas ocasiones. No puedo detenerla, así que hay que cerciorarse de que está segura. Ahí es donde entras tú.

¿Era una coincidencia que hubiera cambiado de tema y hubiera dejado de hablar de negocios?

No hubo oportunidad de averiguar qué podría haber pasado, porque apareció Alice.

—¿Habéis dicho que Lucy estaba aquí? —preguntó, y su expresión cambió al verla—. ¿Qué haces en el suelo? ¿Te has caído?

Y, de ese modo, acabó el tranquilo momento con Douglas. A ella le habría gustado terminar la conversación y, tal vez, también a él, porque suspiró y la miró.

—No, por supuesto que no se ha caído. ¿Por qué es tan dramática mi familia? Estaba diseñándome un plan publicitario para redes sociales. Quería extenderlo todo para que viera cómo se conectan. En el suelo era más fácil.

—Pero, su pierna...

—Su pierna está bien. La tiene en reposo, ¿no? No le he pedido que corriera un maratón.

Alice cabeceó y se puso de rodillas junto a Lucy.

—Tenía que haber ido a buscarte mucho antes, pero ha sido una mañana ajetreada. ¿Has estado bien?

—Muy bien. Me he despertado tarde.

En realidad, se había despertado temprano, pero sabía que lo más probable era que el drama familiar continuase, así que había decidido quedarse en la cama, bajo el suave edredón, mirando los picos nevados de las montañas por la ventana. Entonces, recordó que aquello no eran unas vacaciones y que, de hecho, se suponía que tenía que estar trabajando, así que sacó el teléfono móvil y su ordenador y se pasó un par de horas trabajando en la cuenta de los Fingersnug. Se quedó en la habitación hasta que pensó que iba a resultar raro que no apareciese, así que bajó cojeando las escaleras y se encontró con Douglas en el salón.

—¿Cómo has bajado las escaleras? —le preguntó Alice, mientras le revisaba el tobillo.

—Con cuidado. Con el trasero. ¿Crees que puedo caminar un poco hoy?

—Sería mejor que no apoyaras peso un día más. Después, iremos poco a poco viendo cómo está el tobillo.

Alice levantó la vista cuando Glenda entró en el salón.

—Nico acaba de volver, Alice.

Ella miró a Alice con atención y vio que tenía los ojos un poco enrojecidos, como si hubiera estado llorando.

¿Tenía algo que ver con Clemmie o con otra cosa?

Sintió una punzada de comprensión. Sin la amabilidad y la calma de Alice, el día anterior habría sido una pesadilla.

Alice se puso en pie.

—Voy a ir a verlo dentro de un momento.

—Lucy, debes de tener mucha hambre —dijo Glenda—. ¿Qué clase de anfitriones somos? No sé lo que pensarás de nosotros —añadió, y miró a Douglas—. Por lo menos, podrías haberle dado algo de comer antes de ponerla a trabajar.

—¿Cómo? —preguntó él, sin inmutarse—. La cocina ha sido una continua cinta transportadora de emociones desde que me he tomado el primer café del día. No sé qué desayuna Lucy, pero me imagino que no es drama.

Glenda hizo caso omiso del comentario.

—He preparado comida. No estoy segura de si es un desayuno tardío o un *brunch*. He calentado sopa, hay pan casero y mermelada de fresa que hice el verano pasado. ¿Por qué no vienes a la cocina?

Hunter se puso de pie, atraído por el olor de la comida, pero Glenda lo echó.

—No, tú, no. Ya has comido, así que no nos vas a engatusar con tus ojos de pena. Lucy, ven a la cocina para remediar nuestra falta de hospitalidad. No puedo creer que no hayas desayunado.

—Eres muy amable, pero, de todos modos, no siempre desayuno.

—¿Por qué no? —preguntó Alice—. ¿Eres una de esas personas que hacen ayuno intermitente?

—No, es que no siempre me levanto con tiempo suficiente.

Alice sonrió y miró a su hermano.

—¿Nos ayudas, por favor?

Ross se acercó y, en aquel momento, Lucy se prometió a sí misma que la próxima vez se iba a sentar en una silla para poder levantarse sin ayuda. Mientras él la levantaba, ella recordó lo que le había dicho Maya.

«Ross Miller es cinturón negro en tres artes marciales. Esquía, boxea y ha atravesado el Atlántico navegando. Tiene músculos en todos los lugares necesarios».

Y ella lo sabía bien.

Cuando estuvo en pie, Alice le dio las muletas.

—¿Cómo te sientes?

—No demasiado mal, gracias. Después voy a ver si han reanudado el servicio de trenes. Seguro que puedo volver a Londres.

—No vas a poder ir a ningún sitio hasta dentro de unos días —le dijo Ross—. El puente está impracticable y no puedes ir andando por el campo.

—Vaya —dijo ella, entre horrorizada y avergonzada—. No puedo quedarme aquí unos días.

—¿Por qué no? —preguntó la abuela Jean, que acababa de entrar por la puerta—. Es muy divertido que estés aquí. Esta tarde vamos a hacer galletas de mantequilla. Es una tradición navideña, y puedes participar.

Ella hacía galletas con su abuela. También era su tradición.

Sintió una avalancha de dolor que estuvo a punto de hacerle perder el equilibrio.

Ross la tomó del brazo.

—¿Estás bien?

No, no lo estaba. Por experiencia, sabía que el dolor aparecía cuando menos lo esperaba, pero el momento no podía haber sido menos oportuno. No quería que aquello le sucediera en aquel preciso instante. Si hubiera estado sola, habría llorado hasta desahogarse, pero no estaba sola. Estaba rodeada por la familia Miller en el peor momento posible.

Aquel era el motivo por el que estaba mejor sola en Navidad.

—Sí, gracias, estoy bien —dijo.

Pero no estaba bien. No podía controlar la emoción y se le llenaron los ojos de lágrimas.

Ross se acercó, sin soltarla del brazo, y bloqueó la visión del resto de su familia.

Ella se quedó paralizada, con miedo de respirar, por si acaso perdía el equilibrio y se caía. Notó que Ross le agarraba el brazo con más fuerza y sintió una dulce caricia de su dedo pulgar.

Debería haberse alejado, pero aquel contacto era lo que impedía que se cayese, y la posición en la que él se había colocado le proporcionaba la intimidad que necesitaba en aquel momento. Se concentró en la presión de sus dedos y en la cercanía de su cuerpo, en la conexión con otro ser humano, y la aterradora avalancha de emoción empezó a retirarse.

Sin embargo, ella siguió sin moverse. Se había quedado atrapada en aquel extraño momento de intimidad.

Glenda dio un paso adelante.

—Estás muy pálida, querida. Quizá Alice debiera mirarte de nuevo...

—No te preocupes, mamá. Lo que necesita Lucy ahora es espacio, no que todo el mundo la rodee —dijo Alice, mirando a Ross con una expresión de curiosidad.

—Alice tiene razón —dijo Ross, sin soltarle el brazo—. Deberíais ir a la cocina, y nosotros iremos dentro de un momento.

¿Cómo sabía él, exactamente, lo que ella necesitaba? No hubiera pensado que era un hombre tan sensible hacia la consternación de otra persona.

Y, por algún motivo, quizá por su tono de voz, todos obedecieron, incluso la abuela Jean, y ella se quedó a solas con Ross.

Esperaba que la soltara de inmediato y se apartara, pero él no lo hizo. Ella siguió notando su cercanía y tuvo una sensación de calor que se extendió por todo su cuerpo. Se le alteró la respiración. Sus sentimientos cambiaron; su gratitud se transformó en algo menos neutro y seguro, y se preguntó si él también lo sentía porque, por fin, la soltó.

—Tómate tu tiempo —le dijo Ross, con la voz enronquecida—. ¿Quieres que te traiga algo de comer aquí, en vez de venir a la cocina? Mi familia puede llegar a ser agobiante.

—Son maravillosos.

—¿Pero?

—Por un momento, he echado de menos a mi abuela.

—¿Te has acordado por algo en especial?

—Tu abuela me ha invitado a hacer galletas de mantequilla. Yo también las hacía con mi abuela. Es curioso que tuviéramos la misma tradición. Era una de mis cosas preferidas. Eso, y que decoráramos juntas el árbol. Y no se trata de las galletas, obviamente, sino de estar juntas y hablar mientras lo hacíamos. Echo de menos todo eso. Aquellas conversaciones sencillas. La compañía. Estar con alguien que te quiera.

Hubo una pausa.

—Debes de echarla mucho de menos.

—Sí. Por lo general, estoy bien, pero algunas veces es muy difícil —dijo ella—. Gracias. Has sido muy amable. Si me hubiera echado a llorar delante de tu familia, habría sido muy mortificante.

—Entonces, ¿tienes pensado pasar las Navidades sola en Londres?

—Sí. No es tan terrible como parece. Y tengo mucho trabajo, así que eso me ayudará.

No añadió que necesitaba buscar más cuentas de clientes para la agencia, ahora que había estropeado su oportunidad con Miller Active. Arnie le había enviado un mensaje aquella mañana para felicitarla por su campaña de los Fingersnug hasta el momento, y para decirle que el cliente iba a seguir trabajando con ellos el año siguiente. Eran buenas noticias, pero no era suficiente.

—¿Por qué tú sola? ¿Tus amigos no te han invitado a que vayas con ellos?

—Sí, claro. Pero estoy mejor sola. Antes adoraba las Navidades, pero ahora las temo. Es un momento muy difícil para mí, y no confío en que sea capaz de disimularlo a todas horas.

—¿Y por qué tienes que disimularlo?

—Porque nadie quiere ver a un invitado llorando en su mesa de Navidad.

Él lo pensó un momento.

—Creo que la gente quiere que sus invitados sean ellos mismos, que estén cómodos. Si quisieran alegría ininterrumpida, contratarían a un animador.

Ella sonrió.

—Puede ser. Pero, de todos modos, no creo que la Navidad sea la fecha más oportuna para apoyarse en los amigos.

—Yo diría que es exactamente el mejor momento —dijo él, en voz baja—. ¿Qué hiciste el año pasado?

—Pasé la Navidad sola. Hice todas las cosas que habría hecho si mi abuela hubiera estado viva. Todas las cosas que hacíamos juntas.

—Pero ¿sola? Eso suena brutal. ¿Siempre eres tan dura contigo misma?

—No espero que lo entiendas, Ross. Tú tienes una familia grande y maravillosa. Puedes tener altibajos y siempre habrá alguien que lo celebre contigo o que te consuele. Estáis juntos. Y tú tienes dos hermanas que te quieren y te apoyan. Siempre hay alguien cubriéndote las espaldas.

—Puede ser. Algunas veces, también quieren apuñalarme —dijo él, y sonrió—. Te recuerdo que el motivo por el que mi familia pensó que eres mi novia es que mis hermanas me arrojaron a los lobos.

—Es cierto —dijo ella, y se echó a reír—. Y es posible que yo tenga una imagen un poco idealizada de las familias.

—Eso podemos curártelo fácilmente. Después de pasar unos días aquí, tendrás una buena dosis de realidad. No es que yo no esté agradecido de tener esta familia, pero causa sus propias frustraciones.

—Te agradezco que me hagas aterrizar en el mundo real.

—Pero... tú tienes la intención de marcharte lo antes posible. ¿Por qué? ¿Porque te sientes infeliz y quieres estar a solas?

—Lo dices como si yo fuera alguien a quien habéis invitado, y no lo soy. Esta es la época navideña de tu familia y yo soy una extraña.

Él iba a responder, pero la abuela Jean se asomó a la puerta.

—Estáis tardando tanto que he venido a ver si os habíais tropezado con Hunter, o algo así.

Ross se apartó de ella y la magia se rompió. Ella sintió decepción, aunque no supo por qué motivo. ¿Qué esperaba, exactamente?

—Íbamos ya —dijo Ross, y se hizo a un lado para cederle el paso.

—Y tú no eres una extraña —dijo la abuela Jean, que, claramente, había oído la última parte de la conversación—. Casi eres parte de la familia.

Ojalá. Lo que daría ella por formar parte de una familia como aquella. No le importaban las frustraciones. Aceptaría las cosas malas de buen grado con tal de poder tener las buenas.

Alice apareció.

—No puedes ir a ninguna parte aunque quieras —dijo—, porque han vuelto a cancelar los trenes hoy. Las carreteras están cerradas. La Tormenta Scrooge sigue en pie y nadie ni nada se puede mover. La buena noticia es que nos hemos librado de la horrible sesión de fotos familiar. Pero la mala noticia para ti, Lucy, es que estás atrapada con nosotros. Te prometo que intentaremos portarnos bien.

—Habla por ti —dijo la abuela Jean—. Yo soy demasiado vieja como para cambiar mi comportamiento. Si me apetece ser escandalosa, lo voy a ser. Y, ahora, ven a comer algo, Lucy, y después podemos hacer las galletas.

Notó que Ross la miraba. Sabía que, si daba una excusa, él la apoyaría.

Pero no quería dar una excusa para no hacer galletas. Hablar con él la había calmado, y podría pasar por una sesión de elaboración de galletas de mantequilla sin hacer el ridículo.

—Eso suena divertido.

Todos fueron a la cocina y Lucy los siguió, caminando con las muletas, cuidadosamente. No quería romper nada accidentalmente, ni pisar a Hunter, que parecía que había adoptado el papel de su guardia canina.

Se sentía culpable por estar allí, pero, al mismo tiempo, un poco aliviada. Sin embargo, sabía que aquello no podía durar. Si realmente no podía volver a Londres, tenía que buscar otras opciones.

—Debería reservar una habitación en un hotel para que vosotros podáis volver a vuestra Navidad.

—No podríamos llevarte hasta allí con toda la nieve que hay, y tenerte en casa está haciendo las Navidades mucho más emocionantes. No te preocupes —dijo la abuela Jean, y dio unas palmaditas en la silla que estaba a su lado—. Y, de todos modos, tú querías hablar con Ross de su empresa, y esto te da la oportunidad de hacerlo.

Trabajo. Hacía un momento habían estado juntos, a solas, pero ¿había aprovechado ella la oportunidad para hablar de trabajo? No.

Ross suspiró.

—Abuela Jean...

—Cuando hablas en ese tono, sé que estás a punto de decir algo de estirado.

—Deberías escuchar lo que tenga que decirte Lucy, hijo —intervino Douglas, que estaba estudiando las notas que le había dado ella con las gafas enganchadas en la punta de la nariz—. Es una genio. De todos modos, aunque tú no aproveches sus conocimientos y su experiencia, yo voy a hacerlo. Ha elaborado una campaña entera para Glen Shortbread —dijo, moviendo los papeles con las manos—. Con sus ideas podríamos transformar el negocio. Hashtag tastechallenge. Deberías echarle un vistazo. Es muy inteligente.

Ross se pasó una mano por la nuca.

—Papá...

—Yo lo sé todo sobre los *hashtags* —dijo la abuela Jean—. Me lo ha enseñado Clemmie. ¿Dónde está Clemmie?

—Creo que está arriba, hablando por teléfono. Bueno, ya está bien de hablar —dijo Glenda—. Es hora de comer. Lucy no ha desayunado y seguro que tiene hambre.

Lucy se sentó al lado de la abuela Jean. Agradecía la distracción. No quería que Ross se sintiera presionado para hablar de negocios. Eso le parecía aprovecharse. Con Douglas había sido distinto, porque él se lo había pedido directamente. Era obvio que estaba estresado por aquel tema.

Se preguntó si Ross lo sabía.

—Si estás segura de que estás bien aquí, Lucy, ahora tengo unas cosas que hacer —dijo Alice. Se marchó, y la abuela Jean frunció el ceño.

—¿Qué cosas tiene que hacer? Si está de vacaciones. Y ¿por qué no tiene hambre?

—Se fue a la cafetería y pasó una agradable mañana allí con Nico. Ya sabes qué comida tan rica tienen. No creo que pueda comer nada hasta la cena.

Glenda puso un pan recién hecho en la mesa.

Lucy se acordó de los ojos enrojecidos de Alice y se preguntó si la mañana había sido realmente agradable.

Después de la comida, durante la que hubo conversaciones simultáneas y aparentemente inconexas, tal y como parecía ser el sello de los Miller en las reuniones familiares, Ross se puso de pie.

—Bueno, voy a quitar nieve.

—Eres un buen chico, sé que lo haces por tu abuela —dijo la abuela Jean—. Te mereces encontrar a una chica que sepa apreciarte. Una de verdad, quiero decir. Yo podría hacerte un perfil para ligar. Lucy puede ayudarme. Solo tenemos que pensar en ti como producto. Hastag sexyCEO. ¿Qué te parece?

—A Lucy le parece que estás siendo deliberadamente provocadora —dijo Ross—, como a mí. Pero no me voy a dejar provocar. Si te estropeo la diversión, lo siento.

—Pues sí. Deberías ser amable conmigo. No voy a estar aquí para siempre y, cuando no esté, me echarás de menos.

Ross suspiró.

—Abuela Jean, eso es un golpe bajo. Primero me avergüenzas y, ahora, haces que me sienta culpable. ¿Qué he hecho yo para merecer una abuela así? Y, por favor, no respondas a eso enumerando todos mis defectos. Estaría bien que no destrozaras mi reputación mientras estoy fuera.

Se inclinó y le dio un beso afectuoso a su abuela en la mejilla.

Lucy se derritió. Ross ya no era intimidante para ella, pero, seguramente, eso tenía mucho que ver con todo lo que le había contado y por cuánto quería a su abuela. Y la abuela Jean no tenía remilgos a la hora de aprovechar aquel amor.

—Cuando vuelvas, vas a sentarte con Lucy para escuchar los planes que tiene para tu empresa —dijo la anciana.

Y ella tuvo ganas de esconderse debajo de la mesa.

—Abuela Jean...

—¿Qué? Una persona tiene que ir a por lo que quiere y, seguramente, tú quieres hablar con Ross, teniendo en cuenta que viniste hasta aquí para entregarle la propuesta en persona. Tienes que aprovechar todas las oportunidades, Lucy, hazme caso. Y esto es una oportunidad.

—Yo no quería ver a Ross en persona...

—Tuviste suerte. O, tal vez, no tanta, a menos que él deje de fruncir el ceño y estar tan serio. ¿Es así como eres en la oficina, Ross? Me maravilla que puedas convencer a alguien de que trabaje para ti.

—¿Qué pasó con la propuesta que trajo Lucy? —preguntó Glenda, mientras ponía agua al fuego para preparar el té—. No me acuerdo de haberla visto.

—Se la estaba comiendo Hunter —dijo la abuela Jean—, pero yo se la quité de los dientes y la dejé en la mesa de la biblioteca. Claramente, a Hunter le estaba encantando, así que creo que a Ross también le va a encantar, si es capaz de leerla entre las marcas de los dientes de Hunter.

Ross intercambió una mirada de exasperación con Lucy, como si aquella conversación confirmara los comentarios que le había hecho antes con respecto a las familias.

—Abuela Jean...

—Deberías sentarte con Lucy, Ross —dijo Douglas—. Será menos molestia que discutir con tu abuela.

Parecía que, en ocasiones, Ross seguía los consejos de su padre, porque respiró profundamente y cedió.

—Lucy —dijo, con una sonrisa amable—. ¿Te parece bien que hablemos cuando vuelva de quitar la nieve?

Ella se sintió mortificada.

—Son tus vacaciones. No hay ninguna necesidad de...

—Toda la necesidad —dijo la abuela Jean—. Buena decisión, Ross. En la biblioteca está encendida la chimenea y estaréis a solas. Mientras, Lucy va a hacer galletas de mantequilla conmigo, que espero que sirvan para endulzarte el humor. Voy a darle algunos trucos.

Ross miró a Lucy.

—Si prefieres no hacer las galletas, puedes...

—¡Por supuesto que quiere hacer galletas de mantequilla! —exclamó la abuela Jean, y lo echó hacia la puerta. Lucy sonrió para darle las gracias.

—Me encantaría hacer galletas. Me apetece mucho.

Gracias a la conversación que había tenido con él, se sentía mucho mejor. Y quizá él se dio cuenta, porque asintió brevemente y salió de la habitación.

La abuela Jean sonrió.

—Eso ha sido un éxito.

Lucy se sintió más cohibida que contenta.

—Es horrible. Está obligado a escucharme.

—Tonterías —dijo la abuela Jean. Se levantó y le dio una palmadita en el hombro—. Lo animé a que tomara la mejor decisión, nada más. Y tú tienes que ser un poco menos sensible a la hora de venderte, hija. Yo me he pasado un buen rato para convencerlo y ¡tú has estado a punto de convencerle de lo contrario!

—¡Abuela Jean! —exclamó Glenda—. Lucy es una invitada y la estás regañando...

—Ha sido una invitada solo una noche, pero ahora es una invitada permanente, así que no veo por qué tiene que recibir un trato especial. Si tengo algo que decir, lo diré —respondió la abuela Jean, y miró a Lucy—. ¿Tienes buenas ideas para el negocio de Ross?

—Creo que sí, pero...

—Ahí lo tienes. Y no lo crees, sino que lo sabes. Tienes que transmitir confianza. A Ross le gustará eso.

Glenda la miró con una expresión de disculpa.

—No puedo creer que le estés diciendo a la pobre Lucy lo que tiene que hacer con su trabajo.

—No le estoy diciendo nada. Estoy creando una oportunidad para que pueda hacer su trabajo. Es distinto.

—No es que me falte confianza —dijo ella—. Es que me parece que me estoy aprovechando de la situación.

—¿Y qué tiene de malo aprovechar una situación? Eso te convierte en alguien inteligente. Y, como tú nos estás regalando tus conocimientos, nosotros vamos a devolverte el favor. Vamos a hacer nuestra receta especial de galletas, la que nunca le damos a nadie que no sea de la familia. Tienes que prometerme que la vas a mantener en secreto, porque, de lo contrario, no podremos permitir que te vayas, ¿verdad, Glenda?

—No le hagas ni caso, Lucy —dijo Glenda—. Abuela Jean, si no empiezas a comportarte como es debido, Lucy se va a escapar por la puerta a pesar de la nieve y del pie roto.

—No lo haría nunca. Le gusta estar aquí.

Sí, le gustaba.

Poker, el gato, estaba durmiendo en el sitio más cálido, estirado delante del horno. Por las ventanas se veían las montañas y los árboles cubiertos de nieve.

No recordaba haber estado en un lugar más acogedor.

Pasó la siguiente hora en la cocina, con Glenda y la abuela Jean, mezclando harina, azúcar y mantequilla, y extendiendo la masa con un rodillo hasta que tomara el grosor perfecto.

En poco tiempo, la tuvieron hablando de su infancia y de su abuela.

La abuela Jean se limpió las manos con el delantal.

—Parece que era una mujer maravillosa. Y seguro que estaba muy orgullosa de ti.

—Sí. Algunas veces era dura, pero eso es bueno, porque la vida es dura a veces, ¿no? Y podía hablar con ella de todo. Literalmente, de todo.

Echaba de menos eso. Lo echaba muchísimo de menos.

Volvió a emocionarse y, aunque trató de contener las lágrimas, en aquella ocasión no lo consiguió.

La abuela Jean se puso de pie rápidamente y la abrazó.

—Vamos, vamos, desahógate. Así —le dijo, murmurando palabras de consuelo contra su pelo—. Debes de echarla mucho de menos.

—Es horrible —dijo Lucy, sin apartar la cara del delantal de la abuela Jean. Ahora que había empezado a llorar, no podía parar—. Lo siento. Lo siento mucho —dijo, entre lágrimas—. Por favor, no me hagáis caso.

Intentó apartarse, pero la abuela Jean la sujetó.

—¿Por qué no vamos a hacerte caso?

—Porque estáis teniendo un momento navideño precioso y yo lo estoy estropeando...

—No estás estropeando nada. Estás triste, ¿cómo no vas a estarlo? Querías a tu abuela, ella era especial. Algunas veces, esos recuerdos te van a hacer feliz y, otras veces, te pondrán triste. Esas emociones tienen igual validez. No hay necesidad de ocultarlas.

—La echo tanto de menos... ¿Cómo es posible que la eche tanto de menos todavía?

—La querías. ¿Por qué no vas a echarla de menos?

—Porque han pasado dos años. Y, en general, estoy

bien. Estoy ocupada e intento no pensar en ello, pero algunas veces me sobreviene y ¡zas! Me siento como si no hubiera avanzado nada. Intento estar alegre y ser positiva, pero es agotador.

Notó que la abuela Jean le acariciaba el pelo.

—Pues claro. Fingir que no estás triste cuando sí lo estás es mucho más estresante que estar triste y aceptarlo.

—Ella me quería incondicionalmente.

—Por supuesto que sí.

—Aunque yo intentara disimular lo que sentía, ella siempre lo sabía.

—Porque te conocía. Y eso es un gran regalo, ¿no? El hecho de tener a alguien que te conoce y te quiere como eres. Pero hay otra gente que también te va a querer por ti misma, hija. Solo tienes que permitírselo.

Lucy apartó la cara del delantal.

—Lo siento.

—Deja de disculparte. Puedes estar triste, Lucy. No siempre tienes que estar sonriendo —dijo la abuela Jean, y se sentó a su lado—. Cuando murió mi Angus, yo podía haber llenado el lago dos veces con las lágrimas. Cuando venían, lo las dejaba salir. No intentaba retenerlas. Y tú tampoco deberías hacerlo.

Glenda le pasó un pañuelo de papel.

—La abuela Jean tiene razón.

—Pues claro que tengo razón —dijo la abuela Jean, y le secó las lágrimas a Lucy con cuidado—. Mira, vamos a hacer una cosa. Vamos a hacer las galletas y, mientras, vas a contárnoslo todo sobre tu abuela. Me gustaría conocerla un poco mejor. Sé que a Glenda, también. Nos gustaría conocerte un poco mejor para saber cuándo estás sonriendo de verdad y cuándo te está costando un buen esfuerzo.

Lucy le quitó el pañuelo de papel y se sonó la nariz

con fuerza. Le escocían los ojos y tenía las mejillas ardiendo.

—Creo que necesito un poco de agua fría...

Se puso de pie y dejó correr el agua del grifo hasta que salió helada.

Glenda tomó un trapo limpio y se lo dio.

—Toma.

Ella lo tomó con gratitud y se lo apretó contra la cara.

—Gracias —dijo. Bajó el trapo. Estaba más calmada—. Creo que llevaba deseando hacer esto una buena temporada, pero...

—Nunca parece que es el momento más oportuno, ni el lugar más adecuado. Pero hoy eran las dos cosas —dijo la abuela Jean, y espolvoreó harina sobre la masa de las galletas—. Ven a elegir un cortador. Normalmente, hacemos barritas aburridas con la masa, pero en Navidad hacemos de todo. Árboles, petirrojos, estrellas... Elige. Cuando hayas cortado las formas, las ponemos en la bandeja del horno y las metemos al frigorífico.

Lucy se lavó las manos y volvió a la mesa.

La abuela Jean le señaló los cortadores.

—¿Qué te parecen?

Lucy eligió la estrella y la apretó contra la masa de las galletas. Mientras cortaba, iba contándoles cosas de su abuela. Habló de su fuerza, de su buen humor y de su sentido de la economía, porque nunca malgastaba nada.

—Lo que quería era que yo fuera feliz.

—Por supuesto. Eso es lo que todas las madres quieren para sus hijos, ¿verdad, Glenda? —preguntó la abuela Jean, y empujó la bandeja de horno hacia Lucy—. Ponlas directamente aquí, nena.

—Sí, es verdad —dijo Glenda, que estaba mirando hacia delante distraídamente—. Aunque no creo que yo lo haya dejado claro esta semana.

La abuela Jean hizo un sonido de desdén.

—Ya estás otra vez, fustigándote por no ser la mejor. Eres una madre maravillosa, Glenda.

Lucy estaba a punto de mostrar su acuerdo, pero Glenda pestañeó y las miró.

—Creo que no lo soy.

Capítulo 17

Glenda

¿Por qué había dicho eso? No se trataba de ella, era acerca de Lucy. Sin embargo, la conversación sobre amor incondicional y familia la había hecho pensar. Sobre todo, en sus defectos.

Lucy podía decirle cualquier cosa a su abuela.

¿Se sentían así sus hijos con respecto a ella? Alice sí había terminado por hablar con ella, pero Clemmie había estado haciendo planes para un enorme cambio de vida y a ella ni siquiera le había dado una pista.

—¿Crees que Clemmie no me dio antes la noticia porque creía que no iba a estar de acuerdo?

—No, no lo creo —respondió la abuela Jean—. Clemmie ha estado viviendo en Londres, y esa no es la clase de noticia que se da por teléfono, ¿no te parece, Lucy?

—Claramente, hay conversaciones que es mejor tener cara a cara —dijo Lucy—. Una conversación es algo más que palabras, y es muy útil poder leer el lenguaje corporal de la gente.

—Pero mi lenguaje corporal estaba diciendo cosas negativas —dijo Glenda, y se frotó la frente con los dedos—. Ahora me toca pedir perdón a mí. No me hagas caso, Lucy. No deberíamos estar metiéndote en nuestros dramas familiares —añadió. Se levantó y metió la bandeja de galletas cubierta en la nevera—. No es justo.

Lucy cortó unas cuantas estrellas más.

—Yo os he metido en el mío —dijo ella—. Y, si queréis mi modesta opinión, creo que son muy afortunados por teneros.

—No estoy segura. Siempre les he dicho a los niños que podían contarme cualquier cosa, pero, cuando Clemmie confió en nosotros y nos dio su gran noticia, yo no disimulé mi horror.

—Te sorprendiste, nada más —dijo la abuela Jean, que se puso de pie para meter otra bandeja en la nevera—. Tú creías que sabías cómo iba a ser el futuro de Clemmie, pero, cuando te diste cuenta de que no iba a ser así, te hizo falta tiempo para procesarlo. Y ahora lo has aceptado.

—Sí. No es que no esté de acuerdo con que tenga un hijo sola, es que me preocupa lo que eso pueda suponer para ella. Ser madre es muy duro. Y, aunque sé que hay muchas madres solteras, y sé que Clemmie va a hacerlo muy bien, sigo pensando que no es un camino fácil.

—Pero nadie está en mejor situación para saber eso que nuestra Clemmie —dijo la abuela Jean, y empujó la última bandeja hacia Lucy—. Una más y hemos terminado.

—Sí, pero yo me acuerdo de cuando los niños eran pequeños. Siempre tenía ansiedad. Una vez hubo que llevar al mayor a urgencias y pensaban que Ross se iba a morir, pero Douglas fue muy calmado y tuvo la capacidad de reconfortarme. No sé qué habría hecho sin él. Aunque trabajaba muchas horas, siempre estaba ahí cuando yo necesitaba apoyo moral. ¿Quién va a apoyar a Clemmie? ¿A quién va a acudir?

—A nosotros —dijo la abuela Jean—. Y nosotros vamos a estar con ella. Por lo menos, tú. A mí no me importa estar de guardia un día, pero soy demasiado vieja como para que me despierten a las dos de la mañana para acunar a un bebé que llora. Puedes contarme lo que ha pasado por la mañana, y yo te haré un café bien fuerte y emitiré ruiditos para darte ánimos.

Lucy sonrió.

—La abuela Jean tiene razón —dijo—. No creo que importe de quién venga el apoyo. No hay garantías de que, aunque tengas un compañero, vaya a ser un hombre fuerte. Uno de mis compañeros de trabajo acaba de tener a su primera hija y está nervioso todo el tiempo. Es un hombre brillante, y yo lo quiero mucho, pero ¿calmado y reconfortante? No, no. Hablé con su mujer mientras venía en el tren a Escocia y me parece que es ella la que tiene que calmarlo a él, y no al revés. Me dijo que él se había pasado toda la primera noche en casa mirando al bebé para vigilar si respiraba.

—Dios Santo —dijo la abuela Jean, y metió la última bandeja en la nevera—. Espero que estés oyendo, Glenda. Clemmie va a estar bien. Y tú, también.

—Puede ser. Pero, seguramente, ahora se siente como si estuviera sola en esto, y piensa que su familia no la ha apoyado.

—Dudo que piense eso —dijo Lucy. Tomó una bayeta y empezó a limpiar la mesa—. Que una persona no diga exactamente lo que tiene que decir en un determinado momento no significa que no te quiera. Somos humanos, y estoy segura de que Clemmie también se equivoca a veces. Pero eso es lo mejor de la familia, ¿no? Puedes meter la pata, pero sabes que te van a seguir queriendo y que los tienes de tu lado —dijo. Se acercó al fregadero y enjuagó el bayeta—. Eso es lo que más echo de menos, tener a alguien de mi lado. Alguien que te quiera pase lo que pase, aunque la vida sea tan dura. Es como caer en un colchón en vez de caer en el cemento. Ross, Alice y Clemmie son afortunados, y estoy segura de que lo saben.

Glenda se sentó un momento y reflexionó sobre las palabras de Lucy. Y se dio cuenta de que tenía razón, por supuesto. En el fondo, sus hijos sabían que eran queridos pasara lo que pasara. Clemmie lo sabía.

Ella podía arreglarlo.

Se sintió mejor, sonrió y se dio cuenta de que la abuela Jean estaba mirando a Lucy.

—Nosotras estamos de tu lado, nena. Por eso me voy a cerciorar de que Ross tenga esa reunión contigo —dijo la anciana, y se levantó para pasar las bandejas de la nevera al horno—. Así que vives en Londres, como Ross, Alice y Clemmie. Eso es muy conveniente. ¿Sales con alguien?

—Ya está bien —dijo Glenda—. Puede que Lucy no quiera hablar de su vida amorosa contigo.

—¿Por qué no? Ella sabe que estoy de su lado. Y estar de su lado significa querer lo mejor para ella. Y, antes de que pueda querer lo mejor para ella, necesito saber qué es lo que ya tiene.

—Creo que Lucy puede decidir lo que es mejor para ella —dijo Glenda.

—No, no salgo con nadie —respondió Lucy.

La abuela Jean sonrió con ganas.

—Perfecto.

Glenda suspiró.

—Como puedes ver, no es nada sutil, Lucy.

—La sutilidad está sobrevalorada —dijo la abuela Jean—. Las galletas favoritas de Ross son las de whisky. ¿Por qué no hacemos una bandeja para vuestra reunión? Voy a por la botella —dijo, y vio cómo la estaba mirando Glenda—. ¿Qué he dicho ahora?

—Es solo que creo que tienes que dejar de interferir. Y a Douglas no le va a hacer gracia que termines su botella de whisky de malta.

—Hay más botellas de esas.

Lucy sonrió, y ella pensó que la muchacha parecía mucho más contenta que cuando había entrado en la cocina. Ni siquiera le importaban aquellos descarados intentos de emparejamiento. Lo cual significaba que sabía que todo era bienintencionado o que, en realidad, estaba interesada.

Aquella idea fue una alegría para Glenda y, cuando Ross apareció en la cocina, había filas ordenadas de galletas enfriándose sobre una rejilla en la mesa de la cocina.

—He preparado el té —dijo Glenda. Puso dos tazas y una tetera grande en una bandeja—. Lucy y tú podéis llevar esto a la biblioteca.

Ross tomó la bandeja y la abuela Jean añadió un plato de galletas.

—Hemos hecho tus favoritas. Si necesitáis algo más...

—No necesitamos nada más —dijo él, y la abuela Jean no discutió.

—No os vamos a molestar, te lo aseguro. Estamos muy ocupadas aquí con los preparativo-navideños. Vais a tener privacidad —dijo. Le guiñó un ojo a Lucy, y ella sonrió mientras iba cojeando con las muletas.

Ross cerró la puerta cuando salieron, y la abuela Jean miró a Glenda.

—Bueno, ¿qué te parece?

—No tenemos permitido decir lo que nos parece.

—Bobadas. Estamos solas. Podemos decir lo que queramos y no se va a enterar nadie. Salvo el gato, y se llama Poker por un buen motivo. Además, no es bueno reprimir las cosas, ¿no acabamos de decirle eso a Lucy? Expresa tus emociones. ¡Exprésate!

Glenda se echó a reír.

—Eres incorregible. Está bien, lo reconozco, me cae bien Lucy. Me cae muy bien.

—A mí, también. Y lo más importante de todo es que a Ross, también —dijo la abuela Jean, y sonrió—. Yo diría que la Navidad está más interesante a cada minuto que pasa.

Capítulo 18

Lucy

Lucy fue con Ross a la biblioteca. Se estaba acostumbrando poco a poco a las muletas, pero le agradeció que sacara una silla, se la ofreciera y las tomara de sus manos para dejarlas en el suelo.

—Gracias —dijo ella, y miró a su alrededor—. Esta habitación es increíble.

Tenía estanterías desde el suelo al techo por todas las paredes y una enorme ventana que ofrecía vistas de las montañas nevadas. Había un asiento en el alféizar del ventanal, lleno de cojines blandos. Había un libro abierto, así que alguien debía de haber estado leyendo allí aquella mañana.

—La llamamos la biblioteca, pero es el comedor. Aunque ya habrás descubierto que, cuando estamos en familia, casi nunca comemos fuera de la cocina.

—Yo tengo estanterías en tres paredes de mi piso. Estar rodeado de libros es reconfortante, ¿verdad? Algunos eran de mi abuela. Ella nunca tiraba un libro.

Ross se sentó frente a ella. La luz del sol se le reflejó en el pelo moreno.

—¿Cómo ha ido la sesión de horneado? Espero que no haya sido muy estresante.

—Ha sido divertida —dijo ella. Aunque, en realidad, había sido más que divertida. Había sido curativa, pero no necesitaba contarle eso a él. En aquel momento, no—. Tienes una familia muy especial.

—Si piensas eso, es porque has conseguido escapar sin que la abuela Jean te apunte a cuatro agencias de citas —dijo Ross, y, cuando sonrió, ella sintió la misma descarga de calor que había sentido antes.

—Me preguntó si estoy soltera.

—Por supuesto que lo hizo —dijo él, y cabeceó—. Te pido perdón por eso.

—No te preocupes. Le dije que tengo un novio para cada día de la semana. Dos los sábados.

En los ojos de Ross apareció un brillo de diversión.

—Lucy, Lucy —dijo—. No te estarás inventando novios, ¿verdad?

—¿Yo? —preguntó ella, apretándose el pecho con las manos—. No, ¿por qué iba a hacer una cosa así?

—No me lo imagino. ¿Té? —le preguntó, y señaló la bandeja.

Ella se sirvió una taza.

—No tomaba tanto té desde que mi abuela estaba viva.

—Bienvenida a casa de los Miller, donde el té es la solución a todos los problemas de la vida —dijo él. Tomó una galleta y, al morderla, hizo un sonido de satisfacción—. ¡Está buenísima. ¿Las has hecho tú?

—Bueno, técnicamente, supongo que sí, pero siguiendo las precisas instrucciones de la abuela Jean —dijo Lucy. Ella también mordió una de las galletas, y estuvo a punto de ronronear—. Oh, qué rica.

La textura crujiente y el sabor dulce hacían un buen contraste con el aroma del whisky.

—Si hizo galletas de whisky contigo, es que le caes muy bien.

Ella terminó la galleta y tomó su taza.

—¿Lo dices porque esta receta es aún más secreta que las galletas de mantequilla?

—No. Porque hay que robar la botella del mejor whisky de mi padre, lo cual conlleva cierto nivel de riesgo —dijo él, y sonrió. Aquella sonrisa le causó un cosquilleo por el cuerpo a Lucy.

¿Cómo habrían sido las cosas si se hubieran conocido en otras circunstancias? ¿Si ella no estuviera atrapada en su casa, sintiéndose como una intrusa. Si él hubiera podido elegir si quería su compañía?

¿Se habrían sentido atraídos el uno por el otro? ¿Les habría llevado aquella química peligrosa a algo más?

—Supongo que no hay muchas cosas que asusten a la abuela Jean —dijo—. Aparte de que tú mueras soltero, claro.

—Claro, claro, porque eso sería una tragedia.

—Además, es muy improbable, dado que tu abuela Jean ha hecho de buscarte una buena relación su prioridad. Pero no te preocupes, eres rico y tienes éxito, así que alguien te aceptará.

—Cada vez me resulta más apetecible la idea de tener una novia ficticia —dijo él. Apartó el plato de galletas y tomó la propuesta.

Al instante, el ambiente cambió. Ella se sintió incómoda, porque el equilibrio de poder había variado. Se preguntó si él también lo sentía.

—Bueno, ya he leído tu propuesta —dijo Ross.

—¿Sí?

—Sí. Mi abuela me da demasiado miedo como para hacer lo contrario. La leí después de quitar la nieve. No era lo que esperaba.

—Ah.

—Esperaba encontrarme las ideas de costumbre, pero no hay nada de eso en este documento. Tus ideas son frescas e interesantes.

Ella se emocionó y se sintió orgullosa.

—¿Te ha gustado? ¿Te ha parecido interesante?

—Sí. Las agencias siempre nos proponen campañas para expandir nuestro actual mercado, pero tú has propuesto explorar un mercado nuevo. ¿Cómo se te ocurrió?

—Los aficionados al *fitness* ya compran tu marca, pero hay mucha gente como yo, que no hace levantamiento de pesas ni corre una hora junto al río todas las mañanas antes de ir a trabajar. Gente a la que le intimidan los gimnasios.

—¿A ti te intimidan los gimnasios? ¿Qué es lo que te intimida?

—Eh... la gente y los equipos.

Él alzó la vista.

—Eso es, básicamente, todo.

—Ya lo sé. Básicamente, me intimida todo, pero si lo hubiera dicho así, tú me habrías pedido que fuera más concreta. Pero no todo el ejercicio se hace en un gimnasio o en un centro de yoga. Y no todos los productos de Miller Active tienen que ser específicamente para hacer ejercicio.

—Ninguna de las agencias con las que he hablado me han sugerido que nos dirijamos a personas que no estén interesadas en el deporte o la gimnasia. Parece algo en contra de la intuición, pero reconozco que es un enfoque novedoso. La pregunta es: ¿podría funcionar?

—Estoy segura de que sí. Piénsalo. Tienes una base de clientes en la gente que va a los gimnasios. Maya, mi compañera de trabajo, dice que tus mallas de yoga son las mejores. Creo que es porque no se mueven cuando estás haciendo la postura del perro.

—Eso me han dicho —respondió él, con una sonrisa. Pero ¿por qué les iba a interesar esa cualidad a quienes no van al gimnasio?

—Si has leído la propuesta, sabrás que nuestra estrategia tiene dos flancos. El primero es atraer a la masa de personas que ahora teletrabajan y necesitan ropa cómoda para estar en casa, pero, también, estilosa. Parte de vuestra oferta encaja en esa categoría. Sugiero que hagamos una selección de prendas que atraigan a esa parte del mercado. La segunda parte de la estrategia es animar a quienes no hacen ejercicio a que sí lo hagan.

—Las autoridades e instituciones sanitarias llevan mucho tiempo intentando conseguir eso. ¿Cómo propones tú que consigamos lo que ellos no han podido conseguir?

—Utilizando las redes sociales para poner en contacto a la gente. Formar una comunidad. Unir a gente para que puedan animarse los unos a los otros. Es importante que vean a Miller Active como algo más que una marca. Puedes producir cambios en la vida de la gente.

Él se quedó callado un instante.

—¿Y tú lo dirigirías?

A ella se le aceleró el pulso. Le estaban gustando sus ideas. ¿Significaba eso que iba a permitir que la agencia le hiciera una presentación oficial de la propuesta?

—Trabajaríamos en equipo.

Él tomó unas cuantas notas.

—¿Piensa Arnie que esto puede funcionar?

—Arnie todavía no lo sabe —dijo ella, e hizo una pausa—. No ha estado bien últimamente, y le dieron una baja temporal.

Ross dejó el bolígrafo.

—Tengo una pregunta. Fuiste a mi oficina para intentar conseguir una cita. ¿Por qué no le dejaste la propuesta a mi secretaria?

—Porque habría terminado perdida por ahí o, quizá, en la papelera.

—¿Eres igual de persistente con todos tus clientes?

—Estás viendo a una mujer que se quedó en un páramo helado durante horas para conseguir una buena foto de un reno, así que puedo responder con seguridad que sí. Hago lo que haya que hacer.

—He usado el Fingersnug esta mañana, cuando he salido a correr —dijo Ross—. Es bueno. Creo que podríamos venderlos en nuestras tiendas. Tal vez puedas ponerme en contacto con alguien de la empresa.

Ella tuvo que resistir la tentación de alzar el puño por el aire.

—Por supuesto que sí. ¿Tú serías tan amable de publicar una foto tuya usándolo en tus redes sociales?

Él se echó a reír.

—¿Alguna vez te rindes?

—No, mientras me quede aliento. Bueno, ¿lo vas a hacer?

—Lo pensaré. Y, ahora, será mejor que nos terminemos el té, o la abuela Jean nos echará una bronca —dijo él, y le llenó la taza—. Siento si mi padre se ha aprovechado un poco esta mañana.

—No hizo nada de eso. Yo estaba encantada de ayudar —respondió Lucy, y pensó en la tensión que había percibido entre Ross y Douglas—. ¿Alguna vez hablas con tu padre de negocios?

—No. Mi padre no quiere mi ayuda.

Ella estaba completamente segura de que no era así.

—A lo mejor solo es que no quiere molestarte.

—¿Estás insinuando que no conozco a mi propio padre?

Durante un breve momento, vislumbró el acero que lo había impulsado hasta la cima y lo mantenía allí. El sutil cambio en el ambiente hizo que se arrepintiera de haber dicho algo. La temperatura se enfrió y, tal vez, fuera culpa suya.

Sin embargo, sabía que tenía razón, y no podía olvidar lo cansado que parecía Douglas. Lo ansiosamente que había solicitado sus conocimientos. Y sospechaba que Ross tenía un punto ciego en lo referente a su padre. Tal vez fuera inevitable, teniendo en cuenta que Ross había elegido un camino diferente. O, tal vez, no.

Ross el Rebelde.

—No, no quiero decir que no conozcas a tu padre, aunque si crees que no quiere tu ayuda, es que no lo conoces tan bien como crees. Algunas veces, para alguien ajeno a la situación es más fácil tener una visión clara.

—Crees que no le entiendo —dijo él, y se puso de pie de repente. Anduvo hasta la ventana y se quedó mirando a las montañas, de espaldas a ella.

Entonces, ella sí se arrepintió de haber hablado.

Se había tomado demasiadas confianzas al interferir en su situación familiar. Claramente, él no pensaba que tuviera derecho a hacerlo.

¿Qué iba a pasar ahora? Quizá fuera el momento de marcharse, pero ¿cómo iba a hacerlo? Estaba atrapada allí, y él estaba obligado a soportar su presencia.

Pero ella no tenía por qué quedarse en la misma habitación.

Seguramente, él había dado la reunión por terminada. Ella observó su espalda, su altura, los hombros llenos de tensión.

Y se puso de pie.

Colocó las tazas y los platos en la bandeja, y dijo:

—Lo siento. Tienes razón. No es asunto mío.

Tomó las muletas y, con cuidado, se encaminó hacia la puerta. Estaba a punto de salir cuando él se giró.

—Espera —dijo—. Yo soy el que tiene que pedir perdón. He sido un grosero. Lo siento. La verdad es que has tocado una fibra sensible. Pero sí puedo asegurarte que él no quiere mi ayuda. Cree que no tengo nada que ofrecer.

Ella percibía las complejas emociones que había bajo aquel comentario tan simple. Y no tenía sentido. ¿No se daba cuenta?

—Pero, tú has convertido Miller Active en...

—A mi padre no le importa —dijo él. Se metió las manos en los bolsillos y se giró de nuevo hacia la ventana—. Cuando yo decidí no entrar con él en la empresa familiar, recorrer mi propio camino, herí sus sentimientos. No hablamos de trabajo. Así es más sencillo.

¿Lo decía en serio?

—¿Los dos dirigís empresas importantes y nunca habláis de trabajo?

—Eso es. Es el único tema del que nunca hablamos —dijo Ross, y se volvió a mirarla—. Ya ves cuál es el problema.

—Si lo que quieres decir es que sois tan obcecados el uno como el otro, sí, ya lo veo.

Al oír que él tomaba aire bruscamente, se dio cuenta de lo que había dicho.

Oh, Dios Santo. Cualquier ventaja que hubiera podido tener, acababa de perderla por culpa de su sinceridad. Había roto los frágiles lazos que los unían.

Intentó no pensar en el precio personal que iba a tener aquello y se concentró en pedirle disculpas a Arnie. Tendría que encontrar otro modo de salvar la agencia.

Y lo conseguiría. Se marcharía de casa de los Miller cuanto antes y pasaría la Navidad investigando sobre otras empresas. Elaboraría un plan. Trabajaría noche y día para conseguir más negocio. Pero ese negocio no iba a ser Miller Active, porque no podía retirar lo que acababa de decir.

—¿Obcecado? —le preguntó Ross, con los ojos entrecerrados—. ¿Es eso lo que acabas de decir?

Era demasiado tarde para desdecirse.

—Sí, es lo que pienso. Tu padre dirige una empresa con mucho éxito. Tú, también. ¿Y nunca compartís vuestras ideas y experiencias? No me digas que no hay aspectos de la dirección de una empresa de los que vosotros dos no podríais conversar. Pero tu padre es demasiado obcecado como para hablar contigo y tú eres demasiado obcecado para hablar con él.

—¿Y cómo voy a hacer eso? ¿Qué podría decir sin correr el riesgo de que haga mella en nuestra relación? «Eh, papá, si alguna vez necesitas ayuda con algo, dímelo, porque se me da bien lo que hago, aunque tú no te hayas dado cuenta.

—Por supuesto que se ha dado cuenta. Y, si esta es tu manera de gestionar situaciones sensibles, me sorprende que tengas a alguien trabajando para ti.

—Pues debes saber —respondió él entre dientes— que mi equipo está feliz y motivado. Y no tengo ningún problema para gestionar situaciones sensibles. Esto es diferente.

—¿En qué sentido?

—En los negocios no hay emociones.

Ella se quedó callada durante tanto tiempo que él frunció el ceño.

—¿Qué? ¿No hay respuesta inteligente? Ya no sirve de nada que te contengas. Dime lo que estás pensando.

—Estoy pensando que es mejor que tu padre y tú no trabajéis juntos, porque habríais terminado por mataros.

—Es la primera vez que dices algo en lo que estoy de acuerdo contigo —dijo él, con una sonrisa apagada. Ella se alegró de ver aquella sonrisa. Era como ver el cielo azul después de una tormenta.

—Entonces, ¿ese es el motivo?

—¿Por el que no empecé a trabajar en Glen Shortbread? —preguntó él, y se encogió de hombros—. En parte, sí. Mi padre tiene ideas muy férreas sobre cómo deben hacerse las cosas. Todos estábamos involucrados en la empresa mientras crecíamos, y yo me pasaba los veranos trabajando allí cuando estaba en la universidad, así que tenía una idea clara de cómo iba a ser. Sabía que siempre estaría trabajando para él, siguiendo su plan, incapaz de cambiar nada ni de poner en marcha ideas nuevas. Quería construir algo por mí mismo.

—Por supuesto. Te has criado viendo cómo lo hacía él. Él te influyó. En cierto modo, es responsable de quién eres tú. Seguramente, aprendiste muchísimo de él sin darte cuenta.

Él la miró con curiosidad.

—No lo había pensado así, pero, sí, supongo que sí. Él fue mi inspiración.

—¿Se lo has dicho alguna vez?

—No.

Ella tuvo ganas de zarandearlos a los dos.

—Entonces, te apartaste porque necesitabas tu espacio.

—Sí, pero no fue solo por eso. A mí me encanta esto. Las montañas. El aire. La gente. Debería ser suficiente, pero no lo era. Quería estar en la ciudad. Quería estar en Londres. Me encanta Londres. Mi padre tampoco entiende eso.

—Yo sí lo entiendo. También adoro Londres.

Él se giró a mirarla.

—¿Sí?

—Sí, y no solo porque me criara allí. Me encanta porque... —dijo ella, y se interrumpió para tratar de articular por qué amaba tanto la ciudad, exactamente—. Es emocionante, ¿no? Allí siempre tienes la sensación de que es posible cualquier cosa. Y, aunque yo he vivido en Londres, todavía sigo maravillada de su historia. Vas caminando junto a un edificio de cristal de estilo futurista y, al minuto siguiente, estás delante de la Torre de Londres.

—Yo veo la torre desde mi apartamento.

—Por favor, no me digas eso o tendré que odiarte. Yo vivo en un bajo, pero tengo una buenísima vista de los pies de la gente cuando pasan junto a mi ventana. Me he convertido en una experta en zapatos.

—Yo trabajo en uno de esos edificios de cristal.

—Ya lo sé. Sé dónde están vuestras oficinas. He estado allí.

Y se había quedado impresionada, pero no iba a decírselo.

Le dolía la pierna, así que se sentó en el asiento de la ventana.

—El problema con dos personas obcecadas es que nunca van a progresar, a menos que uno de ellos tenga el valor de hacer un movimiento.

—¿Estás diciendo que soy un cobarde?

—No lo sé, Ross —dijo ella, y lo miró con una sonrisa desafiante—. ¿Lo eres?

Capítulo 19

Clemmie

—¿Clemmie?

Alguien llamó a la puerta y, después, trató de girar el pomo.

—¿Por qué te has cerrado con llave? Tú nunca haces eso.

—Estoy envolviendo los regalos.

En realidad, estaba tendida en la cama, mirando al techo. Los regalos aún estaban en la maleta, sin envolver.

—No puedes entrar, Alice.

—Bueno, ¿no podrías envolver el mío y esconderlo debajo de la cama, o algo así? Necesito hablar contigo.

El problema de estar en casa, pensó ella, era que no había ningún sitio al que escapar para encontrar la paz y la tranquilidad. Normalmente, ella adoraba aquella faceta de la vida familiar, pero en aquel momento estaba intentando recuperarse y no quería testigos.

Lo tenía todo planeado. Volver a casa. Tener un hijo. Construir una vida nueva. Ser amiga de Fergus. Estaba emocionada y segura de todo. Sabía que iba a ser una buena madre. Y seguía creyéndolo, a pesar de la reacción de su familia.

Lo que no había previsto era que lo que sentía por Fergus seguiría siendo tan fuerte. Se había pasado años entrenándose para pensar en él como en un amigo, con la esperanza de que se convirtiera en realidad. En vez de enviarle correos electrónicos, había empezado a escribir un diario.

Pensaba que lo estaba haciendo bien, pero aquella mañana había constatado que sus sentimientos no habían cambiado. Lo único que había cambiado era su forma de manejarlos. No se podía encender y apagar el amor, lo cual era una pena, porque la vida sería mucho más fácil. ¿De veras iba a poder vivir allí, viéndolo todos los días, y no morirse de pena?

Y, ahora, se ponía dramática. Patético.

—Clemmie —dijo Alice—. Te he traído té.

—Dame una hora, por favor. Te mando un mensaje.

¿O acaso Alice quería hablar con ella de Nico? ¿Había ocurrido algo? Tal vez necesitara hablar con alguien.

Se bajó de la cama.

—Voy, un segundo.

Tomó un rollo de papel de envolver y lo tiró al suelo. Arrastró la maleta y la dejó cerca para que pareciera que había estado ocupándose de los regalos. Se arregló el pelo y abrió la puerta.

—Hola. ¿Va todo bien?

—No lo sé. Dímelo tú.

Alice entró en la habitación con dos tazas humeantes. Le dio una a Clemmie. Observó el rollo de papel y la maleta, y dijo:

—Creía que estabas envolviendo los regalos.

—Iba a empezar cuando has llamado —dijo, moviendo la taza entre las manos, intentando no quemarse—. ¿Estás bien?

—No, pero quiero hablar de ti.

—Ah —dijo Clemmie, y le dio un sorbo a su té para que no se derramara al suelo—. Yo estoy bien. No quiero hablar de eso, si no te importa. No creo que sea de ayuda.

—Entiendo que pienses eso, teniendo en cuenta cómo hemos reaccionado todos cuando nos has dado la noticia, pero ahora estamos todos encantados. Yo, en particular —dijo su hermana, con una enrome sonrisa—. Eso me quita la responsabilidad de darles un nieto a tus padres. Y te prometo que voy a ser la mejor tía del mundo.

—Gracias.

Alice se sentó, con las piernas cruzadas.

—No has encendido las luces de tu árbol.

Ella observó el árbol que su madre había colocado cuidadosamente al lado de la ventana.

—Se me olvidó.

—Vaya, esto no es propio de ti. ¿Estás así porque mamá fue un poco insensible? Porque se está fustigando por ello. Está contenta, ¿sabes? Es solo que la gente tarda un poco en asimilar las cosas.

—No es por mamá. Quiero decir que no es por nada. Estoy bien.

—Sé que no estás bien.

Ella puso los ojos en blanco.

—¿Podrías dejar de ser médica cinco minutos?

—Ahora no soy médica. Soy tu hermana mayor. Y soy la primera en reconocer que la mayor parte del tiempo soy un horror de hermana.

Clemmie bajó la taza de té.

—Eso no es verdad.

—Sí lo es. Siempre estoy ocupada, estoy obsesionada con el trabajo y soy una perfeccionista muy molesta. ¿Por qué crees que no ha funcionado ninguna de mis relaciones? Pero lo bueno de tener una hermana es que ellas están obligadas a perdonarte. Me tienes que aguantar, pase lo que pase —dijo Alice, y le dio un sorbo a su té—. ¿Te has decidido por algún acompañante para el parto?

—Alice, ni siquiera estoy embarazada todavía.

—Ya lo sé, pero nunca es demasiado pronto para empezar a planearlo. De todos modos, me gustaría ofrecerme voluntaria. Me encantaría estar allí contigo. Y, antes de que respondas, deberías saber que siempre soy muy calmada y que respondo muy bien en las crisis. Aunque no es que vaya a haber ninguna crisis, en realidad —dijo Alice rápidamente—. Y, si prefieres que te acompañe cualquier otra persona, lo entiendo perfectamente.

—Oh, Alice. Es un ofrecimiento maravilloso. Y no se me ocurre a nadie mejor para acompañarme. Si me quedo embarazada, claro.

—Estoy segura de que te quedarás. ¿Has hablado con los médicos de la clínica? Sí, debes de haberlo hecho. La próxima vez, si quieres, iré contigo. Solo quiero que sepas que tienes mi apoyo. Que estoy contigo, pase lo que pase.

—Te lo agradezco —respondió ella. ¿Debería contarle a Alice lo que sentía por Fergus? No. Quizá, algún día, pero por el momento estaba demasiado en carne viva. Además, su hermana tenía sus propios problemas—. ¿Y tú? ¿Has hablado con Nico?

—Sí. Y tengo que agradecértelo a ti.

—¿A mí?

—Sí. Al ver cómo hacías tu anuncio delante de todos, me di cuenta de que yo estaba siendo una cobarde. Tú me diste valor.

—Oh —dijo ella. No podía imaginarse a sí misma siendo una inspiración para nadie—. Me alegro de que por fin hablaras con él. ¿Qué tal fue la conversación?

—Increíblemente mal.

—Oh, Alice... Deberías habérmelo contado.

—No hizo falta. Lloré sobre el hombro de mamá.

—Pero... ¿qué pasó? ¿Quiere tener una familia grande? ¿No cree que queráis las mismas cosas?

—No fue eso. Lo que no aceptó fue que yo no hablara

con él de eso. Me dejó en la cafetería. Supongo que no es un mal sitio para que te abandonen.

Ella no se dejó engañar por el tono ligero de su hermana.

—¿Y dónde está él ahora?

—Si tuviera posibilidad, seguro que ya estaría en Londres, pero está atrapado aquí hasta que retiren la nieve del puente y abran las carreteras. Digamos que en la habitación del lago las cosas están un poco gélidas, a pesar del fuego de la chimenea. Esta noche voy a dormir en mi cuarto.

Ella le agarró la mano a su hermana.

—Me siento culpable. Fui yo la que te animó a que hablaras con él.

—Y tenías razón. No me arrepiento, Clem. Por mucho que evites algo, no vas a cambiar el resultado. Yo debería haber tenido esta conversación con él cuando me pidió que nos casáramos. Debería haberle explicado cuáles eran mis temores y haberle dicho la verdad. Y, tal vez, habríamos podido encontrar una solución.

—Pero, si te quiere...

—Estoy segura de que sí. Y yo lo quiero a él, pero tal vez eso no sea suficiente.

—Vuelve a hablar con él, Alice. Inténtalo de nuevo. ¿Sabes lo difícil que es encontrar en este mundo a alguien con quien ser feliz? Nico y tú estáis muy bien juntos.

—¿Lo dices en serio? Desde que llegamos ha habido una tensión enorme entre nosotros. Y ha sido por mi culpa.

—Pero... yo os he visto juntos en Londres. Y he visto cómo hablas de él. No te rindas, Alice. Vuelve a hablar con él.

—Eso voy a hacer. Y tú tienes que responderme a una pregunta. Tu decisión de tener un hijo sola, ¿es por cómo te trató Liam?

—No. No tiene nada que ver con él.

—Sí, me lo imaginaba, pero quería cerciorarme. Bueno —dijo Alice, y miró a su alrededor—. ¿Vamos a envolver los regalos? Espero que me hayas comprado algo grande e increíble.

—Puede que sí —dijo ella, y le dio un empujoncito—. Vamos, vete. Deja que los envuelva.

—Me marcho cuando enciendas las luces del árbol. Solo entonces me voy a creer que estás bien.

Alice se puso de pie y recogió las tazas vacías.

Ella apretó el interruptor de la guirnalda de luces y el árbol empezó a brillar.

—Ya está. ¿Contenta?

—Por ahora —dijo Alice, mientras iba hacia la puerta—. Avísame si después te apetece dar un paseo.

—De acuerdo.

Esperó a que la puerta se cerrase y volvió a tenderse en la cama. Casi no había terminado de estirar las piernas cuando volvieron a llamar.

Parecía que nadie podía tener paz y tranquilidad para sentirse triste en aquella familia.

Tal vez fuese Alice otra vez.

Pero, cuando abrió la puerta, se encontró a su abuela.

—Abuela Jean...

—Tengo una urgencia. Necesito tu ayuda.

—¿Con qué?

—He hecho algunos árboles de Navidad de jengibre, pero ahora estoy demasiado cansada como para decorarlos. No tiene nada de divertido hacerse viejo, te lo prometo. ¿Estás ocupada? Tienes buen pulso y siempre se te ha dado bien decorar galletas —dijo la abuela Jean, y se asomó a su habitación—. ¿Qué haces aquí sola?

Intentando tener un momento de privacidad, pero parecía que era imposible en aquella casa.

Por otro lado, estar tumbada en la cama mirando al techo, tampoco hacía que se sintiera mejor.

—Estaba envolviendo los regalos, pero eso puede esperar. Vamos, te ayudo.

—Eres muy buena —le dijo la abuela Jean, y le dio unas palmaditas en el brazo—. Debería hacerlo yo, pero me apetece más echarme una siesta, para ser sincera.

Ella sintió una punzada de preocupación.

—Sí, ve a descansar. Yo hago la decoración.

—Seguro que estaré bien si me siento tranquilamente en la mesa. Así puedo darte órdenes. Ya sabes cuánto me gusta eso.

Ella se echó a reír y se sintió mejor al instante.

—Pues vamos —dijo. Tomó a su abuela del brazo y, cuando llegaron a la cocina, preguntó—: ¿Dónde están todos los demás?

—Tus padres han ido al pueblo a ver a los Trent. Pauline Trent acaba de salir del hospital porque se rompió la cadera. Necesita que la animen y tu madre es la más indicada. Douglas va a despejar los caminos de su casa de nieve para que pueda recibir más visitas. Ross está en la biblioteca, estudiando la propuesta de Lucy, y Lucy se ha quedado dormida en el sofá del salón. Tenía el ordenador portátil al lado, así que lo aparté. Obviamente, está cansada, la pobre. Así que estamos las dos solas.

La abuela Jean movió la mano hacia la mesa de la cocina.

—Bueno, las dos, y cien árboles de Navidad de jengibre.

—Pues vamos a ello —dijo Clemmie, y se puso un delantal—. Esta era una de mis tradiciones favoritas de Navidad cuando era pequeña. Eso, y hacer *cupcakes* de Rudolph.

Tomó un cuenco de glasa real y un chuchillo.

—Me acuerdo —dijo la abuela Jean. Se sentó en una silla, a su lado—. Aunque, para ser exactos, tu tradición favorita era comerte la glasa del cuenco cuando pensabas que nadie te veía.

—A ti nada se te escapa —dijo ella, mientras extendía la glasa por una de las galletas.

—Exacto —dijo la abuela Jean—. Me crujen los huesos y mi oído ya no es lo que era, pero no tengo nada malo en la vista. Los árboles pueden ser blancos, como nevados, pero les vamos a poner unas velas rojas.

Ella puso el árbol terminado sobre la rejilla para que se secara.

—¿Mamá sigue disgustada?

—Sí. Pero consigo misma, no contigo. Cree que se equivocó al responder —dijo la abuela Jean—. Tu madre tiene un estándar muy alto en cuanto a la maternidad. Estoy segura de que tú serás igual.

A ella se le formó un nudo en la garganta.

—No era mi intención soltar así la noticia.

—Yo siempre he pensado que, cuando hay algo que decir, es mejor decirlo de la forma más sencilla posible y con muy pocas palabras. Los rodeos no cambian el significado —dijo la abuela Jean, y empujó el plato para acercárselo—. No pierdas de vista lo que estás haciendo. Este árbol parece un remolino de viento.

—Lo siento —dijo ella, e intentó concentrarse—. Tú fuiste la única que no se quedó sorprendida.

—No. Yo le pedí a Santa Claus que me hiciera bisabuela. No estipulé cómo. No vale la pena intentar controlarlo todo en la vida, creo.

Por muy serio que fuese el tema, su abuela siempre conseguía que sonriera.

—Pero, de verdad, ¿qué piensas de mi plan?

—No necesitas mi respaldo. Sabes lo que estás haciendo. Sabes lo que quieres. Pero, ya que me lo has preguntado, creo que cualquier niño que te tenga a ti como madre será muy afortunado. Ahora, concéntrate. Estás poniendo demasiada glasa en el cuchillo.

La abuela Jean guio su mano hasta el cuenco y dejó que se deslizara un poco de glasa.

—Se te ha olvidado cómo se hacía esto. Vas a tener que recuperar la práctica si quieres hacerlo con tu niño algún día. No me mires, sigue poniendo la glasa a los árboles o se va a quedar reseca en el cuenco.

—Seguramente, te estarás preguntando por qué quiero tener un bebé yo sola.

—No me lo pregunto, lo sé —dijo la abuela Jean—. Lo estás haciendo por Fergus.

A ella se le cortó la respiración. ¿Lo sabía? No era posible...

Notó que le ardían las mejillas.

—Eso no es... quiero decir, no sé por qué has pensado que...

—Con la edad llega la sabiduría, ¿no lo sabías? Tú quieres a Fergus. Siempre lo has querido. Para mí no es nada nuevo. Baja el cuchillo porque, en este momento, estás adornando el suelo con la glasa, y ya está lo suficientemente resbaladizo ahí fuera como para convertir la cocina en otro territorio letal —dijo la abuela Jean. Le quitó el cuchillo con suavidad, porque tenía las manos temblorosas—. ¿Por qué te has quedado tan horrorizada?

—¿Lo sabe alguien más?

—¿Que quieres a Fergus? No lo sé. Para mí es obvio desde hace años, pero no todo el mundo es tan intuitivo y agudo como tu abuela. Nunca comprendí por qué decidiste marcharte.

—Pensé que, si me alejaba y salía con otra gente, me olvidaría de él. Tenía la esperanza de enamorarme de otra persona. Pero no salió bien.

—Bueno, pues claro que no. ¿Cómo iba a salir bien? Ya estabas enamorada de él.

De repente, una vez pasado el *shock* inicial, ella se sintió aliviada porque su abuela lo supiera.

Nunca se había sentido cómoda guardando secretos, pero aquello era demasiado personal. Además, siempre había temido que, si se lo decía a alguien, a ese alguien pudiera escapársele y que, al final, Fergus se enterara de la verdad.

Eso habría sido demasiado mortificante.

—Debería haber hablado contigo hace años. Tal vez me habrías ahorrado algunas citas realmente horribles.

—Sí, deberías haber hablado conmigo, aunque no siempre tengo mucho tacto, como bien sabes, y puede que le hubiera dicho algo a Fergus de haberse presentado la oportunidad. Supongo que no has pensado en eso, ¿no? En decirle lo que sientes.

Clemmie se encogió de hombros.

—¿Decirle que le quiero?

No se le ocurría nada más embarazoso.

—¿Por qué no? Es la verdad. Llevas enamorada de él toda la vida.

—Ya lo sé. Es horrible. Y por eso no puedo decírselo. Los dos pasaríamos mucha vergüenza. Sería una pesadilla.

—¿Cómo te has sentido al verlo y al pasar el rato con él?

Clemmie tomó otra de las galletas y comenzó a adornarla.

—Fue más difícil de lo que había pensado. Pensaba que no me afectaría, pero me he equivocado. Él es maravilloso con Iona. Le hace trenzas. ¿Sabes que se apuntó a clases de piano para poder practicar con ella?

—Sí. Yo fui la que le buscó las clases —dijo la abuela Jean—. Él pregunta por ti todo el tiempo. Cuando se menciona tu nombre en una conversación, siempre presta atención.

—Es muy amable.

—Una pregunta de vez en cuando es amabilidad, lo demás es interés.

Ella se encogió de hombros.

—Somos muy buenos amigos.

—Exacto. Y los buenos amigos deberían contárselo todo. Si eres tan valiente como para cambiar de vida y volver aquí, y para ser madre, entonces eres valiente como para decirle a Fergus lo que sientes por él.

—No, en realidad, no. Eso significa desnudarme. Abrirme a la posibilidad de quedar en ridículo. ¿Y si se echa a reír?

—Él no se reiría. Eso sería muy cruel, y Fergus no es cruel.

—Bueno, de acuerdo, pero a él le pondría en una situación horrible. Se compadecería de mí. Cada vez que nos cruzáramos por el pueblo sería algo incómodo. Yo estaría demasiado asustada como para ir a la panadería o a la cafetería. Y él se escondería cada vez que me viera pasar. Se pondría a saltar por los muros y a esconderse detrás de las farolas para intentar evitarme.

—Dios Santo, sí que tendría que estar ágil para saltar muros. Envidio a la gente que tiene las articulaciones sanas y tiene todas esas opciones atléticas a su disposición. Y Fergus no se ha escondido nunca. Al contrario. Estuvo a la altura de la responsabilidad cuando su sobrina se quedó huérfana y la mayoría de la gente de su edad estaba por ahí emborrachándose, de fiesta —dijo la abuela Jean, pensativamente—. No creo que le diera vergüenza, y no creo que quisiera esconderse, pero, si lo hiciera, sería su problema. Y tú llevarías la cabeza alta cuando te lo encontraras, sabiendo que has hecho lo posible porque las cosas sucedieran. Por no conformarte con la segunda mejor opción en la vida.

La segunda mejor opción.

¿Iba a conformarse? No. Bueno, no iba a conformarse si existía la posibilidad de compartir la vida con Fergus. Y eso no era así.

¿O sí?

Hacía muchos años habían tenido un momento...

Bueno, ella se lo había imaginado.

¿No?

¿Y si no habían sido imaginaciones suyas? ¿Y si no se lo había imaginado y, durante todo aquel tiempo, Fergus había estado sintiendo lo mismo que ella?

No. Lo habría sabido.

Pero...

¡Oh, aquello era una tortura!

—Abuela, me moriría de mortificación. Voy a volver a vivir aquí y este es un pueblo muy pequeño. Tendríamos que evitarnos el uno al otro.

—Nadie se ha muerto nunca de mortificación. ¿Y estás segura de que es eso lo que pasa?

—¿A qué te refieres?

—Fergus y tú os conocéis de toda la vida. Erais buenos amigos. Y, ahora que has vuelto, vais a seguir siéndolo. Creo que tienes miedo de que, si eres sincera con él, puedes perder esa amistad. Y prefieres tener su amistad que nada. Tienes miedo de arriesgarlo todo.

—Sí. Eso es. Incluso una pequeña parte de Fergus es mejor que nada de Fergus. Echo de menos su amistad. Quiero mucho más que eso, pero me conformaría con la amistad en vez de no tener nada. Eres muy lista, abuela Jean.

—Sí, es cierto. Es una maldición, pero he aprendido a vivir con ello —le dijo la abuela Jean, y le dio unas palmaditas en el dorso de la mano—. Hay una cosa en la que no has pensado. En que él también siente algo por ti.

—Pero ¿por qué dices eso? Fergus y yo nos conocemos desde siempre, tú misma lo has dicho. Si sintiera algo por mí, habría dicho algo.

—Tú no has dicho nada.

—Eso es diferente.

—Umm... Termina ese árbol antes de que se seque.

—¿Qué voy a hacer, abuela Jean?

—Eso tienes que decidirlo tú. Pero, como eres una buena chica y le haces caso a tu abuela venerable y sabia, seguramente vas a hablar con Fergus. Y, después, vas a venir aquí a contármelo todo. Y yo te diré: «Te lo dije».

—Si sale corriendo despavorido, yo soy la que te diré «Te lo dije».

La abuela Jean puso otro árbol en el plato y se lo dio a Clemmie.

—Hay otra opción, claro.

—¿Cuál es?

—Escribirle a Santa Claus. Yo siempre me encuentro con que es asombrosamente receptivo.

Capítulo 20

Glenda

Dos días más tarde, Glenda estaba mirando por la ventana de la cocina mientras Ross y Clemmie despejaban el camino hacia el cobertizo. Oía el rascar rítmico de la pala contra el suelo y la voz grave de Ross, que hablaba con su hermana. De vez en cuando, se detenían para tirarse bolas de nieve, algo que iba acompañado de muchas carcajadas y de chillidos por parte de Clemmie.

Los gritos hacían que ella sonriera. Algunas cosas no cambiaban nunca.

A Ross y a Clemmie siempre les había encantado la nieve. En invierno pegaban la nariz contra el cristal de las ventanas heladas y observaban el cielo deseando que cayera una nevada para poder hacer un muñeco de nieve. Recordaba el año en que, por Navidad, le habían regalado a Clemmie el trineo. Tenía seis años, y el pobre Ross se había pasado todas las vacaciones tirando de su hermana por el césped helado, porque no había caído ni un copo de nieve.

En aquel momento, sin embargo, había nieve suficiente como para abrir una pista de esquí.

Llevaba tres días nevando. Estaba empezando a preguntarse si seguiría así hasta Año Nuevo, pero aquella mañana al despertarse, había visto el cielo azul y había sentido alivio.

Más allá de la casa, los árboles estaban cubiertos de nieve y las ramas estaban vencidas por el peso.

Todo el mundo decía que era la peor nevada que recordaban, y ella lo creía.

—¿En qué estás pensando? —le preguntó Douglas, a su espalda.

—En nada. Estoy mirando a Ross y a Clemmie.

—¿Quién gana? —preguntó Douglas. Se colocó junto a ella y le pasó un brazo por los hombros.

—Van empatados. Clemmie tiene mejor puntería, pero Ross es implacable. No deja de acribillarla hasta que se rinde. Ahora la niña debe de tener más nieve en el cuello de la que hay en el suelo. Se lo están pasando bien.

Y eso era un alivio, porque había habido demasiado estrés hasta el momento.

—¿Y Alice?

—No lo sé. Todavía no la he visto esta mañana.

Sin embargo, sabía que Alice había estado durmiendo en su habitación las dos últimas noches, y eso no era buena señal. No se podía arreglar una pelea sin hablar, y no parecía que Nico y ella estuvieran hablando. Las comidas familiares habían sido un poco tensas, seguramente, debido a la abuela Jean, que se negaba a dejarse acallar por el ambiente.

—¿Puedes creerte que mañana sea ya Nochebuena?

—A ti te encanta la Nochebuena. Siempre dices que es el mejor día, porque todavía queda la Navidad.

—Ya lo sé. ¿Te acuerdas de cuando los niños eran pequeños y les dejábamos que abrieran por lo menos un regalo porque no aguantaban más la emoción?

—Sí. Lo hacíamos con la condición de que no nos despertaran al día siguiente antes de las seis de la mañana.

—Ross y Alice se sentaban encima de Clemmie para que no entrara corriendo a nuestra habitación.

—Echo de menos aquellos días.

—Yo, también. Pero ahora hay cosas que podemos hacer y que, entonces, no podíamos.

—¿Por ejemplo?

—Por ejemplo —dijo Douglas, estrechándola contra sí—, pasar un mes en el Caribe, tirados en alguna playa.

Ella sintió una punzada de anhelo, pero se echó a reír.

—Podríamos hacerlo, pero no vamos a hacerlo. Douglas, eres un mentiroso. No hay nada que tú odies más que eso. Te aburrirías a los treinta segundos. ¿Qué harías cuando llegáramos allí?

—Empezaría por ver cómo te diviertes tú.

Ella le dio un beso.

—Si nos tomáramos un fin de semana libre de vez en cuando, sería un comienzo. Podríamos pasar un fin de semana en un buen hotel de Edimburgo. O ir a ver a los niños a Londres.

Se abrió la puerta trasera y entró una ráfaga de aire helado.

—Te odio, Ross Miller —dijo Clemmie, pero se estaba riendo mientras comenzaba a quitarse las botas llenas de nieve.

—Traed aquí las chaquetas para que se sequen —dijo Glenda, mientras recogía bufandas y gorros.

—Tienes muy mala puntería —dijo Ross, mientras se quitaba el abrigo, dejando todo el suelo lleno de copos de nieve.

—Tengo mucha mejor puntería que tú —replicó Clemmie, y se acercó en calcetines a los fuegos de la cocina para entrar en calor—. ¿Qué ha pasado con el trineo, mamá? Podríamos llevar a Lucy a dar un paseo.

—¿Para que se rompa la otra pierna? —preguntó Ross.

—Es que lleva varios días sin salir y, seguramente, se estará agobiando. Eres un aburrido, ese es tu problema.

Clemmie sonrió y se fue hacia la salida.

—Voy a ducharme y a entrar en calor. Quiero estar lista para la segunda ronda.

Ross se estiró en la silla.

—Hablando de Lucy, ¿dónde está?

—Tenía que trabajar, así que la he instalado en la mesa de la biblioteca. Quería quedarse en su habitación para no molestar, pero me he empeñado —dijo ella, y le puso una taza de café delante.

Douglas la miró esperanzadamente.

—¿Hay una de esas para mí?

—Se supone que solo puedes tomarte una al día, y ya lo has hecho.

—Es Navidad.

—Pero la presión sanguínea no se toma vacaciones por Navidad —respondió ella. Sin embargo, cedió y le sirvió media taza.

Ross estaba frunciendo el ceño.

—¿Y por qué decía Lucy que no quería molestar?

—Está intentando ser discreta y comportarse como si no estuviera aquí.

—Eso es una tontería —dijo Douglas—. No está molestando. Seguramente se siente incómoda por ti, Ross. Acéptale la propuesta. Así la ayudarías a tener una feliz Navidad. ¿Ross?

—Lo de aceptarle la propuesta haría que las cosas... se complicaran.

Douglas emitió un sonido de impaciencia.

—¿Por qué? ¿Rompes una de tus reglas? La vida es complicada si tú la complicas. Y, a propósito, un gran magnate como tú debería ser capaz de gestionar lo complicado. Deberías comer algo complicado para desayunar, con un extra de desafío.

Glenda puso los ojos en blanco y se rindió.

Por el contrario, Ross permaneció en calma.

—No se trata de reglas —dijo—. Y tienes razón, todos los días me enfrento a cosas complicadas.

—Entonces, ¿qué?

Pareció que Ross iba a decir algo, pero lo pensó mejor.

—Nada.

Douglas se exasperó.

—Bueno, pues yo sí le voy a encargar trabajo. La voy a invitar en Año Nuevo para que venga a hablar con el equipo. Reconozco el talento cuando lo veo. Y Lucy tiene talento. Necesito ayuda y creo que ella me la va a dar. Así que si cambias de opinión y le pides que trabaje contigo, no te sorprendas si está demasiado ocupada.

Ross dejó la taza en la mesa.

—¿Tú necesitas ayuda?

—No ayuda, exactamente. ¿He dicho ayuda? —pregunto Douglas con nerviosismo—. Me refería al consejo de una experta. Y, al contrario que tú, yo tengo la mente abierta a las buenas ideas. Para eso contratamos a las agencias, ¿no?

—Pero si tú nunca has hecho eso. Siempre has preferido hacer las cosas internamente, y tienes un departamento de *marketing*.

—Y son muy buenos. Pero eso no significa que no podamos explorar nuevas formas de hacer las cosas.

Ross se inclinó hacia delante.

—¿Cómo va el negocio, papá?

Glenda se quedó helada. Miró a Douglas con la esperanza de que no rechazara lo que, claramente, era un intento de comunicación.

—El negocio va bien. No hay problemas.

«¡Oh, por el amor de Dios!».

—¿De verdad? Nosotros hemos tenido problemas con el suministro —dijo Ross—. Ha sido una pesadilla. Hemos tenido que repensar todo el modo de hacer negocio —explicó. Y añadió, de manera vacilante—: Me encantaría hablar de ello contigo, a menos que no quieras hablar de trabajo.

Douglas soltó un gruñido.

—¿Y qué sé yo?

—Llevas dirigiendo una empresa con éxito toda tu vida, así que yo diría que sabes mucho. Pero no es fácil conseguir que compartas todo lo que sabes.

—Tú nunca has estado interesado. Por lo menos, no lo has estado desde que saliste de casa.

Glenda tuvo que hacer un gran esfuerzo por no intervenir.

Ross respiró profundamente.

—¿Por qué piensas que quería fundar mi propia empresa, papá?

—No lo sé. ¿Porque eres terco y no querías trabajar conmigo?

—Porque fuiste una inspiración para mí —dijo Ross en voz baja—. Te vi dirigir una operación complicada, vi cómo gestionabas al personal, vi cómo resolvías los problemas y creabas algo de lo que podías estar muy orgulloso, y quise ser como tú. Cuando era niño, tú me llevabas a la oficina y yo me sentaba en tu escritorio y fingía que era mi padre.

Douglas se quedó callado un momento. Carraspeó y, cuando volvió a hablar, tenía la voz enronquecida.

—Entonces, creciste y decidiste que preferías hacerlo tú solo.

—En cierto modo, sí, porque no es fácil convencer a nadie de que te tome en serio cuando eres el hijo de Douglas Miller. Quería demostrarme a mí mismo que podía hacerlo. Que tenía mucho de ti. No podía hacer eso si me quedaba aquí. Y, sabía que, si tenía la mitad de éxito que tú, me sentiría satisfecho.

Ross se acercó a la mesa y tomó la mano de su padre.

—Entré en el mundo de los negocios porque quería demostrar mi valía, eso es cierto. Pero también lo hice para que tú te sintieras orgulloso.

Glenda no recordaba ningún momento de su vida en que sus emociones hubieran cambiado de un modo tan rápido, con tanta fuerza. Había pasado en un segundo de la desesperación y la frustración al orgullo y la euforia. Tenía las mejillas húmedas. Trató de ver si lo que había dicho Ross había conmovido a Douglas, pero no veía nada a causa de las lágrimas.

Nunca había oído hablar así a Ross. Nunca lo había visto conteniéndose y mostrando paciencia y vulnerabilidad. Fue como si, por fin, hubiera entendido a su padre, aunque ella no sabía cómo había podido suceder de repente.

O, quizá, sí.

¿Lucy?

Quizá. Pero, fuera cual fuera el motivo, Ross acababa de abrir una puerta. Estaba allí, abierta de par en par, y Douglas solo tenía que cruzarla.

Si se la cerraba a su hijo en las narices, lo iba a despellejar.

Esperó con la respiración contenida.

—Me siento orgulloso —dijo Douglas con la voz ronca—. ¿Cómo no iba a estarlo? Eres un pez gordo. Leo sobre ti en todas partes.

Ross sonrió.

—No debes creerte todo lo que leas.

—Por supuesto, si hubieras venido a trabajar conmigo, yo ya habría podido jubilarme y llevarme a tu madre de vacaciones al Caribe.

Ross lo miró durante un largo instante.

—¿Estás diciendo que quieres jubilarte? No necesitas que yo dirija la empresa para eso, papá.

—Bueno, es que no va a dirigirse sola. Y ¿quién dice que quiera jubilarme? Pero sí me gustaría tener más tiempo libre, si estuviera rodeado de gente de confianza.

—Estás rodeado de buena gente, papá. Solo necesitas delegar más en ellos. Confiar en ellos.

—¿Lo ves? —le dijo Douglas a ella—. Le hago un elogio y ya me está diciendo cómo llevar la empresa.

—No te estoy diciendo cómo tienes que llevar nada —dijo Ross, sonriendo—. Lo único que digo es que hay gente que puede ayudarte a llevar la empresa. Gente lista.

—Gente como Lucy, quieres decir —murmuró Douglas, y se quedó pensativo—. Si redujera la jornada, podríamos salir y viajar, Glenda.

Ella se contuvo para no poner los ojos en blanco.

—Buena idea, Douglas.

Él la miró.

—Estás pensando en que llevas años diciéndome eso, ¿no?

—Estoy pensando que, algunas veces, la gente tiene que llegar a sus propias conclusiones a su propio ritmo.

—Si vais a viajar, podríais empezar por ir a vernos a Londres —dijo Ross—. Podéis quedaros en mi apartamento. Y yo podría enseñarte la oficina, si quieres.

Douglas frunció el ceño.

—¿Crees que tu lujosa oficina me va a impresionar?

—No lo sé, pero podríamos averiguarlo.

—Me alegro de que no vinieras a trabajar conmigo a la empresa. Eres terco.

Ross sonrió.

—Me pregunto de quién lo he heredado.

Su padre dio un gruñido.

—Nos habríamos peleado todo el rato.

—Seguramente. No habría sido agradable, porque yo habría estado todo el tiempo intentando demostrar lo que valgo.

—Ya lo has hecho, Ross —dijo su padre, y le estrechó la mano—. Lo has hecho. Y yo debería habértelo dicho antes. Pero, como dice tu madre, algunas veces la gente tiene que llegar a sus propias conclusiones a su propio ritmo. Tú has hecho un buen trabajo y yo me siento orgulloso.

Ross carraspeó.

—Gracias, papá.

—No me des las gracias —dijo Ross, y apartó la mano—. Tienes mis genes, eso es todo. Eres un gran injerto. Lucy, también.

Glenda suspiró.

—Douglas...

—¿Qué? Estamos hablando con sinceridad, ¿no? Solo digo que Ross debería aceptar su propuesta, nada más. Es buena y sabe de lo que habla. Me gusta cómo piensa. Y tiene una buena ética del trabajo. Es una gran trabajadora, como tú —le dijo Douglas a su hijo.

—No como Ross. A ella no le queda más remedio, ¿no? —dijo Glenda, mientras se servía una taza de café—. Lucy no tiene familia y no tiene a nadie en quien apoyarse en los momentos difíciles.

Al pensarlo, tuvo una punzada de dolor por Lucy. Para ella, lo más importante era la familia, y no podía imaginarse sin tenerla.

Ross posó la taza en el plato.

—Eso es un chantaje emocional —dijo él.

En aquel momento, Lucy entró en la cocina con Alice y Ross se ruborizó.

—¡Mirad a Lucy! —exclamó Glenda—. Caminas muy bien sin las muletas. ¿Eso es recomendable?

Alice asintió.

—Siempre que no se pase de la raya, ya puede apoyar un poco de peso en el pie.

—Estupendo. Ven a sentarte, Lucy. Estaba a punto de empezar a organizar la Nochebuena. He pensado que podríamos...

El teléfono de Douglas sonó y la interrumpió.

—¿Quién es? No contestes. Oh, bueno, tal vez es mejor que sí contestes, pero si es alguien de la oficina, diles que es Navidad y que estás en casa con tu familia.

—Es ese fotógrafo que quería la foto de toda la familia —dijo Douglas, y respondió la llamada.

Ella escuchó, con alivio, cómo volvían a fijar una fecha para la sesión de fotos familiar. Se realizaría en verano.

—Bien —dijo, asintiendo, cuando Douglas colgó—. Lo que menos necesitamos en este momento es...

El teléfono volvió a sonar.

—No es la oficina —dijo Douglas—. Es Fergus. ¿Se me permite hablar con él? —preguntó Douglas, y respondió—: ¿Fergus? Disculpa la tardanza en contestar al teléfono. Glenda me está vetando las llamadas, pero tú estás en la lista de los permitidos —dijo, y escuchó. Asintió y dijo—: Claro. ¿Estás seguro? Es una buena noticia. Si tengo que pasarme otro día más aquí metido con mi familia sin un respiro, alguien va a morir.

Cuando colgó, dijo:

—Era Fergus.

—Ya lo sabemos, papá —respondió Alice—. ¿Qué quería?

—Llamaba para decir que han despejado el camino, la carretera y el puente. Ya hay acceso a la finca de los Miller y estamos otra vez conectados con la civilización —dijo, y miró a su hijo—. La gente puede entrar y salir a voluntad, lo cual significa que los que estén desesperados por huir del seno de la familia pueden hacerlo. Eso me incluye a mí —afirmó, y se puso de pie—. Todavía tengo que comprar un par de regalos de navidad en el pueblo y, si alguien quiere venir conmigo, hay sitio en el coche.

Hubo un silencio mientras todo el mundo calculaba lo que eso significaba para ellos.

Lucy fue la primera en hablar.

—Es una buena noticia, en efecto. Yo puedo llegar a casa para la Navidad —dijo—. Voy a mirar los trenes ahora mismo —añadió, y salió rápidamente de la cocina, como si no tuviera el tobillo roto.

Glenda miró a Ross, pero su expresión no dejaba entrever nada.

Alice se quedó pálida.

—Voy a hablar con Nico para ver lo que quiere hacer.

—Bueno, si los dos queréis venir al pueblo —dijo Douglas, que no sabía nada de lo que había ocurrido entre ellos—, avisadme en los próximos cinco minutos.

Ella le había guardado el secreto a su hija, porque sabía que no necesitaba que nadie interfiriera. Al mirarla a los ojos, no vio en ellos más que tristeza. Alice tenía la esperanza de arreglar las cosas con Nico, pero ahora parecía que iba a perder esa oportunidad. Tenía muchas ganas de abrazarla y consolarla, pero no podía hacerlo.

Alice tenía que arreglar aquello por sí misma.

Douglas tomó su taza y la dejó sobre el lavaplatos. Después, miró a Glenda y cambió de opinión. La metió dentro.

—¿Ves lo evolucionado que soy?

La abuela Jean apareció en la cocina.

—¿Dónde va Lucy? Ha pasado corriendo a mi lado y casi se tropieza con Hunter.

—Se va a casa —dijo Douglas—. Han despejado las carreteras. A juzgar por las caras que han puesto en esta mesa, eso puede ser una buena noticia, o no.

Alice salió en silencio de la cocina y la abuela Jean se plantó delante de Douglas.

—No vamos a dejar que Lucy se marche.

Él suspiró.

—A mí tampoco me gusta la idea, pero ¿qué podemos hacer? ¿Secuestrarla? Sabéis que me cae muy bien Lucy, muy bien, pero tiene su propia vida. Hay que respetar los deseos de la gente. Ella quiere irse a casa por Navidad. Lo ha dicho.

—Y después ha salido corriendo de la cocina como si no tuviera nada en el tobillo —dijo la abuela Jean, y le lanzó a Ross una mirada fulminante—. Haz algo.

—¿Yo? ¿Qué voy a hacer yo?

—Se marcha porque tiene la sensación de que se está entrometiendo en la familia. Necesita saber que queremos que se quede. No sé cómo lo vas a hacer, pero hay muérdago sobre la puerta de la biblioteca, así que te sugiero que lo abordes directamente. Agárrala y le das un beso.

Ross enarcó las cejas.

—Eso es acoso, abuela Jean.

—Solo pensaba que... Bueno, no importa. ¿Qué sé yo de nada? —preguntó la abuela Jean, y se dejó caer en una silla con cara de derrota y cansancio.

Ross se puso de pie en un instante.

—¿Qué te pasa? —le preguntó. Se arrodilló a su lado y la tomó de la mano.

—Siento todos mis años, nada más.

—¿Quieres decir, veintiuno?

Aquella fue una de las raras ocasiones en las que la abuela Jean no respondió a la tomadura de pelo.

—Soy demasiado vieja para todo esto —dijo, aferrándose a la mano de Ross—. La vida es muy valiosa y no deberíamos desperdiciar las oportunidades. Lucy es exactamente la mujer con la que deberías estar saliendo. Es afectuosa, genuina, generosa, le encantan los perros, le gusta comer.

—Sé que tienes buenas intenciones —dijo Ross—, pero yo sé llevar mi vida amorosa, abuela.

—Perdona que piense lo contrario. Puede ser porque no veo pruebas de ello.

—Yo salgo con mujeres, ¿sabes?

—Entonces, ¿por qué no has traído a ninguna a conocer a tu abuela? Porque sales con el tipo de mujeres que no te conviene. Mujeres que no quieren conocer a tu familia, que están más interesadas en tu cuenta corriente que en ti.

—Gracias —dijo Ross con ironía—. Es bueno saber que tienes tanta confianza en mi sentido común.

—Si vas a dejar que Lucy salga por la puerta sin ni siquiera intentar que se quede, ya no volveré a confiar en tu sentido común.

Ross se puso de pie. Parecía que estaba cansado, y Glenda se preguntó si tal vez no estuviera tan relajado como quería aparentar con respecto a la situación.

—Lucy llegó hasta aquí por un giro del destino —dijo él—. No eligió estar aquí. Cuando se enteró de que las carreteras estaban despejadas, salió corriendo de la cocina para averiguar si hay trenes y hacer la maleta. Estaba deseando marcharse.

—¿Y por qué crees que ha sido eso? Yo me rindo —dijo la abuela Jean, cabeceando—. Mientras tú estés abriendo los regalos y riéndote con tu familia, Lucy estará sola, echando de menos a su abuela, pero no te preocupes por eso.

Glenda estuvo a punto de sonreír al ver aquella descarada manipulación, pero Ross y Lucy no eran su única preocupación.

También estaba preocupada por Alice. ¿Se había dado cuenta alguien más de que había salido de la cocina? Lucy no era la única que tenía que tomar una decisión ahora que habían abierto las carreteras.

Nico, también.

¿Y cuál sería esa decisión?

Capítulo 21

Alice

Cuando Alice abrió la puerta de la habitación del lago, el sol entraba por la ventana, y se preguntó cómo era posible que no quisiera, en algún momento, instalarse en aquel dormitorio.

Nico estaba sentado en la mesa junto a la ventana, tecleando en el ordenador.

La luz que entraba por la ventana se le reflejaba en el pelo mientras miraba a la pantalla, absorto en su trabajo. Sin duda, era el hombre más guapo que había visto en su vida, y sintió un aleteo de puros nervios. Se preguntó cómo era posible que hubiese tenido dudas.

Pero sus dudas no eran sobre él, por supuesto, sino sobre ella misma. Sobre si podría ser lo que él quería y necesitaba.

Si pudiera dar marcha atrás en el tiempo, le quitaría el anillo de las manos y se lo pondría sin dar tiempo a que Nico tuviera que hacer ninguna pregunta.

Pero no podía volver al pasado.

Lo único que podía hacer era seguir adelante.

Mientras cerraba la puerta, él alzó la vista.

—Alice —dijo.

Estaba distante, como los dos días anteriores. Cuando ella había tratado de hablar con él, Nico le había dicho que necesitaba espacio, y ella se lo había dado.

Pero, ahora, tenían que tomar decisiones. Temía abordar aquella conversación, tenía miedo de cuál podía ser su respuesta, pero estaba convencida de que tenía que hacerlo. Pasara lo que pasara, iba a hacerlo. Y, después, su relación sería más fuerte o quedaría rota.

—Has estado trabajando mucho y he pensado que quizá te apetezca dar un paseo. Podemos ir al lago. Quiero enseñarte una cosa. Pero, antes de que me respondas, tienes que saber que el puente está abierto y que han despejado las carreteras. Si quieres marcharte, puedes hacerlo. Puedes estar en Londres a tiempo para pasar allí la Navidad. Seguramente, casi puedes llegar a Italia para estar con tu familia, si es lo que quieres.

Hubo un largo silencio.

Él se quedó mirándola y, después, se giró hacia el lago.

—¿Cuándo te has enterado?

—Hace un momento. He venido directamente a decírtelo. No quería ocultártelo por si quieres marcharte. Pero espero que decidas quedarte. Quiero decirte algunas cosas.

Él cerró la tapa del ordenador.

—¿Qué es lo que quieres enseñarme? —preguntó, con una mirada de cautela.

—¿Vienes? —le preguntó ella, y le tendió la mano.

Él asintió y se puso en pie.

Se abrigaron y bajaron a la habitación de las botas. No había ni rastro de su familia por ninguna parte y, por una vez, ella lo agradeció.

En cuanto salieron a la nieve, Alice se dio cuenta de que había sido una buena decisión. El aire helado le arrancó el cansancio mental que acumulaba después de varias noches sin dormir, y el cielo azul la animó.

Nico se detuvo para esperar a que ella tomara una u otra dirección.

—¿Vamos al pueblo?

Ella hizo un gesto negativo.

—No, esta vez, no.

Giró a la derecha y tomó un sendero que había junto al bosque, de camino al lago. La nieve estaba intacta, prístina, y la superficie brillaba bajo el sol. Cuando llegaron a la orilla del lago, lo encontraron vidrioso, mate. El agua estaba protegida por una gruesa capa de hielo.

Nico la pisó.

—Sólida. ¿Has patinado alguna vez?

—No. Está congelada por los bordes, pero no en el medio. Es demasiado profundo. Uno de nuestros perros se hundió un invierno. Mi padre consiguió rescatarlo —dijo Alice.

Señaló un grupo de rocas grandes que siempre había sido su asiento favorito para reflexionar durante todos los años que había vivido allí.

—Aquí es donde venía siempre —dijo, y se puso a trepar, apartando la nieve para encontrar los asideros que ya conocía, con cuidado de no resbalarse. En tres movimientos estuvo en la cima y se sentó en la roca más alta—. Este era mi sitio.

—Lo entiendo —dijo él. Se quedó abajo, con las piernas separadas y ancladas firmemente en el suelo—. La vista es increíble.

—Está lleno de paz —dijo ella—. Cuando la casa estaba llena de gente y todo el mundo estaba hablando a la vez, aquí siempre podía pensar. Era donde venía a reflexionar sobre mis problemas —le explicó. Quitó algo de nieve de la roca de al lado y le dio una palmadita con el guante—. ¿Te sientas conmigo?

Él subió con agilidad y se sentó a su lado.

—Bueno, y ¿qué hacemos aquí?

—Quería que habláramos —dijo ella. Tomó una piedra y la tiró hacia el hielo, y observó cómo botaba y se deslizaba por la superficie—. Y quería que tuviéramos privacidad, cosa que, con mi familia, a veces es un poco difícil, como has podido comprobar.

—Las familias son siempre complicadas, frustrantes algunas veces, pero importantes.

Él hizo lo mismo que ella y lanzó una piedrecita al hielo. Se quedó observando su itinerario hasta que cayó en el agua, mucho más allá.

Estaban inmersos en el silencio mágico del invierno, y aquel aislamiento facilitaba que pudieran hablar.

—Lo que tienen las familias —dijo ella— es que nos conocen. Saben lo bueno y lo malo de nosotros, saben cuáles son nuestras debilidades. Lo saben todo incluso cuando queremos disimularlo. Y, si tenemos suerte, nos quieren de todos modos. Con la familia no tenemos por qué ser perfectos porque ellos saben quiénes somos realmente.

—¿Estás intentando decirme que no eres perfecta, Alice?

Ella trató de sonreír.

—Eso ya lo sabes.

Él se ajustó los guantes.

—Entonces, ¿de qué querías hablar?

—Dijiste que, si tenía cosas en la cabeza, debería ser sincera. Que debería compartir mis pensamientos contigo. Y eso es lo que estoy haciendo.

Él la miró. Se quedó esperando.

—Estás disgustado porque no te conté lo que pensaba. Pero, si no lo hice, no es porque siempre tenga que resolver las cosas por mí misma, sino porque tenía miedo.

—¿Miedo de parecer menos que perfecta?

—No —dijo ella, y frunció el ceño—. Miedo de perderte. El problema de ser sincera y abierta es que no queda nada que ocultar. Todo queda visible. Y yo no sabía si iba a gustarte mi versión pura y dura.

—¿Crees que estoy enamorado solo de la mitad de ti?

Al oír aquellas palabras, ella se esperanzó. ¿Significaba que todavía tenían un futuro en común? ¿Que no lo había echado todo a perder?

—Cuando me pediste que me casara contigo, me tomó por sorpresa. No habíamos hablado de lo que cada uno esperábamos del futuro. No habíamos hecho ningún plan. Vivíamos día a día, disfrutando del tiempo que pasábamos juntos. No hablábamos del día siguiente.

—Lo que tenemos es el hoy, Alice. Lo sabes. Yo lo sé. El hoy es lo más importante porque es la realidad. Nosotros vemos todos los días que la vida puede cambiar en un instante y sin aviso.

—Ya lo sé.

—Hay mucha gente que no lo entiende. Piensan que tienen el control de todo. Que, si hacen ciertas cosas, estarán bien. Pero nosotros sabemos que no es verdad —dijo Nico—. No estoy seguro de si ser consciente de ello es un regalo o una maldición, pero, por lo general, prefiero considerarlo un regalo. Te obliga a concentrarte en el momento en el que estás viviendo.

—Eso es cierto —dijo ella.

No sabía dónde quería ir Nico, pero entendía lo que estaba diciéndole.

—Puedes preocuparte por el futuro, puedes planear las cosas, pero nadie sabe lo que va a pasar. Los planes pueden descarrilar y la vida puede ser muy cruel. Ocurren cosas que están fuera de nuestro control. Siempre es una cura de humildad y una pequeña inspiración ver qué gente puede sobrevivir. Cómo pueden adaptarse en medio de las peores circunstancias.

—Sí —dijo ella. Era lo que veía casi a diario en su trabajo. Muchas veces había sido testigo de cambios brutales en la vida de una persona—. Nunca te había oído hablar así.

Él se encogió de hombros.

—Normalmente, trato de bloquear todo esto y hacer mi trabajo. Como tú.

—Pero sigue afectándonos, de todos modos.

—Por supuesto. Pero mi forma de preocuparme es hacer todo lo que puedo por arreglar lo que se haya estropeado para una persona. Aunque no siempre es posible, pero yo quiero estar seguro de que he hecho todo lo que estaba en mi mano. Que nadie podría haber hecho más. Así es como yo trato de gestionarlo. Hago lo máximo posible en el momento oportuno. Y, cuando estamos juntos, intento disfrutar de ese momento. Podemos preocuparnos por el futuro y podemos hacer planes, pero lo único de lo que realmente podemos estar seguros es del presente. El resto solo son la esperanza, los sueños y las casualidades. Yo siempre, siempre quiero sacar el mayor provecho del ahora.

Ella pensó en aquello.

—Pero, cuando me pediste que me casara contigo, estabas pensando en el futuro.

—Puede que sí, indirectamente, pero sobre todo estaba pensando en que estar contigo hacía que mi día fuese feliz, que mi vida fuera mejor. Tú eres la persona con la que quiero estar hoy, y mañana sentiré lo mismo. Supongo que lo que te estaba pidiendo era una vida llena de momentos presentes. Y creía que lo solucionaríamos todo juntos a medida que avanzábamos.

Ella asintió. Estaba demasiado emocionada como para hablar.

Lo miró fijamente.

—¿Y sigues sintiendo lo mismo?

Él le tomó una mano.

—¿Tienes que preguntármelo?

—Yo... pensaba que lo había destruido todo. Estabas tan disgustado, tan enfadado. Y no volviste a sacar el tema. Me dijiste que necesitabas espacio.

—Y lo necesitaba —dijo él, apretándole la mano—. Pero confieso que no quería que te fueras a dormir a la habitación de invitados.

—No es la habitación de invitados, es mi dormitorio. Ahora estamos en el nidito de amor que mi madre nos preparó. Es bonita, ¿verdad?

—Impresionante.

Nico se inclinó hacia ella y la besó. Tenía los labios helados, pero su beso fue cálido, y Alice sintió un estremecimiento de emoción y alivio.

Sí, algunas veces, la vida iba mal, pero, en otras ocasiones, era perfecta, y aquel era uno de esos momentos. Y se aferró a él, se abandonó a aquel momento especial. Al final, tuvo la necesidad de decir algo.

—Con respecto a ese anillo.

—¿Qué anillo? No recuerdo ningún anillo —dijo él, con una mirada llena de alegría—. Ah, te refieres a ese anillo. El que me devolviste. ¿Qué pasa con él?

—¿Lo tienes todavía?

—¿Crees que iba a tirarlo?

—Pensé que ibas a guardarlo para otra mujer.

—No, pero ¿por qué estás tan interesada?

—Bueno, porque, si sigues teniéndolo, a lo mejor todavía querías dármelo.

—Tiene gracia que lo digas, porque se me ha estado clavando algo en las costillas todo el rato y no sabía qué era. Pero me lo has recordado tú —dijo él, y sacó la cajita de su abrigo. La abrió—. ¿Estabas hablando de esto?

El diamante brilló bajo la luz del sol. Ella se quitó el guante y extendió la mano.

—Mi respuesta es sí.

Él enarcó una ceja. El anillo siguió en su estuche, incrustado en el terciopelo negro.

—Todavía no te he hecho la pregunta.

—Ya me lo preguntaste. Yo no te di la respuesta. Te la he dado ahora.

—¿No quieres que hinque la rodilla en el suelo?

Ella miró las rocas, el hielo y la nieve que había en el suelo, e hizo un gesto negativo.

—Eso ya lo hiciste. Creo que lo prefiero tal y como estamos, uno al lado del otro.

Estiró la mano hacia él. Nico sonrió y le puso el anillo.

—Alice Miller —dijo, con la voz enronquecida—, no sé lo que nos depara el futuro, pero quiero compartirlo contigo. Quiero pasar todos mis días contigo.

—Yo, también. Y ya sabes que, cuando me comprometo con algo, nunca me rindo. Es mi peor y mi mejor cualidad.

Lo besó, notando el anillo en el dedo. Era algo simbólico y fuerte.

Nunca se había sentido tan feliz. No sabía lo que habría en su futuro, pero era cierto que tenían el presente y que estaban aprovechándolo al máximo.

Pasó un buen rato hasta que Alice se dio cuenta de que estaba tiritando.

Él se apartó y le frotó los brazos.

—Deberíamos volver. Tienes que entrar en calor.

—Sí —dijo ella.

Bajaron juntos de las rocas y caminaron por la nieve, siguiendo las huellas que habían dejado previamente.

—Has dicho que el puente ya está abierto. Entonces, ¿Lucy se va a marchar?

Lucy.

—Espero que no.

Recordó la escena de la cocina. Lucy había dicho algo sobre los trenes y Ross... Ross no había dicho nada.

¿Por qué no?

Se detuvo en seco. Ella estaba en el salón cuando Ross había bloqueado la visión de Lucy y se había dado cuenta de que su hermano se había comportado de un modo protector que no era nada típico de él.

Estaba bastante segura de que a Ross le interesaba

Lucy. Más que eso. Entonces, ¿por qué no había dicho nada?

Sonrió. Porque Ross no estaba acostumbrado a sentirse así y no sabía qué hacer. Su hermano mayor, tan independiente, tan seguro de sí mismo, se sentía impotente.

Si hubiera tenido tiempo, habría disfrutado un poco más de aquel instante, pero no lo tenía. Esperaba que no fuese demasiado tarde.

Nico la estaba observando con paciencia.

—¿Ocurre algo?

—No, pero espero que ocurra. Tengo que hacer una cosa, discúlpame un momento.

Sacó el teléfono y les envió un mensaje a Clemmie y a Ross.

Reunión de hermanos.

Esperó un segundo a que respondieran. Clemmie fue la primera.

¿Dónde nos vemos?

En la biblioteca.

La respuesta de Ross fue más irónica.

¿Vas a crear un Grupo de Lectura para hermanos?

Ella ignoró la respuesta. Había elegido la biblioteca porque era una habitación que tenía llave, y quería mantener aquella conversación con su hermano aunque tuviera que encerrarlo.

Nico esperó a que ella guardara el teléfono.

—¿Qué estás haciendo?

—Entrometerme en la vida de mi hermano —dijo ella.

—¿Es buena idea?

—No lo sé, pero es lo que hacen las familias, ¿no? Se ayudan unos a otros. Y eso es lo que voy a hacer yo.

Nico sonrió.

—Espero que Ross lo vea del mismo modo.

—O me da las gracias o no vuelve a dirigirme la palabra.

Abrazó a Nico y lo besó apasionadamente, llena de felicidad.

—Después de que Clemmie y yo hayamos hecho esta pequeña cosa, tú y yo vamos a celebrarlo.

Él le apartó el pelo de la cara.

—¿Eso significa que vas a decírselo a tus padres?

—Sí. Y a la abuela Jean —dijo ella, y sonrió al pensarlo—. Prepárate.

Capítulo 22

Lucy

Lucy terminó de meter la ropa en la maleta y se sentó en la cama.

Hunter había decidido hacerle compañía y se sentó junto al equipaje, con la lengua fuera. Parecía que no comprendía por qué tenía que marcharse.

Ella lo acarició. Ojalá tuviera sitio para él en la maleta.

Lo cierto era que no quería irse.

Se había enamorado de aquel lugar mágico. De los Miller. Ellos la habían acogido y le habían dado la bienvenida. Ellos habían hecho que se sintiera parte de su familia.

Pero no era parte de su familia.

Por mucho que le gustara estar allí, no era su hogar, ni aquellas eran sus Navidades. Durante unos días increíblemente felices, había disfrutado de unas fechas navideñas prestadas, pero no le pertenecían y, ahora, tenía que devolverlas.

Al pensarlo, se tambaleó, pero apretó la mandíbula.

Iba a estar bien. La Navidad sería dura, pero lo superaría.

Y parecía que Ross había sido receptivo a sus ideas, así que tal vez se pusiera en contacto con ella, o con Arnie, y en Año Nuevo los invitara a hacerle una presentación de la propuesta. Se animó por un momento al pensar en que, quizá, volvería a ver a Ross en el futuro. Tal vez aquello no fuera el final.

Entonces, pensó en que trabajar con él podía ser agridulce. Ella había llegado a su casa con el deseo desesperado de conseguir que aceptara la propuesta.

Sin embargo, ya no podía decir que eso era lo único que deseaba.

Al hacer la investigación preparatoria sobre Ross, no había encontrado nada que le indicara que él iba a caerle bien. Muy bien. Pero, en su elemento, ella había visto su bondad, su inteligencia, el amor que sentía por su abuela, cómo cuidaba a sus hermanas, cómo apartaba nieve a paladas. El hecho de que hubiera leído su propuesta y la hubiera escuchado, a pesar de que ella le hubiera obligado a hacerlo, prácticamente. Y, después, él la había protegido del escrutinio de los demás cuando había perdido los nervios. También la había animado a que se sincerara y hablase con él.

Había otras cosas, por supuesto. Cosas en las que no iba a pensar, como su forma de mirarla y de sonreír.

Pero no iba a pensar en todo eso, porque al día siguiente era Nochebuena y ya había estado allí tiempo más que suficiente.

Ya había cumplido con su cometido, había hecho lo que se había propuesto.

Se puso en pie y terminó de cerrar la maleta. No se había olvidado de un solo objeto personal, pero se sentía como si estuviera dejando una parte muy grande de sí misma allí, con la familia Miller.

Se imaginó cómo iban a pasar ellos sus próximos días. Risa. Juegos junto al árbol de Navidad. Comidas durante las que hablarían y se interrumpirían. Sería una pesadilla caótica y ruidosa de la que ella deseaba formar parte con todo su corazón.

Se enfadó consigo misma. Ella iba a estar bien. Se despediría con una sonrisa de alegría porque eran gente buena y no quería que se sintieran mal. Quería que disfrutaran de su Navidad y del tiempo que pasaran juntos, porque pasar tiempo con la familia era el don más valioso de todos.

Y ella iba a volver a su vida y a vivir plenamente. Ya no iba a esconderse más. No iba a fingir que estaba bien cuando no lo estaba. Pasaría la Navidad y, al año siguiente, si alguien la invitaba a su casa, iba a aceptar. Si se quedaba sin trabajo, buscaría otro y, aunque no fuera su primera elección, sobreviviría.

Después de darse aquella charla de motivación, se miró al espejo. Estaba a punto de agarrar la maleta cuando alguien llamó a la puerta.

Era Alice, que estaba nerviosa y feliz, tal vez, por primera vez desde que la había conocido.

—Creo que necesitas ayuda para bajar las escaleras. No es necesario que uses las muletas si no te duele, pero no es buena idea que lleves el peso de la maleta.

—Buena idea —dijo ella—. No me gustaría tener otro accidente. Y es estupendo, porque me brindas la oportunidad de darte las gracias por todo. Has sido muy amable. Y me has reconfortado. Ojalá todos los médicos fueran como tú.

—Gracias, gracias. Y de nada —dijo Alice.

Tomó su maleta. Lucy vio que algo relucía en su dedo.

—¿Alice? —dijo, y la tomó de la mano. El solitario brillaba a la luz del sol y ella se quedó mirándolo maravillada—. Oh, Alice...

—Sí, me voy a casar con Nico —dijo Alice, mirándose la mano como si no pudiera creer que era tan afortunada—. Creía que lo había estropeado todo, pero resulta que no.

—Debes de estar muy feliz. Y tu familia, también.

—Todavía no se lo he dicho. En parte, porque se van a emocionar mucho y, en parte, porque en este momento todo el mundo está haciendo algo. Les daré la noticia después, con champán, aunque es obvio que Clemmie no va a beber.

La abrazó impulsivamente.

—Enhorabuena —le dijo—. Y qué momento más oportuno.

—Sí, ya lo sé. Al final, parece que las Navidades van a ir muy bien —dijo Alice. Se apartó y tomó la maleta del suelo—. ¿Es solo esto?

—Sí, por suerte. No habría podido llevar más que una maleta.

Alice la llevó hasta la puerta y Lucy miró por última vez su habitación.

Al final de las escaleras, se detuvo. Le echó un último vistazo al árbol de Navidad y se preguntó si parecería raro que tomara una fotografía.

—Tengo que ir a hablar con Nico —le dijo Alice, y le dio otro abrazo—. Ross te ayuda con la maleta y el resto de las cosas. ¿Ross?

Ross salió de la biblioteca y Lucy se preguntó qué estaba pasando cuando apareció la abuela Jean, seguida por Glenda y Clemmie.

De repente, todo el vestíbulo estaba lleno de gente.

Alice miró a su hermana con frustración.

—¡Clem!

—¿Qué podía hacer yo? —preguntó Clemmie, con una mirada de disculpa—. He hecho todo lo posible por distraerlos, pero la privacidad y esta familia no podrán ir nunca de la mano. Son cotillas y entrometidos.

—Preferimos la palabra «cariñosos» —dijo la abuela Jean, como si estuviera ofendida—. Y, si ibais a meter a Lucy a un taxi sin que pudiéramos despedirnos de ella, entonces...

—No era eso lo que íbamos a hacer. Queríamos darle a Ross la oportunidad de que hablar con Lucy.

Alice intentó meterlos a todos en el salón, pero fue imposible.

La abuela Jean movió la mano.

—Si Ross tiene algo que decir, me gustaría oírlo. Solo para estar segura de que dice lo que tiene que decir.

Lucy estaba desconcertada. No sabía qué estaba sucediendo, ni porqué Clemmie y Alice querían impedir que Glenda y la abuela Jean se despidieran de ella. No se imaginaba qué tenía que decirle Ross. Seguramente, se trataba de algo de trabajo, pero esa conversación podía esperar hasta Año Nuevo.

—Creo que soy capaz de decir lo que tengo que decir sin la ayuda de la familia —dijo él. Y, con una habilidad que sin duda había sido adquirida durante muchos años, metió a su abuela y a su madre al salón. Les dijo algo que ella no pudo oír, pero debió de ser suficiente para convencerlas de que le concedieran privacidad.

Clemmie y Alice las siguieron y cerraron la puerta del salón.

Entonces, Ross y ella se quedaron a solas en el vestíbulo. Durante el tiempo que ella había pasado haciendo el equipaje, él se había duchado y afeitado, y llevaba unos pantalones vaqueros negros y una camisa también negra. Estaba increíblemente guapo. Y era peligroso, porque hacía que deseara cosas que no podía tener.

—Antes de que te marches, quiero decirte unas pocas cosas —dijo él con calma, con confianza, en un tono serio.

—También hay cosas que quiero decir yo —respondió ella—. No debería haber interferido entre tu padre y tú.

—Me alegro de que lo hicieras. Y te debo una disculpa por cómo me comporté durante esa conversación.

—No, no es verdad. Es un tema delicado y no es asunto mío.

—Me alegro de que te entrometieras. Me dijiste la verdad y, aunque me resultó difícil oírla, lo necesitaba. Fue... Mi padre y yo estuvimos hablando.

—Me alegro.

Se alegraba de veras. Y se sentía aliviada. Pero... si no quería hablar con ella sobre eso, ¿qué era lo que quería decirle?

—Si tienes alguna pregunta sobre la propuesta, yo...

—Ya respondiste a mis preguntas.

—Claro. Pues, en ese caso, ¿crees que...? Si nos concedieras una cita para presentarte la propuesta oficialmente en Año Nuevo, eso sería el mejor regalo de Navidad de mi vida —dijo. Se arrepintió inmediatamente de sus palabras—. Olvida que he dicho eso.

—¿Por qué?

—No debería haber mencionado los regalos de Navidad. Traspasa la línea entre lo profesional y lo personal, y yo nunca hago eso. Deja que empiece de nuevo. Nos encantaría hacerte una presentación oficial de la propuesta en Año Nuevo porque pensamos que tenemos mucho que ofrecerle a tu negocio.

—Yo también lo creo —dijo él—. Por eso no os voy a invitar a que presentéis la propuesta. Os asigno la campaña directamente.

Ella tardó un instante en asimilarlo. No lo esperaba en absoluto.

—¿Vas a encargarnos la campaña? No sabes cuánto me alegro de saberlo —dijo con una sonrisa, pensando en Arnie y en sus compañeros—. No te arrepentirás. Gracias.

—Hay una condición —dijo él—. Y, seguramente, deberías esperar a darme las gracias hasta que la oigas.

¿Una condición? No le importaba. Fuera cual fuera, lo resolverían.

—Dime.

—No quiero que dirijas tú la campaña. De hecho, no quiero que participes en ella.

—¿No?

—No.

—Ah.

Se sintió como si le hubiera dado una patada, pero absorbió el golpe lo mejor que pudo y continuó.

—Bueno, Ted puede dirigirla día a día, y es excelente. Puedes tener una reunión con él y con Arnie en enero. Los dos resolverán todas las dudas y cuestiones que puedas tener.

—¿No vas a preguntarme por qué no quiero que tú trabajes en la campaña?

Nunca se había sentido tan incómoda.

—Supongo que es porque no soy exactamente una deportista. Seguramente, piensas que...

—No. Es porque, como tú, a mí no me gusta cruzar la línea entre lo profesional y lo personal —dijo él, y le concedió un momento para que procesara sus palabras—. ¿Lucy?

Su mente trabajaba febrilmente. Tenía el corazón acelerado. ¿Le estaba diciendo lo que ella pensaba que le estaba diciendo? Sintió esperanza y, al mismo tiempo, miedo de pedir una aclaración, por si acaso aquella deliciosa emoción se desvanecía.

—¿Personal?

—Sí, personal.

—¿Ross?

—Sé que te encanta la Torre de Londres —dijo él, y se le acercó—. Y tengo unas vistas increíbles de la Torre de Londres desde mi apartamento. He pensado que tal vez te gustaría verlas.

—Yo... sí. Me encantaría.

—Bien —dijo él. La abrazó y la estrechó contra su pecho—. Entonces, tenemos una cita.

—¿Una cita? —preguntó ella, mientras notaba los

latidos de su corazón bajo los dedos—. Creía que eras adicto al trabajo, Ross Miller. Entre eso y correr maratones, ¿tienes tiempo para salir con mujeres?

—Voy a encontrarlo. Voy a hacer tiempo para muchas cosas. A menos que tú prefieras mantenerlo todo en el plano profesional y trabajar en la campaña para Miller Active —dijo él, en un tono burlón, y con la boca peligrosamente cerca de la de ella—. Tú eliges, Lucy.

¿Elegir? No tenía nada que elegir.

Sin embargo, no pudo evitar la tentación de tomarle el pelo.

—Es una decisión difícil. Para los dos. Después de todo, yo soy el rostro del *marketing* moderno.

—Pues sí. La Lucy de verdad —dijo él, y le acarició suavemente la mejilla con los dedos.

—Ted va a dirigir la campaña a la perfección.

—Bien. Entonces, resuelto.

¿De veras?

Ella se agarró a su camisa.

—¿Estás seguro de esto? Llegué a tu casa sin invitación. Interrumpí tus Navidades.

—Pues fue una suerte para mí. Fue una suerte para los dos que estés tan comprometida con tu trabajo y le seas tan leal a Arnie.

Ross bajó la cabeza y la besó. La besó con delicadeza, pero con insistencia, y el roce de su lengua fue dulce y seductor, tan sexy, que a ella le flaquearon las piernas.

Le rodeó el cuello con los brazos y se apretó contra él. Fue solo un beso, pero fue mucho más, y ella le correspondió, consumida por el deseo que surgió de su interior.

No sabía cuánto tiempo llevaban besándose, pero oyó que se abría una puerta tras ellos y que unas voces susurraban. Entonces, alguien carraspeó.

Los dos se quedaron inmóviles.

Ross murmuró algo por lo que, sin duda, habría merecido una reprimenda de su abuela. Lucy se sintió mortificada e intentó soltarse, pero él mantuvo los brazos a su alrededor mientras sus respiraciones se calmaban.

—Lo siento —murmuró contra su pelo—. Te pido perdón con toda mi alma.

Lucy se echó a reír, aunque estaba cohibida.

—Me encanta tu familia.

—¿De verdad? Eres rara, Lucy.

La besó una vez más, dio un suspiro de resignación y giró la cabeza.

La abuela Jean, Glenda, Alice y Clemmie estaban en la puerta del salón. Su padre estaba detrás de ellas. Todos sonreían.

Ross fulminó a Clemmie con la mirada.

—Tú tenías una misión...

—Que la abuela Jean no saliera por esta puerta, sí, es cierto, ¡pero ya sabes cómo es! —dijo Clemmie, que tenía la sonrisa más grande de todas—. Se ha imaginado lo que estaba pasando y, a no ser que la apretara contra el suelo con todo el peso de mi cuerpo, no se me ha ocurrido otra cosa para evitarlo. Además, de todos modos, yo quería verte completamente perdido por una mujer. De lo contrario, no me lo habría creído. Por primera vez en tu vida, Ross, no eres una isla.

—¿Qué ha dicho? —preguntó la abuela Jean, mirando a Glenda—. ¿Se ha comprado una isla Ross? ¿Por qué necesita una isla?

—No, no se ha comprado ninguna isla —dijo Glenda, sonriéndole a su hijo—. Creo que lo que necesita ahora es privacidad.

—La privacidad está sobrevalorada. Somos familia y no tenemos secretos. Lo que siempre he dicho yo es que hay que dejar escapar lo que uno esté sintiendo

—dijo la abuela Jean—. Bésala otra vez, Ross. Haz como si no estuviéramos aquí.

A Lucy se le escapó una carcajada, y escondió la cara en la pechera de la camisa de Ross.

—¿Ves lo que tengo que aguantar? ¿Ahora te extraña que mis novias sean ficticias? —le preguntó él—. Ninguna persona de verdad podría soportar tal nivel de escrutinio.

—¿Le has preguntado lo de la Navidad? —inquirió la abuela Jean, que estaba vibrando de impaciencia.

Ross tomó aire.

—Todavía, no. Estaba concentrado en otras cosas.

—¡Pues hazlo ya! Y date prisa.

Ross miró a Lucy.

—Iba a llegar a eso a mi ritmo. No veo ningún motivo para apresurarme.

—Intenta tener ochenta y seis años —replicó la abuela Jean—. Ya verás si hay motivos para tener prisa. Mientras tú estás ahí perdiendo el tiempo, yo no me hago más joven. Y Lucy no quiere que te lo tomes con calma. Quiere que le hagas perder la cabeza. El problema es que no sabes nada de mujeres.

—Sí, ese soy yo —dijo Ross, mirando la boca de Lucy—. No tengo ni idea.

Ella recordó cómo la había besado y la presión dura de su cuerpo, y la promesa de que iban a llegar más cosas.

—Ni idea —le susurró—. Está claro. Pero puede que mejores con la práctica.

—Es posible. Bueno, entonces, ¿te vas a quedar para ver si podemos mejorarlo la próxima vez?

Ella no sabía que era posible sentirse tan feliz.

—Creo que puedo arreglarlo.

—Bien. En ese caso —dijo él, y miró a la abuela Jean— a mi familia le gustaría invitarte a que pases la Navidad con nosotros. No estás obligada a aceptar la invitación. De hecho, no sé si vas a aceptarla, porque no me imagino que nadie quisiera pasar la Navidad con mi familia voluntariamente.

¿La Navidad, allí?

Ross la estaba observando.

¿Lucy?

—¿Qué es eso, Ross? ¿Es lo único que vas a decir? ¿Y te llamas empresario? —le preguntó la abuela Jean con desesperación—. No sería capaz ni de venderle hielo a un pingüino. Es una suerte que estemos aquí para ayudar. Toma, Lucy, tenemos un regalo para ti —dijo.

Se acercó a ellos y puso un paquete blando en sus manos.

Lucy se quedó mirándolo con desconcierto.

—¿Lo abro ahora?

—Sí. Rompe el papel directamente.

Hizo lo que le habían indicado y se encontró con una media. Era preciosa. Estaba tejida a mano con lana roja e hilo de plata, y tenía su nombre bordado.

—Oh —murmuró con emoción—. Una media para mí.

—Claro que es para ti. Tiene tu nombre. Si no, ¿cómo iba a saber Santa Claus a quién dejarle cada regalo? No los va a poner en el suelo, ¿no?

La abuela Jean le dio un abrazo cálido y fuerte.

—Ahora, ve a deshacer la maleta y después baja a comer algo. Estás a punto de pasar la Navidad con la familia Miller, y eso requiere energía. Y gracias al pulso inestable de Clemmie, tenemos cientos de árboles de Navidad de jengibre con una pinta rara que tenemos que comernos, porque no podemos dárselos a nadie que no sea de la familia.

Ross se inclinó y recogió el papel que se le había caído a Lucy.

—Todavía no ha dicho que vaya a quedarse.

La abuela Jean suspiró.

—Pues claro que quiere quedarse. Díselo, Lucy.

Ella clavó los dedos en la lana suave de la media, su propia media, y sintió una enorme emoción. Sabía que siempre sentiría el dolor por la ausencia de su abuela, pero, tal vez, rodeada por aquella familia, pudiera recuperar la magia de la Navidad. Podría adentrarse en el futuro y llevarse todos aquellos recuerdos preciosos del pasado.

—Quiero quedarme —dijo, cuando pudo hablar de nuevo—. No hay nada que pudiera gustarme más. Gracias.

—Estupendo. Ya tenéis vuestra respuesta —dijo Ross, y los echó a todos hacia la puerta—. Y, ahora, si no os importa, dejadnos solos para que pueda hablar con Lucy. Os lo agradecería mucho.

En aquella ocasión, desaparecieron sin protestar y cerraron la puerta del salón.

Él volvió a abrazarla.

—¿Dónde estábamos?

Ella, sin soltar la media, le rodeó el cuello con los brazos.

—Creo —dijo— que querías practicar más eso de darme besos.

Capítulo 23

Clemmie

Iona apretó puñados de nieve contra el cuerpo del muñeco. La pequeña tenía las mejillas sonrosadas y el pelo se le escapaba de un alegre gorro rojo y rosa que debía de haberle tejido su abuela. Aquel día no llevaba trenza y su pelo era un montón de rizos rubios.

—¡Clemmie! ¡Necesitamos más nieve!

—Creo que se te ha olvidado meter un «por favor» en esa frase —dijo Fergus, suavemente. Iona lo miró y sonrió.

—Por favor, por favor, por favor. No está lo bastante gordo.

Clemmie le dio más nieve que tomó de los montones que había en el borde de la pradera del pueblo, e Iona se entregó a la tarea con decisión.

—Es mandona —dijo Fergus—, por si no te habías dado cuenta.

—Sí. Presiento un futuro en la dirección de empresas.

Él se echó a reír.

—Me alegro de que hayas venido. No te he mandado casi ningún mensaje porque pensaba que estarías ocupada.

—En nuestra casa hay un caos en este momento. Alice y Nico han anunciado que se casan, y yo tengo la sospecha de que mi hermano se ha enamorado por primera vez en su vida.

Él enarcó las cejas.

—¿De verdad? Me alegro mucho.

—Sí. Por supuesto, siendo mi hermano, lo va a negar, pero estoy muy segura de que Lucy va a entrar a formar parte de nuestra vida —dijo ella—. Me alegro de que me avisaras. Me has dado un buen motivo para escapar. No se me ocurre nada mejor para el día de Nochebuena que hacer un muñeco de nieve. Además... quería hablar contigo.

—¿Sobre qué?

En aquel momento, Iona se estiró demasiado y se resbaló con el hielo del suelo.

Fergus reaccionó al instante, pero Hunter llegó primero y empujó a Iona con la nariz. Se ofreció para que la niña se agarrara a él y pudiera levantarse.

La niña le abrazó el cuello y le dio un beso.

—Papá, ¿podemos tener un perro?

—Puede ser. Vamos a pensarlo. Los perros necesitan amor y atención. Todo el tiempo.

—Yo lo querría todo el tiempo con todo mi corazón.

Hunter movió la cola.

Clemmie tragó saliva.

—De verdad, este perro lo entiende todo —dijo. Se alegraba de que no supiera hablar, porque ella se lo había contado todo.

—Es un buen perro —dijo Fergus, y le acarició la cabeza. Después, se giró hacia el muñeco de nieve—. Bueno, vamos a ir terminando. Hace mucho frío.

—¡Vienen los abuelos! —exclamó Iona. Abandonó el muñeco y corrió hacia los padres de Fergus, que se acercaban a ellos.

El padre de Fergus la tomó en brazos. El afecto que había entre los tres era palpable.

—Qué muñeco tan excelente —dijo Rosa Maclennon.

Después de admirar el trabajo de su nieta, le dio un abrazo a Clemmie—. Me alegro muchísimo de verte en casa, cariño.

—Vamos a tener un perro igualito que Hunter —dijo Iona, sin soltarse del cuello de su abuelo.

Rosa miró a su hijo con asombro.

—¿Sí?

—He dicho que lo pensaría, pero Iona lo ha interpretado como un «sí».

Rosa cabeceó, pero estaba sonriendo.

—La niña te tiene comiendo de su mano. Supongo que, si tuvieras un perro, podríamos ayudarte a cuidarlo.

Fergus se frotó la barbilla con una mano y lo pensó.

—Bueno, pues parece que quizá sí tengamos un perro.

Iona dio un grito de alegría.

Rosa miró a su hijo y a Clemmie.

—Parece que estáis helados. Creo que ya habéis pasado tiempo suficiente haciendo el muñeco. ¿Por qué no entráis a calentaros un poco? Tu padre y yo nos quedamos con Iona unas horas. Tenemos algo secreto que hacer, ¿verdad, nena? —le preguntó a la niña, guiñándole un ojo.

—Es por tu regalo, papá. Pero es un secreto.

—Parece muy emocionante.

—¿Puede venir Hunter con nosotros? —le preguntó Iona a Clemmie.

Ella sonrió.

—Por supuesto que sí —dijo—. ¿Os parece bien? —les preguntó a los padres de Fergus.

—Sería un lujo —respondió Rosa, y se inclinó para acariciar al perro—. Os lo traemos después.

Fergus le dio un beso en la mejilla a Iona.

—Pórtate bien —dijo.

Después, abrazó a sus padres. Los vieron alejarse hacia su casa, pisando la nieve.

Clemmie rescató su bufanda y el gorro del muñeco de nieve. Se había quedado a solas con Fergus y no sabía qué decir.

—Debe de ser estupendo que vivan aquí, tan cerca.

—Sí, por muchos motivos. Me permite trabajar y hacer las cosas —dijo él. Después frunció el ceño—. Estás tiritando. Vamos a volver a casa.

Fueron caminando y, a cada paso que daban, ella se sentía más y más nerviosa.

Cuando llegaron, había decidido que no iba a decirle lo que sentía por él. ¿De qué serviría? Cabía la posibilidad de que destrozara una amistad perfecta. No tenía por qué ser cierto que él también sintiera algo por ella, por mucho que lo dijese la abuela Jean.

Él se sacó la llave del bolsillo.

—Ibas a decirme algo, pero nos han interrumpido.

—No era nada. Ya no me acuerdo —dijo Clemmie.

Al entrar por la puerta, se tropezó con uno de los juguetes de Iona, y él la sujetó para que no se cayera.

—Lo siento... —dijo Fergus.

Y, en aquel momento, apoyada en él, supo que iba a decírselo. No iba a decírselo con palabras, iba a demostrarle lo que sentía.

Antes de cambiar de opinión, se puso de puntillas y lo besó.

Notó su asombro, el momento en el que él registró el cambio absoluto en su relación. Y, entonces, él correspondió a su beso con urgencia, con desesperación, con hambre. Le acarició el pelo, le sujetó la cabeza. Su cuerpo se estrechó contra el de ella.

Clemmie sintió una explosión de alegría porque Fergus, su Fergus, la estaba besando como si fueran sus últimos momentos en la tierra.

Sin separar su boca de la de ella, él cerró la puerta con el pie y le bajó la cremallera de la chaqueta. Se la quitó y, después, se deshizo también de la suya. Los dos se tambalearon y él golpeó la pared con los hombros. Un cuadro se cayó de su gancho.

Se rompió contra el suelo, pero ninguno de los dos prestó la más mínima atención.

Él le bajó los pantalones vaqueros y ella notó que le ardía la piel bajo la presión de sus dedos.

Acabaron medio desnudos en el suelo, junto al juguete con el que se había tropezado y el cuadro que se había caído.

Ella se golpeó el codo en el suelo y él separó la boca de sus labios.

—¿Estás bien? Deberíamos ir arriba...

—No.

Tiró de él hacia sí y le rodeó con las piernas. No quería parar por nada del mundo. Llevaba demasiado tiempo deseándolo, había esperado demasiado. No quería esperar más, y era obvio que él sentía lo mismo, porque no discutió con ella y la movió hasta que estuvieron unidos íntimamente, hasta que ella solo podía arquearse contra él y suplicarle. Entonces, él entró en su cuerpo y ya no hubo nada más salvo un placer insoportable.

Se había imaginado muchas veces cómo se sentiría, pero su imaginación no se acercaba a la realidad. Se trataba de Fergus. Se conocían a la perfección, pero aquello era un nivel de intimidad completamente nuevo. El mundo se desdibujó a su alrededor hasta que no quedó nada salvo ellos dos, la dureza de su cuerpo, las palabras que él le murmuraba contra el pelo y la boca. El deseo se desbordó por fin y la llevó hasta el placer absoluto.

Se quedó inmóvil, asombrada, agotada. Poco a poco fue notando el suelo en la espalda y el aire frío en los miembros desnudos. Y a Fergus, que la abrazaba y no la soltaba.

Sonrió mirando al techo. Algunas cosas eran mejores que la conversación.

Fergus apoyó la cabeza en su antebrazo e intentó recuperar la respiración.

—¿Sigues viva? —le preguntó, y le besó la comisura del labio—. Di algo.

¿Que dijera algo? No sabía por dónde empezar.

—Puede que los suelos de madera maciza sean preciosos, pero hacen mucho daño en la espalda.

Notó que a él le temblaban los hombros de la risa. Después, Fergus se tendió boca arriba y la llevó consigo. Hizo un gesto de dolor.

—No te equivocas. La próxima vez voy a poner moqueta. O podría poner un colchón aquí, delante de la puerta, por si esto vuelve a suceder.

—Va a volver a suceder —dijo ella, y lo besó—. Una y otra vez, aunque creo que tal vez el vestíbulo no sea el mejor lugar.

—¿No te arrepientes?

—¿Arrepentirme? ¿Por qué? Fui yo la que empezó —dijo Clemmie, y se incorporó para poder mirarlo—. No me digas que tú te arrepientes.

A él se le oscureció la mirada.

—¿Por qué iba a decir eso, si no es verdad?

Aquella respuesta la llenó de alegría.

Bien. Tal y como yo lo veo, tu madre dijo que entráramos para calentarnos, y yo ya estoy caliente.

—Eso es cierto —dijo él, y le apartó el pelo de la cara con delicadeza—. Tengo una pregunta. ¿Por qué no habíamos hecho esto antes?

—Porque yo no sabía que tú sentías esto. Pensaba que querías que fuéramos amigos. Pensaba que me veías así.

—Yo pensaba lo mismo de ti. Pero tenía mis motivos. Te fuiste a vivir a Londres.

—Fue parte de mi Programa de Recuperación de Fergus.

Él la miró con incredulidad.

—¿Te fuiste a Londres para alejarte de mí?

—En cierto modo, sí. Era demasiado difícil estar cerca de ti sintiendo lo que sentía. Y no parecía que tu estuvieras sufriendo. Salías con Tina.

—Salí unas cuantas veces con ella, eso fue todo. Y que conste que Tina no tenía más interés en mí que yo en ella. Sabía que yo estaba enamorado de ti.

—¿Ella lo sabía? ¿Y por qué yo no lo sabía? ¿Por qué no me lo mencionaste a mí?

—Tenía miedo de acabar con nuestra amistad. Entonces, murió Laura y decidí quedarme con Iona, y estaba demasiado ocupado intentando controlar la situación como para preocuparme de mí mismo.

Ella tragó saliva.

—¿Y crees que esto ha destruido nuestra amistad?

—Para mí, no. ¿Y para ti? ¿Ha cambiado algo?

—Todo.

Él se quedó inmóvil.

—¿Te importaría explicarme eso? Bueno, primero, vamos a levantarnos del suelo para que podamos hablar.

Él rodó y la tendió debajo de su cuerpo y, como estaban tan desesperados por recuperar el tiempo perdido, desesperados el uno por el otro, pasó media hora más antes de que se levantaran del suelo, se pusieran la ropa y fueran a la cocina.

Fergus se sentó en una de las sillas de la cocina y colocó a Clemmie en su regazo. No parecía que quisiera soltarla, y ella estaba más que feliz entre sus brazos, porque tampoco quería que la soltara nunca.

Apoyó la cabeza en su hombro.

—¿De verdad sabía Tina que estabas enamorado de mí?

—Sí.

—¿Y crees que tus padres lo saben?

—Sí, aunque son demasiado discretos como para decirlo.

Ella sonrió.

—La abuela Jean también lo sabía. Ella fue la que me animó a que te dijera lo que siento.

—¿Y qué es lo que sientes, Clem?

—Felicidad —dijo ella, sin poder dejar de sonreír—. Te quiero, Fergus Maclennon. Te quiero con todo mi corazón y voy a quererte siempre, y lo sé porque he intentado dejar de quererte y no lo he conseguido por ningún medio.

—Gracias a Dios. Yo también te quiero. Siempre te he querido. Y también voy a quererte para siempre —le dijo él, y la abrazó con fuerza—. Hay una cosa que no hemos mencionado.

—¿Qué?

—No he usado preservativo. Es la primera vez en la vida, a propósito. Ni siquiera he pensado en ello.

—Si sucede, sucede. No se me ocurre nada que pueda desear más que tener un hijo contigo —dijo Clemmie. Si tenía suerte...

Él volvió a besarla.

—¿Quieres casarte conmigo, Clem? Sé que es rápido, pero, en realidad, no lo es...

—No —dijo ella, con los ojos empañados—. Llevo toda la vida enamorada de ti. Y, sí, quiero casarme contigo.

—¿Estás segura? Ya tengo una niña.

—Iona, y tu forma de ser con ella es uno de los muchos motivos por los que te quiero. ¡Oh, Fergus! —exclamó, y lo abrazó llena de felicidad—. Vamos a mantenerlo en secreto por el momento. No quiero estropearle la celebración a Alice.

—Esto es típico de ti, ser tan poco egoísta, y es uno de los muchos motivos por los que te quiero. Será difícil no decírselo a todo el mundo, pero estoy de acuerdo en que es el mejor plan. Por ahora. Nosotros lo sabemos, y eso es lo más importante.

—Ven mañana a casa, si te apetece. Papá ha encontrado nuestro viejo tobogán. Puede que a Iona le guste. Venid con tus padres.

—Eso me parece buena idea. ¿Quieres quedarte a dormir esta noche?

Era una tentación, pero eso provocaría preguntas que ninguno quería contestar todavía. Además, había algo más importante aún.

—Es demasiado pronto para Iona —dijo, y él asintió.

—Sí, es cierto. Aunque estoy obligado a decirte que vas a perderte una visión muy rara: yo, vestido de Santa Claus.

—¿Vas a ponerte el traje de Santa Claus?

—Por supuesto. Por si ella se despierta y me ve.

Clemmie sonrió.

—Es típico de ti proteger la magia. El año que viene, si tengo suerte, tal vez yo también me encuentre con Santa Claus.

—Estoy seguro de que podremos arreglarlo. Mientras tanto, espero que deje muchos regalos debajo de tu árbol para mañana —dijo él.

La abrazó con fuerza y se besaron.

Ella sabía que nada de lo que pudiera dejarle Santa Claus debajo del árbol significaría más que lo que ya tenía.

A Fergus.

Capítulo 24

Glenda

Glenda arregló los últimos detalles de la mesa de Navidad.

Había colocado una guirnalda en el centro de la mesa, a lo largo, con velas y vegetación fresca, mientras la abuela Jean ataba las servilletas con lazos.

—Ya está listo todo —dijo. Dejó la última servilleta junto a los cubiertos y retrocedió para admirar su obra—. Es una preciosidad, Glenda. Y el olor que sale de la cocina... Ojalá estuviéramos comiendo ya.

—Comemos a las dos —dijo ella, mirando el reloj—. Es tarde, porque me he quedado dormida.

¿Cuándo le había ocurrido eso por última vez un día de Navidad? Cuando había bajado las escaleras apresuradamente, se había encontrado con que nadie más estaba despierto. Mientras Douglas se llevaba a Hunter a dar un paseo, ella había prendido las luces del árbol y había encendido la chimenea para que la habitación estuviera caldeada. Después, entró en la cocina a asar el pavo y se encontró a la abuela Jean pelando ya las patatas.

Al final, había empezado a aparecer el resto de la familia, casi todos con ojeras, porque se habían acostado tarde después de celebrar la noticia de la boda de Alice.

Después del tradicional desayuno navideño de los Miller, abrieron los regalos. Y, después, hubo una pelea de bolas de nieve mientras la abuela Jean y ella terminaban de preparar la comida.

—Cualquiera pensaría que tienen seis años —dijo la abuela Jean, mirando desde la ventana—. Alice tiene buena puntería.

—Pues claro. ¿No te acuerdas de que un año se pasó seis horas al día practicando para que su técnica fuera perfecta?

—Nico se las arregla muy bien.

La abuela Jean se echó a reír al ver que él acertaba con una bola perfecta en el hombro de Alice.

—Me cae bien ese chico. Si hubiera tenido que elegir a alguien para ella, lo habría elegido a él, sin duda. Y no solo porque tenga unas pestañas impresionantes.

—Es guapísimo, eso es cierto —dijo Glenda.

Pero lo más importante era que quería a su hija.

Vio que Alice se acercaba sigilosamente a Ross y lo llenaba de nieve.

—¿Es sensato que Lucy esté ahí fuera? Si se resbala, se va a romper el otro tobillo.

—No hemos podido impedírselo y, de todos modos, mira a Ross —le dijo la abuela Jean, dándole un codazo—. Está preparado para agarrarla si tiene el más mínimo percance. Ni siquiera se ha dado la vuelta cuando Alice le ha duchado con la nieve. Nunca lo había visto así.

—Yo, tampoco.

—Van a seguir viéndose.

—No lo sabes con certeza.

—Sí, sí lo sé. He escuchado por detrás de la puerta. No me regañes —dijo la abuela Jean—. Soy vieja y tengo que disfrutar siempre que pueda. Estaba preocupada por Lucy. Ella ha ido por la vida estos últimos años sin red de seguridad. Me alegro de que esté aquí.

Me alegro de que hayamos conseguido meterla en la familia.

—Abuela Jean...

—Sí, ya sé que me estoy adelantando, pero tengo derecho a soñar. Y, hablando de soñar, ahí vienen Clemmie, Fergus e Iona. Ella está feliz.

—Ayer pasó la mayor parte del día con ellos. Hicieron *cupcakes* con renos los tres —dijo Glenda, y se acercó a la ventana—. ¿Has visto cómo se miran Fergus y Clemmie? ¿Cómo se sonríen?

—Sí.

—¿Crees que...? —preguntó ella, pero vaciló antes de continuar—. Me he preguntado a menudo si había algo entre ellos, pero nunca pasó nada y Clemmie se fue a vivir a Londres, así que pensé que me equivocaba.

—No te equivocabas. Y yo no me lo pregunté nunca, lo sabía —dijo la abuela Jean, en un tono de petulancia.

—¿Lo sabías? ¿Y por qué no dijiste nada?

—Porque algunas relaciones se forman rápidamente —dijo la abuela Jean, mirando a Ross y a Lucy— y otras tardan más en madurar —añadió, mirando a Clemmie—. Mira cómo abraza Iona a Clemmie. La quiere.

—Bueno, es lógico.

—E Iona ha tenido su nieve por Navidad. ¿A que es mágico?

Era mágico, pero no tanto como ver aquella sonrisa en la cara de su hija.

Clemmie y Fergus, después de tantos años. ¿Qué significaría eso para los planes de Clemmie?

—¿Crees que...? —iba a preguntar, pero no tuvo tiempo de hacerlo, porque todos entraron tambaleándose y metiendo en casa nieve y frío, discutiendo, quitándose los abrigos, sacándose las botas.

—Me muero de hambre —dijo Clemmie, mientras le daba un abrazo a su madre—. ¿Pueden quedarse

Fergus e Iona a comer? Vamos a comer aquí y, después, iremos a casa de sus padres esta noche, si te parece bien.

—¡Por supuesto! ¡Qué alegría teneros aquí! —exclamó Glenda, sonriendo a Iona—. ¿Con quién te gustaría sentarte a la mesa?

Iona tomó a Clemmie de la mano.

—De Clemmie. Y de papá.

—Muy bien. Iona, ven a ayudarme, preciosa —dijo la abuela Jean. Tomó más cubiertos y servilletas y fue hacia la biblioteca para añadir dos puestos a la mesa.

Los demás la siguieron entre conversaciones y discusiones.

—Tienes una puntería espantosa.

—Mi puntería es perfecta.

—No tengo ni idea de por qué quiere casarse Nico contigo.

La conversación dejó de oírse cuando entraron al salón para jugar a un juego delante de la chimenea y entrar en calor.

Glenda se sintió bien. Envolvió las chirivías en sirope de arce y metió la bandeja al horno.

Nunca se sabía cómo iba a resultar la vida. Y nadie podía predecir lo que iba a pasarles a sus hijos. Lo único que podían hacer unos padres era ofrecerles su apoyo y confiar en que tomaran las decisiones correctas. Las decisiones correctas para ellos.

—¿Dónde está todo el mundo? —preguntó Douglas, que apareció en la puerta de la cocina con un paquete en las manos.

—Han ido todos al salón, salvo la abuela Jean —respondió ella, irguiéndose desde la puerta del horno con las mejillas calientes—. Está poniendo dos platos más en la mesa porque van a quedarse a comer Fergus e Iona.

—Buenas noticias —dijo él, y cerró la puerta de la cocina—. Así que estás sola. Perfecto.

Se acercó a ella y le entregó el paquete.

—Lo he envuelto yo. Me ha ayudado Hunter, puedes echarle la culpa a él de que el papel esté arrugado.

Ella lo tomó con curiosidad.

—¿Me vas a dar ahora tu regalo?

—Sí. No todo lo que pase en esta casa tiene por qué ser un evento familiar. Nosotros nos merecemos tener un momento a solas. Ábrelo rápidamente, antes de que alguien decida que te necesita para algo.

Ella rasgó el papel y abrió la caja.

—Oh... Douglas...

—No te llevaría nunca a un crucero —le dijo él—, pero ¿qué te parece ir a París en primavera?

—¿Esta primavera? —preguntó ella, y metió las manos en la caja. Había una guía, un folleto brillante de un hotel y una novela ambientada en París. Alzó la vista y lo miró—: ¿Me estás diciendo que te vas a jubilar?

—No, pero voy a reducir la jornada. Y vamos a tomarnos vacaciones de verdad. Vamos a empezar por estas. Primero vamos a ir a Londres a pasar unos días con los niños. Ya he hablado con Ross sobre esto. Él conoce París y me sugirió este hotel. Y vamos a pasar unas noches en su apartamento antes de irnos.

Había estado hablando con Ross. Iba a reducir las horas de trabajo. Aquellas dos cosas la hicieron tan feliz como la idea de ir a París.

Dejó la caja en la mesa de la cocina.

—Douglas Miller, ¿de verdad me estás diciendo que, después de tantos años, vas a aprender a delegar?

—Sí, aunque no puedo prometerte que se me dé bien —respondió Douglas, y le dio un beso—. Y, hablando de delegar, dime qué puedo hacer para ayudar a llevar la comida a la mesa antes de que me muera de hambre.

Hubo el habitual jaleo de última hora en la cocina, pero, al final, todo el mundo ayudó y al poco estaban sentados alrededor de la mesa, tirando de los *crackers*, contando chistes malos y comiendo una comida deliciosa.

Brindaron mucho unos por los otros y, también, por la abuela de Lucy. Y Glenda pensó que todo el trabajo y la ansiedad merecían la pena con tal de tener a toda la familia en casa. Eso era algo para atesorar.

Por las ventanas se veía el paisaje nevado y el cielo gris. A pesar de las complicaciones que había causado, ¿había ayudado el tiempo a que aquellas Navidades fueran especiales?

¿Se habría quedado Lucy allí si la nevada no hubiese sido tan fuerte?

¿Se habría marchado Nico cuando Alice y él se habían peleado?

Y, cuando todos la miraron con expectación, supo exactamente cuál iba a ser su brindis.

—Por la familia y los amigos —dijo, sonriendo a Lucy—, y por la suerte de habernos quedado atrapados en Navidad por culpa de la nieve.

Todos alzaron la copa una vez más.

—¡Por la nieve!

Agradecimientos

Escribir un libro de Navidad se ha convertido en una de mis tradiciones navideñas, y tengo la suerte de contar con el apoyo, en esta festiva y divertida tarea, de mucha gente excelente. Empezando por mi familia que, con su paciencia y aceptación de este extraño trabajo mío, nunca se quejan cuando pongo los adornos de Navidad demasiado pronto para crear el ambiente perfecto.

Gracias a mis editores, en concreto, a los equipos de HQ en Reino Unido y de HQN Books en Estados Unidos. Su apoyo continuo y su fe en mis historias significan mucho para mí. Ha sido un tiempo difícil para la publicación, pero, aun así, habéis conseguido poner mis libros en manos de los lectores y, por ello, estoy muy gradecida (¡y también, impresionada!).

Estoy enormemente agradecida a mi maravillosa editora, Flo Nicoll, que lee pacientemente muchos borradores y me proporciona información y conocimientos infinitos. Hemos hecho un gran viaje juntas durante estos últimos diez años y yo no querría haberlo hecho con ninguna otra persona. Hemos compartido muchas carcajadas y pizzas excelentes, y atesoro los recuerdos de tantas jornadas divertidas.

Mi agente, Susan Ginsburg, es brillante. Siento una

infinita gratitud por su apoyo, sabiduría y sentido del humor, y también por el apoyo de la excelente Catherine Bradshaw y el resto del equipo de Writers House.

Muchas gracias a mis lectores, muchos de los cuales me acompañan desde el principio. Gracias por elegir mis libros, por los mensajes, por los álbumes de fotos y los correos electrónicos que enviáis. Escuchar a lectores de todas partes del mundo es un placer y valoro mucho esa conexión.

Y también quiero dar las gracias a todos los maravillosos blogueros de libros que escriben críticas, hacen recomendaciones a sus amigos y difunden las noticias. Gracias. La comunidad de los libros es verdaderamente especial y estoy muy agradecida de formar parte de ella.